DER LEHRLING DES KARTENZEICHNERS

GLASS & STEELE 2

C.J. ARCHER

Übersetzt von

SIMONE HELLER

WWW.CJARCHER.COM

KAPITEL 1

LONDON, FRÜHJAHR 1890

„Wie ist es um deine schauspielerischen Fähigkeiten bestellt, India?", fragte mich mein Arbeitgeber Matthew Glass. In der Einspännerkutsche saßen wir uns diagonal gegenüber, so dass unsere Knie aneinanderstießen, wenn der Kutscher die Kurven zu schnell nahm, was er mit großer Regelmäßigkeit tat. Matt hatte den Kerl eingestellt, nachdem er den Einspänner vor gerade mal einer Woche bei einem Pokerspiel gewonnen hatte. Seither waren wir täglich darin unterwegs, um in der ganzen Stadt Uhrmacher aufzusuchen. Doch heute ging die Fahrt zur Bank of England in der Threadneedle Street.

„Das ist eine merkwürdige Frage", sagte ich. „Sie sind passabel, schätze ich, solange man nicht von mir verlangt, Shakespeares Monologe auswendig zu können. Ich war nie sonderlich gut im Aufsagen der Klassiker. Warum fragst du?"

„Kannst du die Rolle einer besorgten Enkelin spielen?"

„Ah. Jetzt verstehe ich. Was für ein schlauer Gedanke. Ich werde mein Bestes geben, aber ich kann nicht versprechen, dass uns ein kluger Bankangesteller nicht auffliegen lässt."

Wir waren zur Bank of England unterwegs, um herauszufinden, ob ein Uhrmacher namens Mirth nach wie vor seine Gildenpension abhob, die regelmäßig auf sein Konto eingezahlt wurde. Er war womöglich der Uhrmacher Chronos, den Matt brauchte, um seine lebensspendende Uhr zu reparieren – eine Uhr, die er täglich immer öfter benutzen musste, um seine Gesundheit wieder herzustellen. Obwohl Abercrombie, der Meister der Uhrmachergilde, mir versichert hatte, dass Mirth nicht der Richtige war, traute ich ihm nicht. Dieser schreckliche Mann hatte mich fälschlicherweise des Diebstahls bezichtigt und festnehmen lassen wollen. Außerdem hatte er verhindert, dass ich der Gilde beitrat. Es hätte mich nicht überrascht, wenn er mich in Sachen Mirth belogen hätte, um uns von unserer Suche abzubringen. Abgesehen von Mirth hatten wir keine anderen Uhrmacher ausfindig gemacht, die im richtigen Alter waren und sich vor fünf Jahren im Ausland aufgehalten hatten, als der rätselhafte Chronos sich in Amerika mit einem magischen Arzt zusammengetan hatte, um Matts Leben zu retten. Wir konnten ihn noch nicht ausschließen. Nicht, bis wir ihn gesehen hatten.

„Ich bin mir sicher, du bist der Herausforderung gewachsen", sagte Matt mit einem seichten Lächeln, das seine erschöpften Augen nicht ganz erreichte.

Trotz seiner Müdigkeit wirkte er in seinem neuen anthrazitfarbenen Anzug, der gestern von seinem Schneider geliefert worden war, besonders ansehnlich. Er machte eine gute Figur mit seinen langen Beinen, breiten Schultern und den dunklen Haaren, die ein Gesicht mit starken Kanten und glatter Haut rahmten. Ich erwischte mich häufig dabei, wie ich seine gutaussehenden Züge musterte und mich fragte, wie viel ansehnlicher sie noch wären, wenn ihn die Müdigkeit nicht gequält hätte.

„Behalte einfach Mirths persönliche Angaben im Kopf, und man sollte dir Glauben schenken", versicherte er mir.

„Oliver Warwick Mirth", sagte ich aus dem Gedächtnis auf. „Geboren am neunten April 1820. Bis vor kurzem wohnhaft bei der Aged Christian Society in der Sackville Street, doch er wird nun vermisst, und wir, seine Familie, machen uns große Sorgen."

„Und dein Name?"

Ich schaute ihn finster an. Wir hatten bei der Society keine Namen seiner Familienmitglieder erhalten. Ein Angestellter dort hatte uns Mirths persönliche Daten herausgesucht, nachdem Matt ihm etwas Geld zugesteckt hatte, aber er hatte keine Familie erwähnt. Niemand hatte Mirth in der Residenz besucht.

Wir wussten aber von Abercrombie, dass Mirth eine Tochter hatte. Ich könnte die Tochter jener Tochter sein.

„Jane", verkündete ich. „Jane Grey."

Er musterte mich mit sarkastisch verzogenem Mund. Er hatte eine gelassene Körperhaltung und ein ausdrucksstarkes Gesicht, in dem gut erkennbar war, was ihm durch den Kopf ging. Normalerweise. Manchmal disziplinierte er seine Züge, um seine Gedanken für sich zu behalten. Darin war er ebenso gut wie in der Kunst, dafür zu sorgen, dass andere sich in seinem Beisein wohlfühlten, wenn er es so wollte.

„Du siehst nicht aus wie eine Jane Grey."

„Oh? Wie sieht denn eine Jane Grey aus?"

„Schmal."

„Dir ist aber klar, dass Frauen sich gern als schmal bezeichnet sehen und du mich gerade beleidigt hast." Ich lächelte dabei, damit er wusste, dass mich seine Anmerkung nicht verletzt hatte. Hatte sie auch wirklich nicht. Ich hatte zwar nicht die winzige Taille vieler Frauen, weil ich mir das Korsett nicht bis zum schmerzhaften Extrem zuschnürte, aber ich hatte einen großzügigen Busen und konnte mit meiner Größe das oberste Regal der Speisekammer erreichen, war aber immer noch klein genug, dass ein Mann wie Matt über mir aufragte. Mit siebenundzwanzig Jahren hatte ich mich an meine Proportionen gewöhnt und nahm sie ebenso als Teil von mir hin wie mein gerades braunes Haar und meine grünlichen Augen.

„Lass mich das umformulieren", sagte er, während seine Wangen sich leicht rosa färbten. „Jane Grey klingt nach jemandem, der mit dem Hintergrund verschmilzt. Das tust *du* nicht. Nennen wir dich doch Jane Markham."

„Und wer bist du? Mein Bruder?"

„Anwalt."

„Du? Ein Anwalt?" Ich lachte.

Er empörte sich: „Was ist falsch daran, ein Anwalt zu sein?"

„Nichts, aber du siehst nicht wie einer aus."

„Wonach sehe ich denn aus?"

Stattlich. Anziehend. Charmant. „Einem Gentleman mit Vermögen, der ein interessantes Leben geführt hat. Dein Akzent lässt dich wie einen Menschen klingen, der sich niemals lang genug an einem Ort niedergelassen hat, um ein einzelnes Land seine Heimat zu nennen."

Sein Lächeln schwand, ehe es zurückkehrte. „Du bist sehr aufmerksam."

„Das sind Tatsachen, die du mir über dich erzählt hast, Matt."

„Nur den Teil, dass ich oft umgezogen bin. Ich habe nie erwähnt, dass ich mich als Fremder fühle, wo ich auch bin."

„Oh."

Plötzlich schlingerte die Kutsche, sodass ich auf dem Ledersitz auf die andere Seite rutschte. Matt griff mit beiden Händen nach mir, war jedoch nicht schnell genug, um zu verhindern, dass unsere Knie zusammenstießen. Er schaffte es aber, mich davon abzuhalten, dass ich in die Seitenwand der Kutsche krachte.

„Alles in Ordnung?", fragte er und half mir, mich wieder gerade hinzusetzen. Seine Hände lagen locker auf meinen Armen, ließen aber nicht los. Einen kurzen, doch intensiven Augenblick lang trafen sich unsere Blicke, sodass mein Herz an die Rippen klopfte. Seine Finger drückten sanft zu, ehe er mich losließ.

„Danke." Ich richtete mir den Hut, wobei ich mir Zeit nahm, um mein heißes Gesicht zu verbergen. „Dein neuer Kutscher scheint es immer eilig zu haben."

Matt klappte das Fenster auf und rief Bryce zu, er solle langsamer werden. Der Einspänner verlangsamte sich pflichtschuldig zum Schritttempo. „Also", sagte Matt, als er sich erneut auf dem Sitz niederließ, „wenn ich nicht wie ein Anwalt aussehe, wer soll ich dann sein?"

„Wir sollten sagen, dass wir beide die Enkel von Mr. Mirth sind, da niemand etwas Gegenteiliges weiß."

„Hoffen wir."

Wir hatten keine Aufzeichnungen über Nachfahren von Mirth gefunden, abgesehen von seiner Tochter. Laut Abercrombie war diese Tochter unter gewissen skandalösen Umständen nach Preußen geflohen, aber wir wussten nicht sicher, ob sie anschließend nach England zurückgekehrt war, oder ob sie selbst Kinder hatte. Hoffentlich wusste das auch die Bank nicht.

Die Kutsche kam zum Stehen, und wir stiegen vor dem riesigen Gebäude der Bank of England aus. Der Bau stellte sein ganzes Umfeld in den Schatten, genauso wie die Männer, die wie emsige Ameisen ein und aus gingen. Außer mir war keine einzige Frau in Sicht.

„Komm, Schwester", sagte Matt und hielt mir den Arm hin. „Finden wir heraus, ob unser lieber Großvater noch unter uns weilt."

Im Inneren standen ernste junge Männer hinter einem langen, polierten Tresen. Ihre flink arbeitenden Finger reichten den Kunden Banknoten. Das Rascheln des Papiers lag unter den gedämpften Stimmen, hin und wieder durchbrochen vom entschiedenen dumpfen Knall eines Stempels.

Wir näherten uns einem Angestellten, und Matt nannte unsere Namen und unser Anliegen, aber als der Buchhalter sagte, er könne uns nicht helfen, beschloss ich, dass vielleicht ein etwas weiblicherer Ansatz angebracht wäre.

„Bitte, Sir", sagte ich und rang auf dem Tresen meine Hände in den Handschuhen. „Wir sind gerade aus Preußen zurückgekehrt, wo kürzlich unsere Mutter verstarb, und möchten wissen, ob unser Großvater noch lebt." Ich schlug einen gemäßigt verzweifelten Unterton an. Hoffentlich würde das reichen. Ansonsten würde ich den Ton auf ein hysterisches Niveau anheben. Wenn man eine öffentliche Szene machte, brachte man oft sogar die konservativsten Männer auf Trab. „Das Personal der Aged Christian Society war keine Hilfe. Offenbar ist er einfach hinausmarschiert, aber niemand weiß, wohin er ging. Bitte, können Sie meinem Bruder und mir helfen? Wir wissen keinen Rat mehr, wohin wir uns als Nächstes wenden sollen."

„An die Polizei", sagte der Angestellte und klang gelangweilt.

„Wir haben uns dort erkundigt", erwiderte Matt. „Dort heißt es, man könne uns nicht helfen."

Der Buchhalter breitete die Hände aus und zuckte mit den Schultern.

„Wir wollen nur wissen, ob er immer noch von seinem Konto

abhebt." Ich zog ein Taschentuch aus meinem Pompadour und tupfte mir den Augenwinkel damit ab. „Wenn nicht ..." Ich drückte mir das Taschentuch an die Nase und schniefte. „Wenn nicht, dann fürchte ich, müssen wir der Polizei mitteilen, dass er nicht verschollen ist, sondern t...tot."

Matt legte mir einen Arm um die Schultern. „Ist ja gut, Jane. Wir werden der Sache auf den Grund gehen, auf dem einen oder anderen Weg." Er warf einen aussichtslosen Blick auf den Angestellten. „Wenn Sie uns nicht helfen können, kann es vielleicht ihr Vorgesetzter."

Der Angestellte seufzte. „Beweisen Sie mir, dass Sie sind, wer Sie zu sein behaupten, und ich sehe, was ich tun kann."

Wir nannten erneut unsere falschen Namen, außerdem Mirths persönliche Angaben. Er schrieb sie auf und reichte sie einem Jüngling mit pickeligem Gesicht, der durch eine Tür hinter ihnen verschwand. Drei Minuten später kehrte er zurück und reichte dem Buchhalter eine Akte.

„Laut unserer Aufzeichnungen", sagte der Angestellte, ohne von der Akte aufzuschauen, „hebt Ihr Großvater noch von seinem Konto ab. Er kommt sogar jeden Mittwochnachmittag."

Mein Herz wurde leicht. Mirth war am Leben!

„Gibt es eine aktuelle Adresse von ihm?", fragte Matt, während er versuchte, auf die Dokumente zu schielen.

Der Angestellte klappte die Akte zu. „Laut dieser Akte wohnt er noch bei der Aged Christian Society."

Matt lächelte den Buchhalter traurig an. „Danke, dass Sie sich die Zeit genommen haben."

Wir stiegen wieder in die wartende Kutsche, und Matt klopfte ans Dach, sobald wir saßen. Der Einspänner fuhr an und preschte dann los. Es schien, als hätte Bryce bereits vergessen, dass man ihn zu einer etwas ruhigeren Fahrt angewiesen hatte.

Matt starrte mit abwesendem Blick aus dem Fenster. Er war wohl schrecklich enttäuscht. Wir wussten kaum mehr als zuvor, ehe wir die Bank betreten hatten.

„Es tut mir leid, dass wir nichts Brauchbareres erfahren haben", sagte ich leise.

„Es war keine völlige Zeitverschwendung." Er lächelte mich aufmunternd an. Ich bewunderte seinen Optimismus. Er zeigte sich kaum je frustriert über unseren mangelnden Fortschritt auf der Suche nach Chronos. Wenige Menschen in seiner misslichen Lage hätten es geschafft, einen so standhaften Optimismus an den Tag zu legen. „Wir wissen, dass er am nächsten Mittwochnachmittag in der Bank sein wird."

Heute war Donnerstag. Nur sechs weitere Tage. Es fühlte sich endlos an. „Du hast vor, an der Bank auf ihn zu warten?"

„So ist es. Ich werde Chronos erkennen, wenn ich ihn sehe. Falls Mirth Chronos ist, weiß ich es sofort."

Ich lächelte und hoffte, damit zu beweisen, dass auch ich optimistisch sein konnte. „Es ist ein Fortschritt."

„Ist es."

Keiner von uns klang sonderlich überzeugt, aber unser Lächeln blieb davon unberührt.

Bryce ließ uns vor der Park Street 16 in Mayfair aussteigen, dann fuhr er zu den Stallungen hinter der Reihe mit Stadthäusern weiter. Duke und Cyclops trafen uns an der Tür.

„Und?", fragte Duke, noch ehe wir unsere Mäntel ausgezogen hatten. „Lebt er noch?"

„Ja", sagte Matt, der mir aus dem Mantel half. „Aber wir haben keine aktuelle Adresse."

Duke fluchte tonlos.

„Eine weitere Sackgasse", murmelte Cyclops mit einem Kopfschütteln.

„Nicht ganz." Matt erzählte seinen Freunden von Mirths regelmäßigen Bankbesuchen am Mittwochnachmittag. „Ich werde nächste Woche nach ihm Ausschau halten."

Die ausbleibende Antwort war ein überwältigender Hinweis darauf, was die beiden Männer davon hielten.

„In der Zwischenzeit werden India und ich weiterhin Uhrmacher in der Stadt aufsuchen", sagte Matt.

Wir waren schon bei vielen, vielleicht den meisten gewesen, und es gab nur ein paar letzte Werkstätten in Clerkenwell, die man nun noch aufsuchen konnte. "Wir machen nach dem Mittagessen weiter, ja?", schlug ich fröhlich vor.

Er knurrte lediglich. Obwohl ich die Ausflucht des Essens benutzt hatte, war ihm wohl aufgefallen, dass ich es vermieden hatte, sein Bedürfnis nach Ruhe und einer Anwendung seiner

Uhr zu erwähnen. Wenn es eines gab, das Matt überhaupt nicht mochte, dann war es die Erinnerung an seinen geschwächten Zustand.

„Duke", sagte Cyclops mit einem Nicken zum hinteren Teil des Hauses hin. „Was haben wir zu essen da?"

„Warum bleibt das Kochen immer an mir hängen?", maulte Duke.

„Weil niemand sonst gern kocht."

„Weil du gut darin bist", sagte Matt mit einem finsteren Blick zu Cyclops.

Cyclops' heiles Auge tränte vor Lachen. Es war ein schreiender Gegensatz zu der hässlichen, fransigen Narbe, die unter der Klappe über seinem anderen Auge hervorragte. Er war mit seiner aufragenden Statur, seinem mächtigen Körperbau und der Narbe ein furchterregender Anblick, aber ich hatte rasch gelernt, dass er eine recht sanfte Seele war. Wie Duke und Willie war auch er Matt treu ergeben.

„Hoffentlich haben wir bald einen neuen Koch", fügte Matt an. „Du wirst nicht weiterhin in der Küche arbeiten müssen. Niemand von euch."

„Mir macht die Arbeit nichts aus", grollte Duke. „Solange jeder seinen Teil beiträgt."

„Die Dinge werden hier anders angepackt", erwiderte Matt. „Das ist immerhin Mayfair. Wir brauchen Personal."

„Brauchen wir nicht." Duke schüttelte den Kopf. „Wir kehren bald nach Hause zurück."

Matt senkte den Blick. Dukes hörbares Schlucken füllte die Stille. Niemand wusste, wie lange sie in London nach Chronos suchen würden. Und wenn sie ihn hier nicht fanden ... stand ihr nächster Schritt noch in den Sternen.

Cyclops schubste Duke an der Schulter. „Ich helfe dir."

„Du? Du kriegst nicht mal Toast braun."

Cyclops' grollendes Lachen war noch lange hörbar, nachdem die beiden im Personalbereich unten verschwunden waren. Matt und ich hatten kaum unsere Hüte und Handschuhe abgenommen, da öffnete sich schon die Tür zum Salon, und eine schlanke Frau marschierte energischen Schrittes heraus. Ihre ernsten schwarzen Augenbrauen zogen sich über einer Hakennase zusammen.

„Ich weigere mich, in einem so unanständigen und undisziplinierten Haushalt zu arbeiten!", erklärte sie, während sie durch die Eingangstür an uns vorbei stapfte. „Amerikaner", fügte sie gemurmelt hinzu, ohne Matt oder mich auch nur eines Blickes zu würdigen, während sie die Tür aufstieß und ging.

Matt schloss sie hinter ihr, als gerade Willie, Matts amerikanische Cousine, aus dem Salon kam. „Ist das Bewerbungsgespräch nicht gut gelaufen?", fragte er mit trägem Spott.

„Dieses Weib!" Willie stocherte mit dem Finger Richtung Tür und erwischte eine Tonhöhe irgendwo zwischen einem Knurren und einem Kreischen. „Engländerinnen!"

„Ja?", fragte ich und hob die Augenbrauen.

„Ihr seid alle …" Sie warf die Hände in die Luft, als würde das alles erklären. „Kleine prüde Fräuleins!"

„Ist das alles?", fragte ich, während ich an ihr vorbei ins Speisezimmer rauschte. „Ich habe mir schon kurz Sorgen gemacht, Willie. Ich dachte, du würdest etwas Gemeines über meine Mitbürgerinnen sagen."

Es war mir ein großes Vergnügen, Willie noch einmal dieses merkwürdige Geräusch von sich geben zu hören, während sie hinter mir her stapfte.

Miss Glass, Matts ältliche Tante, griff sich ans Ohr und zuckte zusammen. „Beende diesen infernalischen Lärm, Willemina", bat sie. „Meine Ohren sind zu alt, um sich dem auszusetzen."

„Die Gespräche laufen also offensichtlich gar nicht gut", sagte Matt zu seiner Cousine und seiner Tante.

„Sie wären erfolgversprechender, wenn ich die in Frage kommenden Haushälterinnen allein befragen dürfte", verkündete Miss Glass in ihrer hochmütigsten Art. Sie war Oberklasse bis ins Mark und schaffte es, das auch mit einem bloßen Schürzen der Lippen zu vermitteln, welches sie üblicherweise für Willie reserviert hatte.

Die beiden kamen schrecklich schlecht miteinander aus. Miss Glass empfand Willie als grob, wenig damenhaft und im besten Fall aus der Arbeiterschicht, während Willie Miss Glass für versnobt, steif und aufgeblasen hielt. Sie hatten beide recht, doch hatten sie beide auch wunderbare Eigenschaften. Es würde jedoch einige Zeit dauern, ehe eine von ihnen diese guten Eigenschaften in der anderen erkannte. Gewiss länger als diesen Vormittag. Sie waren nur selten zu zweit für sich gewesen, aber beide hatten die potentiellen Angestellten befragen wollen. Matt hatte gehofft, sie würden sich dadurch näher kommen. Es sah aus, als hätte er sich verschätzt.

Willie verschränkte die Arme vor ihrer Lederweste und blickte Miss Glass aus zusammengekniffenen Augen an. *„Sie* will eine Haushälterin mit vornehmem Getue und guten Manieren. Ich lasse doch nicht die verdammten Bediensteten von oben auf mich herabschauen. Ich lasse niemanden auf mich herabschauen!"

Miss Glass' Rücken versteifte sich. „Ich versuche, jemanden anzustellen, der von aufrechtem moralischem Charakter ist. Leider schreckt deine derbe Sprache solche Frauen ab."

„Das hat nichts mit meiner Sprache zu tun." Willie wedelte mit einer Hand Richtung Tür. „Die da hat mich unnatürlich genannt. Unnatürlich!"

„Sie hat über deine maskuline Aufmachung gesprochen. Keine *normale* Frau zieht sich an wie du."

Willie zog ein Hosenbein hoch und stellte ihr gestiefeltes Bein auf den niedrigen Tisch. „Die davor sagte, ich wäre unmoralisch. Ich zieh mich vielleicht an wie ein Mann, aber das macht mich nicht zur losen Weibsperson."

Miss Glass schniefte nur.

Willie lächelte sie hart an. „Hast du diesbezüglich nichts zu sagen, Letty?" Willie war dazu übergegangen, Miss Glass mit der familiären Version ihres Vornamens anzusprechen, um sie zu ärgern. Es funktionierte. Miss Glass zeigte Willie die kalte Schulter.

„Meine Damen", stöhnte Matt. „Könnt ihr bitte aufhören, euch zu streiten? Gab es *irgendwelche* Bewerberinnen, die euch beiden gefielen?"

Willie und Miss Glass sahen einander an. „Nein", sagten sie im Gleichklang.

Matt seufzte. „Vielleicht kann India bei zukünftigen Gesprächen dabei sein."

„Warum?", fragte Miss Glass.

„Ja, warum?", fügte Willie hinzu und stellte den Fuß zurück auf den Boden.

„Sie kann als Vermittlerin auftreten", erklärte er. „Sie hat ein beruhigendes, sachliches Wesen, und das wird mit minimalem Aufwand die Guten von den Schlechten trennen."

Das dachte er von mir? Dass ich ruhig und sachlich war? Hatte er bereits unsere erste Begegnung vergessen, bei der ich meinen ehemaligen Verlobten Eddie Hardacre beschimpft hatte? Ich hatte eine ziemliche Szene gemacht. So sehr, dass Matt mich mit Gewalt aus dem Laden geschleift und dann Cyclops den Auftrag gegeben hatte, mich festzuhalten. Natürlich benahm ich mich so nicht tagtäglich, aber ich hatte diese Erfahrung so läuternd gefunden, dass ich nicht mehr völlig zu meiner ruhigen, fügsamen Art zurückgekehrt war. Ich sagte inzwischen ganz gern meine Meinung, falls die Gegebenheiten es nötig machten.

„Ich bin ruhig", sagte Miss Glass, die sich mit den Händen über ihren schwarzen Rock strich.

„Und mir kommt niemand unsachlich", ging Willie dazwischen, während sie mir einen Blick zuwarf, als wäre ich diejenige gewesen, die vorgeschlagen hatte, dass ich bei den Gesprächen dabei war. „Wir brauchen sie nicht."

„Ich bin ganz derselben Meinung." Miss Glass nickte mir freundlich zu. „Nimm es mir nicht übel, India."

„Keineswegs", sagte ich. „Ich habe sowieso nicht den Wunsch, hinzugezogen zu werden. Das steht mir nicht zu."

Meine Antwort schien Miss Glass und Willie gleichermaßen zu befriedigen, aber Matt nicht. „Beweist mir, dass ihr euch auf eine Haushälterin einigen könnt, ohne dass eine dritte Partei mitmischt", erklärte er ihnen. „Ansonsten heuere ich die Nächstbeste an, die von der Straße hereinmarschiert. Ist das klar?"

„Äußerst klar", sagte seine Tante.

Willie knurrte nur, was in ihrer Sprache so viel wie Zustimmung hieß.

Matt entschuldigte sich, nur um Willie im Schlepptau zu haben, während er sich entfernte. Sie wollte ihn vermutlich fragen, wie es um unsere Erkundigungen bei der Bank stand.

Wir hatten beschlossen, Matts gesundheitliche Probleme von seiner Tante fernzuhalten. Ihr Verstand war manchmal etwas flatterhaft mit einem gelegentlichen Abrutschen in den Irrsinn, und wir wollten ihr keine Sorgen bereiten. Genauso wenig wollten wir ihr erklären müssen, wie ihn eine Taschenuhr verjüngen konnte, wenn auch nur vorübergehend. Aber das bedeutete, dass wir unsere Suche nach Chronos nicht offen vor ihr besprechen konnten. Soweit sie Bescheid wusste, war ich zeitweise als ihre Gesellschafterin angestellt, und zeitweise, um Matt bei seinen Geschäftsangelegenheiten zu helfen, solange er in London weilte – ein Besuch, der laut ihrer Überzeugung niemals enden würde. Wir hatten es aufgegeben, ihr zu sagen, dass er eines Tages nach Amerika würde zurückkehren müssen. Sie weigerte sich, das zu glauben.

Eigentlich wollte auch ich nicht gern an diesen Tag denken. Was würde dann aus mir werden, und auch aus Miss Glass? Nicht zu vergessen, dass ich meine neuen amerikanischen Freunde inzwischen sehr mochte.

Matt verbrachte den übrigen Vormittag in seinen Gemächern, dann aßen wir alle gemeinsam im Speisezimmer. Miss Glass machte keine Anmerkungen mehr zur Anwesenheit von Duke und Cyclops bei den Mahlzeiten. Sie hatte es auch aufgegeben, sie als Personal zu bezeichnen, und schien sie als Mitglieder des Haushalts zu akzeptieren, mit dem gleichem Status wie ich oder Willie, jedoch nicht wie sie und Matt. In ihrer Vorstellung befanden sie und ihr Neffe sich durch ihre Geburt und Gottes Willen in einer erhöhten Stellung. Die arme Willie kollidierte täglich mit dem englischen Klassensystem, nannte es ungerecht und ausgedient, manchmal in Anwesenheit von Miss Glass. Sie würde irgendwann begreifen, dass es ein jahrhundertealtes System war, zu tiefsitzend, um im Lauf weniger Wochen verändert zu werden.

Das Eintreffen eines Besuchers nach dem Mittagessen überraschte uns alle. Es war unser erster seit der Ergreifung des amerikanischen Banditen Dark Rider vor einer Woche. Nicht einmal Miss Glass' Bruder oder Schwägerin waren vorbeigekommen. Miss Glass hatte sich geweigert, irgendwelche Freundinnen zum Tee einzuladen, ehe wir nicht richtige Bedienstete hatten, wie es sich für ein Stadthaus ziemte, das Mr. Matthew Glass gehörte. Die Ankunft von Commissioner Munro stürzte sie in große Sorge darüber, wie wir ihn empfangen sollten, bis Matt vorschlug, dass sie sich in sein Bureau zurückzogen. Munros rascher Zustimmung und seinem steifem Kinn nach zu urteilen, war es kein Freundschaftsbesuch.

„Nach dir, India", sagte Matt zu mir.

Ich blickte ihn ausdruckslos an. „Du willst mich dabei haben?"

Er warf Munro, der schon unten am Treppenaufgang stand, einen entschuldigenden Blick zu und trat näher, um mir zuzuflüstern: „Du bist meine Assistentin."

„Ich dachte, ich wäre eher Miss Glass' Gesellschafterin als deine Assistentin."

„Ich hätte dich gern dabei."

Ich ging voraus die Stufen empor, und Willies Blicke trafen mich wie Dolchstöße in den Rücken. Zweifellos wollte sie wissen, weshalb mir Sonderrechte zuteilwurden. Das wollte ich auch erfahren.

„Ich habe eine Aufgabe für Sie, Mr. Glass", sagte der Commissioner, als er sich hinsetze.

Matt setzte sich hinter seinen Schreibtisch, während ich einen Stuhl heranzog und darauf wartete, dass er mir Blatt und Stift reichte. Das tat er nicht. Er schaukelte nur auf seinem Sessel zurück und wartete, dass Munro fortfuhr.

Munro strich sich mit dem Daumen und einem Finger über den weißen Schnurrbart und wirkte, als wäre er um Worte verlegen. Bei meinem kurzen Treffen mit ihm nach meiner Begegnung mit dem Dark Rider vor Scotland Yard hatte er recht direkt gewirkt, und niemals hätte er mit seiner Meinung hinter dem Berg gehalten. Es war wohl etwas nicht in Ordnung.

„Was für eine Aufgabe haben Sie für mich?", drängte Matt ihn.

„Der Sohn einer … Freundin wird vermisst."

Matt lehnte sich vor. „Ich verstehe."

Munros Gesicht fiel in sich zusammen. Der Schnurrbart senkte sich über den herabhängenden Mund, und seine Augen wurden feucht. Er musste dem Jungen und seinen Eltern sehr nahestehen, um so betroffen zu sein. „Er ist ein genialer Kartenzeichner. Er stellt ausgezeichnet gute Karten und Globen her, mit haargenauer Akkuratesse. Hier." Er holte ein zusammengerolltes Blatt aus dickem Pergament aus seiner inneren Brusttasche hervor und reichte es Matt.

Matt breitete es auf dem Schreibtisch aus. Es war eine Karte von Londons Zentrum, gezeichnet in vorzüglichen, farbigen Einzelheiten. Selbst die kleinste Gasse war dargestellt und so klein beschriftet, dass man ein Vergrößerungsglas brauchte, um den Namen zu lesen. Schiffe reihten sich an den Docks, ihre Leinen mit Teer geschwärzt, der so glatt war, dass er glänzte, ihre Fracht türmte sich als perfekte Miniatur auf den Anlegern. Das Wasser der Themse und hin und wieder ein Fenster schienen das Sonnenlicht zu reflektieren, und ich konnte zwischen Ziegel-, Stein- und Holzgebäuden unterscheiden. Sie war ein Kunstwerk.

„Sie ist wunderbar." Ich strich mit den Fingern über die Linien und stellte überrascht fest, dass einige sich erhaben anfühlten. Wie hatte er diesen Effekt erzielt?

„Es ist alles akkurat", sagte Munro erneut mit einem Hauch von Stolz.

„Sie wollen, dass ich ihn finde? Ist das nicht eine Aufgabe für einen Ihrer Kriminalpolizisten?"

„Sie haben es versucht. Ich habe es versucht. Er ist einfach … verschwunden. Darum brauche ich Sie." Sein Gesicht wirkte nicht mehr traurig, sein Blick nicht mehr niedergeschlagen. Er war abermals der exzellente, stolze Commissioner. „Sie haben mir erzählt, dass Sie darauf spezialisiert sind, Verbrecherbanden zu infiltrieren, indem Sie vorgeben, einer von ihnen zu sein, während Sie sich in ihren Kreisen bewegen. Ich habe an meinen Gegenpart in Kalifornien telegrafiert und das von ihm bestätigen lassen. Er hat mir mitgeteilt, Sie hätten etliche gefährliche Banden von innen zur Strecke gebracht, oft ganz allein. Er nannte Sie furchtlos, entschlossen und ohnegleichen. Sie, Sir, sind genau der Mann, den ich brauche. Meine Polizisten sind gute Männer, aber ich brauche jemanden, der besser ist als gut. Ich brauche einen kompetenten und intelligenten Mann, jemanden, der rasch denken und entsprechend handeln kann. Ich glaube, Sie sind der einzige Mann, der mir helfen kann, ihn zu finden, meinen … Daniel zu finden."

Ich wandte mich zu Matt und war mir bewusst, dass meine Augen aufgerissen waren und mir der Mund offenstand. Ich konnte nicht verhindern, dass ich ihn anstarrte. Ich wusste, dass er in Amerika Verbrecherbanden zu Fall gebracht hatte, darunter die seines eigenen Großvaters, aber das Lob von seinem Auftraggeber war überbordend. Er wurde nicht einmal rot.

„Sie haben eindeutig eine Ahnung, wer für das Verschwinden des Sohns Ihrer Freundin verantwortlich ist", sagte Matt. „Was für eine Gruppe soll ich denn infiltrieren?"

„Die Gilde der Kartenzeichner. Dort geht etwas Merkwürdiges vor, und ich möchte, dass Sie dem auf den Grund gehen." Er beugte sich vor, und wieder einmal hatte sich seine Haltung von befehlshaberisch zu besorgt gewandelt. „Finden Sie meinen Jungen, Mr. Glass. Finden Sie Daniel."

KAPITEL 2

„*Ihren* Jungen?", fragte Matt.

Der Commissioner streckte den Hals im gestärkten weißen Kragen, und Röte stieg ihm über seinem Schnurrbart in die Wangen. Er zog die Fotografie eines Jünglings aus der Tasche. Der direkte, kluge Blick des jungen Mannes richtete sich unter einem hellen Haarbusch auf die Kamera. Er war schlank, anders als sein kräftiger Vater, aber sein entschlossener Mund war dem von Munro sehr ähnlich.

„Sein vollständiger Name lautet Daniel Munro Gibbons", sagte der Commissioner.

Der Junge war wohl unehelich, wenn er den Namen seines Vaters als zweiten Vornamen annahm, nicht als Nachnamen. Ich fragte mich, ob Mrs. Munro Bescheid wusste.

„Er ist neunzehn Jahre alt, mit blonden Haaren und blauen Augen." Der Commissioner sprach nüchtern, als würde er seine Männer über das Verschwinden eines Fremden aufklären. Es wirkte, als wisse er nicht, wie er sich verhalten solle, während er zwischen Unbetroffenheit und Sorge schwankte, mit der ganzen Bandbreite der Gefühle dazwischen. „Er ist klug, jedoch naiv. Er wohnt bei seiner Mutter und dem Großvater mütterlicherseits, und er ging auf eine gute Schule. Sein Großvater war ein Kartenzeichner, und der Junge hatte schon von Kindesbeinen an eine Neigung zur Kartographie. Er begann vor einem guten Monat seine Lehrzeit beim Gildemeister der Kartenzeichner. Vor drei Tagen begab er sich am Ende des Tages aus dem Geschäft seines Meisters auf den Nachhauseweg. Dort kam er nicht an." Die Hand mit der Fotografie zitterte.

„Darf ich die behalten?", fragte Matt, der nach dem Bild griff. „Und auch die Karte?"

Munro zögerte, dann nickte er knapp. „Das ist noch nicht alles. In dieser Nacht, während die ganze Familie draußen nach ihm suchte und sich bei Freunden erkundigte, kam es zu einem Einbruch im Haus. Es wurden lediglich Daniels Karten gestohlen. Er hatte sie im Laufe der Jahre angefertigt und in einer Kiste unter seinem Bett aufbewahrt."

„Sonst nichts?"

„Nichts. Am nächsten Tag gab es einen weiteren Einbruch, wieder während die Familie draußen auf der Suche war. Es wurde nichts mitgenommen, aber im Haus herrschte Unordnung."

„Vielleicht wurde nach einer speziellen Karte gesucht. Einer, die nicht in der Kiste unter dem Bett war." Matt musterte Daniels Karte vor sich. „Dieser hier?"

„Ich weiß nicht. Daniel bat mich vor einer Woche, darauf aufzupassen. Er hat mir nicht gesagt, warum, oder wer sie beauftragt hatte, und mein Interesse war nicht so groß, dass ich gefragt hätte." Er räusperte sich. „Ich wünschte, ich hätte es getan. Vielleicht ist es eine wichtige Information."

Ich nahm die Karte wieder an mich und folgte der Linie des Flussufers mit den Fingerspitzen. Es fühlte sich leicht erhaben an, doch eine genauere Begutachtung zeigte, dass es lediglich eine flache Zeichnung war.

„Seine Mutter steht neben sich vor Sorge." Der Commissioner schluckte schwer. „Finden Sie ihn, Glass. Selbst wenn Sie das Schlimmste in Erfahrung bringen, finden Sie einfach Daniel."

„Ich werde mein Bestes tun." Matt griff in die oberste Schublade und zog einen Block und einen Stift heraus, den er über den Schreibtisch zu mir schob. Er drehte Daniels Karte, damit sie zu Munro gewandt war. „Findet man die Strecke, die er normalerweise zwischen der Arbeit und seinem Zuhause zurücklegt, hier drauf?"

„Der Laden ist hier, in der Burlington Arcade." Munro deutete auf die Einkaufspassage am Rand der Karte. „Daniel ging zur Victoria Station und stieg bei Hammersmith aus dem Zug." Keines der beiden war auf der Karte.

„Hat er Freunde?", fragte Matt.

Munro nannte mir zwei Namen, die ich aufschrieb. „Meine Männer haben bereits mit ihnen gesprochen. Sie haben Daniel an diesem Tag nicht gesehen. Das letzte Mal, als sie ihn sahen, erwähnte er, dass ihm etwas auf der Arbeit Sorgen bereitete, aber was, wollte er ihnen nicht verraten. Ich habe selbst mit seinem Arbeitgeber gesprochen, doch der behauptete, Daniel wäre wie immer gewesen, und ihm sei er nicht seltsam vorgekommen."

„Haben Sie ihm geglaubt?"

„Ich glaube, er lügt. Ich glaube, er weiß, was mit Daniel passiert ist, sagt es mir aber nicht. Darum brauche ich Sie, Glass. Ich brauche Informationen aus dem Inneren der Gilde, und über Jeremiah Duffield."

„Ich werde sehen, was ich tun kann. Ich habe auch andere Verpflichtungen ..."

„Nein!" Der Commissioner schlug mit der Handfläche auf den Tisch, sodass ich zurückschreckte. Matt zuckte nicht einmal zusammen. „Schieben Sie alles andere zur Seite, und stecken Sie all Ihre Zeit in die Suche nach Daniel."

Matt nickte. War er einverstanden?

„Das wird nicht möglich sein", ging ich dazwischen. „Mr. Glass' andere Verpflichtungen sind von entscheidender Bedeutung."

„So bedeutend wie die Suche nach meinem Sohn?"

Ich starrte ihn gleichmütig an. „Ja."

Matt hob die Hände. „Mir bleiben sechs Tage, bis ich in dieser anderen Angelegenheit etwas unternehmen kann", sagte er zu mir. „Ich kann diese Zeit mit der Suche nach Daniel verbringen."

„Gut." Munro erhob sich.

„Es gibt Anderes, das du in diesen sechs Tagen tun kannst",

sagte ich. Es waren noch etliche Uhrmacherfabriken zu besuchen und Erkundigungen einzuholen. Wir würden nicht untätig sein.

„Er ist neunzehn, India", sagte Matt ruhig. „Ich muss helfen, wenn ich kann."

„Ganz genau", sagte Munro mit schroffer Endgültigkeit. „Danke, Glass. Man wird Sie natürlich ordentlich entschädigen."

Matt hob abwehrend die Hand. „Wenn Sie etwas erfahren, das wichtig sein könnte, schicken Sie mir eine Nachricht hierher."

„Wie haben Sie vor, der Gilde beizutreten?", fragte er, als Matt ihn zur Tür begleitete.

„Genau", meldete ich mich zu Wort. „Wie, wenn du im Kartenzeichnen nicht talentiert bist?"

„Ich muss noch alle Einzelheiten planen."

Ich folgte ihnen die Stufen hinab und begleitete Munro hinaus zu seiner wartenden Kutsche. Wir hatten gerade erst die Eingangstür geschlossen, als der gesamte Haushalt sich auf uns stürzte, darunter Matts Tante. Sie war jedoch nicht an Munro interessiert, sondern an Willie.

„Red du mit ihr, Matthew", sagte sie knapp. „Ich bin am Ende meiner Geduld."

„Ich habe Indias Beistand angeboten", fing er an, nur um von Miss Glass unterbrochen zu werden.

„Nicht das. *Das!*", Sie wedelte mit der Hand zu der Pfeife hin, die aus Willies Mundwinkel hing. „Es ist obszön."

Willie schaffte es, zu grinsen, während sie die Zähne um die Pfeife zusammenbiss. „So schlimm ist es nicht. Ist gut für die Lunge." Sie atmete tief ein, nur um mit einem Husten belohnt zu werden.

Duke schnaubte. „Ich bin ganz bei Miss Glass."

„Niemand hat um deine Meinung gebeten", sagte Willie, die die Worte in einer Rauchwolke ausstieß. „Außerdem rauchst du auch manchmal eine."

„Aber ich bin keine Frau."

Sie verdrehte die Augen.

„Ich würde genauso wenig wollen, dass ein Mann dreckigen Rauch in meinen Salon bläst", sagte Miss Glass. „Wenn du darauf bestehst, diese widerwärtige Angewohnheit weiter zu betreiben, mach es draußen."

„Oder im Raucherzimmer", fügte Matt hinzu, ehe Willie anmerken konnte, dass weder der Salon noch irgendein anderer Teil des Hauses seiner Tante gehörte.

Miss Glass wirkte entsetzt. „Das Raucherzimmer ist für Männer!"

„Ich glaube kaum, dass das bei Willie einen Unterschied macht."

„Was wird unser Personal denken?"

„Wir haben kein Personal. Wenn wir welches bekommen, werden sie damit leben müssen, genau wie wir." Matt starrte Willie an.

„Ich geh ja schon", murmelte sie. „Nachdem du uns erzählt hast, was Munro wollte."

„Gerne." Matt klang müde, und ich konnte es ihm nicht übelnehmen. Ich wurde auch müde, wenn ich seiner Tante und seiner Cousine beim Zanken zuhörte. „Sein Sohn wird vermisst. Er will, dass ich ihn finde."

„Vermisst?", wiederholte Miss Glass. „Arme Agatha. Die arme, arme Agatha. Ihr Mann wird schon wieder vermisst."

Wir schauten sie alle an. Miss Glass' Irrsinn hatte sich eine gute Woche lang nicht mehr bemerkbar gemacht, und ich war schon fast zu dem Schluss gekommen, wir hätten uns ihre früheren Episoden nur eingebildet. Diese neuerliche Abschweifung bewies das Gegenteil.

„Ich bringe sie auf ihr Zimmer", sagte Willie und reichte Cyclops die Pfeife. „Duke, hol ihr Dienstmädchen." Mit überraschender Sanftheit geleitete sie Miss Glass zur Treppe, während Duke die Tür öffnete, die zu den Personalunterkünften unter dem Haus führte.

Matt sah ihnen mit einer kleinen Falte zwischen den Augenbrauen nach.

„Polly wird sich darum kümmern, dass sie es gut hat", versicherte ich ihm.

Er nickte und rieb sich über die Stirn.

„Hast du vorhin nicht genug Ruhe bekommen?", fragte Cyclops.

„Mir geht's gut", sagte Matt. „Wir müssen einen Plan besprechen, um den Jungen zu finden."

„Und einen Plan, um Chronos zu finden", fügte ich hinzu. „Wir geben das nicht zugunsten dieser neuen Aufgabe auf."

„Ja." Cyclops schaffte es, mit seinem einen heilen Auge mehr Bedrohlichkeit auszustrahlen als die meisten Menschen mit zwei. Matt schien davon jedoch nicht betroffen.

Willie kehrte zurück, und wir kamen in der Bibliothek zusammen, um Munros Besuch zu besprechen.

„Also wie sollst du dann vorgehen, um den vermissten Jungen zu finden?", fragte Willie.

„Er ist kein Junge", sagte ich. „Er ist neunzehn und war – ist – der Lehrling von Jeremiah Duffield, dem Meister der Gilde der Kartenzeichner."

„Also ist er wohl gut", sagte Duke, der sich auf einen tiefen Ohrensessel drapiert hatte, die Füße zum Kamin gestreckt.

„Ist er." Matt zog Daniels Karte heraus und breitete sie auf dem Tisch aus. „Die hat er angefertigt."

Willie fluchte leise. Dukes Augen wurden groß, während er die Karte unter die Lupe nahm und dabei Cyclops auf interessante Orte hinwies.

„Berührt sie", sagte ich. „Einiges davon fühlt sich erhaben an."

Jeder von ihnen berührte Straßen, Gebäude und den Fluss und fuhr die Umrisse mit den Fingerspitzen nach, wie ich es getan hatte.

„Er ist ein Künstler", sagte Cyclops. „Ein Genie."

„Wie hat er das gemacht?", fragte Duke mit Verwunderung in der Stimme.

„Er hat sie umgedreht und von hinten fest aufgedrückt", sagte Willie. „Hinten drauf ist dieselbe Karte, nur umgekehrt."

„Nur dass er das nicht hat." Matt hob die Karte auf und hielt sie auf Augenhöhe gerade, dann drehte er sie um. Sie war unbeschrieben.

Niemand hatte eine Antwort. Die Anfertigung der Karte war ein Rätsel.

Matt rollte sie zusammen und stellte sie zur Seite.

„Meine Frage steht noch im Raum", sagte Willie, die die

Beine ausstreckte und die Knöchel übereinanderlegte. „Wie wirst du ihn finden, wenn es die Polizei nicht geschafft hat?"

„Munro will, dass ich die Gilde infiltriere und sehe, was ich dort erfahren kann", sagte Matt.

„Wie? Du kannst keine Karten zeichnen."

„Er könnte es probieren", sagte Duke. „Seine Kritzeleien sind nicht mal so schlecht."

„Ein Versuch wird ihn nicht in die Gilde bringen", sagte Cyclops und verdrehte die Augen.

„Ich brauche einen anderen Weg hinein", sagte Matt. „Gilden brauchen Bedienstete, die Mitglieder haben Kunden, Freunde, Ehefrauen."

„Du würdest keine gute Ehefrau abgeben", sagte Duke und verkniff sich ein Grinsen. „Du bist nicht gefügig genug."

„Gefügig?", schnaubte Willie. „Kein Wunder, dass du nicht verheiratet bist."

Duke verschränkte die Arme und grinste sie selbstgerecht an.

„Ich werde mir eine Stelle als Bediensteter beschaffen", sagte Matt.

„Was, wenn sie niemanden einstellen?", fragte ich.

„Sie werden einstellen, nachdem ich einen ihrer Diener bezahlt habe, damit er verschwindet."

Cyclops schüttelte den Kopf. „Ich werde der Diener. Du siehst aus und klingst wie ein Gentleman."

„Ich kann wie ein Diener auftreten, wenn es nötig ist."

„Warum bist du nicht der Kunde?", schlug ich vor. „Cyclops kann ein Diener sein, und ich werde mich mit Mr. Duffields Frau anfreunden, falls er verheiratet ist."

Matt nickte. „Ein Angriff aus drei Richtungen. Gefällt mir."

„Was ist mit Willie und mir?", fragte Duke.

„Ihr werdet beide hier gebraucht. Zu viele von uns bringen die Alarmglocken zum Läuten."

Duke lehnte sich grummelnd zurück, aber Willie schien nicht betrübt. „Was, wenn die Gilde nichts mit seinem Verschwinden zu tun hat?", fragte sie. „Was, wenn es ein einfacher Überfall auf dem Nachhauseweg war, bei dem aber etwas schiefging und er getötet wurde? Vielleicht hatte er Feinde. Sein Vater hat bestimmt welche, ein Mann in seiner Stellung."

„Munro ist überzeugt, dass eine Verbindung zur Gilde besteht", erwiderte Matt. „Er scheint auch zu glauben, dass Daniel noch lebt."

„Das könnte einfach nur Hoffnung sein." Ich erschauerte, während mir ein eisiges Beben das Rückgrat hinab lief. „Ich hoffe, dass er richtig liegt, und Daniel kein schreckliches Schicksal ereilt hat."

„Die Frage ist", sagte Cyclops, „warum sollte ihn jemand entführen?"

Das war eine gute Frage, und eine, auf die es so viele mögliche Antworten gab, dass es unmöglich war, darüber zu spekulieren, ohne mehr zu wissen. Ich hob Daniels Karte auf und musterte sie erneut. Sie war wirklich schön, aber auch praktisch. Was für eine Technik er auch genutzt hatte, um einige der Linien erhaben zu gestalten, sie hatte keine Spuren hinterlassen. Als ich erneut mit den Fingern darüberstrich, spürte ich etwas, eine schwache Erwärmung, so zart, dass sie kaum wahrnehmbar war. Ich schloss die Augen und konzentrierte meine ganze Aufmerksamkeit auf die Karte. Meine Fingerspitzen wurden wieder warm, doch nur ganz leicht. Als ich meine Finger von den erhabenen Linien webbewegte, ließ die Empfindung nach.

„Was ist los?" Matts Stimme erklang dicht hinter mir. Ich hatte ihn nicht näherkommen hören.

Ich öffnete die Augen und sah, dass er sich über meine Schulter beugte, sein Gesicht nur ein Stück über mir. Ich reichte ihm die Karte. „Berühre die Linien." Er tat wie geheißen, schloss sogar die Augen, wie ich es gemacht hatte. „Spürst du etwas?"

„Was sollte da sein?"

Ich berührte ihn an der Hand, und seine Augen klappten auf. Sein Blick hielt einen kurzen, intensiven Moment lang meinen fest, ehe ich die Verbindung abbrach. „Schließ die Augen noch einmal", sagte ich. Ich führte seine Finger zu den erhabenen Linien. „Spürst du etwas?"

Er holte tief Luft und stieß sie langsam aus. Dann schüttelte er den Kopf.

„Keine Wärme?"

Die altbekannte Falte zwischen seinen Augenbrauen erschien. „Nein." Er öffnete die Augen. „Du?"

„Ich ... glaube schon." Ich berührte die Linien abermals, doch seine Anwesenheit störte meine Konzentration. Ich spürte nichts, nur raues Pergament. „Es wurde leicht warm."

Er zog einen Stuhl näher und setzte sich hin, seine Knie streiften den Baumwollstoff meines Rocks. „Hat sie sich genauso erwärmt wie die Uhren, wenn du sie berührst?"

„Nicht so stark. Aber die sind auch aus Metall, darum ist das verständlich."

„Oder du reagierst schlicht auf einer tieferen, stärkeren Ebene auf sie, weil deine Magie Uhrenmagie ist, nicht Kartenmagie."

Meine Finger krallten sich in die Tischfläche. Mein Herz verlangsamte sich zu einem trägen Pochen, und mein Mund wurde trocken. „Ich ... ich bin nicht überzeugt, dass ich irgendeine Magie besitze."

„Ich schon." Er legte seine Hand auf meine. Sie war warm, sanft, fest. „India, es gibt keine andere Erklärung für Uhren, die sich aus eigenem Antrieb bewegen. Uhren, an denen *du* herumgebastelt hast."

„Aber ... wie mache ich das? Und warum ich? Warum bin ich zu so etwas fähig?" Warum konnte ich seine Uhr nicht reparieren?

„Ich weiß es nicht. Aber wir werden jemanden finden, der die Antworten hat. Jemanden, der dir helfen kann, deine Gabe zu verstehen."

„Es gibt jetzt andere Prioritäten."

Mit dem Daumen rieb er mir über die Fingerknöchel, dann schenkte er mir ein behutsames Lächeln. „Wenn wir Chronos finden, schlagen wir zwei Fliegen mit einer Klappe." Er nahm seine Hand weg und hob die Karte auf. „Ich hatte bereits an die Möglichkeit gedacht, dass Daniels Talent über das Gewöhnliche hinausgehen könnte. Diese Karte ist unfassbar."

„Aber es ist nur eine Karte. Sie *tut* nichts."

„Für uns nicht, aber vielleicht für Daniel, oder für den geplanten Empfänger."

„So wie deine Uhr nur dich am Leben hält, aber sonst niemanden?"

Er nickte. „Sie muss magisch sein. Wie sonst hätte er die

Linien erhaben gestalten können? Und warum sonst würdest du Wärme spüren, wenn du sie berührst?"

„Du glaubst, meine … Magie reagiert auf seine?" Es fühlte sich merkwürdig an, das Wort mit mir in Verbindung zu bringen. Ich fühlte mich nicht magisch; ich fühlte mich gewöhnlich. Meine Erziehung war gewöhnlich, meine Eltern waren gewöhnlich, meine Geschichte bis zum Todeszeitpunkt meines Vaters war gewöhnlich.

Doch eine Stimme in meinem Kopf wiederholte Matts Worte. Die Beweislage deutete darauf hin, dass ich ein kleines bisschen Uhrenmagie besaß.

„Glaube ich." Er streckte die langen Beine unter dem Tisch aus und musterte erneut die Karte. „Will der Entführer sowohl Daniel als auch die Karte? Oder ist die Entführung von Daniel nur eine Maßnahme, um an die Karte zu gelangen?"

„Und warum sollte Daniel die Karte demjenigen vorenthalten, der sie haben will?", fragte ich. „Er gab sie dem einen Menschen, von dem er glaubte, er könne sie schützen – seinem Vater, dem Commissioner –, in dem Wissen, dass sie bei ihm am sichersten sein würde. Doch hat er Munro nichts von ihren magischen Eigenschaften erzählt."

„Vielleicht, weil er annahm, dass Munro ihm nicht glauben würde. Er kommt mir vor wie ein Skeptiker."

„Wer kann es ihm verübeln, dass er nicht an Magie glaubt? Ich bin mir nicht mal sicher, dass ich das tue."

In Matts trockenem Lächeln lag ein leiser Schalk. „Du glaubst daran, India. Ich weiß, dass du das tust. Nur die Sturheit verhindert, dass du den Glauben an die Magie ganz ins Herz schließt."

„Tut sie nicht", erwiderte ich brüsk. „Es sind die Jahre des logischen Denkens und Glaubens allein an das, was ich erklären und replizieren kann."

Sein Lächeln wankte nicht, als ob er dachte, er kenne mich besser als ich mich selbst.

„Wir müssen herausfinden, wer Daniel beauftragt hat, diese Karte zu zeichnen", sagte ich. „Falls ihn jemand beauftragt hat, meine ich. Es könnte ja auch einfach etwas sein, das er für sich selbst gezeichnet hat."

„In jedem dieser Fälle, *warum*? Warum so etwas anfertigen,

wo doch tausende weitere Karten von London bereits im Umlauf sind? Was ist so besonders an *dieser* Karte?"

* * *

MATT und ich fuhren zum Gildensaal der Kartenzeichner in Ludgate Hill. Cyclops war fünfundvierzig Minuten vor uns aufgebrochen, bewaffnet mit makellosen Referenzen und einem Münzbeutel – Letzterer würde einen Diener anstiften, seinen Posten zu verlassen. Hoffentlich hatte er Erfolg, ohne irgendwelche unangenehmen Fragen zu veranlassen. Matt hatte beschlossen, dass wir vorgeben würden, ein Ehepaar zu sein. Ich war mir nicht sicher, ob das klug war. Zum einen waren wir dadurch aneinander gebunden, und unser Angriff aus drei Richtungen wurde auf zwei reduziert. Zum anderen bedeutete das, dass unsere Lügen zueinander passen mussten. Bei der Bank hatte sich das noch recht einfach gestaltet, da unsere List nur von kurzer Dauer gewesen war und wir nicht getrennt worden waren. Über einen längeren Zeitraum hinweg würde es schwieriger werden.

„Ich suche nach einem jungen Kartenzeichner", verkündete Matt bei unserer Ankunft am Gildensaal der Kartenzeichner. Er sprach mit einem starken amerikanischen Akzent und zeigte eine Haltung befehlshaberischer Autorität, die so anders war als seine sonst sympathische Art, dass ich ihm einen verwunderten Seitenblick zuwarf.

Der alte Diener stand in einem zurückgesetzten Eingang des Gebäudes in Ludgate Hill und musterte Matt aus kritischen, wenn auch wässrigen Augen. Für mich hatte er nicht einmal einen Blick übrig. „Und Sie sind?"

„Mr. Prescott, von Stanford und Prescott, aus Boston. Bankiers", erklärte er. „Ich höre, es gibt einen Kartographen-Lehrling, der sein Handwerk hervorragend versteht, womöglich der Beste überhaupt. Ich brauche den Besten, um mir eine Karte zu zeichnen, etwas Besonderes, Einzigartiges. Nun, Mann? Das ist doch die Gilde der Kartenzeichner, oder nicht? Sie wissen bestimmt, wen ich meine."

„Sie kommen lieber rein." Der Diener trippelte rückwärts. Er lief so gebückt, dass Matt ihn beinahe ums Doppelte überragte.

„Danke", sagte ich, als Matt einfach wortlos an ihm vorbeimarschierte. Er mochte ja eine Rolle spielen, aber das hieß nicht, dass auch ich unhöflich sein musste.

Der blauweiß gefliese Boden der Vorhalle wich im Inneren einem modernen schwarzweißen Schachbrettmuster. Der Stil war einfach gehalten, darauf ausgelegt, den Blick nicht von dem großen Globus auf den Schultern der Bronzestatue eines gebeugten alten Mannes abzulenken. Der Globus glitzerte im Gaslicht aus Dutzenden Lampen, die an der Wand angebracht waren. Es gab keine Fenster, und sobald die Tür geschlossen war, fiel kein Tageslicht herein. Es hätte auch mitten in der Nacht sein können, und nicht nachmittags.

Der Diener deutete auf einen Raum ab vom Saal. „Warten Sie dort. Jemand wird Sie bald abholen."

Matt ging jedoch nicht. Er war zu beschäftigt damit, den Globus zu umrunden und ihn zu mustern. „Sieh dir das an, mein Liebling", sagte er zu mir. „So eine schöne Arbeit. Die Namen der Länder und Ozeane sind eingraviert. Gebirgsketten sind erhaben, und Täler vertieft. Es gibt auch kleine Symbole."

„Ich sehe eine Meerjungfrau." Ich deutete auf ein Mädchen mit langen, fließenden Haaren in einem Fluss. „Und eine Krone über London. Wie bezaubernd."

„Wie wertvoll." Matt strich mit der Aufmerksamkeit und Sanftheit eines Liebhabers über den Globus. „Kunst wie diese sollte in einem sicheren Banktresor aufbewahrt werden, nicht zur Schau gestellt."

„Hier entlang, bitte", wiederholte der Diener mit nachlassender Geduld.

„Wir würden diesen Globus gern länger inspizieren", sagte Matt, ohne aufzuschauen.

„Nein." Wir warfen beide einen Blick auf den Diener. Er deutete mit einem wulstigen Finger auf die Tür. „Warten Sie da drin."

Ich nahm Matts Arm. „Wir tun lieber, was er sagt."

Gerahmte Karten aller Größen und Formen zierten die Wände

des Warteraums, und ein weiterer, weniger stark verzierter Globus stand stolz auf einem Tisch neben dem Sofa. Ich setzte mich, doch Matt ging auf und ab, die Hände hinter dem Rücken verschränkt.

„Ist alles in Ordnung?", fragte ich. Er wirkte nicht sonderlich erschöpft, aber vielleicht musste er bereits seine Uhr einsetzen. Fall er sie so bald nach dem letzten Mal schon wieder brauchte, machte er sich sicher Sorgen.

„Ja", sagte er knurrig, ohne langsamer zu werden. „Ich bin beschäftigt und möchte fortfahren. Das ist alles."

Ah. Er wollte in seiner Rolle bleiben, falls jemand durch die Tür kam. Das sollte ich auch tun. Ich setzte mich mit im Schoß gefalteten Händen mit einer, wie ich hoffte, sittsamen Miene hin. Die Frau eines reichen Bankiers wäre wohl nicht die Art Frau, die sich der Machtstellung ihres Mannes widersetzte.

Ich vergaß all das, als Cyclops hereinkam, gekleidet in dieselbe Livree mit Frack wie der alte Diener. Ich strahlte ihn an. Weder lächelte er zurück, noch nahm er mich irgendwie wahr, und Matt nahm ihn nicht zur Kenntnis. Ich schluckte mein Lächeln und tat, als wäre er nicht da, wie es mir bei Lady Rycroft, Matts Tante, gegenüber ihren Dienern aufgefallen war. Cyclops stellte ein Tablett auf dem Tisch vor mir ab.

„Tee, Madam?", fragte er mit perfektem englischem Akzent.

„Ja, danke." Ich nahm die Tasse entgegen, schaute ihm aber nicht in die Augen. Ich wollte nicht loskichern, obwohl sonst niemand da war.

Cyclops ging wieder und wurde bald durch einen lächelnden Herrn mit einem kurzen grauen Bart und einem hängenden linken Augenlid ersetzt. Er hielt sich ein großes, blaues Buch an die Brust. Matt schüttelte er die Hand und stellte sich als Mr. Onslow vor, der Schatzmeister der Gilde. Ein engelsgesichtiger Jüngling folgte ihm. Sein neugieriger, offener Blick musterte uns beide.

„Sie haben Glück, dass Sie mich hier erwischt haben", sagte Mr. Onslow. „Mein Lehrling und ich wollten gerade gehen. Wie kann ich Ihnen helfen?"

„Ich höre, dass es einen Kartographen-Lehrling gibt, der sein Handwerk hervorragend verstehen soll, vielleicht der Beste von allen", sagte Matt. „Ich brauche den Besten, um mir eine Karte anzufertigen. Eine besondere Karte", fügte er an, wobei er dem Wort „besondere" eine rätselhafte Aura verlieh.

„Ein Lehrling? Nein, nein, da irren Sie sich." Mr. Onslow lachte, aber nur um sein heiles Auge bildeten sich Fältchen. Das hängende hing weiter. „Ein Lehrling ist zu neu, seine Fertigkeiten sind zu ungeschliffen. Sie wollen einen Mann mit Erfahrung."

„Ich will den Besten. Und ich höre, dieser Lehrling ist der Beste."

Onslow wurde nüchtern. „Wer behauptet das?"

„Das ist irrelevant. Der Junge heißt Daniel Gibbons."

Der Lehrling keuchte auf. Onslow warf ihm einen vernichtenden Blick zu, und der Junge presste die Lippen aufeinander und senkte den Kopf.

„Sie kennen den Jungen, von dem ich spreche." Matt legte in diese Behauptung einen bedrohlichen Unterton, den nur sehr Mutige ignorieren würden.

Trotzdem zögerte Onslow, ehe er schließlich nachgab. „Er ist der Lehrling von Mr. Duffield, dem Gildemeister, wird aber vermisst."

Matt mimte den Überraschten, und ich ebenso. „Vermisst?", fragte Matt nach.

Onslow zuckte mit den Schultern. „Er ging von der Arbeit los und kam offenbar nicht zu Hause an. Die Polizei hat nachgeforscht, aber … Es ist alles sehr traurig."

„Ist er weggerannt?"

„Schwer zu sagen." Onslows Miene hellte sich auf. „Aber er war nur ein Lehrling. Es gibt viele erfahrene Kartenzeichner in der Gilde, die Ihnen ein schönes Stück erstellen können. Was für eine Karte, und von welcher Region?"

„Ich werde Duffield aufsuchen", sagte Matt und ignorierte ihn. „Ich nehme an, der beste Lehrling arbeitet für den besten Kartographen, und er ist der Gildemeister, oder nicht?"

Der Lehrling kniff seine Engelslippen zusammen. Vor Enttäuschung? Neid?

„Er ist nicht unbedingt der Beste", erwiderte Onslow knapp. „Qualität liegt im Auge des Betrachters. Duffields Spezialität ist der Subkontinent. Er ist dort in seiner Jugend viel gereist. Wenn die Karte, die Sie beauftragen wollen, nicht von Indien ist, oder einem der Nachbarländer, würde ich nicht zu Duffield gehen. Das ist natürlich nur meine bescheidene Meinung."

„Sie ist von Indien", sagte Matt wie aus der Pistole geschossen.

„Oh." Onslow rümpfte die Nase. „In diesem Fall finden Sie ihn in seinem Laden in der Burlington Arcade. Nun müssen wir los. Ich sollte meinem Laden nicht zu lange fernbleiben. Wenn Sie feststellen, dass Ihnen Duffields Art nicht gefällt, suchen Sie mich auf. Ich habe selbst eine hervorragende Kenntnis des Subkontinents. Sie finden mich an der Regent Street. Guten Tag, Sir, Madam." Zu seinem Lehrling sagte er: „Begleite sie hinaus."

Mr. Onslow ging, und der Jüngling wies uns den Weg zur Tür. Nun, da er von seinem Meister getrennt war, fragte ich mich, ob er eher geneigt sein würde, über Daniel zu reden.

„Wie heißen Sie?", fragte ich.

Er schaute ruckartig auf, vielleicht überrascht, dass ich ihn direkt ansprach. „Ronald. Ronald Hogarth."

„Wie schön, Sie kennenzulernen, Ronald. Liege ich richtig damit, dass Sie Daniel kennen, den verschollenen Lehrling?"

Seine Wangen wurden rot. „Ich bin ihm nur zweimal begegnet. Beide Male hier, bei Treffen. Wir waren natürlich nicht zu den Gildentreffen eingeladen, die sind nur für richtige Mitglieder, aber Lehrlinge kommen oft mit und beteiligen sich am Essen danach."

„Haben Sie mit ihm gesprochen?"

„Ein wenig."

„Wie wirkte er?", fragte Matt. „Nervös? Besorgt?"

Ronald hob eine Schulter. „Ich schätze, das könnte man so sagen, aber erst seit Kurzem. Als ich ihm zum ersten Mal begegnete, war er ein normaler Kerl, ganz nett. Beim zweiten Mal konnte er nicht stillsitzen. Er erschrak schnell, besonders, wenn jemand Neues hereinkam. Er schaute immer über die Schulter, als würde er erwarten, dass sich jemand an ihn heranschlich."

„Wirkte er nervöser, wenn sein Meister im Raum war?"

„Nein." Ronald schaute eulenhaft zwischen mir und Matt hin und her. Wir hatten den armen Jungen geängstigt. „Warum wollen Sie das wissen? Geht es um sein Verschwinden?"

„Wir wollen ihn einfach finden, damit er eine Karte für mich zeichnen kann", versicherte ihm Matt.

Ich nahm Matts Arm und hoffte, er würde darin ein Zeichen erkennen, mit den Fragen nachzulassen. Ronald war zu misstrauisch.

„Er war gut", murmelte Ronald. „Aber nicht so gut, wie alle sagen."

„Sie haben seine Arbeit gesehen?", fragte Matt.

„Nein, aber ich weiß, dass er gar nicht so gut sein konnte. Er war ein Lehrling im ersten Jahr. Der Kunde, der ihn beauftragte, hat das wohl gemerkt und wollte sein Geld zurück, darum hat er mit Daniel gestritten."

Ich spürte, wie sich Matts Muskeln unter meiner Hand anspannten. „Woher wissen Sie, dass es einen Streit gab?"

„Ich habe gehört, wie Mr. Duffield es Mr. Onslow und einigen anderen erzählte, vor einer guten Woche."

Ehe Daniel vermisst wurde also. „Wissen Sie, worüber sie gestritten haben?", fragte ich.

„Nein, Mr. Duffield konnte sie nicht hören."

„Danke", sagte Matt. „Hoffentlich taucht der Junge auf und hat sich mit allen nur einen Jux erlaubt."

Ronald nickte traurig. „Ich hoffe, mehr ist am Ende nicht dran. Er war ein anmaßender Fiesling, aber mir gefällt die Vorstellung nicht, dass ihm etwas Schlimmes widerfahren ist."

Wir stiegen in unsere wartende Kutsche, und Matt klopfte an die Decke, sobald wir saßen. Bryce fuhr Richtung Clerkenwell ab.

„Wir haben nicht viel erfahren", sagte ich mit einem Seufzen.

„Ganz im Gegenteil." Matt nahm seinen Hut ab und fuhr sich durchs Haar. „Wir haben erfahren, dass Duffield sich auf den Subkontinent spezialisiert hat, darum kann ich das zum Einsatz bringen, wenn ich mit ihm spreche. Wir haben auch erfahren, dass Daniel mit einem Kunden gestritten hat. Ich möchte wetten, das ist derselbe Kunde, der ihn beauftragt hat, diese Karte zu zeichnen. Vielleicht hat er mit Daniel gestritten, weil er sie ihm nicht übergeben hat."

„Es scheint naheliegend." Der Einspänner holperte um eine Ecke, und ich legte eine Hand auf den Sitz neben mir, um mich zu stabilisieren. „Wir hatten großes Glück, dass Ronald bereit war, mit uns zu reden. Wir wussten nicht einmal, dass er da sein würde."

„Das ist das Spannende an der Geheimarbeit. Man weiß nie, wen man treffen wird oder welche Informationen auftauchen. Das hält mich auf Trab." Er wirkte durch die Begegnung ziemlich erfrischt. Seine Augen leuchteten stärker als am ganzen Tag zuvor, und ein kleines, zufriedenes Lächeln umspielte seine Lippen.

„Du bist dafür ziemlich gut geeignet", sagte ich. „Ich bin beeindruckt, dass du deinen Charakter so lange aufrechterhalten hast, auch dann, wenn niemand hinschaut."

„Du hast es auch gut gemacht."

„Meine Nerven waren die ganze Zeit bis an die Grenzen strapaziert. Ich will gar nicht daran denken, was für ein Nervenbündel ich gewesen wäre, falls Onslow gemutmaßt hätte, dass wir lügen."

„Er hatte keine Ahnung". Matt grinste. „Wir geben ein gutes Gespann ab."

Ich war mir da nicht so sicher. Er hatte mich bei der Gilde gar nicht gebraucht, und auch nicht auf der Bank. Es schien immer wahrscheinlicher, dass er um mein Beisein gebeten hatte, um die Ausgaben für meinen Lohn zu rechtfertigen. Ein leichtes Schuldgefühl zog sich in meinen Eingeweiden zusammen, aber ich schob es beiseite. Ich wollte arbeiten, und ich verlangte nicht mehr, als ich als Hilfe bei einem Ladenbesitzer verdient hätte. Außerdem, wenn Matts Mangel an Sorge über die wachsende Anzahl von Menschen in seiner Obhut ein Urteil zuließ, konnte er sich meinen Lohn und noch einiges mehr leisten.

Der Fabrikdistrikt von Clerkenwell war Arbeiterklasse durch und durch. Wenige herrschaftliche Kutschen wagten sich in diese trostlosen, schmalen Straßen. Sonnenlicht und Farbe schienen aus dem Elendsviertel gewichen zu sein, und auch die Hoffnung, wenn man nach den Mienen der elenden Gesichter ging. Die Fabriken waren eher wie Werkstätten und nicht große Manufakturgelände. Die meisten gehörten Handwerkern, die genug Kapital von Investoren hatten zusammenkratzen können, um ihre Arbeiten im größeren Maßstab durchzuführen. Vor Jahren war ein Uhrmacher an meinen Vater herangetreten, der wollte, dass dieser in ein solches Unternehmen investierte. Er bot meinem Vater einen Teil der Gewinne im Austausch für etwas Geld im Voraus, aber Vater war ein konservativer Mann gewesen, und er hatte nicht in ein Vorhaben investieren wollen, das womöglich keine Ergebnisse lieferte. Er hatte es vorgezogen, seine Werkstatt hinten im Laden zu behalten, damit er kommen und gehen konnte, wie es ihm beliebte.

Matt half mir den Kutschentritt hinab, und wir betraten das Ziegelbauwerk mit dem Schriftzug *Worthey, Hersteller Feinster Uhren*, der auf die Fassade gemalt war. Das rhythmische Scheppern von Maschinen hallte durch den großen Raum, untermauert vom Surren hunderter kleiner Zahnräder und einem gelegentlichen Läuten. Vier Männer in Lederschürzen saßen an einer langen Bank und sortierten Teile in kleine Kisten. Weitere zwei standen an den Maschinen, drehten Kurbeln und kümmerten sich um die Kohle, und nochmal vier saßen an Tischen und bauten die Uhren zusammen.

Ein Kerl mit Schnurrbart saß in einem Bureau. Er sah von seinen Papieren auf und bemerkte uns zur selben Zeit wie wir ihn. Er grüßte uns und lächelte, als ihm unsere feine Kleidung auffiel. Es war ein Glück, dass Miss Glass darauf bestanden hatte, dass ich mir neue Kleider zulegte, die besser zu meiner Rolle als ihre Gesellschafterin passten als die langweilig grauen und braunen Kleider, die ich mein ganzes Leben lang getragen hatte. Ich fühlte mich noch immer etwas unwohl in den auffälligen Blau- und Grüntönen meiner neuen Ausstattung, aber sie sagte, ich sähe darin „sehr viel besser" aus.

„Guten Tag, Sir, Madam", grüßte der Mann und schüttelte Matt die Hand. „Willkommen bei Worthey's. Ich bin Archibald Worthey. Wie kann ich Ihnen helfen?"

„Wir suchen nach einem bestimmten Uhrmacher", sagte Matt. „Vielleicht arbeitet er hier, oder Sie kennen ihn."

Das Lächeln entglitt dem Mann ein wenig. Es war die Standardreaktion, wann immer wir sagten, dass wir jemanden suchten und keine neue Uhr kaufen wollten.

Einer der Arbeiter näherte sich dem Bureau, seine Aufmerksamkeit galt der kleinen Kutschuhr in seiner Hand. Das Gehäuse stand offen, und er bastelte am Mechanismus herum.

„Ich bin gleich bei dir, Pierre", sagte Worthey. Zu Matt sagte er: „Ihr Akzent. Ist der amerikanisch?"

Der Arbeiter wurde ganz starr. Er schaute nicht von der Uhr auf, doch er achtete auch nicht länger auf sie. Das Werkzeug lag schlaff in seiner Hand.

Ich wandte mich wieder zu Matt. „Ist er", sagte er. „Ich habe in Amerika diesen Uhrmacher getroffen, wie es der Zufall so will, doch war er Engländer. Das war vor fünf Jahren. Nun suche ich nach ihm. Kennen Sie einen außergewöhnlichen Uhrmacher, der zu dieser Zeit das Land verlassen haben könnte? Er müsste alt sein, mit weißen Haaren."

Worthey schüttelte den Kopf. „Mir fällt keiner ein. Pierre könnte es wissen. Er ist alt und weitgereist." Er kicherte. „Pierre? Kennst du ... Oh, er ist weg."

Ich wirbelte herum, und genauso Matt. Der Arbeiter war wirklich weg, hatte die Uhr auf den Tisch neben der Tür gestellt. Ich ging aus dem Bureau und musterte die übrigen Männer auf dem Fabrikgelände. Keiner trug dieselbe blaue Mütze wie Pierre, und der Platz am Ende der langen Bank war frei.

Neben mir wurde Matts Atmung schwerer, sprunghafter. Ich nahm ihn am Arm. „Er hatte einen weißen Bart", sagte ich leise. „Aber sein Gesicht konnte ich nicht sehen."

„Wo zum Teufel ist er hin?", fragte Worthey, die Hände in die Hüfte gestemmt. „Er ist jetzt grade nicht mit einer Pause dran."

Ich nahm die Kutschuhr, an der Pierre gearbeitet hatte, ließ sie aber mit einem Keuchen los. „Sie ist warm."

Matt lief los.

att suchte zu Fuß nach dem Mann namens Pierre, während ich Bryce langsam durch die Straßen von Clerkenwell fahren ließ. Ich rief ihm ganze acht Mal zu, stehenzubleiben, damit ich hinausgehen und jeden Mann mit weißem Bart begutachten konnte, den ich sah. Niemand trug die gleiche blaue Mütze wie Pierre, und alle warfen mir ausdruckslose Blicke zu, während ich sie befragte. Es war jedoch möglich, dass sie logen. Da ich Pierres Gesicht nicht gesehen hatte, konnte ich nicht wissen, wie er aussah.

Nach zwei Stunden befahl ich Bryce die Rückkehr zur Fabrik. Matt war nicht da, darum ging ich in Wortheys Bureau. „Der Mann, der vorhin hier war", sagte ich. „Pierre. Wie lautet sein ganzer Name?"

„Entschuldigen Sie, Mrs. …?"

„Miss Steele. Ich bin die Tochter von …" Ihm zu verraten, dass ich Eliot Steeles Tochter war, würde mir vielleicht nicht weiterhelfen. „Egal." Wenige Uhrmacher hatten mich seit dem Tod meines Vaters ohne Furcht oder Zurückhaltung behandelt. Obwohl ich Mr. Worthey nicht kannte, hieß das nicht, dass er meinen Vater nicht gekannt hatte.

Worthey seufzte und legte seine Feder zurück ins Tintenfass. „Pierre DuPont. Warum? Warum sind Sie an ihm interessiert?"

„Er ist vielleicht der Mann, den mein Arbeitgeber sucht. Ist er Franzose?"

Er nickte. „Aus Marseilles. Er kam vor ein paar Jahren nach England."

„Hat er einen französischen Akzent?"

„Ja, einen sehr starken sogar."

Also war er nicht Chronos. Matt sagte, dass der magische Uhrmacher einen englischen Mittelklasseakzent besaß und in London gearbeitet hatte. Ich legte die Hände auf die Stuhllehne vor mir und senkte den Kopf. Wir hätten Worthey befragen sollen, bevor wir Pierre nachjagten.

Aber wenn er nicht Chronos war, warum war er dann weggelaufen, als er Matts amerikanischen Akzent gehört hatte? Und warum hatte sich die Uhr warm angefühlt?

„Wie lange hat er hier gearbeitet?", fragte ich.

„Drei Monate."

Die Uhr auf dem Kaminsims läutete. Worthey schaute auf seine Uhr, ehe er sie wieder in seine Tasche gleiten ließ. „Entschuldigen Sie mich." Er marschierte aus dem Bureau und läutete die Glocke, die dort hing.

Wie Automaten legten die Männer auf der langen Bank ihre Werkzeuge ab und erhoben sich. Diejenigen an den Maschinen zogen Hebel, und die Zahnräder kamen knirschend zum Stehen. Eine unheimliche Stille senkte sich über die Fabrikhalle.

„Macht es Ihnen etwas aus, wenn ich kurz mit Ihren Männern spreche, ehe sie gehen?", fragte ich Worthey. „Sie wissen vielleicht etwas über Pierre, das uns helfen könnte."

Er streckte eine Hand aus. „Meinetwegen gerne, aber Sie werden sich beeilen müssen. Niemand bleibt hier gern länger als nötig."

Er geleitete mich die Stufen hinab, während die Männer ihre Mäntel nahmen, die aufgereiht an Haken an der Wand hingen.

„Ehe ihr geht, Männer", rief Mr. Worthey, „würde Miss Steele gern ein paar Fragen über Pierre stellen. Wer von euch kannte ihn gut?"

Ausdruckslose Augen starrten mich an.

„Weiß jemand, wo er gearbeitet hat, ehe er hierher kam?", fragte ich.

Sie schüttelten die Köpfe.

„Was ist mit Freunden und Familie?", wollte ich wissen.

Weitere Köpfe wurden geschüttelt.

„Er hatte keine Familie" erklärte mir Worthey. „Ich frage immer jeden meiner Männer nach dem nächsten Angehörigen, für den Fall, dass es zum Schlimmsten kommt. Er sagte mir, dass er niemanden hätte."

„Wo wohnte er?"

„Ich weiß es nicht. Er tauchte jeden Morgen auf und holte sich am Zahltag den Lohn in meinem Bureau ab. Es geht mich nichts an, falls er die Nächte unter einem alten Karrenwrack verbrachte. Er war ein guter Uhrmacher, ein zuverlässiger Arbeiter, den man nicht anlernen musste, und er blieb für sich. Mehr als das kann ich nicht erwarten."

Mich verließ der Mut. Während die Männer hinaus trotteten, fühlte ich mich, als würde meine ganze Hoffnung mit ihnen gehen.

Ich wartete noch eine Stunde in der Kutsche auf Matts Rückkehr. Als er um die Ecke bog, war ich erleichterter, als ich zugeben wollte. Das Dämmerlicht warf Schatten auf sein Gesicht, bis er mich an der offenen Tür des Einspänners erreichte. Ich erkannte bereits an seinen hängenden Schultern, dass er keinen Erfolg auf der Suche nach Pierre gehabt hatte, aber ich war nicht auf die Erschöpfung vorbereitet, die ihn quälte. Dunkle Ringe lagen unter seinen Augen, stachen auf seiner blassen Haut hervor, und tiefe Falten umrahmten seinen Mund. Er stolperte, als er in die Kutsche stieg, und ich fing ihn an den Schultern ab. Sein Gewicht und sein Schwung schoben ihn jedoch in mich hinein, so dass ich auf meinem Sitz festgenagelt wurde.

„Himmel", murmelte er und richtete sich auf. Er berührte die Jackentasche an seiner Brust, während er sich auf den Sitz gegenüber fallen ließ. Er senkte den Kopf in die Hände und stieß seinen Hut, der auf den Boden gefallen war, von der Tür weg. „Es tut mir leid, India."

Ich schluckte den Kloß, der sich in meiner Kehle bildete, und rief Bryce zu, er solle uns nach Hause fahren. Ich schloss die Tür und setzte mich wieder. „Matt." Als er nichts erwiderte, zog ich eine Hand von seinem Gesicht weg. Er senkte die andere und schaute mich durch dicke Wimpern an. Ich wollte ihn fragen, ob alles in Ordnung war, aber ich sah doch, dass es das nicht war, und ich wollte seinen männlichen Stolz nicht verletzen, indem ich auf seine Krankheit anspielte. „Ich glaube nicht, dass dieser Mann Chronos war."

Er hob den Kopf, um mich richtig anzuschauen. „Warum nicht?"

„Laut Worthey war er Franzose mit einem starken Akzent."

„Er könnte ihn vorspielen, damit man nicht auf ihn aufmerksam wird."

„Stimmt." Ich seufzte. „Ich wünschte, ich hätte sein Gesicht gesehen, damit ich ihn dir beschreiben kann. Ich habe nur seinen weißen Bart bemerkt."

„Das ist mehr, als ich gesehen habe", stieß er hervor. Er senkte wieder den Kopf. Ich sehnte mich danach, ihm übers Haar zu streichen, ihm etwas Trost zu spenden. Ich war mir aber nicht sicher, ob er das zu schätzen gewusst hätte. „Wir werden morgen zurückkehren und weitere Fragen stellen."

„Ich habe Worthey und die anderen Fabrikarbeiter befragt", sagte ich.

Er richtete sich auf. „Was hast du erfahren?"

„Offenbar war sein Name Pierre DuPont. Er kommt ursprünglich aus Marseilles und wohnt nun seit ein paar Jahren in England. Er kam vor drei Monaten zu Worthey's. Er hat keine Familie, und Worthey hat keine Adresse von ihm. Er blieb für sich und freundete sich nicht mit seinen Arbeitskollegen an."

Matt legte den Kopf zurück und schloss die Augen. „Ich würde morgen trotzdem gern zurückkehren. Vielleicht kommt er zur Arbeit, als wäre alles in Ordnung."

Seinem Tonfall merkte ich an, dass er nicht viel Hoffnung hegte.

Seine Atmung beschleunigte sich plötzlich, wurde abgehackter, und Schweiß perlte von seiner Stirn herab. Er wirkte geisterhaft im trüben Licht. Ich setzte mich zu ihm hinüber und berührte ihn an der Stirn.

„Du fieberst."

Seine Lider flatterten. Schlief er? Oder …?

„Matt?"

Keine Antwort.

„Matt!" Ich schüttelte ihn, und er sank an mich gelehnt herab.

„Hmmm?" Seine Finger tasteten an seiner Jackentasche. Ich half ihm, die magische Uhr herauszuziehen und seinen Handschuh abzunehmen. Ich legte seine Finger um das Gerät, ließ meine Hand über seiner und schob den anderen Arm hinten über seine Schultern. Er legte den Kopf unter mein Kinn.

Ich konnte aus diesem Winkel nicht sehen, wie seine Adern bläulich leuchteten, aber ich erkannte an seiner ruhigen Atmung, dass die Magie durch ihn hindurchfloss, ihn verjüngte, obwohl sie ihn nicht völlig heilte. Er würde schlafen müssen, sobald wir zu Hause ankamen.

Ich schob die Gedanken an seine Krankheit beiseite und genoss einfach das Gefühl, ihn in den Armen zu halten. Nicht jede alte Jungfer hatte das Glück, einen starken, stattlichen Mann wie ihn zu halten, und ich hatte vor, jede Sekunde auszukosten, jeden harten Muskel in mein Gedächtnis einzugravieren.

Wir fuhren an den großen, säulengeschmückten Häusern von Mayfair vorbei, als Matt sich schließlich aufsetzte. „Es tut mir leid", murmelte er, ohne meinem Blick zu begegnen.

„Entschuldige dich nicht." Ich hielt meine Hände fest verschränkt auf dem Schoß. Sie schienen erneut nach ihm greifen zu wollen. „Du vergisst, dass ich dich bereits so gesehen habe. Und schlimmer." Am Tag, als er festgenommen worden und seine Uhr zurückgeblieben war, wäre er beinahe gestorben. Allein schon beim Gedanken daran wurde mir übel.

„Das heißt nicht, dass ich diese Darbietung wiederholen will."

Ich fühlte mich plötzlich unangenehm berührt und wusste nicht, wohin ich schauen sollte. Er verabscheute es, wenn ich ihn so geschwächt sah, doch das war bereits geschehen, und es würde wieder geschehen, wenn wir diese enge Arbeitsbeziehung weiterführten.

Keiner von uns sagte etwas, bis wir zu Hause ankamen und uns an der Eingangstür einem fremden Mann gegenübersahen. Er trug einen formellen Anzug, und weiße Handschuhe bedeckten seine Hände.

„Wer sind Sie?", fragte Matt.

„Der neue Butler. Bristow, zu Ihren Diensten." Der sauber rasierte, schlanke Mann mit voller Unter- und schmaler Oberlippe verbeugte sich. „Sind Sie Mr. Glass?"

„Bin ich, und das ist Miss Steele."

Bristow richtete sich auf und trat zur Seite. „Willkommen zu Hause, Sir, Madam. Miss Glass und Miss Johnson sind im Salon und machen sich mit den anderen neuen Angestellten vertraut."

Matt zog die Augenbrauen hoch. „Das ging schnell."

„In der Tat, Sir." Bristow nahm unsere Hüte und Handschuhe und zog sich dann in die Garderobe zurück, um sie aufzuhängen.

Matt lud mich mit einer ausgestreckten Hand zum Vorausgehen ein. „Es scheint, als wären sie emsig gewesen, während wir außer Haus waren."

Er wirkte immer noch sehr müde, und ich biss mir auf die Lippen, um mich davon abzuhalten, ihn zum Ruhen nach oben zu schicken. Ich bezweifelte, dass er so ein Getue gern gesehen hätte.

„Da bist du ja", sagte Miss Glass, als wir in den Salon eintraten. Sie saß da wie eine Königin auf ihrem Thron, umringt von ihren Höflingen. In diesem Fall waren die Höflinge wie Diener gekleidet. Einer, ein junger Mann, trug eine Dienerschaftslivree, und zwei Frauen im mittleren Alter und ein Mädchen von etwa neunzehn Jahren waren in Schürzen über schwarzen Uniformen gekleidet. Ich hatte die Kleidungsstücke im Livreeschrank unter der Treppe gesehen.

Willie marschierte zu Matt hinüber, die Hände auf den Hüften. „Du siehst aus, als hätte dich ein Eisenross überfahren", sagte sie leise.

„Nicht", knurrte Matt kaum vernehmlich.

„Geh rauf und ruh dich aus. Das kann warten."

„Nein, kann es nicht." Er schob sich an ihr vorbei und begrüßte seine Tante mit einem Küsschen auf die Wange.

Willie warf mir einen scharfen Blick zu. „Du hättest besser auf ihn aufpassen sollen", zischte sie.

Ich hätte ihr nur zu gern eine Erwiderung hingespuckt, aber mir wollte keine einfallen. Sie hatte recht. Ich hätte besser aufpassen sollen, wie lange er nach Pierre DuPont gesucht und welch gesundheitlichen Tribut das gefordert hatte. Aber ich hatte es in der Aufregung um die Suche nach dem magischen Uhrmacher vergessen.

Denn DuPont war definitiv magisch. Ich hatte die Wärme seiner Magie in der Uhr gespürt, an der er gearbeitet hatte.

Miss Glass stellte uns dem neuen Personal vor. Die Haushälterin erwies sich als Ehefrau des Butlers, und die junge Magd war ihre Tochter. Alle Angestellten kamen aus dem Haushalt von Miss Glass' altem Nachbarn. Ihr Arbeitgeber war kürzlich verstorben, und sein Haus wurde abgeriegelt, bis der Erbe, ein Neffe, der in Neuseeland wohnte, entweder zurückkehrte oder es verkaufte.

Miss Glass sah mit einem zufriedenen Lächeln zu, wie das neue Personal aus dem Salon abrückte. „Was für ein Glück, dass der alte Mr. Crowe genau zu diesem Zeitpunkt starb."

„Nicht für ihn", sagte Willie.

„Er lag nur den ganzen Tag lang im Bett und beschwerte sich bei der armen Mrs. Bristow. Das ist doch kein Leben. Es ist etwas so Wertvolles, dem Personal hier ein neues Heim zu geben. Sie sind alle sehr dankbar."

„Es ist nur, bis wir aufbrechen. Lassen Sie sie nicht glauben, das wäre für immer."

Miss Glass streckte die Hand aus, und Matt half ihr auf. „Jetzt, da wir angemessenes Personal haben, können wir Besuch empfangen."

Willie stöhnte.

„Dank Mrs. Potters Kochkünsten werden wir anständige Mahlzeiten bekommen, und wir werden Dinnerpartys abhalten. Für größere Ereignisse werden wir einen Aushilfsdiener und zusätzliches Küchenpersonal anstellen." Sie tätschelte Matts Arm. „Es ist eine Schande, dass dieses Haus nicht mehr verträgt, andernfalls hätten wir mindestens sechs weitere ständige Angestellte."

Willie zählte an den Fingern ab, ihre Lippen bewegten sich dabei. „Es gibt inzwischen mehr Angestellte als unsereins! Man würde uns lachend bis an die kalifornische Grenze treiben, wenn unsere Freunde Zuhause Wind von diesem Etepetete-Getue bekämen."

„Ihr hattet in Amerika kein Personal?" Miss Glass schnalzte mit der Zunge. „Was für ein wildes, unzivilisiertes Land. Na, das ist die Vergangenheit. Jetzt kannst du leben, wie es dir von Geburt an zusteht, Matthew."

„Erwarte nicht, dass wir im großen Stil einladen, Tante", sagte er. „Du kannst natürlich gerne Freunde zu Besuch haben, aber ich fürchte, ich werde mich dir nicht anschließen. Ich bin sehr beschäftigt."

„Natürlich schließt du dich mir an, und natürlich gibt es Dinnerpartys. Wie sonst sollst du denn deine Braut kennenlernen?"

Willie prustete, schaukelte auf den Fersen zurück und schlug sich auf die Oberschenkel. „Er soll so eine welke englische Rose heiraten, die beim ersten Hauch der kalifornischen Sonne schlappmacht?" Sie schnaubte.

Miss Glass' Mund schürzte sich so sehr, dass ihre Lippen vollends verschwanden. Sie legte die Hände um Matts Arm, um ihn an ihrer Seite festzumachen. „Er ist ein Glass. Er heiratet doch keinen wilden, dornigen ..."

„Kaktus?"

„Rollenden Busch", sagte Miss Glass.

„Die haben keine Dornen."

„Diese Unterhaltung ist irrelevant." Matt löste sich aus dem Griff seiner Tante. „Heirat ist das Letzte, was ich im Sinn habe." Er richtete seinen finsteren Blick auf Willie, sodass ihr selbstgerechtes Grinsen nachließ. „Ich habe im Augenblick wichtigere Dinge zu tun."

„Unsinn", fuhr ihn Miss Glass an. „Nichts ist wichtiger als deine Zukunft."

„Na, *darüber* sind wir uns mal einig", murmelte Willie.

Matt seufzte und rieb sich die Stirn. „Danke, dass ihr das Personal eingestellt habt. Ich bin zugegebenermaßen überrascht, dass ihr beiden euch gut genug verstanden habt, um so schnell zur Tat zu schreiten."

„Mrs. Bristow wird dieses Haus im Nu auf Trab bringen."

Miss Glass spähte in Matts Gesicht. „Du wirkst kränklich. Geht es dir nicht gut?"

„Es ist alles in Ordnung."

„Vielleicht solltest du ruhen", sagte ich. „Du siehst aus, als hättest du dir was eingefangen", fügte ich um Miss Glass' Willen hinzu.

Sie runzelte die Stirn. „India ist klug. Hör auf sie und ruh dich aus. Lewis kann dir dein Abendessen nach oben bringen, sobald es fertig ist. Er kann eigentlich auch als dein Leibdiener fungieren, während er seine restlichen Pflichten erfüllt."

„Ich brauche keinen Leibdiener."

„Jeder erstklassige Gentleman braucht einen Leibdiener. So macht man das hier." Sie scheuchte ihn zur Tür.

Matt hob die Hände. „Ich geh ja schon. Ich komme später wieder nach unten."

„Ist das nötig?", fragte ich. „Du solltest richtige, ununterbrochene Ruhe bekommen. Sonst wirst du morgen nicht voll wiederhergestellt sein, und ich glaube, es wird ein weiterer emsiger Tag."

„India hat recht", sagte Miss Glass.

„Ich muss die heutigen Ereignisse mit den anderen besprechen", erwiderte er.

„Das kann ich tun." Ich lächelte ihn beruhigend an.

Er seufzte. „Ich komme mir überflüssig vor."

„Bist du nicht", sagte Willie. „Du wirst nur nicht gebraucht."

Matt schaute von einer zur anderen und schüttelte den Kopf. „Ich sehe, die Zeichen stehen gegen mich. Ich weiß, wann man sich besser zurückzieht."

Sobald er weg war, drehte sich Willie zu mir um, die Hände auf den Hüften. „Warum macht er, was du willst, aber nicht bei mir? Als ich ihm gesagt habe, dass er ruhen soll, hat er sich geweigert. Du sagst ihm, er soll gehen, und er ist ganz brav."

„Das liegt daran, dass du keine zarte feminine Hand hast", sagte Miss Glass.

„Hä?"

„Wenn du willst, dass ein Mann tut, was du willst, musst du es subtil nahelegen, nicht ihn befehligen. Du musst ihm die Vorteile darlegen, wenn er tut, was du willst, wie es India getan hat, als sie ihm in Erinnerung rief, dass er morgen wieder viel zu tun hat und sich dabei nicht unwohl fühlen will. Sie ist ganz wunderbar mit subtilen Vorschlägen."

„Bin ich das?" Ich blinzelte. „Man hat mir gesagt, dass ich recht direkt bin."

„Willie ist direkt. Du bist einfach gut im Manipulieren, zumindest, wenn es Matt betrifft. Ich kann mir überhaupt nicht erklären, warum du nicht verheiratet bist, mein Mädchen."

Ich lachte und schaute zu Willie hinüber, um mit ihr zusammen zu lachen. Aber sie zuckte nur mit den Schultern.

„Ich verwette die Ranch darauf, dass sie einfach zu wählerisch ist", sagte Willie und betrachtete mich mit kritischem Blick.

„Kaum", sagte ich. „Wenn du Eddie Hardacre getroffen hättest, würdest du dich fragen, warum ich nicht wählerischer bin."

„Vielleicht hast du alle anderen verscheucht. Was meinst du, Letty?"

„Ich stimme ganz zu", erwiderte Miss Glass. „Du bist zu schlau für eine Frau, India, und du hast das entsprechende Mundwerk, zumindest manchmal. Kein Mann will eine Frau, die intelligenter ist als er, und er will auf keinen Fall eine, die ihn vor seinen Freunden daran erinnert."

Willie nickte und zuckte entschuldigend mit der Schulter. „Es ist nicht zu spät für dich, falls du eine Ehe anstrebst."

„Ich ... ich weiß nicht", sagte ich betäubt. Wie war es denn zu diesem Gespräch gekommen? Ich fühlte mich losgelöst, unsicher, ob ich bleiben und ihrer offenen Einschätzung weiter lauschen oder hinausmarschieren und deutlich zeigen sollte, dass ich gekränkt war.

„Hör auf meine Worte, India, die Welt ist ein grausamer Ort für eine unverheiratete Frau", sagte Miss Glass mit bedrückter Stimme. „Eine Witwe hat eine gewisse Freiheit und Unabhängigkeit, aber eine Jungfer nicht. Wenn du heiraten kannst, solltest du das tun."

„So schlimm ist es nicht", sagte Willie mit steifem Rücken. „In Kalifornien kann eine Frau wie ich tun, was sie will."

„Aber India ist keine Frau wie du. Du bist ... einzigartig. Eigentlich kaum eine richtige Frau."

„Du bist nicht die erste, die das sagt.“

Miss Glass nahm meine Hand und tätschelte sie. „Mach dir keine Sorgen, meine Liebe. Ich suche dir einen netten Mann, den dein Verstand nicht abschreckt. Nicht zu jung natürlich, aber einen Mann, der eine Frau braucht. Vielleicht ist es ein Witwer mit ein paar Kindern.“

Ich zog meine Hand zurück. „Es ist schon gut, danke. Ich kann selbst einen Mann finden, wenn ich beschließe, dass ich einen brauche.“

Sie machte ein missbilligendes Geräusch. „Warte nicht zu lange. Die Zeit läuft ab.“ Sie verließ den Salon.

Ich setzte mich auf das Sofa, völlig erledigt. So fühlte ich mich oft, wenn ich über meine Zukunft nachdachte. Eines Tages würde Matt nach Amerika zurückkehren und seine Freunde und Familie mitnehmen. Ich war keines von beidem, und meine Heimat war London. Anders als Miss Glass hatte ich keine Familie, die mich beschäftigt hielt, und obwohl ich vierhundert Pfund verdient hatte, als ich geholfen hatte, den Dark Rider zu schnappen, würde das Belohnungsgeld nicht ewig vorhalten. Ich musste arbeiten, aus finanziellen Gründen genauso wie aus gesellschaftlichen. Ein langes, einsames Leben lag vor mir, wenn ich nicht arbeitete oder heiratete.

Doch Eddie hatte mich gelehrt, dass es nicht mein Wunsch war, einem Mann durch die Ehe anvertraut zu sein. Ich konnte meine Unabhängigkeit, meine vierhundert Pfund, oder gar meinen Körper nicht für jemanden aufgeben, der all das mit Verachtung behandeln würde. Vielleicht sollte ich doch nach Amerika gehen und mich wie ein Mann verhalten, so wie Willie.

* * *

„Du solltest deine Nase nicht so kraus ziehen, wenn du ein schlechtes Blatt hast“, sagte Willie, die jedem eine letzte Karte austeilte.

Ich schnappte mir meine und fügte sie zum Rest meines Blatts hinzu. „Vielleicht ziehe ich die Nase kraus, damit du *denkst*, ich hätte ein schlechtes Blatt.“

„So gut bist du nicht beim Verstecken deiner Gefühle.“

Duke legte zwei Streichhölzer vor sich ab. „Du musst dein Gesicht ausdruckslos halten."

„Ich dachte, das täte ich." Ich schaute zu Cyclops.

Er schüttelte den Kopf. „Nimm es dir nicht zu Herzen, India. Poker ist nur ein Spiel, und wir spielen hier nicht um eine Ranch."

Willie schnippte ein Streichholz auf den Tisch.

Ich mischte meine Karten, aber es waren immer noch nur zwei Sechser. Da dank meiner Mimik alle wussten, dass ich wenig vorzuweisen hatte, stieg ich aus. „Ich glaube, ich lese stattdessen."

Ich gesellte mich zu Miss Glass auf das Sofa und weckte sie versehentlich. Sie blinzelte rasch und tätschelte sich die grauen Locken im Genick. „Wie spät ist es, India?"

„Drei Minuten vor zehn."

„Zeit, sich zurückzuziehen."

Alle standen auf und wünschten ihr eine gute Nacht. Sobald sie weg war, schloss Cyclops die Türen.

„Endlich!" Willie warf ihre Karten ab, die Vorderseite aufgedeckt. „Ich dachte, sie würde nie gehen."

„Du hattest nichts?" Duke zeigte seine Karten. „Ich hätte dich geschlagen."

„Hier, nimm meine Streichhölzer. Mir egal." Sie schob ihm ihren beträchtlichen Haufen hin. „Das Spielen ist sinnlos, wenn kein echtes Geld dabei ist. Das …" Sie wedelte mit der Hand in Richtung Kartentisch. „Das ist armselig. Wir sind armselig. Himmel, ich muss was rauchen."

„Nicht drinnen", stichelte Duke.

„Der Drache ist nicht da, um es zu sehen." Willie zog die Pfeife aus der Tasche und machte sich daran, sie mit Tabak aus ihrer Dose zu stopfen.

„Was hast du heute bei der Gilde erfahren, Cyclops?", fragte ich, weil ich unbedingt weiterkommen wollte.

„Dass Daniel bei den anderen Lehrlingen nicht sonderlich beliebt war." Er setzte sich und streckte die langen Beine Richtung Feuer. „Er wär ein begabter Kartenzeichner, aber er wusste es. Er spielte sich gerne vor den anderen Lehrlingen auf, prahlte damit, dass er zum Lehrling des Meisters gewählt worden war, ohne vorher eine Ausbildung genossen zu haben.“

„Klingt nach einem richtigen kleinen Arsch“, sagte Duke.

„Gab es irgendwelches Gerede darüber, dass er magisch war?“, fragte ich.

Cyclops schüttelte den Kopf. „Sie dachten, dass er keine Ausbildung gehabt hatte, wäre eine Lüge. Alle hielten ihn für zu gut, um ein Lehrling im ersten Jahr zu sein. Ich werde morgen weitere Erkundigungen einholen.“

„Sei zurückhaltend. Wir wollen bei niemandem Verdacht erregen.“

„Er weiß, was er tut.“ Willie schüttelte das Streichholz, um es zu löschen, und zog an ihrer Pfeife. „Er ist doch keine kleine grüne Miss, nicht wahr?“

„Ich nehme an, dass ist eine Spitze gegen mich.“

Sie hob eine Schulter. „Nimm es, wie du willst.“ Sie grinste um ihre Pfeife herum. „Das heißt nicht, dass ich dich nicht mag. Du wirst nicht ewig grün sein, wenn du bei uns bleibst.“

Ich war auch nicht sicher, wie ich das aufzunehmen hatte, darum sagte ich nichts.

„Was ist euch heute widerfahren?“ Duke stocherte im Feuer, um die heißen Kohlen unter der Asche bloßzulegen. „Warum war Matt so müde, als ihr heimgekehrt seid?“

Ich erzählte ihnen von unserem Besuch bei Worthey’s und dem französischen Fabrikarbeiter, der weggelaufen war. Die Hoffnung stand glasklar auf ihren Gesichtern.

„Das ist doch mal was“, hauchte Willie, die eine Rauchwolke sowohl aus Mund als auch aus der Nase ausstieß. „Dem Herrn sei’s gedankt.“

„Wir müssen ihn finden, bevor wir wissen, ob er uns etwas nützt“, sagte ich.

„Und er will nicht gefunden werden“, fügte Duke an. „Warum?“

„Weil er bestimmt Chronos ist, und Chronos weiß, dass Magier von ihren Gilden schlecht behandelt werden“, sagte Cyclops. „Er ist in Panik geraten, als er Matt erkannt hat. Magier sollen doch geheim bleiben, und Matt weiß, dass er ein Magier ist. DuPont macht sich sicher Sorgen.“

„Vielleicht", sagte ich. „Aber Worthey war felsenfest überzeugt, dass er Franzose ist, kein Engländer, und wir wissen, dass Chronos Engländer ist. Es könnte sein, dass er einfach ein Uhrenmagier war und argwöhnte, dass wir es wussten."

„Was, glaubt er, wird passieren, wenn man erfährt, dass er magisch ist?", fragte Duke. „Er hat keinen Uhrenladen, darum spielt es keine Rolle, dass die Gilde ihn nicht als Mitglied aufnehmen würde."

„Vielleicht steckt mehr dahinter." Cyclops' dunkles Auge spießte Duke auf. „Vielleicht wollen die Gilden alle Magier tot sehen."

Ich keuchte auf. Die drei schauten mich an. „Niemand hat mich angegriffen", sagte ich. „Obwohl Abercrombie und die anderen Mitglieder der Uhrmachergilde anzunehmen scheinen, dass ich ... dass ich magische Fertigkeiten besitze."

„Es ist nur eine Theorie", sagte Cyclops mit seiner beruhigend tiefen Stimme. „Ich bin mir sicher, man wird Daniel finden, und Pierre DuPonts Benehmen lässt sich erklären."

Ich nickte und lächelte, aber mein Herz schlug in einem irren Rhythmus weiter. Ich würde ab sofort an jeder Ecke über die Schulter schauen. „Selbst wenn ihr recht habt und DuPont Chronos ist, weiß er bestimmt, dass Matt nicht will, dass ihm etwas zustößt. Angenommen, er ist Chronos, dann hat er Matt das Leben gerettet. Wenn es jemanden gibt, dem er vertrauen *kann*, dann ist das Matt."

„Wenn man gejagt wird, vertraut man niemandem. Nicht einmal denjenigen, denen man früher vertraut hat, und besonders nicht, wenn derjenige mit einer Fremden unterwegs ist, ganz gleich wie hübsch und fein angezogen sie ist."

Durch die Art, wie die anderen die Köpfe senkten, bekam ich das Gefühl, dass Cyclops aus Erfahrung sprach. Ich verabscheute den Gedanken, ihn mir als Gejagten vorzustellen. Er war eine sanfte, freundliche Seele.

„All das nur unter der Annahme, dass DuPont Chronos ist", sagte ich. „Ich bin immer noch unsicher."

„Wer sollte er sonst sein?", fragte Duke.

„Mirth."

„Möglich. Vielleicht sind Mirth, Chronos und DuPont ein und dieselbe Person."

„Mirth war in einem Altenheim", sagte Willie nachdenklich. „Dieser Mann heute muss im Vollbesitz seiner körperlichen Kräfte gewesen sein, wenn er Matt entkam."

Da war etwas dran. Nichts davon ergab einen Sinn, es gab zu viele Möglichkeiten, und nichts war sicher. Eines wusste ich jedoch – wir mussten DuPont und Mirth finden.

„Was nun?", fragte Duke.

Leider wollte keinem von uns etwas einfallen, bis auf die Beobachtung von Wortheys Fabrik, um zu sehen, ob DuPont zurückkehrte. Duke und Willie wollten sich dieser Aufgabe annehmen. In der Zwischenzeit würden Matt, Cyclops und ich weiter nach Daniel suchen, bis Matt am Mittwoch an der Bank darauf warten würde, dass Mirth auftauchte. Wenn wir Pierre DuPont nicht wieder trafen, wusste womöglich Mirth etwas über ihn, das helfen könnte. Die beiden kannten einander vielleicht.

Wir vier musterten schweigend das Feuer, bis die Uhr auf dem Sims zehn Uhr dreißig schlug. Ich wollte mich gerade für den Abend zurückziehen, als Willie die Pfeife aus dem Mund nahm und die Beine anzog. Sie lehnte sich vor und musterte mich. „Magier erben ihre Magie, oder?"

„So hat man es uns erzählt", sagte Duke.

„Mein Vater war nicht magisch", merkte ich an.

„Wir wissen das nicht. Vielleicht hat er seine Magie verborgen, weil er seine Gildenmitgliedschaft und sein Geschäft behalten wollte."

Ich hatte diese Möglichkeit immer wieder in Betracht gezogen. Woher kam die Magie? Vaters Uhren waren hervorragende Werkstücke, aber völlig alltäglich. Ich hatte keine Wärme in ihnen gespürt, nachdem er sie berührt hatte. Das ließ nur eine weitere Möglichkeit zu. Eine, über die nicht nachdenken wollte. Mein Vater war nicht mein echter Vater, und meine Mutter war vielleicht auch nicht meine echte Mutter. Ich war überhaupt keine richtige Steele. Wer also waren meine Eltern? Und warum begannen die Gildenmitglieder, mich zu verdächtigen – genau zu der Zeit, als mein Vater starb? Wer hatte ihnen etwas über meine Magie zugesteckt, wo ich es doch nicht einmal selbst wusste?

So viele Fragen, und nicht der Hauch einer Antwort. Es fühlte sich alles so falsch an; als sollte das alles jemand anderem passieren, nicht der einfachen Person, die ich war. Mein Leben war bisher ereignislos verlaufen, mit liebenden Eltern und einem sicheren, glücklichen Heim. Es war unvorstellbar, daran zu denken, dass sie eigentlich nicht meine Mutter und mein Vater waren. Ziemlich unmöglich.

„Worauf willst du hinaus?", fragte Cyclops Willie. „Was hat Indias Familie mit Chronos zu tun?"

„Nicht Chronos", sagte sie. „Daniel. Woher hat er seine Magie erhalten? Nicht von Commissioner Munro, möchte ich wetten."

„Sein Großvater mütterlicherseits war ein Kartenzeichner", sagte ich. „Daniel muss dieses Talent von seiner Mutter geerbt haben, und sie von ihrem Vater."

„Dann ist das der Ort, an den ihr morgen gehen müsst", schloss Willie. „Besucht die Mutter und den Großvater und findet heraus, warum sie ihn beim Gildemeister in die Lehre gehen ließen, wo doch Daniels Magie verborgen bleiben sollte."

KAPITEL 4

*D*er Besuch bei Daniels Großvater musste warten, denn Matt wollte erst Jeremiah Duffield treffen. Wir marschierten zur Burlington Arcade, die nicht weit entfernt war, während Cyclops zum Gildensaal der Kartenzeichner zurückkehrte, und Willie und Duke abwechselnd Wortheys Fabrik im Auge behielten. Unser Marsch durch den Frühlingssonnenschein gab mir Zeit, Matt über die Theorien in Kenntnis zu setzen, die wir in seiner Abwesenheit am vorigen Abend besprochen hatten. Er stimmte zu, dass wir mit Daniels Familie sprechen sollten, um mehr über sein magisches Talent zu erfahren.

Wir nickten dem Büttel am Eingang der Einkaufspassage zu, der seine traditionelle Uniform aus Gehrock, Goldknöpfen und goldverziertem Zylinder trug. „Ihr Engländer habt einige seltsame Bräuche", sagte Matt, sobald wir außer Hörweite des Büttels waren.

„Du glaubst, deren Kleidung ist seltsam? Du solltest mal die königlichen Leibgardisten am Tower sehen."

Er grinste und tätschelte mir die Hand, die in seiner Ellbogenbeuge lag. „Komm, meine Liebe. Finden wir diesen Kartenzeichner, damit wir mit unseren Einkäufen fortfahren können."

Ich lächelte, erleichtert, dass er wieder zu seiner fröhlichen Art zurückgekehrt war. Seine Fähigkeit, seine Sorgen abzuwerfen, war erstaunlich – entweder das oder seine Fähigkeit, sie zu verbergen.

Wir fanden Duffields Geschäft zwischen einem Juwelier und einem Spielwarenladen. Ein schöner Globus nahm die beste Lage im Schaufenster ein und stand auf einem Messingständer, umgeben von einer Auslage aus Gegenständen, die ein furchtloser Forschungsreisender gebrauchen könnte – einem Kompass, Karten von Indien, einem Wasserbeutel, einer Schutzbrille, einem Reiseschreibtisch mit Papier, Tusche und Federn und einer Pistole in ihrem Gehänge.

Ein Mann sah zu uns auf, als wir eintraten. Er war allein im Laden. „Guten Morgen", rief er fröhlich, während er hinter dem Tresen hervorkam. „Willkommen. Ein angenehmer Vormittag, nicht wahr?"

„Sehr angenehm", sagte Matt.

„Wie kann ich Ihnen heute behilflich sein?"

„Sind Sie Jeremiah Duffield?"

„Der bin ich. Sie haben von mir gehört?" Sein Lächeln wurde breiter. Er war jünger, als ich erwartet hatte, vielleicht um die vierzig. Sein schwarzes Haar zog sich allmählich zurück, sodass sich Geheimratsecken bildeten, aber er war noch nicht ergraut. Er hielt sich aufrecht und war beinahe so hochgewachsen wie Matt. Mit seinen breiten Schultern und dem direkten Blick aus blauen Augen erwies er sich als ziemlich eindrucksvolle Gestalt.

„Mein Name ist Prescott", sagte Matt, „und das ist meine Frau. Ich möchte, dass Sie mir eine Karte zeichnen."

Das Lächeln wurde hart. „Sie sind der Amerikaner, der gestern bei der Gilde war."

„Bin ich."

„Sie haben Fragen über Daniel gestellt, meinen vermissten Lehrling."

„Ich hörte, er wäre der Beste, und ich will nur den Besten, um eine Karte für mich zu zeichnen. Sie soll etwas ganz Besonderes werden."

„Sie irren sich. Er war nicht der Beste, er war nur ein Lehrling. Ich bin der Beste."

„Das ist eine recht kühne Behauptung." Matt klang amüsiert, als würde er Duffield provozieren.

Das schien Duffield aus der Bahn zu werfen. Er warf einen Blick von mir zurück zu Matt, als würde er hoffen, meine Reaktion würde ihm helfen, meinen „Ehemann" zu verstehen. Als Ladenbesitzer war es wichtig, den Kunden einschätzen zu können. Es war leicht, einem Mann etwas zu verkaufen, der unter seinen Freunden als Vertreter der Mode betrachtet werden wollte, aber weniger einem Mann, dem das Aussehen nicht so wichtig war. Mr. Prescott war nur schwierig festzunageln, und ich, Mrs. Prescott, würde Duffield in keiner Weise helfen.

Duffield deutete auf die Tafeln neben zwei ausgestellten Karten und einem Globus auf einem Tisch nebenan. „Ich habe die Auszeichnungen, die es beweisen."

„Auszeichnungen bedeuten mir nicht viel", verkündete Matt. Er marschierte im Laden herum, nahm Gegenstände hoch, betrachtete sie beiläufig und stellte sie wieder ab. Er benahm sich wie die Art von Kunde, den Ladenbesitzer nicht leiden konnten, aber dennoch brauchten. Er hatte wenig Respekt vor den Waren und verachtete den Ladenbesitzer selbst. Solche Gentlemen hatten normalerweise mehr Geld als Manieren. Es lohnte sich, ihre Unhöflichkeit zu ignorieren, um mit ihnen ins Geschäft zu kommen. „Da jedoch Ihr Lehrling vermisst wird, muss ich, wie es aussieht, stattdessen mit Ihren Diensten vorliebnehmen."

„Ich werde versuchen, Sie nicht zu enttäuschen, Sir."

Matt setzte seinen langsamen Rundgang durch den kleinen Laden fort. „Ich hätte gern eine Karte von Indien. Von einer Region im Nordosten, um genau zu sein."

„Dann sind Sie am richtigen Ort." Duffield wies auf sein Schaufenster und auf etliche gerahmte Karten, die dort an den Wänden hingen. „Ich bin ein Experte für den Subkontinent. Ich war mehrmals in Indien. Waren Sie dort, Sir?"

„In Indi…en?" Matts Blick huschte zu mir. „Noch nicht."

Mein Gesicht wurde leuchtend rot, und Matts Lippen krümmten sich zu einem seltsamen kleinen Lächeln.

„Sie planen einen Besuch?", fragte Duffield.

„Darum die Karte."

„Ja, natürlich. Es ist ein faszinierender Ort, so lebendig und vielschichtig. Man könnte das ganze Leben lang jedes Jahr hinfahren und hätte es trotzdem niemals satt."

„Das bezweifle ich nicht."

„Möchten Sie eine meiner bestehenden Karten der Gegend, oder wünschen Sie etwas Persönlicheres?" Duffield öffnete eine lange, flache Schublade hinter dem Tresen, zog einen Stapel Karten hervor und legte sie auf den Tisch.

Matt verbrachte einige Zeit damit, sie durchzusehen. Ich stand daneben und beobachtete abwartend. Ich hatte das Gefühl, dass wir bisher genau nichts erreicht hatten, und ich konnte mir nicht vorstellen, worauf Matt hinauswollte, wenn er nicht weitere, tiefergehende Fragen stellte. Die Stille dehnte sich, und ich ertrug sie nicht mehr.

„Erzählen Sie mir etwas über die Gilde, deren Meister Sie sind", sagte ich zu Duffield. „Im Land meines Mannes gibt es keine Gilden, verstehen Sie, obwohl ich ihm das System erklärt habe. Ich fand die Gilde der Kartenzeichner bei unserem gestrigen Besuch sehr faszinierendend. Es gibt aber etwas, das ich nicht verstehe. Kartenläden scheint es in London nicht viele zu geben, was ist darum der Sinn hinter der Gilde?"

„Die Läden sind in der Tat rar", sagte Duffield. „Das ist einer von nur vieren in der Stadt. Wir sind zwar keine sonderlich große Gilde, doch haben wir mehr als vier Mitglieder." Er sprach langsam und betont, als wäre ich schwerhörig oder ein Einfaltspinsel. „Viele Kartographen haben gar keine Läden, sondern lassen ihre Karten auf Kommission bei Schreibwarenhändlern verkaufen. Weitere sind bei der Regierung angestellt, bei Eisenbahngesellschaften und verschiedenen Privatunternehmen."

„Faszinierend. Der Prozess der Kartenherstellung scheint ziemlich kompliziert."

„Oh, das ist er. Sie beginnen als Zeichnungen, angefertigt vom Kartographen selbst nach ausführlicher Feldmessung. Wissen Sie, was Feldmessung ist, Mrs. Prescott?"

O guter Gott. Gestand er mir denn überhaupt kein Hirn zu? „Ich denke doch. Fahren Sie fort. Das ist faszinierend."

„Die Zeichnung wird dann verfeinert, verziert und verbessert, bis der Kartograph zufrieden ist. An dieser Stelle endet der Prozess womöglich, falls die Karte, die in Auftrag gegeben wurde, ein einmaliges Werk für einen Privatkunden ist."

„Wie bei meinem Freund, der Ihren Lehrling beauftragte", sagte Matt, der nun aufmerksam zuhörte.

Duffield schluckte. „Ihrem Freund?"

„Sie erinnern sich bestimmt an ihn. Er hat eine recht detaillierte Karte von Londons Zentrum in Auftrag gegeben. Leider hat er sie nie erhalten." Matt schüttelte traurig den Kopf. „Ich hörte, dass der Lehrling sich geweigert hat, sie ihm zu übergeben, obwohl ich mir nicht vorstellen kann, weshalb."

Duffield wirkte plötzlich ganz erhitzt und unbehaglich. „Ich genauso wenig."

„Es lässt Ihr Geschäft nicht sonderlich kompetent wirken."

„Ich kann Ihnen versichern, dass es dazu in Ihrer Situation nicht kommen wird. Der entsprechende Lehrling ist nicht mehr hier, wie Sie wissen. Er war ein recht unberechenbarer Bengel, hochbegabt, aber überhaupt nicht für die Arbeit in einem Geschäft geeignet. Ich habe versprochen, es Mr. McArdle wissen zu lassen, sobald die Karte auftaucht. Ich bin sicher, das wird sie, früher oder später."

McArdle! Wir hatten einen Namen. Nun brauchten wir nur noch eine Adresse. Duffield hatte bestimmt eine Möglichkeit, ihn zu kontaktieren, wenn er versprochen hatte, ihm die Karte zukommen zu lassen. Ich beäugte einen Ordner, der offen auf dem Tresen lag. Sehr wahrscheinlich waren seine Angaben dort drin.

„Bitte erzählen Sie mir mehr über das Anfertigen von Karten", sagte ich zu Duffield. „Es ist so interessant." Ich drehte mich zum Tresen, sodass Duffield zwischen diesem und mir stand. Das bedeutete, dass er Matt und dem Ordner den Rücken zugewandt hatte. Ich musste nicht zu Matt schauen, um meine Absicht zu übermitteln. Er lehnte sich zurück an den Tresen und musterte die auf dem Kopf stehende, aufgeschlagene Seite des Ordners. „Warum wollen einige Kunden eine Karte in Auftrag geben, wenn so viele bereits zu relativ kleinem Preis erhältlich sind?", fragte ich.

Duffields Augen leuchteten, als wir zu einem Gesprächsthema zurückkehrten, in dem er sich sicherer fühlte. „Die Einzigartigkeit erhöht den Wert, und nur darum geht es einigen Kunden. Um den Wert und einen Kunstgegenstand."

„Wie den Globus im Schaufenster?"

Matt blätterte leise eine Seite des Ordners um und musterte sie.

Ich begab mich zum Schaufenster, und Duffield folgte mir mit einem eifrigen Lächeln, in dem ein Hauch Scheu lag. „Sie haben recht, Mrs. Prescott. Ich habe ihn nur als Schaustück gefertigt, aber beim richtigen Angebot steht er zum Verkauf." Er machte Anstalten, sich umzudrehen und Matt einen Blick zuzuwerfen, darum fingierte ich einen Hustanfall. Duffield umsorgte mich mit gerunzelter Stirn, bis er vorüberging.

„Danke", sagte ich und nahm sein Taschentuch an, um mir die Stirn zu tupfen. „Sie sind sehr freundlich. Bitte, erzählen Sie mir mehr über das Kartenzeichnen. Was passiert mit einer Karte, sobald sie fertig ist und nicht direkt einem Privatkunden übergeben wird? Binden Sie sie zu einem Buch?"

„Ich habe eine Druckpresse an einem anderen Standort. Ich reproduziere die Karten auf der Presse und verkaufe sie hier im Laden."

Matt blätterte eine weitere Seite des Ordners um. Wie weit musste er zurückgehen? Ich konnte nicht mehr sehr viel länger über Karten sprechen.

„Was ist mit denen, die in Reiseführern und Atlanten gebunden werden?", fragte ich.

„Die werden normalerweise von Verlegern beauftragt. Sobald meine Karte fertig ist, schicke ich sie ihnen, und sie binden sie zusammen mit anderen und dem Text des Autors. Ich habe einige veröffentlicht, wissen Sie?"

„Alle vom Sub-Kontinent?"

Er nickte. „Das ist mein Lieblingsort."

Ich lächelte. „Mag Ihre Frau Indien auch?"

„Sie war nie dort." Sein Gesicht verzog sich. „Sie kann die Hitze nicht ausstehen."

„Zum Glück trifft mich die Hitze nicht", sagte Matt, der sich zu uns gesellte. „Ich freue mich schon ziemlich auf die Reise." Er lächelte mich mit unverhohlenem Triumph an. Er hatte McArdles Adresse wohl gefunden.

„Werden Sie mitreisen, Mrs. Prescott?", fragte mich Duffield.

„Ich ziehe es ernsthaft in Erwägung, wenn Mr. Prescott meine

Anwesenheit erdulden kann", fügte ich mit einem gemäßigten Lachen hinzu.

„Natürlich, meine Liebe", sagte Matt. „Ich würde mit dir bis ans Ende der Welt reisen. Du bist eine hervorragende Gesellschaft."

Ich widerstand dem Drang, die Augen zu verdrehen. Er hatte eine Art, die Komplimente zu dick aufzutragen, wenn er eine Rolle spielte.

„Diese Karte von Indien, Duffield", sagte Matt. „Ich werde eine Ihrer normalen Karten der Region kaufen, anstatt eine in Auftrag zu geben. Obwohl ich Kunst genauso zu schätzen weiß wie jeder andere Gentleman, wird mir eine funktionalere Karte bei dieser Gelegenheit bessere Dienste leisten."

„Sehr gut, Sir." Duffield kehrte zum Tresen zurück und suchte eine der Karten aus dem Stapel aus, den er aus der Schublade geholt hatte. „Das ist eine gute allgemeine Karte des Gebiets, aber ich schlage für die Städte und Dörfer einen Reiseführer vor. Die Karten darin zeigen mehr Einzelheiten."

Matt kaufte sowohl eine Karte als auch einen Führer, und wir dankten Duffield. Er begleitete uns zur Tür, und ich erkannte, dass er noch etwas sagen wollte, sich aber doch zurückhielt.

„Was ist los?", fragte Matt, dem es ebenfalls auffiel.

Duffield räusperte sich. „Wenn Sie Ihren Freund Mr. McArdle treffen, sagen Sie ihm bitte noch einmal, wie sehr es mir leid tut, dass sich mein Lehrling als so unzuverlässig erwiesen hat. Ich wüsste es zu schätzen, wenn er darüber mit niemandem sonst spricht. Mein Ruf, wissen Sie …"

„Ich verstehe."

„Falls die Karte natürlich nicht auftaucht, werde ich ihm sein Geld zurückerstatten."

„Ich glaube, er hätte lieber die Karte."

Duffields Lippen pressten sich für einen kurzen Moment zusammen. „Ich fürchte, sie ist verloren."

Wusste er von den Einbrüchen in Daniels Haus und den vermissten Karten? „Sie sollten die Familie fragen, ob Sie die Habseligkeiten des Lehrlings durchsehen können", sagte ich. „Vielleicht befindet sich die Karte darunter."

„Ich habe es versucht, aber sein Großvater hat sich geweigert, mich einzulassen. Er konnte mich noch nie leiden."

„Sie kennen ihn?", fragte Matt.

„Er ist auch ein Kartenzeichner, aber kaum von Bedeutung." Er klang entschuldigend. „Später hörte ich, viele von Daniels Karten seien gestohlen worden. Schreckliche Sache. Ich kann mir nicht vorstellen, wer daran interessiert sein könnte, abgesehen von Mr. McArdle natürlich."

Matt bot mir seinen Arm, und wir begaben uns aus dem Laden. „Komm, meine Liebe. Ich will dich zum Einkaufen ausführen."

Wir marschierten träge an den anderen Läden der Einkaufspassage vorbei und taten, als würden wir uns für ihre Schaufenster interessieren. „Hast du die Adresse von McArdle bekommen?", fragte ich.

„Es ist in Chelsea. Ich muss dir dazu gratulieren, wie du Duffields Aufmerksamkeit abgelenkt hast. Sehr gut gemacht. Wir machen aus dir schon noch eine richtige Pokerspielerin."

„Kaum." Wir gingen ein Stück weiter, aber ich bemerkte die Waren in den Schaufenstern nur am Rande. Meine Gedanken waren noch bei Duffield. Je länger ich darüber nachdachte, desto weniger konnte ich glauben, wie gut die Begegnung gelaufen war. Er hatte nicht den leisesten Verdacht gehegt. „Er hat den Einbruch bei Daniel zu Hause direkt McArdle angelastet", sagte ich.

„Hat er. McArdle scheint der offensichtlich Verdächtige zu sein. Er gab die Karte in Auftrag, Daniel hat sich geweigert, sie ihm zu geben. Sie haben sich gestritten, und McArdle hat ihn entführt, um sie zu bekommen. Als er entdeckte, dass Daniel sie nicht hatte, durchsuchte er das Haus."

„Die Frage ist, was hat er mit Daniel angestellt?"

Schweigend und bedrückt liefen wir weiter, bis Matt vor einem Hutmacher anhielt. Er wies mit dem Kopf auf das Fenster, in dem sich etliche farbenfrohe Hüte auf Ständern befanden. „Siehst du einen, der dir gefällt?"

„Du kannst die Täuschung jetzt beenden. Wir sind ein gutes Stück weg von Duffields Geschäft."

„Wer sprach denn von einer Täuschung?"

Ich ließ seinen Arm los. „Hör auf, Matt."

„Du hast recht. Du brauchst eher ein neues Abendkleid als einen neuen Hut." Er warf einen Blick entlang der Einkaufspassage und erspähte einen Damenschneider. „Ich glaube, ich habe den Streit mit Tante Letitia verloren. Wir müssen uns mit gelegentlichen Dinnerpartys abfinden."

Ich starrte ihn an und fühlte mich etwas überrumpelt. „Du willst, dass ich an diesen Dinners teilnehme?"

„Natürlich."

„Aber ich bin nicht …" wichtig. Ich sagte es nicht und zuckte nur mit den Schultern.

„Du bist genauso Teil des Haushalts wie Willie oder sogar Tante Letitia."

„Ich glaube nicht, dass Gesellschafterinnen oder Assistentinnen an Dingen wie formellen Dinners in Mayfair-Villen teilnehmen."

„Woher weißt du das? Warst du je zuvor eine Gesellschafterin oder Assistentin? Oder hast an einem Dinner in einer Mayfair-Villa teilgenommen?"

Ich kniff die Augen zusammen. „Du machst dich über mich lustig."

„Nein, India, tue ich nicht." Er nahm meine Hand und steckte sie sich in die Armbeuge. „Wenn ich diese verdammten Dinners ertragen muss, musst du es auch. Zwing mich nicht, mich in meinem geschwächten Zustand sowohl meiner Tante als auch Willie allein zu stellen."

Ich lächelte und schüttelte den Kopf. „Du bist unverbesserlich."

„Heißt das, du bist einverstanden?"

„Wenn ich muss, aber du wirst auch deine Tante zur Zustimmung bewegen müssen."

„Sie wird zustimmen." Er klang recht sicher, aber ich vermutete, dass Miss Glass nicht so leicht nachgeben würde. Sie war eine erhebliche Verfechterin dessen, was sich ziemte, und die gesellschaftliche Ordnung war das höchste Gut. „Sehen wir jetzt mal, was der Damenschneider für dich tun kann."

„Aber wir haben es eilig. Wir haben so viel zu tun."

„Wir können uns ein paar Minuten leisten."

„Du warst eindeutig noch nie bei einem Damenschneider."

Eineinhalb Stunden später war ich vermessen, gepiekst, herumgewirbelt und von Madame Lisle und ihren beiden Assistentinnen beurteilt worden, während Matt zusah. Trotz meiner Widersprüche hatte man Seide für zwei Abendkleider gewählt, eines in Graugrün und Elfenbein, und das andere in einem dunklen, pudrigen Rosarot. Madame Lisle skizzierte einige vorläufige Ideen auf der Basis der neuesten Kollektion von House of Worth im *The Young Ladies Journal*, von denen sie glaubte, sie würden zu meiner Figur passen. Matt machte die Anzahlung, und ich bestand darauf, es ihm später mit Hilfe meines Belohnungsgeldes zurückzuzahlen. Das erste Kleid würde Anfang nächster Woche verfügbar sein.

„Was, wenn wir Chronos vorher finden?", fragte ich ihn.

„Kommt Zeit, kommt Rat."

War das alles, was er dazu zu sagen hatte? Ich wollte ihn weiter drängen, während er mich zu einem Süßwarenladen in der Nähe des Ausgangs der Passage steuerte.

„Was magst du?", fragte er und musterte eine Anordnung bunter Süßigkeiten in Gläsern hinter und oben auf dem Tresen. „Pfefferminzkugeln? Bonbons? Rumkugeln?"

„Du kaufst mir keine Süßigkeiten."

Er betrachtete mich mit einem Stirnrunzeln. „Du bist heute außerordentlich stur."

Ich verschränkte die Arme vor der Brust und erkannte zu spät, dass ich ihm damit nur recht gab. „Bin ich nicht."

„Tatsächlich sind die Süßigkeiten für meine Tante. Ich wollte nur deine Meinung wissen."

„Oh." Mein Gesicht wurde heiß. Ich fühlte mich wie ein verzogenes Gör, und eine völlige Närrin. „In diesem Fall nichts zu Hartes."

„Guter Gedanke."

Er bestellte einen Beutel Marshmallows, einen mit Schokodrops und einen dritten mit einer Mischung aus Fruchtbonbons. „Schade, dass sie kein Fudge verkaufen", sagte er. „Das ist eine echte Gaumenfreude."

„Sie mag bestimmt keine Fruchtbonbons", sagte ich, als wir gingen.

„Die sind nicht für sie." Er steckte zwei Beutel ein und öffnete den dritten. „Los. Nimm eins."

Ich suchte mir ein rot-weißes Bonbon aus. „Warum bist du so nett zu mir?"

„Ist es mir verboten, nett zu der Frau zu sein, die mir das Leben gerettet hat?"

Ich schaute auf das Bonbon hinab, als wir ins blasse Sonnenlicht traten. Ich erinnerte mich nur ungern daran, dass er in der Zelle auf dem Vine-Street-Polizeirevier beinahe gestorben wäre. Wenn ich es nicht geschafft hätte, ihm seine Uhr zu bringen … Ich konnte gar nicht daran denken.

„Es gibt mir ein unbehagliches Gefühl", sagte ich und steckte mir die Süßigkeit in den Mund.

„Du wirst dich daran gewöhnen."

Wir gingen nach Hause, teilten uns die Süßigkeiten, und Matt machte Witze darüber, Fudge in England herzustellen. Diese Süßigkeit klang ziemlich köstlich, genauso die Schokoladen, die er in jungen Jahren auf dem Kontinent gekostet hatte. Er sprach von diesen Tagen sehnsüchtig, ohne zu viel Gram. Ich fragte mich, ob ihm zu solchen Zeiten seine Eltern durch den Kopf gingen, oder ob er gar nicht mehr an sie dachte. Sie waren vor vierzehn Jahren gestorben. Mein Vater war erst seit wenigen Wochen tot, und obwohl ich täglich an ihn dachte, hatte der Schmerz in meinem Herzen etwas nachgelassen. Er war noch da, aber er brannte nicht mehr so sehr. Dass ich beschäftigt war, half mir.

Miss Glass war gerade dabei, ihren ersten Besuch zu empfangen, als wir heimkehrten. Tatsächlich handelte es sich dabei laut Bristow, der uns an der Tür abholte, um Matts Cousinen und seine andere Tante, Lady Rycroft. Ich bog zur Treppe ab, um mich zu meinem Zimmer aufzumachen, aber Matt packte mich am Arm.

„O nein, das tust du nicht", sagte er. „Ich stelle mich nicht ohne Verstärkung einem Raum voller Glass-Damen."

Ich lachte. „Es könnte schlimmer sein. Willie könnte bei ihnen sein."

Er zuckte zusammen. „Bitte, komm mit mir. Beschütze mich."

„Du brauchst keinen Schutz. Deine Cousinen werden dich anbeten, genauso wie deine Tante Letitia."

„Laut Tante Letitia sind sie alle so schlimm wie ihre Mutter. Meine Bitte steht."

„Oh", sagte ich mit gespielter Unschuld. „Wenn es nur eine *Bitte* ist ..."

Er kniff die Augen zusammen.

Ich grinste. „Also los. Je eher du sie triffst, desto schneller ist das Treffen vorbei."

Ich betrat als erste den Salon und bekam die volle Last fünf finsterer Mienen ab. Meine Anwesenheit hatte offenbar niemand erwartet – oder erwünscht. Letitia Glass' Missbilligung verletzte mich ein wenig. Ich dachte, wir hätten uns auf eine gewisse Weise angefreundet. Es schien, als wäre sie nicht der Ansicht, ich solle ihre Nichten treffen.

„Da bist du ja, Matthew", sagte sie und gestattete Matt, ihr die Wange zu küssen.

„Guten Morgen", erwiderte Matt forsch-fröhlich. „Tante Beatrice, ich habe nicht erwartet, dich so bald nach unserem letzten Treffen wiederzusehen."

„Ich ebenso wenig." Lady Rycroft überraschte mich mit ihrer raschen Retoure. Als wir ihr zum letzten Mal begegnet waren, hatte Matt ihren Ehemann in dessen eigenem Haus getadelt, vor seinen Dienern. Lady Rycroft war zu ihrer Schwägerin und zu mir unhöflich gewesen, und Matts Mutter gegenüber verächtlich. Sie hier mit den Händen auf dem Schoß sitzen zu sehen, während ihre drei Töchter auf dem Sofa gegenüber residierten, war eine ziemliche Kehrtwendung. „Ich hoffe, wir können heute einen Neuanfang machen. Mir ist nicht danach, verfeindet zu sein."

„Mir genauso wenig", sagte er. „Wir sind immerhin eine Familie."

Sie lächelte ihn angespannt an. Fairerweise musste man sagen, dass die Anspannung vielleicht von ihrem Turban rührte und nicht, weil ihr der Gedanke missfiel, mit ihm verwandt zu sein. Der Turban ließ ihre Augen schräg stehen und zog die Haut ihrer Stirn glatt. Die Falten, die sich tief um ihren Mund herum eingegraben hatten, beeinflusste er allerdings nicht. „Gestatte mir, dir meine Töchter zu zeigen."

Die Mädchen waren in einem Muster angeordnet, von der Größten zur Kleinsten, der Dunkelsten zur Hellsten, der Hübschesten zur Unscheinbarsten. Und, wie es sich erwies, der Jüngsten zur Ältesten. Ich schätzte sie alle auf etwa zwanzig bis fünfundzwanzig.

„Miss Patience Glass ist meine Älteste." Lady Rycroft deutete auf ein braunhaariges Mädchen, deren Gesicht dem ihrer Mutter ähnelte, mit Falten von den Mundwinkeln abwärts, wenn auch noch nicht so tief. „Miss Charity Glass", sagte sie und deutete auf das Mädchen in der Mitte, deren dunkelbraunes Haar über ihre ausgeprägte Stirn fiel. „Und schließlich Miss Hope Glass." Lady Rycroft bevorzugte eindeutig ihre jüngere, hübsche Tochter mit dem mitternachtsschwarzen Haar und der Haut, weiß wie Milch. Und an den finsteren Gesichtern der älteren Mädchen ließ sich ablesen, dass sie es wussten.

Matt beugte sich nacheinander über die Hand eines jeden Mädchens und hieß sie in seinem Haus willkommen. „Sagt mir, ähnelt ihr alle den Eigenschaften in euren Vornamen?", fragte er.

Hope lachte. „Ganz im Gegenteil, fürchte ich. Patience kann Warten gar nicht ausstehen, Charity ist ganz freundlich, solange jemand zusieht, und ich bin eine völlig hoffnungs*lose* Romantikerin, sagt Mama."

Matt lachte.

„Hope!", tadelte ihre Mutter. Die beiden älteren Mädchen verzogen die Gesichter noch mehr, aber nichts davon wirkte auf Hope. Ihr Lächeln wurde ein wenig schelmisch. Ich würde wetten, ihre Mutter hatte mit ihr alle Hände voll zu tun. Es war ungewöhnlich, dass die beiden älteren Mädchen noch nicht verheiratet waren. Anders als ich hatten sie einem Ehemann etwas zu bieten, abgesehen von einer Ausbildung. Ihr Vater war ein Gentleman mit Landbesitz und würde zweifelsohne eine angemessene Mitgift für die Mädchen auszahlen. Die hübsche Jüngste, Hope, sollte überhaupt keine Schwierigkeiten haben, einen Mann zu finden, aber sie war vielleicht zum Warten gezwungen, bis die Älteste verheiratet war. In manchen Familien lief das so.

„Tante Beatrice, du erinnerst dich an meine Assistentin, Miss Steele", sagte Matt und wies auf mich. Schon aus der einfachen Tatsache, dass er mich vorstellen musste, wurde ersichtlich, dass Lady Rycroft nicht vorhatte, meine Gegenwart zur Kenntnis zu nehmen.

„Ja", sagte sie ausdrucklos.

„Schön, Sie kennenzulernen", sagte Hope. „Erzählen Sie, Miss Steele, was für Dinge tun Sie denn für meinen Cousin Matthew?"

Ich warf einen Blick auf Miss Glass, aber sie schien nicht zuzuhören. Ich fragte mich, ob sie in eine ihrer abwesenden Episoden verfallen war, in denen sie zu vergessen schien, dass sie Gesellschaft hatte. „Ich gehe mit ihm zu Treffen, mache Notizen, so etwas ...“

„Matthew, deine Assistentin hat keinen Grund, hierzubleiben", sagte Lady Rycroft. „Ich bin sicher, sie hat viel zu tun."

Matt versteifte sich. „Sie bleibt." Innerhalb eines Herzschlags war er nicht mehr zugänglich, sondern knurrte, was alle Gäste eiskalt erwischte. Lady Rycroft und ihre Töchter rangen nach Luft.

„Natürlich sollte sie bleiben, Mama", sagte Hope mit einem nervösen Lachen und schaute ihre Mutter an. „Sie wirkt wie eine angenehme Person."

Das Kinn ihrer Mutter versteifte sich. „Wir sind hier, um Familienangelegenheiten zu besprechen. Sie ist kein Familienmitglied."

„Aber sie kümmert sich um all meine Angelegenheiten", sagte Matt mit gesenkter Stimme. „Sie bleibt." Er bedeutete mir, mich auf den einzigen freien Sessel zu setzen, während er stehen blieb.

Ich zögerte, nicht sicher, ob ich in ihre Streitereien hineingezogen werden wollte. Letztlich setzte ich mich nur, weil ich nicht wollte, dass Lady Rycroft auch nur einen Streit gewann, nicht einmal einen so kleinen, bedeutungslosen wie diesen.

„Ich sehe, das ist wohl kein Freundschaftsbesuch", sagte Matt. „Also kommst du besser zur Sache, Tante."

„Oh, aber es ist ein Freundschaftsbesuch", sagte Miss Glass, die sich wieder regte. „Oder nicht, Beatrice? Die Mädchen wollten dich treffen, Matthew."

„Wollten wir", sagte Hope rasch. „Unsere Hausmädchen sagten, du wärst der schneidigste Gentleman, den sie je gesehen hätten, nachdem du letzte Woche zu Besuch warst."

„Das reicht, Hope", fuhr Lady Rycroft sie an. Sie holte tief Luft und hob die Hände. „Fangen wir noch einmal an. Letitia hat recht, das ist ein Freundschaftsbesuch. Ich wollte meine Mädchen vorstellen, damit du eine Wahl treffen kannst."

Matt legte den Kopf schief, als hätte er nicht recht gehört. „Eine Wahl?"

„Zur Heirat natürlich."

KAPITEL 5

„Heirat!" Matt gab ein glucksendes Lachen von sich, aber niemand schloss sich ihm an.

Ich wünschte mir plötzlich, ich wäre nicht geblieben. Das war in der Tat eine Familienangelegenheit von der Art, in die ich nicht verwickelt werden wollte.

„Du musst nicht gleich entscheiden", erklärte ihm Lady Rycroft, ihr Gesicht vollkommen ernst. „Lern sie erst besser kennen."

Matt setzte sich auf die Armlehne meines Sessels, sehr dicht neben mich. Es gab keine einzige Person im Raum, der das entging. Fünf finstere Gesichter wandten sich erneut mir zu, als wäre es meine Schuld. Er schüttelte immer wieder den Kopf. „Bist du sicher, dass du das willst?"

Warum hatte er sie nicht schon lachend zur Tür gebracht? Er konnte das doch nicht ernsthaft in Erwägung ziehen? Oder?

„Es ist das, was sowohl Lord Rycroft als auch ich wollen. Ganz sicher."

„Aber mein Onkel mag mich nicht. Ihm missfällt alles an mir."

Lady Rycrofts Blick wanderte zu ihren Händen. „Man muss an die Zukunft der Mädchen denken."

Und da verstand ich. Matt war der Erbe, und die Mädchen waren unverheiratet. Das ganze Anwesen würde eines Tages an ihn übergehen, womit man das Wohlergehen der Töchter riskierte, wenn sie nicht angemessen versorgt waren. Es schien, dass jegliche Versorgung, ob nun glücklich oder nicht, für die beiden Großen nicht allzu wahrscheinlich war, in ihrem Alter und mit ihren bitteren Mienen.

„Das ist so schrecklich", murmelte Hope, die ihre Hand im Handschuh an ihre leuchtend rote Wange drückte.

„Ich bin ganz derselben Meinung", sagte Matt. „Tante Letitia, du heißt diese schamlose Parade doch sicher nicht gut."

Sie breitete die Hände aus. „Es musste sein, Matthew. Besser, man bringt es hinter sich. Ich will jedoch, dass du nicht vergisst, dass im Meer sehr viel mehr Fische schwimmen als diese drei."

„Letitia!", keuchte Lady Rycroft entsetzt. „Du solltest ihn ermutigen, eine deiner Nichten zu wählen. Das ist das Richtige."

„Das Richtige für wen?", keifte Miss Glass. „Nicht für Matthew, das kann ich versichern."

Lady Rycroft fuhr hoch. „Meine Mädchen sind gute, anständige, kultivierte Damen. Sie würden hervorragende Ehefrauen abgeben."

„Nicht für Matthew."

„Warum nicht?"

„Das würde ich lieber nicht vor ihnen besprechen."

Hope hob das Kinn, und ihre Augen blitzten. Ihre beiden älteren Schwestern musterten die Hände, die sie gefaltet in den Schoß gelegt hatten.

„Ich habe das Gefühl, ich bin in eine Bühnenshow geraten. Oder vielmehr eine Farce." Matt rieb sich die Stirn. „Stellen wir eins klar: Ich habe es nicht eilig mit dem Heiraten, und wenn ich es tue, wird es eine Frau sein, die ich selbst auswähle."

„Ich gebe dir hier drei wunderbare Wahlmöglichkeiten!" Lady Rycrofts Gesicht wurde immer röter, passend zu ihrem Turban.

Ihre Töchter wirkten alle, als wollten sie im Sofa versinken. Nicht einmal Hope begegnete Matts Blick.

Er seufzte. Erste Anzeichen der Müdigkeit zeigten sich rund um seine Augen und in der Art, wie er die Schultern hängen ließ.

„Denk an meine Mädchen", sagte Lady Rycroft. „Denk an deine *Familie*, Matthew. Möchtest du sie leiden sehen?"

„Inwiefern werden sie denn leiden, wenn sie mich nicht heiraten?"

„Indem sie aus ihrem Heim vertrieben werden!"

„Ich werde niemanden aus Rycroft vertreiben. Außerdem scheint mein Onkel bei guter Gesundheit zu sein. Ich bezweifle, dass er in naher Zukunft das Zeitliche segnet."

Sie wedelte mit der Hand, als spiele die Gesundheit ihres Mannes für die Diskussion keine Rolle. Ich stimmte zufällig mit Matt überein; Lord Rycroft konnte noch zwanzig Jahre oder länger leben. „Du würdest zulassen, dass meine Töchter heimatlose Gassenkinder werden?"

Ich unterdrückte ein Stöhnen. Die Mädchen würden sich dann vielleicht ärmer vorkommen als bisher, aber falls ihr Vater starb, ehe sie heirateten, würden sie wohl kaum zu Gassenkindern werden. Sie wussten gar nicht, was arm sein bedeutete. Keine von ihnen wusste das, und würde es auch nie wissen.

Matt stieß mich mit dem Ellbogen an, und ich hatte das Gefühl, dass auch er sich ein Lachen verkniff. Er hielt sein Gesicht jedoch starr, während er die Mädchen nacheinander ansah. Lediglich Hope begegnete seinem Blick mit einer ruhigen Haltung, die ich nur bewundern konnte.

„Hat Onkel Richard ihnen allen denn keine Summe zugesprochen?", fragte Matt.

„Ja-ha. Aber ihr Zuhause ..." Lady Rycrofts Unterlippe bebte. Sie zog ein Taschentuch aus ihrem Pompadour und tupfte sich den Augenwinkel. „Rycroft Estate ist ihr ein und alles."

„Dann ist es geklärt. Wenn ich erbe, können sie dort wohnen, und ich werde woanders wohnen."

„Falls du bis dahin keine von uns geheiratet hast, meinst du", sagte Patience.

Hope warf ihrer Schwester einen scharfen Blick zu. Patience zuckte unschuldig die Schultern.

„Willst du nicht dort leben?", fragte ihn Charity.

Er schaute sie an. „Nein."

„Warum nicht? Was stimmt nicht mit Rycroft?"

„Es wird ein Galgenstrick um meinen Hals sein, genauso, wie es bei meinem Vater war."

Sowohl Patience als auch Charity starrten ihn entsetzt an, die Münder offen wie aus den Angeln gerissene Falltüren. Hopes scharfer Blick wurde jedoch weich, während sie Matt betrachtete.

„Das ist bestialisch", sagte sie. „Ich ertrage es nicht. Wir sind ihm gerade erst begegnet, und hier besprechen wir die Ehe, als wären wir Konkurrentinnen und er der Preis, den es zu holen gilt."

„Diese Besprechung konnte nicht mehr länger aufgeschoben werden", wandte ihre Mutter mit einem Schniefen ein.

„Du hast versprochen, du würdest es nicht so direkt ansprechen, Mama. Du hast uns vor unserem Cousin bloßgestellt."

Ich räusperte mich, aber sie beachtete mich nicht. Offenbar hielt sie es nicht für ein Problem, vor mir bloßgestellt zu werden.

„Es bleibt keine Zeit für vorsichtige Verhandlungen", sagte Lady Rycroft. „Er könnte jeden Tag nach Amerika zurückkehren."

„Er verlässt England nicht", verkündete Miss Glass.

Alle schauten sie an.

„Tante Letitia", sagte Matt leise. „Wir haben das alles besprochen." Er verzichtete auf den Rest seiner sanften Lektion. Ganz gleich, wie oft er es sagte, es schien nie hängenzubleiben.

„Ich will nicht in Amerika wohnen." Patience, die älteste, schürzte die Lippen. „Es ist so *wild*."

„Es scheint, als hätten wir die Anzahl der Kandidatinnen schon auf zwei reduziert", sagte Hope mit einem fiesen Glitzern im Blick. „Das sollte deine Wahl erleichtern, Cousin. Ach, warum mache ich es dir nicht noch leichter? Ich ziehe mich ebenfalls aus dem Rennen zurück."

„Hope!", stieß Lady Rycroft hervor. „Hör auf, so eigensinnig und abfällig zu sein. Das steht einer Lady gar nicht."

„Ich will doch nur darlegen, dass ich Matthew als meinen Cousin kennenlernen möchte, ohne dieses Drama, das über unseren Köpfen hängt." Sie lächelte Matthew schwach an. „Ich entschuldige mich. Ich hoffe, es wird die Art, wie du uns wahrnimmst, nicht zu sehr trüben. Wir sind nicht nur schlimm."

Er lächelte. „Das sehe ich."

Ich blinzelte zu ihm auf.

„Sag mir, Tante Beatrice", begann er und klang auf einmal ganz fröhlich. „Hast du deinen Töchtern erzählt, welches *Handwerk* die Familie meiner Mutter ausübt?"

Das Blut wich aus ihrem Gesicht. Sie tupfte sich mit neuem Eifer weiter die Augen.

„Was für ein Handwerk denn?", fragte Hope, die von einem zum anderen schaute.

„Ein illegales. Die Familie meiner Mutter besteht zum Großteil aus Banditen."

„Oh." Hope biss sich auf die Lippen. „Das ist, äh, interessant."

„Ist es, oder? Willst du dich damit auch aus dem Rennen zurückziehen, Charity?"

„Ganz im Gegenteil", sagte die mittlere Schwester, die sich nach vorne schob. „Es klingt sehr faszinierend."

Hope kicherte, nur um sich den Mund mit der Hand zu bedecken, als ihre Schwester sie mit dem Ellbogen in die Rippen stieß.

„Die Familie deiner Mutter spielt keine Rolle", warf Lady Rycroft spitz ein.

Das war vor einer knappen Woche noch anders gewesen.

„Lass das Willie nicht hören", sagte Matt.

„Ich glaube, es ist an der Zeit, dass wir gehen." Lady Rycroft erhob sich und wies mit einer erhobenen Hand ihre Mädchen zum Aufstehen an. „Wir freuen uns darauf, dich wieder zu treffen, Matthew. Vielleicht besuchst du uns ja, wenn es dir demnächst passt. Vielleicht gebe ich ein Dinner zu deinen Ehren."

Matthew verbeugte sich. Jedes der Mädchen machte einen Knicks, während sie vorbeigingen.

Hope jedoch folgte ihrer Mutter nicht sofort nach draußen. „Sie hat nicht aufgegeben." Sie grinste, und ihr Gesicht wandelte sich von hübsch zu bemerkenswert. „Du musst stets auf der Hut bleiben, Cousin."

„Hope!", kreischte Lady Rycroft.

„Ich komme, Mama." Sie zwinkerte Matt zu. „Bis zum

nächsten Mal, Cousin. Es war wunderbar, dich kennenzulernen. Oh, und Sie auch, Miss Steele. Sie waren während des ganzen Gesprächs so still. Ich habe das Gefühl, als hätte ich kaum etwas über Sie erfahren."

„Darum ging es doch, oder?", sagte ich und verabscheute, wie gepresst meine Stimme klang und dass mein Herz nicht aufhören wollte zu hämmern. Es war immerhin nur eine dumme Unterhaltung. „Dass ich still dabeisitze und zuhöre, ohne zu unterbrechen?"

Matt warf mir einen finsteren Blick zu.

Hopes Lächeln verblasste. „Na. Es scheint, als hätten Sie doch Biss." Sie folgte ihrer Mutter.

Matt begleitete sie hinaus, und ich blieb bei Miss Glass im Salon. Ich wünschte mir, der Sessel möge mich verschlucken. Warum hatte ich Hope so angefahren?

Ich wusste, warum. Und es gefiel mir nicht. Ganz und gar nicht.

„Schreckliche Mädchen, jede einzelne", sagte Miss Glass mit gerümpfter Nase. „Ihrer Mutter so ähnlich. Lass dich nicht von Hopes Freundlichkeit zum Narren halten. Das ist eine ganz Schlaue. Zu schlau, wenn du mich fragst."

Ich seufzte. „Ein schlaues Mädchen kann wohl nichts Gutes bedeuten, oder?"

„Ich beziehe mich nicht auf dich, meine Liebe." Sie erhob sich und bot mir ihre Hand. „Du bist ein liebes Mädchen. Deine Schläue ist von ganz anderer Art als die von Hope."

Ich nahm sie bei der Hand. Ich konnte ihr nicht übelnehmen, dass sie mich vorhin so kühl behandelt hatte. Immerhin sorgte sie sich bestimmt, dass ich für ihren Neffen eine Ablenkung darstellte. Es war besser, ihr zu versichern, dass ich in diesem Spiel nicht antrat und niemals angetreten war. „Ich habe keine Ahnung, was Sie meinen, Miss Glass, aber ich weiß Ihr Ansinnen dennoch zu schätzen."

Matt marschierte herein und bemerkte unsere verbundenen Hände. „India? Was ist los?"

„Nichts."

„Es ist nicht nichts. Du wirkst besorgt. Lass dich davon nicht aus der Ruhe bringen. Sie sind unwichtig."

Ich zog meine Hand zurück und glättete meine Röcke. Ich konnte ihm nicht in die Augen schauen. Er sah zu viel, wenn er mich mit dieser Intensität betrachtete. Es war viel zu enervierend, und ich fühlte mich nach dem Austausch mit Hope bereits gereizt genug. „Brechen wir vor dem Mittagessen noch einmal auf?", fragte ich.

„Nein."

„Dann mache ich einen Spaziergang."

* * *

EIN SPAZIERGANG durch den Hyde Park klärte meinen Kopf und beruhigte meine Nerven. Bis ich nach Hause zurückkehrte, war ein Mittagessen aus kaltem Braten und Salaten auf dem Tisch im Speisezimmer aufgetragen.

„Ich kann mich dran gewöhnen, Personal zu haben", sagte Duke, der sich ein paar Scheiben Rinderbraten genehmigte.

„Hast du DuPont gesehen?", fragte Matt.

Duke schüttelte den Kopf. „Worthey war aber wütend. Sagte, man könne einem Franzosen nicht trauen, und wenn der Mann es wagen würde, noch einmal aufzutauchen, gäbe es keine Stelle mehr für ihn. Willie verbringt den übrigen Nachmittag dort, nur für den Fall."

Miss Glass kam herein und setzte sich. „Wir werden unser Bestes geben, ihnen aus dem Weg zu gehen, aber es ist vielleicht nicht immer möglich, insbesondere, wenn du eine Essenseinladung erhältst."

Wir starrten sie alle an. „Bitte?", fragte Matt.

„Deinen Glass-Cousinen." Sie schaute ihn an, als wäre er langsam.

„Was ist mit ihnen?", fragte Duke.

„Sie waren mit ihrer Mutter hier", erklärte ihm Matt. „Die Absicht dahinter besteht darin, dass ich mir eine von ihnen zum Heiraten aussuche."

Duke grinste. „Willie wird es leidtun, dass sie diese Unterhaltung verpasst hat. Hast du dich für eine entschieden?"

„Nein!"

Miss Glass erschauerte. „Gott sei's gedankt, dass du gesunden Menschenverstand hast, Matthew."

Duke kicherte. „Hast du sie vorgewarnt, dass die glückliche Braut in Kaliforniern wohnen muss?"

„Er hat nichts dergleichen getan", sagte Miss Glass mit einem Schniefen, „da er England nicht verlassen wird."

„Ich habe ihnen gesagt, dass ich nicht nach einer Ehefrau suche." Matt nippte an seinem Wein und wollte das Glas schon wieder auf den Tisch zurückstellen, überlegte es sich aber anders und trank aus.

„Wann kann ich davon ausgehen, dass du zu Hause bist, Matthew?", fragte Miss Glass. „Ich muss Besucher einladen, aber es ist wenig sinnvoll, wenn du nicht da bist."

Matt beäugte sie über den Rand seines Glases hinweg. „Du gibst nicht auf, oder?"

„Ich habe nur dein Bestes im Sinn. Ein Gentleman muss heiraten, sonst wird er selbstsüchtig und träge. Und er sollte gut heiraten, nicht um der Liebe willen. Liebesheiraten gehen nie gut, nachdem ihre erste Blüte welk wird und stirbt. Ich würde nicht wollen, dass du einen Fehler machst und es später bedauerst."

„Meine Eltern haben aus Liebe geheiratet", erwiderte er, „und das hat sich ziemlich gut entwickelt."

Sie steckte sich ein großes Stück Hühnchen in den Mund und schaute ihm nicht in die Augen.

Matt wirkte, als würde er einen Streit provozieren wollen, dann wandte er sich abrupt an mich. „Bereit, India? Ich stelle fest, dass ich plötzlich sehr in Eile bin."

* * *

„Es tut mir leid, wie meine Cousinen und Tanten mit dir umgesprungen sind", sagte Matt in der Kutsche auf der Fahrt zu Daniels Haus.

„Du brauchst dich nicht zu entschuldigen."

„Sie werden sich an dich gewöhnen."

Ich verkrampfte die Finger um meinen Pompadour, blieb aber still. Ich war nicht in der Stimmung, seine Cousinen, Tanten oder seine zukünftige Frau zu diskutieren. Auf ihn schien das jedoch nicht zuzutreffen.

„Die Sache ist die: Ich kann ihnen nicht erzählen, warum ich derzeit keine Ehe in Erwägung ziehen kann. Aber du verstehst das, oder nicht? Ich kann keine Ehe in Erwägung ziehen, solange sich meine Gesundheit nicht verbessert. Es wäre ungerecht gegenüber meiner Braut, falls ich kurz nach der Hochzeit sterben sollte."

„Ich verstehe."

Er tippte mit den Fingern auf das Fensterbrett. „Gut."

„Aber bis sie es erfahren, werden deine Tanten mit diesem … Spiel weitermachen."

Er stöhnte. „Ich bin mir nicht sicher, ob ich die Geduld dazu habe, ein vermögender englischer Gentleman zu sein. Ich bin lieber ein armer Amerikaner mit verbrecherischer Verwandtschaft. Das ist befreiender."

„Dann ist es besser, je schneller du nach Hause zurückkehrst. Ich werde dich vermissen. Euch alle", fügte ich an, falls er dachte, ich würde mit ihm flirten.

Die Kutsche kam schlingernd zum Stehen, und ich stellte fest, dass Matt auf einmal neben mir saß. „Das war nicht gerecht von mir", sagte er leise. „Es war unbedacht und selbstsüchtig. Ich bin ein Mensch mit Glück im Leben, und ich sollte nicht herumjammern wie ein trotziges Kind."

„Du bist nicht ganz auf der Höhe heute. Ich verstehe dich."

„Hör auf, so verständnisvoll zu sein!" Er fuhr sich mit der Hand übers Gesicht, bis zum Kinn hinab. Als er sie wegnahm, war ich entsetzt von der Müdigkeit, die an seinen Augenwinkeln zerrte. Hatte er vor dem Mittagessen nicht geschlafen? „Sag mir, dass ich ein Scheißhaufen bin."

„Eine wohlerzogene Engländerin würde dieses Wort nicht benutzen."

Eine Seite seines Mundes zuckte nach oben, wie ich es mir erhofft hatte.

„Aber du hast recht", fuhr ich fort. „Du bist ein Scheißhaufen. Aber da du dich entschuldigt hast, vergebe ich dir."

„Eines schönen Tages werde ich etwas sagen, das dich wirklich ärgert. Etwas Unverzeihliches."

Ich bezweifelte es.

Wir erreichten Daniels Haus in Hammersmith und stellten uns der Dienstmagd vor, die die Tür öffnete. Wir hatten beschlossen, bei Daniels Familie keine Rollen zu spielen. Wir würden eher unverstellte Antworten erhalten, wenn sie wussten, dass wir nach ihm suchten.

Die Dienstmagd führte uns durch das Wohnzimmer, in dem eine Frau saß. Matt wiederholte die Vorstellung. „Commissioner Munro schickt uns", schloss er.

Die Frau wurde wütend. Ihre hellblauen Augen weiteten sich ganz kurz. Sie war eine Mittvierzigerin und gut in eine ordentliche Weste über einem schwarz-grün-gestreiften Kleid gekleidet. In ihrer Jugend war sie bestimmt schön gewesen mit ihrem herzförmigen Gesicht, den hohen Wangenknochen und ihrer liebreizenden Figur. Selbst jetzt war sie bezaubernd, trotz der Spuren ihrer kürzlich vergossenen Tränen.

„Sind Sie Miss Gibbons?", fragte ich.

Sie zögerte, dann nickte sie. „Mary, hol Mr. Gibbons und bring Tee her." Zu uns sagte sie: „Mein Vater wird Sie sprechen wollen."

„Und wir wollen ihn sprechen", sagte Matt.

„Sind sie ein Kriminalpolizist?", fragte sie, und ihr Blick wanderte zu mir, ehe er zu Matt zurückkehrte.

„Ein privater Ermittler. Commissioner Munro kam zu uns, nachdem seine Männer keine Fortschritte erzielen konnten. Er ist sehr darauf bedacht, Daniel zu finden."

„Hat er Sie von seiner ... Beziehung zu meinem Sohn in Kenntnis gesetzt?"

Matt nickte.

Sie neigte den Kopf und verkrampfte die Hände im Schoß, das Abbild einer sittsamen, verständigen Frau. Sie entsprach überhaupt nicht dem, wie ich sie mir vorgestellt hatte. Ich hätte gedacht, sie wäre lebhaft und anregend, die Art Frau, die uneheliche Affären mit Gentlemen hatte. Es war falsch von mir gewesen, über sie zu urteilen, ohne ihre Lage zu kennen, und nun fühlte ich mich deswegen schlecht.

Ein Mann marschierte herein, und mir fiel sofort die Ähnlichkeit zwischen ihm und dem Commissioner auf. Beide waren hochgewachsene, robuste Männer in einem ähnlichen Alter. Er hatte einen direkten Blick, der die Lage sofort erfasste und sich ein Urteil bildete. Ich hätte gewettet, dass er sich in seinem Herrschaftsgebiet der Kontrolle und Ordnung rühmte. Herauszufinden, dass seine Tochter ein Kind von einem verheirateten Mann bekam, war sicher ein ziemlicher Schock gewesen; insbesondere, da diese Tochter unterwürfig und fügsam wirkte, nicht eigensinnig und kokett.

Matt wiederholte die Vorstellung. Bei der Erwähnung von Munros Namen blähten sich Mr. Gibbons Nasenflügel.

„Wird aber auch Zeit, dass er etwas unternimmt", knurrte er.

„Er hat es versucht, Papa", sagte Miss Gibbons leise, doch ernsthaft. „Du weißt, dass es so ist."

„Doch er hat an allen Ecken und Enden versagt."

Sie senkte erneut den Kopf.

„Munro hat uns von den Einbrüchen hier erzählt", sagte Matt. „Wir glauben, dass sie mit Daniels Verschwinden zu tun haben."

Gibbons knurrte. „Wenn das alles ist, was Sie herausgefunden haben, verschwenden Sie Munros Geld und meine Zeit."

Matt blieb erstaunlich ruhig. Gibbons schroffe Art erzürnte ihn weit weniger als die Hochzeitsvermittlung seiner Tanten. Die Befragung von Verdächtigen und Zeugen und die Annahme einer Rolle, um Verbrecher auszuschnüffeln, lagen ihm im Blut. Viel mehr, als mit Damen in Salons Tee zu nippen.

„Das ist nicht alles, was wir herausgefunden haben", fuhr Matt fort. „In der Tat haben wir etwas Erstaunliches über Daniel erfahren. Etwas, das er geerbt hat."

Miss Gibbons holte scharf Luft. Die Dienstmagd suchte sich diesen Augenblick aus, um mit einem Tablett hereinzukommen. Miss Gibbons schickte sie weg und schenkte den Tee selbst ein. Sie reichte mir eine Tasse. „Was haben Sie entdeckt?", fragte sie flüsternd.

„Judith", fuhr ihr Vater sie an.

Sie drückte die bebenden Lippen aufeinander.

„Wir wissen nicht, wovon Sie sprechen", sagte Mr. Gibbons.

„Natürlich wissen Sie das." Matt ignorierte ihn und wandte sich an Miss Gibbons. „Haben Sie keine Angst. Wir sind nicht hier, um Sie zu verfolgen. Wir wollen einfach Ihren Sohn finden. Es sieht immer mehr danach aus, dass sein Verschwinden mit seiner Magie und einer speziellen magischen Karte zusammenhängt, die er für einen Kunden angefertigt hat."

Mr. Gibbons sah seine Tochter an. Er wirkte nicht mehr selbstsicher; vielmehr sah er aus wie ein Mensch, der völlig überfordert war. Er war es eindeutig nicht gewöhnt, mit Fremden über seine Magie zu sprechen. Wenn man bedachte, wie die Gilden mit magisch talentierten Menschen umsprangen, war das keine Überraschung. Da er selbst ein Kartenzeichner war, hatte er wohl seine Magie jahrelang geheim gehalten, um keine Aufmerksamkeit zu erregen.

„Wir wissen, dass Daniel seine magische Gabe von Ihnen geerbt hat", sagte ich.

Mr. Gibbons schüttelte den Kopf in Richtung seiner Tochter, warnte sie, dass sie nichts sagen sollte.

„Papa, wir können mit ihnen reden. Wenn wir es nicht tun …" Sie schluckte. „Wenn wir es nicht tun, finden wir Daniel vielleicht nie."

Mr. Gibbons wirkte, als wolle er sie anfahren, damit sie den Mund hielt, aber dann wurden die harten Linien seines Gesichts weich. Er nickte.

„Es ist keine Gabe." Miss Gibbons tupfte sich die Augen mit ihrem Taschentuch ab. „Es ist ein Fluch. Und er hat es nicht von mir geerbt."

„Er hat es von mir", sagte Mr. Gibbons. „Meine Tochter ist nicht magisch."

„Es hat eine Generation übersprungen?", stieß ich hervor.

Mr. Gibbons neigte den Kopf. „Was wissen Sie über Magie?"

„Sehr wenig", erwiderte ich.

„Genau wie ich. Aber ich weiß, dass es zwar eine ererbte Eigenschaft ist, aber trotzdem häufig eine oder sogar zwei Generationen überspringt, bevor sie wieder auftaucht."

„Sie halten Ihre Magie vor der Welt draußen geheim", sagte Matt. „Wer weiß davon?"

„Niemand. Mein Vater hat mich schon von Kindesbeinen an gewarnt, sie geheim zu halten. Er war auch magisch, und er wusste persönlich, was mit Magiern geschah, wenn Gildenmitglieder von ihrem Talent erfuhren. Einem seiner Freunde wurde die Mitgliedschaft in der Gilde entzogen. Ohne die Zugehörigkeit musste er sein Geschäft aufgeben. Er war sein ganzes Leben lang Kartenzeichner gewesen und konnte in der Stadt keine andere Arbeit finden. Er verlor seine Freunde, und seine Kinder hungerten, wurden krank und starben. Er wandte sich immer wieder gegen die Entscheidung, behauptete, er hätte nichts falsch gemacht. Sechs Monate später fand man seine Leiche."

Ich keuchte.

„Wie ist er gestorben?", fragte Matt.

„Offiziell hat er sich selbst die Kehle durchgeschnitten." Mr. Gibbons schüttelte den Kopf. „Aber mein Vater konnte nicht verstehen, warum ein Linkshänder das Messer in der Rechten hielt, wenn er sich das Leben nehmen wollte."

O Gott.

Miss Gibbons brach in Tränen aus. Ihr Vater warf einen Blick auf sie und kniff die Lippen zusammen. Ich setzte mich neben sie und legte ihr einen Arm um die Schultern. Es war schwer, sie zu trösten, wenn ich nur daran denken konnte, dass der magische Kartenzeichner ermordet worden war, womöglich von seiner eigenen Gilde.

„Sicher würde so etwas heute nicht mehr geschehen", sagte ich flehend zu Matt.

Er nickte und lächelte mich schwach an, was mich nicht im Mindesten beruhigte.

„Wenn Sie das glauben, sind Sie sehr naiv, Miss Steele", sagte Mr. Gibbons. „Die Gilde ist ein Schlangennest, und sie wartet nur darauf, jene anzufallen, die besser sind als sie. Die Mitglieder wollen ihre Stellung halten, ihre Kunden und ihren Ruf, und um das zu tun, löschen sie alle Magier aus. Wer würde denn noch zu einem einfachen Kartenzeichner gehen, wenn man zu einem Magier gehen kann, der eine reaktive Karte anfertigt?"

„Reaktiv?", wiederholte Matt.

„Eine magische Karte, die Orte oder Routen enthüllt, aber nur für denjenigen, der sie beauftragt hat, und den Magier, der die Magie hineingegeben hat, und nur für kurze Zeit."

„Hat jemand bei der Gilde gewusst, dass Daniel magisch ist?"

„Ich habe es ihnen nicht gesagt, und er hätte es nicht tun können. Er wusste nicht, dass er magisch ist."

„Du hättest es ihm sagen sollen", brach es aus seiner Mutter hervor. Tränen liefen ihr über die Wangen und tropften ihr vom Kinn. „Du hättest ihn warnen sollen, so wie dein Vater dich gewarnt hat. Das ist *deine* Schuld."

Mr. Gibbons' Gesicht wurde aschfahl. „Ich wollte den Jungen nur schützen. Ich dachte, für ihn wäre es sicherer, ein anderes Handwerk zu erlernen, vielleicht zur Polizei zu gehen, wie es sein Vater wollte. Als ich herausfand, dass er meine Magie geerbt hatte, enthielt ich ihm alle Karten und Werkzeuge zum Kartenzeichnen vor. Ich hatte erwartet, er würde einfach andere Fertigkeiten entwickeln." Er senkte den Kopf. „Aber das tat er nicht, und ich habe nicht erfahren, dass er insgeheim Karten zeichnete, bis es zu spät war. Als er sagte, dass er bei einem Kartenzeichner der Gilde in die Lehre gehen wollte, habe ich es verboten. Sein Vater hat jedoch darauf bestanden." Seine Lippen verzogen sich verächtlich. „Munro ist ein Narr."

„Er kannte die Gefahren nicht, weil *du* ihm nicht von Daniels Magie erzählt hast", heulte Miss Gibbons. „Oder deiner."

„Er hätte mir nicht geglaubt. Männer wie Munro glauben nicht. Sie leugnen und ignorieren, selbst wenn ihnen die Beweise vorgelegt werden. Es hätte nur zu Verachtung und Erheiterung geführt, Munro darüber in Kenntnis zu setzen. Davon hat diese Familie von seiner Hand schon genug erhalten. Nicht mehr, Judith. Nicht mehr."

„Es hätte Daniel vielleicht gerettet", sagte sie schwach.

„Ich bezweifle es", sagte ich. „Daniel zeichnete eindeutig mit Begeisterung Karten. Es lag ihm im Blut. Sein Talent wäre den Gildenmitgliedern früher oder später aufgefallen."

„Sie glauben, die haben das getan, oder? Sie glauben, die haben meinen Sohn mitgenommen?" Sie drückte sich das Taschentuch an die Nase, während Schluchzer sie erschütterten.

„Wir wissen es nicht."

„Wusste die Gilde, dass Sie magisch sind?", fragte Matt Mr. Gibbons.

„Ich habe es ihnen vorenthalten", sagte er, „wie es mir mein Vater geraten hat. Ich habe meine Magie nie eingesetzt, um eine

Karte zu zeichnen. Hätte ich das getan, hätte ich die schönsten Werke zeichnen können, wie Daniel. Aber ich habe es nicht gewagt."

„Erzählen Sie uns davon, inwiefern die magischen Karten nur für kurze Zeit funktionieren", sagte ich, weil mich faszinierte, dass Zeit in der Kartenmagie eine Rolle spielte. Ich erwischte Matt, wie er in meine Richtung schaute, und wandte mich ab. Er wusste, warum ich fragte, und ich wollte die Missbilligung in seinem Blick nicht sehen. Er wollte nicht, dass ich mit jemandem über meine Magie sprach.

Mr. Gibbons zuckte mit den Schultern. „Es gibt dazu nichts zu sagen. Mein Vater erzählte mir, dass Magie flüchtig ist. Die Karten erwachen zum Leben und zeigen eine verborgene Route oder einen Ort, aber nur ein paar Stunden oder vielleicht Tage lang. Anschließend passiert es niemals wieder."

Außer vielleicht, man gab die Magie eines Uhrmachers hinein. Matts Uhr besaß sowohl Chronos' Magie als auch die des Arztes, der ihm das Leben gerettet hatte. Die Zeitmagie verlängerte die Lebensdauer der Magie des Arztes. Auf diese Weise könnte es mit jeder Magie funktionieren, die man mit der Magie eines Uhrmachers verband.

„Kennen Sie andere Magier?", fragte Matt.

Sowohl Mr. als auch Miss Gibbons schüttelten die Köpfe.

„Darf ich sein Zimmer sehen?"

„Wenn es sein muss." Mr. Gibbons führte uns die Stufen zu Daniels Zimmer hinauf. „Die Polizei hat es bereits durchsucht, und wir auch. Sie werden nichts finden."

Es war kein großes Haus, aber es war ganz gemütlich, und, wie ich annahm, besser, als es sich ein einfacher Kartenzeichner leisten konnte. Es war gewiss besser als die Bleibe, die mein Vater und ich über dem Laden gehabt hatten. Vielleicht hatte Commissioner Munro sich um ihr Wohlergehen gekümmert, um dafür zu sorgen, dass sein Sohn ein gutes Heim hatte.

Das Schlafzimmer war unter dem Dach versteckt. Matt musste sich ducken, als wir eintraten. Wir schauten unter dem Bett nach, in Schränken, Schubladen, unter der Matratze und dem Teppich, den Unterseiten von Stühlen und Tischen. Wir fanden nichts Verdächtiges oder Interessantes.

„Erwähnte er etwas über den Kunden, McArdle, der eine spezielle Karte bei ihm in Auftrag gab?", fragte Matt, als wir nach unten zurückkehrten.

Sie schüttelten beide die Köpfe. „Meinen Sie, dass er direkt beauftragt wurde?", fragte Mr. Gibbons. „Oder durch seinen Meister?"

„Direkt."

Vater und Tochter warfen einander einen Blick zu. „Wie hat er von Daniels Magie erfahren?", fragte Miss Gibbons, die ihre Finger auf bebende Lippen presste.

„Eine verdammt gute Frage", sagte Mr. Gibbons. „Und eine weitere Frage ... wie hat Daniel gelernt, magische Karten zu zeichnen? Von mir hat er das nicht."

„Vielleicht war es Mr. McArdle selbst", sagte ich. „Oder jemand, den er kennt."

„Haben Sie ihn befragt?"

„Wir haben es vor", sagte Matt.

Miss Gibbons nahm mit einer Hand Matts Arm und hielt sich mit der anderen ihr Taschentuch an die Wange. „Finden Sie meinen Sohn, Sir. Bitte. Ich flehe Sie an."

„Wir tun unser Bestes, Miss Gibbons."

Wir begaben uns nach draußen zur wartenden Kutsche, und Bryce fuhr uns nach Chelsea, nicht weit weg.

„Es war ein Fehler, Daniel nichts von seiner Magie zu sagen", bemerkte ich. „Er hätte es wissen sollen, damit er sich schützen kann."

Matt beobachtete mich nur sorgsam unter halb gesenkten Lidern, seine Augen von roten Spinnennetzen durchzogen.

„Ich weiß schon", sagte ich mit einem Seufzen. „Ich bin mir bewusst, dass mein Vater es mir nicht erzählt hat, obwohl er es sehr wahrscheinlich wusste."

„Dessen können wir uns nicht sicher sein."

„Selbst wenn er nicht magisch war, waren es wohl sein Vater oder Großvater, und man hat es ihm vermutlich irgendwann erzählt, für den Fall, dass er – oder ich – das Talent entwickelten. Er hätte es mir sagen sollen."

„Mach es nicht nur ihm zum Vorwurf", sagte Matt sanft. „Wenn er keinerlei magisches Talent zeigte, hat es sein Vater vielleicht gedanklich ganz weit nach hinten verschoben. Vielleicht hatte er vor, es deinem Vater zu erzählen, sobald dieser Kinder hatte, aber sein frühzeitiger Tod kam ihm zuvor."

„Ich nehme es an." Ich rieb mir über die Stirn. „Es ist alles so seltsam, Matt. Ich will nicht magisch sein, wenn das Gefahr mit sich bringt. Gott sei Dank ist meine Magie sehr schwach."

„Ist sie das?"

Ich schaute auf. „Was meinst du?"

„Deine Uhr hat jemanden geschockt, ihn vorübergehend außer Gefecht gesetzt. Eine weitere Uhr, mit der du gearbeitet hast, flog in hohem Bogen, um jemanden am Kopf zu treffen. Das sind erstaunliche Talente, und bisher hat keine der magischen Personen, mit denen ich gesprochen habe, so etwas berichtet."

Ich versuchte zu lachen, doch es klang nur halbherzig. „Ich kann mir nicht vorstellen, wie eine Karte jemanden umbringt."

Er lächelte schief. „Der Bronzeglobus der Gilde könnte schon einigen Schaden verursachen." Über die Lücke zwischen uns fand seine Hand meine. „Dir wird nichts zustoßen, India. Dafür sorge ich."

„Danke."

„Aber du musst dein Geheimnis als genau das bewahren, was es ist: ein Geheimnis. Abercrombie und die anderen Gildenmitglieder vermuten vielleicht, dass du magisch bist, doch das heißt nicht, dass du es ihnen beweisen musst."

„Ich sage es den Leuten nur, wenn es nötig ist."

„Oder gar nicht." Er drückte meine Hand. „Nun lass uns wieder in unsere Rollen als Mr. und Mrs. Prescott schlüpfen, um zu sehen, was wir bei McArdle erfahren."

* * *

MCARDLE MIETETE RÄUMLICHKEITEN in einem kleinen roten Ziegelhaus in Chelsea bei Mrs. Dawson, einer Witwe in den Sechzigern, deren Kleider vor zwanzig Jahren auf dem neuesten Stand der Mode gewesen waren. Leider hatte er seine Miete voll bezahlt und war vor nur einem Tag aufgebrochen, wobei er seine Habseligkeiten mitgenommen hatte.

Matt wirkte, als würde gleich die farbigste Sprache, die er im Wilden Westen gelernt hatte, aus ihm hervorbrechen, darum meldete ich mich rasch zu Wort. „Was können Sie uns über ihn sagen?", fragte ich die Vermieterin.

Mrs. Dawson hob das Kinn in der gleichen Art wie Miss Glass, wenn sie sich querstellte. „Warum?"

Matt zog ein paar Münzen aus der Tasche. „Beantworten Sie die Frage."

Sie streckte die Hand aus, und er ließ die Münzen in ihre Handfläche fallen. „Er blieb für sich", sagte sie. „Er ging täglich aus, aber er sagte mir nicht, wohin, und ich habe nicht gefragt."

„Hat er jemals Karten oder Kartenzeichner erwähnt?"

„Nein."

„Hat er je einen Streit erwähnt?", fragte Matt.

„Er kam eines Nachmittags mit übler Laune nach Hause, murmelte etwas von einem jungen Emporkömmling."

„Wie wütend wurde er?", fragte ich. „Hat er auf Dinge eingeschlagen, mit etwas herumgeworfen?"

„Er war kein brutaler Mann. Er war recht angenehm, blieb einfach nur für sich."

„Wo war er her?"

„Er war natürlich britisch." Sie drückte sich eine Hand an den Busen, ein entsetzter Blick stand in ihrem Gesicht. „Ich gestatte nur anständigen Engländern, in meinem Haus zu logieren. Ausländer sind nicht willkommen."

„Wir Amerikaner brauchen uns also gar nicht bewerben?", fragte Matt, der seinen Akzent dick auftrug.

Sie lächelte ihn verkniffen an. „Für einen Gentleman wie Sie mache ich vielleicht eine Ausnahme." Sie warf einen betonten Blick auf seine Tasche, wo er sein Geld aufbewahrt hatte.

„Aus welchem Teil von England war Mr. McArdle?", fragte ich. „Hatte er einen Akzent?"

„Keinen, der mir aufgefallen wäre. Er hat keine Städte, Länder oder Dörfer vor mir erwähnt. Ich weiß nicht, wo er herkam." Sie warf einen Blick an uns vorbei, dann trat sie näher. „Es gibt noch etwas. Etwas, das er zurückließ. Als seine Vermieterin würde ich mich schrecklich fühlen, wenn er mich anschriebe und mich bäte, es ihm zuzusenden, und ich könnte es nicht finden, aber manchmal gehen kleine Dinge eben verloren."

Ich verstand nicht. Hatte sie es, oder hatte sie es nicht?

Matt reichte ihr noch ein paar Münzen. Sie prüfte die Menge, dann steckte sie sie ein und bedeutete uns, ihr die Stufen hinauf zu folgen. Ich starrte auf ihren Rücken, reichlich entsetzt von ihrer Doppelzüngigkeit. Sie war vielleicht fein angezogen und klang auch so, aber sie war so verzweifelt wie, nun ja, ich es in jenen paar kurzen Tagen gewesen war, ehe ich die Arbeit bei Matt aufgenommen hatte.

Sie führte uns in ihr kleines Wohnzimmer und öffnete ihr Nähzeug. „Ich fand das auf dem Boden unter der Kommode in seinem Schlafzimmer. Es muss dorthin gerollt sein." Sie ließ einen kleinen runden Metallgegenstand in Matts Hand fallen.

Er musterte ihn, drehte ihn zweimal. „Es ist ein Goldknopf", sagte er ausdruckslos. „Ich habe nicht bezahlt, damit Sie mir einen von McArdles Knöpfen überreichen."

Sie zuckte nur mit den Schultern.

„Darf ich ihn sehen?", fragte ich.

Er legte mir den Knopf in die Hand, und ich holte abgehackt Luft.

„Was ist?", fragte er mit gerunzelter Stirn.

Unsere Blicke begegneten sich. „Er ist warm."

KAPITEL 6

Wir nahmen den Knopf mit und inspizierten ihn auf dem Nachhauseweg in der Kutsche. „Es ist auf jeden Fall magische Wärme", sagte ich. „Nicht durch menschliche Berührung oder die Sonne. Ich erkenne allmählich den Unterschied."

Das alte Metall war schwer angelaufen, und ein Teil des Musters war im Laufe der Zeit abgerieben worden. Der Rand wirkte nicht, als sei er jemals perfekt rund gewesen, sondern mit einem groben Werkzeug in eine rundliche Form gehämmert worden. Ein kleiner Schaft aus einem anderen Metall saß hinten, und er gehörte eindeutig nicht zum ursprünglichen Knopf.

„Es gibt eine Inschrift", sagte ich und hielt ihn hoch ans Fenster, um besseres Licht zu haben. „Aber ich kann sie nicht lesen. Ein Bild ist auch darauf, doch das ist nicht deutlich."

Matt beugte sich vor, um besser sehen zu können, wobei er seinen Arm an meinen drückte. „Ich kann es auch nicht entziffern."

„Also haben wir irgendwo auch einen magischen Knopfmacher."

„Oder einen Schlosser. Er oder sie ist sehr wahrscheinlich verstorben. Dieser Knopf ist alt."

Ich ließ ihn in meinen Pompadour fallen. „Ich frage mich, was magische Knöpfe machen."

„Kleider zuknöpfen, ohne dass man dafür Menschenhände braucht?", sagte er leichthin.

„Ich sehe schon, wie nützlich das ist. Ich könnte mir die Haare richten, während meine Jacke sich zuknöpft. Das würde mir ja, hm, sekundenlange Arbeit ersparen."

„Einige Sekunden in den täglichen Abläufen zu sparen, kann nützlich sein, besonders für jemanden, der sich jede Minute des Tages beschäftigt hält."

Ich blinzelte ihn an. „Redest du von mir?"

Er hob eine Schulter, aber das boshafte Glitzern seiner Augen gab mir die Antwort.

„Ich brauche nicht über jede Minute meines Tages Buch zu führen, vielen Dank aber auch. Obwohl ich mich gern beschäftigt halte, das gebe ich freimütig zu."

„Du schaust aber sehr oft auf deine Uhr."

„Nicht mehr als andere Menschen."

„Wenn du in der Nähe einer anderen Uhr bist, schaust du stattdessen darauf."

„Jetzt redest du Unsinn. Ich bin nicht besessen von der Zeit."

Er sagte nichts, aber sein selbstgefälliges Lächeln wurde breiter.

„Ich werde es dir beweisen." Ich öffnete meinen Pompadour und reichte ihm meine Uhr. „Du darfst sie einen Tag behalten. Das stört mich nicht."

„Also gut. Und ich werde zu Hause alle Uhren umdrehen."

Ich beobachtete, wie er meine Uhr in seine Tasche steckte, und versuchte, mich nicht zu sorgen. Diese Uhr hatte mir das Leben gerettet. Sollte ich mich davon trennen? Was, wenn wir erneut angegriffen wurden?

„Ich werde mich gut um sie kümmern", sagte er. „Und du wirst die ganze Zeit bei mir sein, also wirst du ihre magischen Eigenschaften nicht brauchen, um dich zu retten."

Ich verschränkte die Finger im Schoß. „Wenn du sie verlierst, erzähle ich Lady Rycroft, dass dein Herz eine ihrer Töchter zur Ehe auserkoren hat."

„Welche denn? Bitte sag Charity. Sie scheint mir die Art Mädchen zu sein, die in Kaliforniern bei meiner Familie aufblühen könnte."

Ich lachte und stieß ihn mit dem Ellbogen an. Sein Lächeln verblasste etwas, und sein Blick wurde ernst, während er meinen einen Augenblick länger festhielt, als es sich ziemte. Dann gähnte er.

Bristow reichte Matt eine Nachricht, als wir Zuhause ankamen. Matts Gesicht, das bereits etwas aschfarben wirkte, wurde noch bleicher. Er starrte sie lange an, dann faltete er sie zusammen und steckte sie in seine Tasche.

„Stimmt was nicht?", fragte ich.

„Sie ist von Munro. Er bittet um den aktuellen Stand unserer Ermittlung."

„Wenn das alles ist, warum wirkst du dann so besorgt?"

Er lächelte plötzlich. „Bin ich nicht. Nur müde."

Ich glaubte ihm keinen Augenblick lang.

Zu Bristow sagte er: „Bitte drehen Sie alle Uhren im Haus um, damit sie zur Wand ausgerichtet sind."

Bristow zuckte nicht einmal mit der Wimper bei dieser seltsamen Bitte. Ich verdrehte jedoch die Augen. „Es macht mir nicht das Geringste aus, dass ich nicht wissen werde, wie spät es ist."

„Gut."

„Du kannst jetzt aufhören, mich so selbstgerecht anzugrinsen."

„Werde ich, morgen, wenn du mir beweist, dass ich falsch liege, und die Zeit dir nicht wichtig ist."

„Du bist unmöglich."

„Wenn das das Schlimmste ist, das du mir vorwerfen kannst, bin ich zufrieden."

Ich marschierte weg, nicht sicher, ob ich wütend auf ihn war oder über mich selbst lachen wollte. Er war manchmal wirklich verblüffend.

Matt schloss sich uns zum Abendessen an, nachdem er eine Ruhepause eingelegt hatte, ebenso Cyclops, Duke und Willie, die von den ihnen zugeteilten Aufgaben zurück waren. Da Miss Glass anwesend war, sahen wir davon ab, einander auf den neusten Stand zu bringen, bis sie im Bett war. Sie wünschte uns schließlich eine gute Nacht, um … um irgendwann zwischen neun und halb zehn. Vielleicht.

„DuPont ist nicht zurückgekehrt", erzählte uns Willie, die sich mit ihrer Pfeife im Wohnzimmersessel niederließ. „Ich glaube nicht, dass er noch kommt."

„Verdammt", murmelte Matt.

Duke öffnete ein Fenster und warf einen finsteren Blick auf Willie. „Miss Glass kann den Rauch am Morgen riechen, weißt du?"

Sie stieß einen Rauchring in seine Richtung aus.

„Cyclops?", fragte Matt. „Hast du etwas zu berichten?"

„Ja. In der Gilde geht etwas Merkwürdiges vor."

Matt beugte sich vor. „Inwiefern merkwürdig?"

„Schwer zu sagen. Heute war der Schatzmeister wieder zurück, obwohl dazu kein Anlass bestand."

„Mr. Onslow." Ich nickte. „Wir sind ihm begegnet, zusammen mit seinem Lehrling Ronald Hogarth."

„Der Lehrling arbeitet inzwischen für Duffield", sagte Cyclops. „Onslow hat sich darüber beim alten Diener beschwert. Offenbar hat Duffield ihn heute Nachmittag von Onslow gestohlen."

„Wie stiehlt man denn einen Lehrling?", fragte Duke.

„Man zahlt ihm mehr Geld. Onslow jammerte, dass er sich nicht leisten konnte, was Duffield bot, und der Junge hat sich auf die Gelegenheit gestürzt, für den Gildemeister zu arbeiten. Das war es allerdings nicht, was meinen Verdacht erregte." Cyclops wirbelte den Kognak in seinem Glas herum und streckte die bloßen Füße zum Feuer hin. „Er hat heute in der Gilde jemanden getroffen. Der Mann nannte dem Diener keinen Namen, aber Onslow kannte ihn eindeutig. Sie unterhielten sich im Flüsterton in der Eingangshalle, dann verschwanden sie in ein Bureau mit der Anweisung, sie nicht zu stören. Als ich die Befehle missachtete und sie doch störte, brüteten sie beide über dem Kassenbuch. Ein Ordner, der, wie ich später herausfand, niemals Onslows Hände verlässt. Laut der Diener, die ich fragte, schaut niemand je in dieses Buch, nicht einmal der Gildemeister. Offenbar vertraut er Onslow oder hat kein Interesse an Zahlen."

„Was, denkst du, hat er vor?", fragte ich.

„Am wahrscheinlichsten die Gilde bestehlen", sagte Willie.

„Das lässt sich recht einfach bewerkstelligen", sagte Duke.

Cyclops nickte. „Besonders, wenn niemand sonst die Akte zu Gesicht bekommt, aber selbst dann kann man Geld ganz offensichtlich verstecken.“

Ich blinzelte sie nacheinander an. „Ihr klingt, als hättet ihr mit sowas Erfahrung.“

Duke und Cyclops schauten mir nicht in die Augen, während Willie um ihre Pfeife herum grinste. „Wir haben keinen Heiligenschein wie du“, sagte sie. „Nimm es mir nicht übel, India.“

Ich erwiderte ihr Lächeln. „Du hast einen Heiligenschein. Ich habe ihn gesehen. Du tust nur so, als wäre er nicht da. Nimm es mir nicht übel, Willie.“

Sie knurrte, aber ihr Lächeln blieb.

Matt räusperte sich. „Ich frage mich, ob dieser Kerl, den Onslow traf, ein Kunde ist.“

„Oder ob er etwas mit Daniels Verschwinden zu tun hat“, fügte Duke an. „Vielleicht bezahlt auch er für eine magische Karte, nur auf inoffiziellem Wege.“ Sein Gesicht hellte sich auf, während er sich halb aus dem Sessel erhob. „Vielleicht hat Onslow Daniel entführt und hält ihn irgendwo fest, zwingt ihn dazu, magische Karten für besondere Kunden anzufertigen, die viel Geld zahlen.“

Es war eine stimmige Theorie, und wenn man das zustimmende Nicken bedachte, ging es wohl nicht nur mir so. „Wir sollten über Onslow Nachforschungen betreiben und ihm vielleicht folgen“, sagte ich. „Wenn er Daniel irgendwo festhält, besucht er ihn bestimmt von Zeit zu Zeit.“

„Ich werde ihm folgen“, sagte Duke.

Matt schüttelte den Kopf. „Du und Willie, ihr müsst euch die Pflichten bei Wortheys Fabrik teilen, zumindest bis wir völlig sicher sind, dass DuPont nicht zurückkehrt.“

„Ich werde Onslow folgen“, sagte ich. „Wir beide müssen nicht zusammen investigieren. Wir können uns auch trennen und …“

„Nein. Wir trennen uns nicht. Wenn dir etwas zustößt …“ Er machte eine schneidende Handbewegung. „Wir trennen uns nicht. Schlag das nicht noch einmal vor.“

Ich richtete mich auf und spannte die Schultern an. „Liegt

das daran, dass ich eine Frau bin? Glaubst du, ich kann niemandem folgen, ohne dass man mich bemerkt?"

„Nein. Ich glaube, dass du dich nicht gegen jemanden schützen kannst, der dir etwas antun möchte."

„Würdest du das gern um ein ‚nimm es mir nicht übel' ergänzen, um den Schlag etwas abzumildern?"

Er zuckte zusammen. „Es tut mir leid, India, aber nein. Mir ist es gleich, ob es dich verletzt oder nicht. Ich bin für dich verantwortlich, jetzt, da du hier lebst und arbeitest."

Ich wollte gerade anbringen, dass er nicht für mich verantwortlich war, als Willie mir zuvorkam. „Es liegt nicht daran, dass du eine Frau bist. Es liegt daran, dass du nicht kämpfen kannst wie ein Mann. Und du trägst keinen Mr. Colt bei dir, so wie ich."

„Ich könnte eine Schusswaffe tragen, wenn ich wollte."

„Aber du würdest sie nicht benutzen."

Da hatte sie mich. Mit einem ergebenen Seufzen nickte ich. „Also gut. Wir werden zusammen arbeiten."

Matt beobachtete mich noch einen Augenblick, schließlich sagte er: „Gut. Cyclops, mach bei der Gilde der Kartenzeichner weiter, aber sei vorsichtig. Lass mich wissen, wenn noch etwas geschieht oder wenn du die Identität dieses Mannes aufdeckst."

Wir erzählten ihnen, was wir bei Daniels Familie erfahren hatten und zeigten ihnen den Knopf von McArdles Vermieterin. Sie konnten sich auch keinen Nutzen für einen magischen Knopf vorstellen. Es schien keinen Sinn zu ergeben, besonders, wenn es nur kurze Zeit anhielt, so wie andere Magie.

„Glaubst du, deine Zeitmagie kann damit zusammenwirken, um seine Magie zu verlängern?", fragte Cyclops, der mir den Knopf zurückreichte.

„Ich weiß nicht", sagte ich. „Nicht, dass es eine Rolle spielt, denn ich weiß nicht, wie. Selbst wenn ich es wüsste, warum sollte jemand so etwas mit einem Knopf anstellen?"

„Andererseits, warum sollte irgendwer überhaupt einen magischen Gegenstand wollen, wenn die Magie flüchtig ist?", fragte Matt, der die Tasche berührte, in der er die Uhr aufbewahrte. „Soweit ich sehen kann, ist die meiste Magie ohne Langlebigkeit nutzlos."

„Außer der Kartenzeichner-Magie", erwiderte ich. „Selbst

wenn die Magie nur ein paar Minuten hält, wäre die verborgene Route trotzdem noch lange genug sichtbar, dass man sie sich merken könnte."

Er nickte nachdenklich.

„Wir müssen Daniel finden", sagte ich bedrückt. „Seine arme Mutter macht sich solche Sorgen. Munro auch, denke ich."

„Wir werden morgen frisch anfangen, indem wir Onslow folgen." Er stand auf und wünschte uns eine gute Nacht.

Ich warf einen Blick auf die Uhr auf dem Kaminsims, weil ich vergessen hatte, dass sie zur Wand gedreht worden war. Er bemerkte es und lächelte. Wenn ich ein Kind gewesen wäre, hätte ich ihm die Zunge herausgestreckt. Stattdessen hob ich das Kinn.

„Will jemand spielen?", fragte Duke, nachdem Matt gegangen war. Er zog die Karten und Streichhölzer aus der Schublade des Kartentischs.

Willie verzog das Gesicht. „Ich nicht. Das macht keinen Spaß, wenn es nicht wirklich um was geht."

„Was machst du stattdessen? Ein Buch lesen?" Er schnaubte.

„Vielleicht." Sie zog ihre Pfeife heraus. „India, was für eins ist gut?"

Ich reichte ihr die *Die drei Musketiere*, die ich mir aus Matts Bibliothek geborgt, aber noch nicht angefangen hatte. „Versuch es damit. Ich habe gehört, das ist ziemlich unterhaltsam."

„Hat es Kämpfe und viel Blut?"

„Ich hoffe es doch. Wir Unschuldigen müssen ja irgendwo unseren Spaß bekommen."

Sie kicherte.

„India?", fragte Duke. „Willst du spielen?"

„Ich glaube, ich ziehe mich zurück. Gute Nacht."

Anstatt direkt auf mein Zimmer zu gehen, machte ich mich zu dem von Matt auf und klopfte sachte an die Tür. Er öffnete, und ich schluckte schwer und zwang mich dazu, ihm in die Augen zu schauen, und nicht auf seine bloße Brust. Es war keine einfache Aufgabe.

Er trat zur Seite und bedeutete mir, dass ich eintreten solle.

„Nein, danke", sagte ich mit spröder Stimme. Ich zuckte

zusammen. Ich klang genau so naiv und prüde, wie es mir Willie immer vorwarf.

Er lehnte den Unterarm an den Türrahmen und kreuzte die Beine an den Knöcheln. „Das ist wohl wichtig", sagte er gedehnt. „Kommst du, um auf die Uhr zu schauen?"

„Sehr lustig. Du weißt, dass ich einfach eine der Uhren umdrehen kann, wenn ich es will."

„Aber das machst du nicht, denn du bist ein ehrenhafter Mensch."

„Nicht *so* ehrenhaft. Ich werde es nicht tun, weil ich vermute, dass du mich erwischst, wenn ich es mache. Du hast so einen Hang, dich an Leute anzuschleichen."

Er grinste ein ziemlich fieses Grinsen. Es machte ihm überhaupt nichts aus, dass er halb nackt war. Ich hätte es wissen sollen, basierend auf früheren Erfahrungen. Obwohl ich seinen beeindruckenden Körperbau bereits gesehen hatte, bekam ich nicht genug davon. Diesmal jedoch war ich entschlossen, der Verlockung nicht nachzugeben und nicht zu starren. Es war nicht damenhaft, ihn wissen zu lassen, dass mir gefiel, was ich sah.

„Ich wünschte, du würdest nicht so grinsen", sagte ich, während ich seinem Blick standhielt.

„Ich grinse nicht, ich lächle. Ich lächle, weil du aussiehst, als würdest du versuchen, nicht zu blinzeln."

Ich blinzelte.

„Ich kann mir nicht vorstellen, was dich vom Blinzeln abhält", fuhr er fort. „Bist du sicher, dass du nicht reinkommen willst? Ich verspreche, dass ich mir ein Hemd anziehe."

Ich hob eine Schulter. „Es ist mir gleich, ob du das tust. Du scheinst den Eindruck zu haben, dass deine Blöße eine Wirkung auf mich hat. Tut sie nicht. Ich bin doch kein empfindliches kleines Ding."

Seine Lippen zuckten. „Ist das so? Warum siehst du dann nicht weiter hinab als bis zu meinem Kinn?"

„Du hast ein feines Kinn, und ich muss nicht weiter hinabschauen. Zufällig schaue ich demjenigen, mit dem ich spreche, lieber in die Augen. Hör mit dem Grinsen auf!"

Er tat es nicht. „Nun?", fragte er.

„Nun was?"

„Du bist aus einem bestimmten Grund auf mein Zimmer gekommen. Oder wolltest du mich einfach beim Entkleiden erwischen?"

Ich hatte das eindeutige Gefühl, einen Kampf zu verlieren, von dem mir nicht bewusst gewesen war, dass ich ihn angetreten hatte, bis es zu spät war. „Ich bin gekommen, um nach der Nachricht von Munro zu fragen."

Das Grinsen verschwand. Er nahm die Hand vom Türrahmen und verschränkte beide Arme vor der Brust. „Was ist damit?"

„Was stand darin?"

„Ich habe es dir doch gesagt. Er wollte, dass ich ihn über unsere Fortschritte in Kenntnis setze. Ich werde ihn morgen persönlich aufsuchen."

„Ich komme mit."

„Nein."

„Ich dachte, wir würden während unserer Ermittlungen zusammen bleiben", sagte ich und verwendete seine eigenen Worte gegen ihn.

„Du kannst hierbleiben, während ich unterwegs bin. Ich hole dich ab, wenn ich fertig bin."

„Matt, was stand noch in dieser Nachricht? Lüg mich nicht an", sagte ich, ehe er fortfahren konnte.

Seine Augenbrauen zogen sich zusammen. „Ich glaube nicht, dass ich dich je angelogen habe."

„Vielleicht nicht gelogen, aber du scheust dich gewiss nicht, dich vor Antworten zu drücken. Wie genau in diesem Augenblick. Also? Was stand in dieser Nachricht?"

Er schaute weg.

„Gestatte mir, sie zu lesen."

Er spannte die Schultern an. „Gibst du jetzt mir die Befehle? Soweit ich weiß, habe ich *dich* angestellt."

„Ich habe dir das Leben gerettet. Ich denke, das gewährt mir gewisse Privilegien."

Er lachte. „Du bist eine beeindruckende Frau."

Andere Männer hätten darin eine negative Eigenschaft gesehen, wie es zum Beispiel bestimmt bei Eddie der Fall gewesen war, und den Brüdern meiner Freundin Catherine Mason. Aber Matt war davon amüsiert. Es war schön, gemocht zu werden, wenn ich ich selbst war, anstatt meine Offenheit ständig hinter einer höflichen Fassade verstecken zu müssen.

„Du kommst lieber trotzdem rein", sagte er.

„Aber jemand könnte es sehen." Ich schaute in beiden Richtungen den Gang entlang. Niemand war da, aber jemand könnte jeden Augenblick die Stufen heraufkommen und sehen, wie ich seine Räumlichkeiten betrat oder verließ. Ich befand mich ohnehin schon am Rande der Unbescholtenheit, da ich in Matts Haus wohnte, aber immerhin fand seine Tante an diesem Arrangement nichts schäbig. Ich wollte nicht, dass sich ihre Meinung über mich verschlechterte.

„Du weißt, dass ich dir in der Kutsche zu nahe treten könnte, wenn wir zusammen allein sind, falls ich das wollte."

„Warum glaubst du denn, dass ich die Vorhänge offen lasse?" Er lachte. „Dann warte hier."

Ich lächelte seinen Rücken an. Nicht nur, weil ich gerne die Muskelbänder quer über seinen Schultern und die V-Form seines Oberkörpers betrachtete, sondern auch, weil ich seine Gesellschaft genoss, wenn er so war. Er neckte mich zwar leicht, aber es machte mir nichts aus, und ich wollte glauben, dass ich es ihm zu gleichen Teilen zurückzahlte.

„Ich wusste es", sagte er, während er sich umdrehte und mich beim Starren erwischte. „Ich wusste, dass du insgeheim meine Blöße betrachten willst."

„Ich musste irgendetwas betrachten, da dein Gesicht abgewandt war. Es war ein Duell zwischen deinem Rücken und dem Boden."

„Und mein wohlgeformter Rücken hat gewonnen."

„Ich hätte den Boden wählen können", sagte ich und nahm die Nachricht entgegen. „Er ist nicht so arrogant, sich für eine Ablenkung zu halten." Ich las die Nachricht, während er wartete, die Arme wieder vor der Brust verschränkt. Ich musste sie zweimal lesen, weil ich beim ersten Mal nicht alles mitbekam.

Sie war tatsächlich von Commissioner Munro, und sie bat um den neuesten Stand unserer Ermittlungen. Doch im weiteren Verlauf wurde ein Mann erwähnt, der behauptete, ein amerikanischer Sheriff zu sein, und der Munro aufgesucht und ihn davor gewarnt hatte, Matt zu vertrauen. Munro sagte nicht, ob er dem Mann glaubte oder nicht, aber ich hielt es für einen Punkt zu Matts Gunsten, dass er ihn davon überhaupt in Kenntnis setzte.

Ich faltete die Nachricht und reichte sie ihm zurück. „Das ist wohl der Sheriff, von dem du kürzlich erfahren hast, dass er dir hierher folgte."

„Payne. Er ist korrupt, und das macht ihn gefährlicher als die meisten Banditen in Amerika, denn er kommt buchstäblich mit Morden davon. Er will mich tot sehen, weil ich der Einzige bin, der weiß, dass er korrupt ist."

„Die anderen Gesetzeshüter haben dir nicht geglaubt?"

Er schüttelte den Kopf. „Nicht mal die guten, die mich anheuern. Payne hat seine Spuren gut verborgen. Jedes Verbrechen, das ich ihm vorgeworfen habe, hat er mit einer stichhaltigen Begründung entkräftet, die seine Taten erklärt."

„Warum sollte er den ganzen Weg hier herüber kommen, um dich zu kriegen?"

„Hier habe ich weniger Freunde, besonders bei der Polizei."

„Du gibst wohl besser auf Leute acht, die dich verfolgen." Ich erschauerte, weil ich mich an die Probleme erinnerte, die wir mit dem Dark Rider gehabt hatten. Der Bandit war uns hierher gefolgt, war ins Haus eingebrochen, hatte sich mit mir angefreundet und mit allen möglichen Tricks versucht, Matt wehzutun. Es sah aus, als würde all das von Neuem beginnen.

Er nahm meine Hand und drückte sie. „Er wird nicht so aufdringlich sein wie der Dark Rider", sagte er sanft. „Das ist zu riskant, und er mag keine Risiken. Er hält sich bedeckt und nutzt subtilere Methoden, um seine Ziele zu erreichen. So hat er es geschafft, dem Augenmerk der aufrechtesten Gesetzeshüter zu entgehen."

„Er mag ja subtiler sein, aber du bist trotzdem in Gefahr." Ich legte meine andere Hand über seine und hielt sie fest. „Du musst besonders vorsichtig sein."

„Genauso wie du. Wir haben so viel Zeit miteinander verbracht …" Auf mein Stirnrunzeln hin, sagte er: „Der Dark Rider nahm an, dass du mir am Herzen liegst. Sheriff Payne könnte das auch tun."

„Oh. Ja, natürlich. Aber das gibt dir keine Ausrede, um mich zurückzulassen und die Ermittlung ohne mich weiterzuführen."

„Das würde ich nicht wagen."

„Ich glaube nicht, dass du derzeit allein sein solltest. In der Gruppe ist man stärker."

„Ja, Ma'am."

„Matt, ich meine es ernst."

Er beugte sich vor und küsste mich auf die Stirn. Es war ein leichter, keuscher Kuss, in einer knappen Sekunde vorbei, aber meine Nerven waren trotzdem durch den Wind. „Ich weiß deine Sorge zu schätzen."

Der Kuss raubte mir ziemlich den Atem, darum konnte ich nicht antworten, sondern nur wie eine Närrin dastehen, mit seiner Hand fest zwischen meinen Händen.

„Gute Nacht, India." Er schaute durch den Gang zur Treppe. „Du solltest zu Bett gehen." Er zog seine Hand zurück, lächelte mich schwach an und schloss die Tür.

„Gute Nacht, Matt."

* * *

EINE EINLADUNG zum Dinner mit Lord und Lady Rycroft traf am folgenden Vormittag ein, jedoch nur für Matt und Miss Glass. Der Einzige, den das ärgerte, war Matt. Ich war recht froh, dass ich nicht noch ein gesellschaftliches Ereignis mit den Glass-Mädchen und ihren Eltern durchzustehen hatte.

„Ich gehe nicht hin, wenn man uns nicht alle einlädt", verkündete Matt seiner Tante, als sie ihm die Einladung präsentierte.

Miss Glass faltete die dicke, cremefarbene Karte in der Mitte und fuhr mit dem Daumennagel über den Falz. „Sei nicht so albern. Wir sind in England, Matthew. Ob es dir gefällt oder nicht, wir machen die Dinge hier auf eine gewisse Art und Weise. Es gibt keinen Grund, wütend zu sein. India und Willie sind es jedenfalls nicht."

„Du magst die Familie deines Bruders nicht einmal", erklärte er. „Genauso wenig wünschst du dir, dass ich durch Heirat an eine deiner Nichten gebunden werde. Weshalb willst du überhaupt, dass ich hingehe?"

„Weil wir eine Familie sind."

Matt sah drein, als wollte er erneut protestieren, dann schloss er den Mund und seufzte schwer.

„Sorg einfach dafür, dass du nicht dem Charme der Mädchen zum Opfer fällst", sagte Miss Glass.

Willie kicherte. „Sie haben Charme? So, wie du sie beschrieben hast, Matt, klangen sie nicht charmant."

„Hope hat eine gewisse Art an sich, die manchen Männern gefällt", sagte Miss Glass. „Aber sie ist ein geschmeidiges Wiesel, und man kann ihr nicht trauen. Falls man dich neben sie setzt, darfst du dich nur mit der Person auf deiner anderen Seite unterhalten, ganz gleich, wer das ist. Verstehst du?"

„Habe ich nicht gerade gesagt, dass ich nicht hingehe?", erwiderte er.

„Wir wissen beide, dass du gehst."

Willie schnaubte, während sie und Duke ihre Hüte aufsetzten. „Inzwischen bedaure ich, dass ich es versäume", sagte sie. „Wäre vielleicht ganz witzig zu sehen, wie du in langweiliger Konversation versinkst."

Matt flehte mich an. „Fällt dir irgendwas ein, das mich retten würde?"

Das Einzige, das ihn retten würde, wäre seine Gesundheit, aber er wollte nicht, dass seine Tante von seiner Krankheit erfuhr. Ich schüttelte den Kopf. „Solltest du nicht gehen? Es wird schon spät."

Er zog meine Uhr aus seiner Tasche und klappte den Deckel mit langsamen, betonten Bewegungen auf, zweifelsohne mit der Absicht, mich zu necken. „Es ist noch früh. Aber du hast recht, ich sollte Munro aufsuchen. Genießt euren Vormittag, Ladys." Er warf mir ein Lächeln zu, während er die Uhr in seine Tasche zurückschob. „Habt eine wunderbare *Zeit*."

Ich sah ihn durch zusammengekniffene Augen an, was ihn nur noch breiter grinsen ließ.

Er ging mit Duke und Willie nach draußen. Cyclops war bereits zur Gildenhalle aufgebrochen. Ich wollte im Wohnzimmer mit Miss Glass lesen, hatte aber Schwierigkeiten, mich zu konzentrieren. Die Uhr auf dem Kaminsims lockte mich, sie wieder umzudrehen. Ich beäugte Miss Glas, die mit ihrem Stickzeug, welches auf ihrem Schoß ruhte, auf dem Sofa saß. Würde sie es Matt verraten, wenn ich kurz auf die Uhr sah?

Besuch rettete mich aus meinem Dilemma. „Mrs. und Miss Haviland, Madam", verkündete Bristow. „Ich habe sie im Salon platziert."

Miss Glass ließ ihr Stickzeug fallen und klatschte in die Hände. „Die Havilands! Wie herrlich. Ich habe meine alte Freundin schon ewig nicht mehr gesehen. Danke, Bristow. Wir sind gleich unten."

„Wir?", wiederholte ich.

„Du bist doch meine Gesellschafterin, solange du nicht Matthews Assistentin bist. Also, komm mit."

Zwei Frauen, die eindeutig Mutter und Tochter waren, wenn man nach ihren ähnlichen ovalen Gesichtern und den blauen Augen ging, erhoben sich vom Sofa. „Letitia", sagte die Mutter milde. „Wie herrlich, Sie wiederzusehen. Als ich hörte, dass Sie hier bei Ihrem Neffen wohnen, wusste ich, dass ich vorbeikommen muss."

Meinte sie, dass sie Matthew sehen wollte, oder Miss Glass? Oder beide?

Miss Glass begrüßte Miss Haviland und stellte mich vor. Mir bot man ein höfliches Lächeln und warf mir nur beiläufige Blicke zu. Die Blicke der beiden Damen wanderten an mir vorbei zur Tür.

„Ist er hier?", fragte Mrs. Haviland.

„Harry ist derzeit in Übersee", sagte Miss Glass.

Mir wurde schwer ums Herz. Miss Glass war wieder verwirrt und hielt Matt für seinen Vater. Die Haviland-Damen schauten einander an.

„Mr. Matthew Glass ist außer Haus", erklärte ich ihnen.

„Oh." Mrs. Haviland warf erneut einen Blick zur Tür. Suchte sie nach einer Fluchtmöglichkeit?

„Bristow bringt Tee."

„Ist Ihre Familie gut mit der Familie Glass befreundet, Miss Steele?", fragte Mrs. Haviland.

„Ich bin Mr. Glass vor ein paar Wochen begegnet, als er sich Uhren im Geschäft meines Vaters ansah."

Mrs. Haviland schürzte die Lippen. „Eine Verkäuferin? Oh. Wie … interessant. Letitia, wissen Sie, wann Matthew zurückkehrt? Wir haben heute Morgen viele Besuche geplant, aber ich wollte ihn so gerne treffen."

„Er wird bald zu Hause sein", sagte Miss Glass. „Ich bin mir sicher, er würde Sie gerne treffen."

Bristow trat mit Tee und Kuchen ein. Miss Haviland griff nach einem Stück Kuchen, nur um die Hand ruckartig zurückzuziehen, als ihre Mutter sie anfunkelte. Sie nippte stattdessen an ihrem Tee und wirkte völlig gelangweilt – und hungrig.

„Wie hübsch Sie sind, Miss Haviland", sagte Miss Glass. „Sie waren noch ein kleines Mädchen, als ich Sie zum letzten Mal sah."

„Ich möchte ja nicht prahlen", sagte Mrs. Haviland, „aber meine Oriel ist sehr kultiviert." Sie lächelte ihre Tochter an. Oriel Haviland erwiderte es. „Sie kann singen, das Pianoforte *und* die Harfe spielen, zeichnen, nähen und ist eine exzellente Reiterin."

„Meine Güte. Es ist ein Wunder, dass sie noch kein Gentleman weggeschnappt hat." Mir war nicht ganz klar, ob Miss Glass es ernst meinte oder sarkastisch. „Matthew wird sehr erfreut sein, ihre Bekanntschaft zu machen, da bin ich mir sicher. Er weiß kultivierte junge Damen zu schätzen, besonders die Hübschen."

„Wie lange wird Ihr Neffe in London sein, Letitia?", fragte Mrs. Haviland.

„Er wird nicht nach Amerika zurückkehren."

„Ist das so? Dann haben wir widersprüchliche Gerüchte gehört."

„Gerüchte?", wiederholte ich. „Von wem?"

„Allen", sagte Oriel Haviland, die sich zum ersten Mal zu Wort meldete. „Er ist ein großes Gesprächsthema, wohin wir auch gehen, oder nicht, Mama?"

Bei diesen Neuigkeiten richtete sich Miss Glass etwas höher auf. „Natürlich ist er das. Mein Neffe ist ein exzellenter Gentleman. Er ist groß, charmant, klug, gutmütig und sehr ansehnlich."

Die Haviland-Damen schauten zur Tür, doch als niemand eintrat, seufzten sie in ihre Tassen.

Wir hangelten uns durch eine höfliche Unterhaltung, die meiner Schätzung nach zum Glück nur eine knappe halbe Stunde dauerte. Mehr als das wäre für uns alle schmerzhaft gewesen. Die Havilands waren eindeutig nicht an Miss Glass interessiert, sondern lediglich an Matt. Das Gespräch kehrte häufig zu ihm zurück, manchmal von Miss Glass dorthin geführt, manchmal von Mrs. Haviland. Ihre Tochter blieb größtenteils still, obwohl ich sie mehrmals dabei erwischte, wie sie mich ansah.

Schließlich trank Mrs. Haviland ihren Tee aus und warf einen Blick zur Uhr auf dem Kaminsims. „Meine Güte, ist es schon so spät? Wir müssen los."

Ich schaute zur Uhr, aber sie stand immer noch zur Wand gedreht. Miss Haviland, die mein Lächeln bemerkte, errötete.

„Bitte sagen Sie Mr. Glass, dass wir enttäuscht waren, ihn verpasst zu haben", bat ihre Mutter. „Sie müssen uns besuchen, Letitia, natürlich mit Ihrem Neffen. Sie beide sind herzlich eingeladen. Machen Sie es bald. Oriel wird auf glühenden Kohlen sitzen, bis sie Ihren faszinierenden Neffen kennengelernt hat, oder nicht, meine Liebe?"

„Ja, Mama."

Miss Glass zog an der Klingelschnur, und Bristow trat ein, um die Havilands hinauszubegleiten.

„Was für ein charmantes Mädchen", sagte Miss Glass, sobald sie außer Hörweite waren.

„Woher wissen Sie das?", fragte ich. „Sie hat doch kaum den Mund aufgemacht."

„Genau das macht sie so charmant. Niemand will dem Geplapper dummer kleiner Mädchen lauschen. Ich frage mich, ob sie wirklich so kultiviert ist, wie ihre Mutter behauptet. Das kann sie doch gewiss nicht sein. Niemand ist gut in *allem*."

„Ich würde Musik, Kunst und Reiten nicht *alles* nennen. Was ist mit ihrem Verstand? Hat sie Ahnung von der Welt? Kann sie eine interessante Unterhaltung führen?"

Miss Glass gab ein verächtliches Schnauben von sich. „Ehrlich, India, du bist manchmal wirklich schwierig. Es wäre ein Unglück für Matthew, solltest du seine Braut auswählen."

„Ich hatte den Eindruck, er würde sich seine Braut selbst wählen. Tatsächlich sagte er, er wäre derzeit überhaupt nicht auf der Suche nach einer."

Sie wedelte mit der Hand, während sie sich hinsetzte. „Alle Männer sagen das, und doch heiraten sie alle, oder nicht? Komm. Lies mir vor, während ich kurz die Augen ruhen lasse."

Ich las ihr eine gefühlte Ewigkeit lang vor, bis Bristow weiteren Besuch ankündigte. Der war jedoch diesmal für mich da.

„Catherine!" Ich umarmte meine Freundin. „Es ist so schön, dich zu sehen. Ich habe dich schrecklich vermisst." Erst als ich es sagte, fiel mir auf, wie sehr es stimmte. Seit ich bei Matt eingezogen war, fühlte es sich an, als wäre mein Leben in zwei unterschiedliche Teile getrennt: vor Vaters Tod und danach. Vor seinem Tod hatte ich ein sorgloses, glückliches und ereignisarmes Leben geführt. Danach war ich verfolgt, des Diebstahls bezichtigt und mit der Möglichkeit konfrontiert worden, dass ich Magie besaß. Fast wäre ich getötet worden und hatte persönlich erlebt, wie grausam Londons Oberschicht sein konnte. Catherine war meine Verbindung zu meinem alten Leben, einem Ort, an dem ich mich behütet, willkommen und geliebt gefühlt hatte. Obwohl ich Matt und seine Freunde mochte, gehörte ich eigentlich nicht in sein Haus oder sein Leben. Meine melancholischen Gedanken trieben mir Tränen in die Augen, und ich schaute schnell weg.

Aber nicht schnell genug, um es vor Catherine zu verbergen. „India, was ist los? Ist alles in Ordnung?" Sie warf einen Blick auf Miss Glass, die ruhig auf dem Sofa saß. Sie war nicht aufgestanden und schien sich Catherines Anwesenheit nicht bewusst zu sein. Ich hätte gewettet, meiner auch nicht. Sie war wieder in ihrer eigenen Welt versunken, in der ihr geliebter Bruder noch am Leben war.

„Alles ist gut", versicherte ich Catherine. „Dass ich dich sehe, beschert mir nur etwas Heimweh nach meinem alten Leben, das ist alles. Ich vermisse meinen Vater."

Sie umarmte mich noch einmal. „Ich weiß. Es ist in letzter

Zeit so schwer für dich gewesen." Sie nahm meine Hand und führte mich zum Fenster, abseits von Miss Glass. „Bist du sicher, dass Mr. Glass dich gut behandelt?", flüsterte sie.

„Sehr gut. Alle hier sind nett zu mir. Mach dir keine Sorgen." Ich nahm ihre Hände und drückte sie. „Erzähl mir deine Neuigkeiten."

„Nun." Sie setzte sich aufs Fensterbrett und sah mich mit geweiteten blauen Augen an. „Mr. Abercrombie von der Gilde hat meinem Vater gestern einen Besuch abgestattet."

Mein Magen schlug bei der Erwähnung des Gildemeisters der Uhrmacher Kapriolen. Ich verabscheute ihn so sehr wie er mich. Zumindest hatte ich einen guten Grund – er hatte mich fälschlicherweise des Diebstahls bezichtigt und mir den Eintritt in die Gilde verwehrt.

„Weißt du, was er und dein Vater besprochen haben?", fragte ich.

„Ich habe gelauscht." Ein schelmisches Glitzern trat in ihre Augen. Catherine war ein größtenteils braves Mädchen, gewiss etwas unreif, doch sie hatte sehr viel Temperament. Die Aussicht auf ein Abenteuer verlockte sie mehr als mich. „Er hat Papa ermahnt, dich auf Abstand zu halten."

Ich stöhnte und sank an den Fensterrahmen. „Warum kann er mich nicht einfach in Frieden lassen?"

„Er ging sogar so weit zu sagen, dass unsere Freundschaft nicht gefördert werden sollte. Kannst du dir diesen Mann vorstellen? Wer ist er, dass er bestimmen will, mit wem ich befreundet sein kann und mit wem nicht?"

Ich fasste sie an den Händen. „Wie hat dein Vater geantwortet?"

„Er sagte, er würde mich warnen, aber ich wäre oft eigensinnig und mache, was mir gefällt. Abercrombie hat ihm gesagt, ein Vater solle seine Kinder kontrollieren und nicht frei herumlaufen lassen." Sie biss sich auf die Lippen, und ihr Blick verdüsterte sich. „India, er hat Papa auch gesagt, dass du dich aus dem Uhrengeschäft fernhalten sollst."

Mich beschlich ein furchtbares Gefühl. „Warum?"

„Das ist das Seltsame. Papa hat nicht nach einer Erklärung gefragt. Er sagte Mr. Abercrombie, du seist ein guter Mensch, und es wäre nicht deine Schuld. Ich weiß nicht, wovon er da sprach. Du etwa?"

„Nein", erwiderte ich mit so viel Überzeugung, wie ich aufbringen konnte. Aber ich wusste es.

„Papa hat ihm gesagt, er hätte über dich keine Befehlsgewalt, und dass er dich nicht daran hindern könne, dir eine Stellung im Uhrenhandel zu suchen. Er versicherte Abercrombie jedoch, dass du jetzt hier angestellt bist und nichts mit Uhren zu tun hast. India, das war eine höchst merkwürdige Unterhaltung. Worum könnte es dabei gehen?"

Ich schüttelte den Kopf. „Gab es sonst noch etwas?"

„Er wechselte komplett das Thema und erwähnte etwas über die Gilde der Kartenzeichner."

Ich schnappte nach Luft und vergaß, sie wieder auszustoßen. „Fahr fort."

„Ich habe das Interesse verloren, darum habe ich danach nicht mehr gelauscht. Mir ging immer noch durch den Kopf, was er über dich gesagt hatte. Ich hörte ihn nur davon sprechen, dass man noch einen in der Gilde der Kartenzeichner gefunden hatte."

Noch einen.

„Was immer das bedeutet, es spielt für deine Situation keine Rolle. Oh, India, warum ist er so grässlich zu dir?"

Ich antwortete nicht. Ich starrte einfach ihr süßes, unschuldiges Gesicht an. Sie war im selben Alter wie Daniel, der „noch eine", auf den Abercrombie sich wohl bezog. Noch ein Magier, zusätzlich zu mir. Also *wusste* er, was ich war – das war jetzt sicher. Aber wie war der Meister der Uhrmachergilde in die Angelegenheiten der Kartenzeichner verwickelt?

Noch wichtiger, hatte er etwas mit Daniels Verschwinden zu tun?

KAPITEL 7

„India?" Catherine berührte mich an der Wange. „Du siehst blass aus. Geht es dir gut?"

Ich nickte. „Ja. Ja, mir geht's gut." Ich nahm sie an der Hand und führte sie zu einem Sessel, dann setzte ich mich neben Miss Glass auf das Sofa. Ich musste die Unterhaltung in eine andere Richtung lenken, bevor Catherine scharfsinnige Fragen stellte. „Erzähl mir, was du in letzter Zeit gemacht hast. Erzähl mir von deinem Mr. Wilcox."

„Ist er Ihr Verehrer?", fragte Miss Glass, die plötzlich wieder bei der Sache war. „Ich höre gerne von den Verehrern von euch jungen Dingern. Sagen Sie, ist er stattlich? Charmant?"

Catherine drückte die Lippen aufeinander und rang die Hände im Schoß. „Er ist keines von beidem."

Ich hatte gehofft, sie würde weiterplappern, wie sie es häufig tat, wenn man über ihre Eroberungen sprach, damit ich nicht zu sehr nachdenken musste, aber sie wurde schweigsam. „Ist etwas nicht in Ordnung, Catherine?"

Sie seufzte. „Je mehr Zeit ich in Mr. Wilcox' Gesellschaft verbringe, desto mehr sehe ich, dass du recht hattest, India."

„Ich?"

„Er ist respektabel, ruhig und nett."

„Er klingt liebenswert", sagte Miss Glass.

„Aber du willst keinen Respektablen, Ruhigen, Netten",

sagte ich leise. „Stimmt's, Catherine? Du willst etwas Aufregendes und Interessantes."

„Ich will auf jeden Fall jemand netten, aber ja", murmelte sie sich ins Kinn, „ein wenig Aufregung wäre nicht verkehrt. Oh, India, ich fühle mich furchtbar, wenn ich das so sage, aber ich will jemanden, der mich an seinem freien Tag richtig ausführt, und nicht einen Spaziergang vorschlägt. Ich will einen Mann, der über meine dummen Witze lacht und mich nicht ansieht, als wäre ich verrückt."

„Fühl dich nicht schlecht", sagte ich. „Wenn du das von einem Verehrer möchtest, dann solltest du auf den Richtigen warten. Der wird schon auftauchen. Was sagt deine Mutter?"

„Ich habe nicht mit ihr darüber gesprochen. Sie will mich bei einem vernünftigen Mann unter der Haube sehen, und Mr. Wilcox ist sehr vernünftig."

„Warum sprichst du nicht mit ihr? Sie wird es verstehen."

„Mache ich, aber ich wollte erst deine Meinung hören. Manchmal glaube ich, du kennst mich besser als meine Eltern. Du bist meine beste Freundin, India, und ich fühle mich, als könnte ich dir alles sagen."

„Mehr als deinen Eltern", murmelte ich. Ich war diesbezüglich nicht anders gewesen. Obwohl ich meinen Vater geliebt hatte, hatte ich mich ihm nicht sonderlich oft anvertraut. Hätte ich meine Mutter ins Vertrauen gezogen, falls sie noch am Leben gewesen wäre, als ich älter wurde? Ich war mir nicht sicher. Kinder vertrauten sich ihren Eltern oft nicht an und bevorzugten ihre Freunde.

Vielleicht war das auch bei Daniel Gibbons so gewesen.

„Du solltest Miss Mason Duke oder Cyclops vorstellen", sagte Miss Glass zu mir. „Sie sind interessante Männer, weltgewandt, und sie lachen über Willeminas Witze, und das sind die dümmsten, die ich je gehört habe."

„Cyclops ist der große, einäugige Kutscher, oder?", fragte Catherine, die die Nase rümpfte. „Der wirkt ziemlich furchterregend."

„Ist er nicht", versicherte ich ihr. „Und er ist auch nicht mehr der Kutscher. Mr. Glass hat richtige Bedienstete eingestellt. Cyclops ist Matts Freund, ebenso wie Duke. Obwohl ich mir nicht ganz sicher bin, ob Duke verfügbar ist." Zwischen ihm und Willie ging irgendwas vor, auch wenn es vielleicht noch keiner der beiden ahnte.

Bristow tauchte auf und verbeugte sich. „Möchten Sie eine frische Kanne Tee, Madam?"

„Das wäre wunderbar", sagte Miss Glass.

„Nicht um meinetwillen." Catherine erhob sich. „Ich muss gehen. Ich sollte eigentlich nur auf dem Markt sein. Auf Wiedersehen, Miss Glass."

„Auf Wiedersehen, meine Liebe. Viel Glück mit Ihrem Mr.-Wilcox-Problem. Lassen Sie den armen Kerl sanft fallen."

Catherine holte zur Stärkung tief Luft. „Werde ich." Sie drehte sich zum Gehen um, bemerkte aber die Uhr auf dem Kaminsims. „Warum ist die Uhr zur Wand gedreht? Geht sie nicht?"

„Sie geht perfekt", sagte Miss Glass, ehe ich antworten konnte. „Matthew hat mir erzählt, dass India einen Tag lang nicht nachsehen darf, wie spät es ist. Es ist eine kleine Wette zwischen ihnen."

Ich sah sie mit zusammengekniffenen Augen an. „Hat er Sie angewiesen, mir nachzuspionieren?"

Sie tätschelte meinen Arm. „Mach dir keine Sorgen, meine Liebe. Du hast der Versuchung kein einziges Mal nachgegeben, darum habe ich nichts zu berichten. Du bist eine Frau mit sehr starkem Willen, und dafür bewundere ich dich."

„Sie kann dich gut einschätzen, India", sagte Catherine mit einem Lächeln.

Ich küsste sie auf die Wange und begleitete sie zur Eingangstür. „Lass mich wissen, wenn du noch etwas über die Gilde der Uhrmacher oder der Kartenzeichner hörst."

„Warum die Kartenzeichner?"

Ich zuckte mit den Schultern. „Ich bin einfach neugierig."

* * *

„Es ist auf jeden Fall Payne", sagte Matt, der seine Stiefel abstreifte und sich im Sessel zurücklehnte. Wir saßen in seinem Bureau, er am Mahagoni-Schreibtisch und ich im Sessel am kalten Kamin. Wir hatten etwas Privatsphäre gewollt, abseits von Miss Glass und den Bediensteten, um die Ereignisse dieses Vormittags zu besprechen. Ich hatte ihm noch nicht erzählt, was ich von Catherine erfahren hatte.

„Was hat er Munro gesagt?"

Matt holte seine Uhr heraus und umschloss sie mit der Faust. Das violette Leuchten kroch entlang seiner Adern in seine Hand, unter seinem Ärmel aufwärts, bis es am Kragen wieder zum Vorschein kam. Als es seinen Haaransatz erreichte, verstaute er die Uhr wieder in der Tasche. Er wirkte gesünder, sein Gesicht nicht mehr ganz so bleich, aber die Müdigkeit wich nicht völlig aus seinem Blick. Ich hatte mich daran gewöhnt, sie dort zu sehen, und sie fiel mir kaum mehr auf. Ich hatte Matt niemals bei vollständiger Gesundheit kennengelernt, und ich wusste, dass er so nicht leben konnte. Er sollte seine besten Jahre genießen.

„Munro wollte nicht viel sagen, nur, dass Payne ihm erzählt hätte, man solle mir nicht vertrauen, da ich eine Familie von Gesetzesbrechern hätte."

„Hast du ihm erzählt, dass Payne korrupt ist?"

Er nickte. „Er sagte, er würde nach Kalifornien telegrafieren. Ich teilte ihm mit, das würde nichts nützen, da mir niemand glaubt." Er seufzte. „Es bleibt abzuwarten, was Payne als nächstes tun wird, aber ich versichere dir, India, er ist nicht die Art Mann, die dir nachstellt, um an mich zu kommen."

„Danke, das ist ein wenig beruhigend, aber mir gefällt auch der Gedanke nicht sonderlich gut, dass er es auf dich abgesehen hat."

„Er wird es subtil machen, was auch immer er tut. Er kann es sich nicht leisten, verdächtigt zu werden, weder hier, noch zu Hause. Er hat sich große Mühe gegeben, dort seine Doppelzüngigkeit zu verbergen, und es hat funktioniert."

„Bisher."

Er lächelte mich schwach an. „Mir gefällt dein Optimismus." Er beugte sich vor, die Ellbogen auf den Knien, und fuhr sich mit den Händen durchs Haar.

„Ich werde dich gleich ruhen lassen, aber erst muss ich dir etwas erzählen. Catherine Mason kam heute Vormittag vorbei und hat mir von einer Unterhaltung zwischen Abercrombie und ihrem Vater erzählt."

Er schaute auf. Seine Haare standen wegen des Regens in feuchten, ungepflegten Stacheln von seinem Kopf ab. Ich widerstand dem Drang, sie glatt zu streichen. „Was zum Teufel wollte er?"

Ich erzählte ihm, was Catherine mir erzählt hatte. „Ich würde Abercrombie gern einen Besuch abstatten", schloss ich. „Natürlich mit dir."

„Nein."

Auf diese Antwort war ich vorbereitet. „Matt, wir müssen ihn wegen Daniel zur Rede stellen."

„Wir müssen uns von ihm fernhalten. Er hat Angst vor deiner Gabe, genauso wie die Gilde der Kartenmacher die von Daniel fürchtet. Deine Existenz bedroht ihre Lebensgrundlage."

„Aber ich stelle nicht einmal Uhren her."

„Nicht jetzt vielleicht, aber eines Tages."

Eine Minute lang sprach keiner von uns, vielleicht auch zwei. Ich warf einen Blick auf seine Uhr auf dem Kaminsims, aber sogar die hatte er umgedreht. Verdammt sollte er sein.

„Es gibt noch etwas", sagte ich. „Mir ist etwas in den Sinn gekommen, während ich mit Catherine gesprochen habe. Sie hat mir nämlich von ihrem Verehrer erzählt, anstatt mit ihrer Mutter über ihn zu sprechen. Dabei ist mir aufgefallen, dass Leute wichtige Sachen nicht immer ihren Eltern anvertrauen, sondern sie manchmal mit ihren Freunden besprechen. Ich glaube, wir sollten Daniels Freunde aufsuchen. Ich habe ihre Namen aufgeschrieben, als Commissioner Munro zum ersten Mal bei uns war."

Matt ging um die andere Seite des Schreibtisches und hob den Schreibblock auf. „Es gibt zwei. Wir besuchen sie heute Nachmittag." Er schlug sich mit dem Block auf die Hand. „Gut kombiniert, India. Was täte ich nur ohne dich?"

„Du könntest zum Beispiel auf alle deine Uhren schauen."

Er lächelte. „Wie läuft denn deine Aufgabe?"

„Hervorragend. Ich habe nicht einmal an die Uhrzeit gedacht. Du kannst deine Tante fragen, wenn du möchtest, wo du sie doch dazu angestiftet hast, mir nachzuspionieren."

„Ich wusste, sie würde einknicken und es dir sagen."

Ich lächelte zurück. „Mir macht es nichts aus, dass sie für dich spioniert hat."

Sein Lächeln verblasste. „Warum? Was hast du vor?"

„Nichts." Ich stand auf. „Aber schlaf doch bitte ein wenig, damit du heute Abend für das Dinner bei den Rycrofts erfrischt bist. Es ist schade, dass Miss Haviland nicht dort sein wird. Ich habe deiner Tante erzählt, dass sie genau die Art Mädchen ist, die dir gefallen würde. Gehorsam, ruhig und sehr kultiviert. Ich glaube, Miss Glass plant eine Abendgesellschaft hier, damit das Mädchen seine Talente zur Schau stellen kann."

Er stöhnte. „Du bist gemein."

„Mir ist schlau lieber."

Ich marschierte zur Tür und warf dabei aus Gewohnheit noch einmal einen Blick auf den Kaminsims, weil ich vergessen hatte, dass die Uhr umgedreht war.

„Das habe ich gesehen", rief er mir nach. „Du knickst ein, bevor der Tag zu Ende geht."

Ich schloss die Tür, während er leise kicherte.

* * *

DIE BEIDEN FREUNDE von Daniel wohnten im selben Haus, nicht weit von Daniels Zuhause in Hammersmith, zur Miete. Ihrem Wohnzimmer fehlte eine feminine Note nicht völlig, wie man es bei Junggesellen eigentlich erwartet hätte. Obwohl die Ledersessel, der Schreibtisch und die Tische praktische, einfache Stücke waren, hellten hübsche Blumenvorhänge und Kissen den Raum auf. Ich schätzte die beiden Männer jünger als mich, aber etwa drei oder vier Jahre älter als Daniel. Der blonde, schmale Mr. Connor war in einem Bureau angestellt, und der dunklere, untersetztere Mr. Henshaw schuftete in einer Schuhfabrik. Da es Samstag war, arbeitete keiner der beiden.

„Wir werden alles tun, was wir können, um Ihnen zu helfen, Daniel zu finden", sagte Mr. Connor. Er schien der offenherzigere der beiden zu sein. Er beantwortete unsere Fragen als erster und strahlte Selbstbewusstsein aus. Der ruhigere Mr. Henshaw sprach nur, wenn er dazu gedrängt wurde. „Wir machen uns extreme Sorgen um ihn, nicht wahr, Thomas?"

Mr. Henshaw nickte.

„Aber wie wir der Polizei sagten, wissen wir nicht, wo er ist. Er ist nicht auf dem Nachhauseweg hier vorbeigekommen. Manchmal macht er das, aber an diesem Tag nicht." Mr. Connor warf sich das blonde Haar mit einer Kopfbewegung aus der Stirn.

„Sie wissen vielleicht nicht, wohin er unterwegs war", sagte Matt, „aber Sie könnten andere Informationen besitzen. Hat er je Dinge mit Ihnen besprochen, die er vor seiner Familie verborgen hat?"

„Was für Dinge?"

„Alles."

„Ein Mädchen, vielleicht", klärte ich sie auf, da Matt sich furchtbar anstellte.

Die beiden Männer warfen einander einen Blick zu. Mr. Henshaws linke Augenbraue zuckte, und Mr. Connor furchte die Stirn noch tiefer. Es schien, als würden sie sich stillschweigend miteinander unterhalten, aber ich konnte nicht ergründen, was ihre Geheimzeichen bedeuteten.

„Hatte er eine besondere Freundin?", fragte ich. „Jemanden, den er heimlich traf und von dem er seiner Familie nichts erzählte?"

„Nein", sagte Mr. Connor. „So etwas nicht."

„Aber etwas gibt es", drängte Matt. „Sie müssen es uns sagen. Wir müssen alles wissen, wenn wir ihn finden sollen."

Die Männer schauten einander erneut an, und Mr. Henshaw nickte. „Sie dürfen es seiner Familie nicht verraten", sagte Mr. Connor. „Daniels Großvater wäre wütend, wenn er herausfände, dass er seine Karten verkauft. Daniel wusste nicht, warum der Alte so sehr dagegen war. Er ist sehr streng."

Mr. Henshaw tippte sich an die Schläfe. „Er ist verrückt."

„Das bleibt unter uns", sagte Matt. „Mr. Gibbons wird nichts erfahren."

Mr. Connor wirkte erleichtert. „Daniel ärgerte sich sehr, weil seine Familie von ihm wollte, dass er mit dem Kartenzeichnen aufhörte. Daniel konnte nicht aufhören. Es war wie ein Zwang. Er musste es tun."

„Als er versuchte, damit aufzuhören, schlug seine Stimmung um ins Trübe", fügte Mr. Henshaw hinzu. „In solchen Zeiten war er niemand, den man um sich haben wollte." Seine Blicke huschten zu seinem Freund.

Mr. Connor nickte. „Also schlugen wir vor, dass er sie insgeheim zeichnete, was er hier tat." Er öffnete die oberste Schublade des Schreibtischs. „Er bewahrte seine Bleistifte, Lineale, Papiere und andere Werkzeuge hier auf. Er stellte seine Karten auf diesem Schreibtisch her." Er strich mit der Hand über die Tischfläche, als könne er Daniels Karten dort noch sehen.

Mr. Henshaw legte Mr. Connor eine Hand auf die Schulter.

„Aber sie zu zeichnen reichte Daniel nicht", fuhr Mr. Connor fort. „Er wollte Geld verdienen. Sie waren auch verdammt gut, bitte entschuldigen Sie, Miss Steele. Ich habe noch nie so etwas gesehen wie das, was er anfertigte. Seine Karten waren wunderschöne Kunstwerke, und auch unfassbar exakt."

„Also besorgte er sich einen kleinen Karren und verkaufte seine Karten daraus", sagte Mr. Henshaw.

„Auf der Straße?", fragte Matt.

Mr. Connor nickte. „Anfangs ging er einfach an seinen freien Tagen auf den Haupteinkaufsstraßen auf und ab, aber er stellte fest, dass die Oxford Street sehr viel lukrativer war. Nicht jeder Dahergelaufene kauft nämlich Karten. Daniel erkannte, dass er dort sein musste, wo die Gentlemen besserer Klasse einkauften. An einem Ort, an dem man ihn wiederfinden konnte. Ein Kunde suchte ihn sogar extra auf, nachdem er von seinem Ruf erfahren hatte."

Das hätte der Gilde gar nicht gefallen. „Hat sein Meister Mr. Duffield herausgefunden, dass er ohne Lizenz Karten verkaufte?", fragte ich.

„Unseres Wissens nach nicht", sagte Mr. Connor, der sich auf die Schreibtischkante setzte. „Daniel verkaufte nur bestehende Karten auf seinem Karren, welche, die er hier gezeichnet hatte. Er nahm keine Aufträge für neue an. Er bestand darauf, dass jeder, der eine beauftragen wollte, sich an Duffield wandte und die korrekten Kanäle benutzte. Er wollte seinen Meister oder die Gilde nicht wütend machen."

Das hätte er auch getan, indem er einfach nur Karten aus seinem Karren verkaufte. Ich wusste nur zu gut, dass die Gilden den Verkauf jener Produkte kontrollieren wollten, die unter ihre Rechtsprechung fielen.

„Daniel hat Sie vielleicht glauben lassen, dass er ohne Duffields Wissen keine Aufträge annahm", sagte Matt, „aber er hat Ihnen vielleicht nicht alles erzählt."

„Hat er." Mr. Henshaws Augen blitzten auf, als er Matt anfunkelte. Matt blinzelte nicht einmal. „Er hatte keine Geheimnisse vor uns."

Matt holte Daniels Karte aus der Innentasche seiner Jacke. „Dann hat er Ihnen bestimmt erzählt, wer diese Karte beauftragte und warum."

Damit nahm er Mr. Henshaw den Wind aus den Segeln. Dieser warf einen unsicheren Blick auf Mr. Connor, aber der Blonde hielt den Blick fest auf die Karte gerichtet.

„Woher haben Sie die?", fragte er.

„Das ist unwichtig", sagte Matt. „Aber wenn Sie die Antwort nicht kennen, beweist das, dass Daniel Ihnen nicht alles erzählt hat. Was wissen Sie darüber, Gentlemen?"

Mr. Connor zuckte mit den Schultern. „Eigentlich nichts. Er erwähnte, dass ein Gentleman in der Oxford Street auf ihn zugekommen wäre, nachdem er von seinem Ruf erfahren hatte. Er beauftragte Daniel, eine besondere Karte von Londons Zentrum anzufertigen. Das könnte sie sein."

„Eine besondere?", fragte ich.

„Er hat das nicht klargestellt, und ich gebe zu, ich war nicht ausreichend interessiert, um weiter nachzufragen. Ich glaube nicht, dass es wichtig war. Ist es denn wichtig, Mr. Glass?"

„Das weiß ich noch nicht", erwiderte Matt. „Hat Daniel dem Herrn gesagt, er solle es über Duffields Geschäft machen?"

„Soweit ich es weiß, ja. *Ist* das die Karte?"

„Ich bin mir nicht sicher", sagte Matt. „Ich weiß nur, dass Daniel später mit dem Mann stritt, der die besondere Karte in Auftrag gab, von der Sie sprechen. Hat er den Streit vor Ihnen erwähnt?"

Mr. Connor schüttelte den Kopf und warf einen Blick auf Mr. Henshaw. Der zuckte mit den Schultern. „Könnte der Tag sein, an dem er hier mit furchtbarer Laune aufschlug und niemand sagen konnte, woran das lag."

„Könnte sein", stimmte Mr. Connor zu. „Ich wünschte jetzt, wir hätten ihn bedrängt. Glauben Sie, der Kerl, mit dem er gestritten hatte, dieser Kunde, ist derjenige, der dafür sorgte, dass er sich versteckt hält oder … der ihn mitgenommen hat?"

„Dafür ist es zu früh", sagte Matt.

„Es gibt noch eine Sache", merkte Mr. Henshaw mit seiner leisen, unsicheren Stimme an. Er schaute zu seinem Freund, der ihm zunickte, damit er fortfuhr. „Erinnerst du dich, als Daniel sagte, er würde Geld besorgen?"

„Das könnte mit der besonderen Karte zusammenhängen", sagte Mr. Connor nachdenklich. „Daniel erzählte uns, er würde mehr Geld erhalten, als er je in seinem Leben gesehen hatte. Genug, dass wir drei aus London verschwinden und irgendwo auf dem Land zusammen leben könnten, weg von unseren Familien."

„Alles aus einem Auftrag?", fragte ich. Obwohl ich durchaus gewillt war, zu glauben, dass ein Mann, der um die Seltenheit einer magischen Karte wusste, bereit war, einen hohen Preis für eine von Daniels Karten zu bezahlen, schien es unwahrscheinlich, dass Daniel seinen eigenen Wert kannte. Sein Großvater glaubte, ihm wäre nicht einmal bewusst, dass er magisch war, aber *jemand* hatte es ihm verraten und ihm geholfen, die nötigen Zauber zu lernen, um eine magische Karte zu zeichnen.

„Die Oxford Street ist ziemlich lang", sagte Matt. „Gibt es einen besonderen Teil, auf dem Daniel häufig unterwegs war?"

„Nicht viele Händler wollten, dass er vor ihren Läden stand", sagte Mr. Connor. „Viele wiesen ihn an, weiterzugehen, wenn er zu lange blieb. Nur der alte Spielzeugmacher in der Nähe der Baker Street war freundlich. Er ließ ihn so lange draußen bleiben, wie er wollte."

„Danke", sagte Matt und erhob sich. „Sie waren sehr hilfreich."

„Bitte lassen Sie es uns wissen, sobald Sie ihn finden", sagte

Mr. Connor, der Matt die Hand schüttelte. „Wir machen uns große Sorgen. Das sieht ihm gar nicht ähnlich."

„Nein", ließ auch Mr. Henshaw verlauten. „Er würde nicht verschwinden, ohne uns Nachricht zukommen zu lassen. Ihm ist etwas zugestoßen, da bin ich mir sicher."

„Zumindest unternimmt jemand etwas deswegen. Ich dachte, sein Vater hätte ihn aufgegeben, aber hier sind Sie."

„Und wir verfolgen jede Spur, bis wir ihn finden", versicherte ich ihnen.

* * *

MANCHE LÄDEN auf der Oxford Street waren an diesem Tag bereits geschlossen, aber die meisten hatten noch offen, darunter auch der Spielwarenladen. Abercrombies Fine Watches And Clocks hatte ebenfalls noch geöffnet. Seine herrliche Ecklage auf der anderen Straßenseite dominierte die kleineren Geschäfte im Umfeld, ganz wie Abercrombie jene auf den Gildenrängen unter ihm dominierte.

„Du musst die Kutsche nicht verlassen", sagte Matt.

„Ich mache mir keine Sorgen wegen Abercrombie. Er wird nicht versuchen, mich noch einmal festnehmen zu lassen. Er weiß, dass du mit dem Commissioner befreundet bist."

„Munros Verwicklung wird Abercrombies kleinste Sorge sein, falls er irgendwas versucht", erwiderte er düster, während er aus der Kutsche stieg. Er klappte den Tritt aus und hielt mir eine Hand hin.

Ich bat ihn nicht darum, das näher auszuführen; ich vermutete, dass mir die Antwort nicht gefallen könnte. Matts Vergangenheit war gelinde gesagt bunt. Nachdem seine Eltern gestorben waren, hatte er bei der Familie seiner Mutter gelebt, von denen die meisten Banditen waren. Er hatte bestimmt einiges bei ihrer verbrecherischen Zunft gelernt, ehe er sie verraten hatte. Ich war nicht so töricht, dass ich ihn für einen Heiligen hielt, der niemals Vergeltung gegenüber Leuten suchte, die jenen schadeten, die ihm wichtig waren. Der Gedanke, dass ich einer jener Menschen war, um die er sich sorgte, war jedoch so berauschend wie ein Glas Kognak. Zwei sogar.

„Auf geht's, Mrs. Prescott", sagte Matt mit einem herzlichen Lächeln. „Kaufen wir ein paar englische Spielzeuge für unsere Nichte und unseren Neffen zuhause in Kalifornien."

„Eine hervorragende Idee, Mr. Prescott."

Ich legte ihm eine Hand auf den Arm und ließ mich von ihm in den kleinen Laden mit der leuchtend roten Tür und der passenden Schaufensterdekoration führen. Als Kind hätte ich es geliebt, diesen Laden zu betreten, aber eine Uhrmachertochter kaufte normalerweise keine Spielsachen auf der Oxford Street. Ihr schlauer Vater fertigte sie aus Ersatzteilen selbst für sie an.

„Oh, schau", sagte ich und deutete auf einen Automaten mit einer Mutter, die Tee mit ihren Kindern trank. „Genauso einen hat Vater mir gebaut. Man dreht eine Kurbel, die die Zahnräder unter dem Boden antreibt, sodass alle Teile in unterschiedlichen Abständen ihre Funktion ausführen."

„Ich hatte solche Soldaten", sagte Matt und hob einen der Rotröcke auf. „Damit konnte ich mich stundenlang beschäftigen."

Die Spielzeuge waren eindeutig für die Kinder reicher Eltern bestimmt. Es gab glitzernde Schaukelpferde mit langen Mähnen, hübsche Puppen, Puppenhäuser mit perfekter Miniatur-Einrichtung und sogar eine Uhrwerk-Modelleisenbahn von Bing.

„Von denen habe ich nur gehört", sagte ich und ging in die Hocke, um sie besser zu sehen. „Ich habe noch nie eine gesehen. Wusstest du, dass sie nach denselben Prinzipien funktionieren wie Uhren?" Ich hob die Lokomotive auf, um sie zu inspizieren, aber der Ladenbesitzer wirkte nervös, darum stellte ich sie wieder ab.

„Guten Tag", sagte er mit einem freundlichen Lächeln. Er sah genauso aus, wie es sich für einen Spielzeugmacher gehörte, mit rosig roten Wangen, schneeweißem Haar und freundlichen Augen. Ich war so erfreut, dass er in meine Vorstellung passte, dass ich begeistert lächelte.

„Guten Tag", sagte ich. „Mein Mann und ich suchen etwas für unsere Nichte und unseren Neffen. Was empfehlen Sie?"

Er führte uns durch seinen Laden und zog ein paar Automaten auf, damit wir sie in Betrieb sehen konnten. Ich war völlig

fasziniert und sagte es ihm auch. „Ihr Laden ist wunderbar",
erklärte ich. „Oder nicht, Mr. Prescott?"

„Ja, meine Liebe", sagte Matt. In seinen Augen funkelte gute
Laune. Wie es schien, hatte der Laden auch seine Stimmung
gehoben.

„Sehen Sie etwas, das Ihrer Nichte und Ihrem Neffen gefallen
würde?", fragte der Spielzeugmacher.

„Alles", sagte ich mit einem Lachen.

„Die Modelleisenbahn", sagte Matt.

Ich wollte schon Widerspruch einlegen, dass sie zu teuer war,
da wir eigentlich keine Spielsachen brauchten, aber wir sollten ja
reich sein, und reiche Leute machten sich keine Sorgen um ihre
Ausgaben.

„Ihr Neffe wird sich jahrelang daran erfreuen", sagte der
Spielzeugmacher, der die Lok vom Tisch holte.

„Und genauso unsere Nichte", sagte Matt. „Wir nehmen auch
das Zoetrop."

Wir gesellten uns am Tresen zu dem Spielzeugmacher,
während er unsere Geschenke vorsichtig verpackte. „Kennen Sie
in der Nähe irgendwelche guten Kartengeschäfte?", fragte Matt
beiläufig. „Ich habe von einem Jungen gehört, der seine Karten
vorne verkaufte, aber er scheint heute nicht hier zu sein."

„Er heißt Daniel", sagte der Spielzeugmacher, ohne aufzuschauen. „Er kommt normalerweise am Samstag, aber heute
habe ich ihn nicht gesehen. Er hat wohl etwas anderes gefunden,
das er in seiner Freizeit unternehmen kann, was?"

„Wissen Sie, wo ich ihn finden kann?"

„Nein, tut mir leid."

„Haben Sie je eine von Daniels Karten gesehen? Sind sie so
gut, wie mein Freund McArdle behauptet?"

„Sie sind sehr gut. Ihr Freund übertreibt nicht. Daniels Karten
sind an sich schon Kunstwerke. Ich bin überrascht, dass nur es
nur einen einzigen Interessenten gab, der extra hierhergekommen ist, um sich nach ihm zu erkundigen. Sie sind natürlich
der zweite."

Der Einzige. „Das ist unser Freund", sagte ich. „Mr.
McArdle."

„Der Archäologe?"

Matt zögerte eine Sekunde, ehe er sagte: „So hat er sich Ihnen also vorgestellt?" Er lachte leise. „McArdle macht sich gern interessanter, als er ist."

Der Spielzeugmacher schob die eingepackte Lok und die Waggons zu mir und machte mit dem Verpacken des Zoetrops weiter. „Sein Hobby erklärt, warum er und Daniel in eine Diskussion über römische Münzhorte gerieten."

Matt wurde reglos. Ich beugte mich vor. Ein römischer Münzhort bedeutete einen Schatz, und Daniel hatte seinen Freunden erzählt, dass er bald an eine Menge Geld kommen würde.

„McArdle schwätzt die ganze Zeit von Münzhorten", sagte Matt mit einem Lachen und einem Kopfschütteln. „Er ist besessen davon. Hat er Daniel damit beauftragt, eine Karte von einem Gebiet anzufertigen, von dem man weiß, dass dort ein Münzhort ist?"

„Das weiß ich nicht, Sir. Ich habe nicht das ganze Gespräch gehört, nur ein wenig, im Vorübergehen, da ich draußen war und das Fenster putzte." Er schob mir das Päckchen hin und lächelte. „Das macht dann eins achtzig, Sir."

Matt bezahlte, und wir trugen die Pakete zur Kutsche. Sobald wir abfuhren, wandten wir uns einander zu und grinsten.

„Daniels Karte hat McArdle wohl gezeigt, wo man den Hort finden kann", sagte Matt. „Obwohl ich nicht genau weiß, wie. Wenn er Daniel damit beauftragte, eine Karte vom Fundort des Horts zu zeichnen, bedeutet das nicht, dass er bereits weiß, wo er ist?"

„Vielleicht schon. Vielleicht will er den Hort nicht finden, sondern wieder verstecken, nachdem er ihn gefunden hat."

„Weshalb dann die Karte, wenn er es bereits weiß?"

Ich seufzte. „Das ergibt nicht sonderlich viel Sinn, oder?"

„Lass den Kopf nicht hängen. Ich glaube, wir sind da etwas auf der Spur. Ich weiß nur eines – wir müssen alles über römische Archäologie in London erfahren, was wir können, insbesondere über Horte, die vielleicht unter der modernen Stadt begraben liegen."

„Weißt du denn irgendwas über Horte im Allgemeinen?"

„Archäologie ist in Italien der letzte Schrei, und meine Mutter hat sich sehr dafür interessiert. Sie nahm mich mit auf eine Ausgrabung, als ich zwölf war. Wir haben keinen Hort gefunden, aber der Archäologe sagte, er sei einmal auf eine große Schüssel voller Münzen gestoßen, vergraben dort, wo einst vermutlich der Garten der Villa eines reichen Kaufmanns gewesen war."

„Was habt ihr auf eurer Ausgrabung gefunden?"

„Mauern und ein paar Münzen, aber keine Horte."

Horte. Münzen. Ich zog den Knopf aus meinem Pompadour und schaute ihn mir noch einmal an. „Vielleicht ist das kein Knopf, sondern eine Münze", sagte ich und zeigte sie Matt. „Der Stift ist bestimmt eine modernere Erweiterung."

Er schnappte sie sich aus meiner Handfläche und musterte sie. „Ich glaube, du hast recht. Vielleicht ist es eine Römermünze aus McArdles Hort."

„Eine magische Römermünze."

KAPITEL 8

Miss Glass beäugte die Pakete in Matts Händen. „Was hast du da?"

„Geschenke", sagte er und stellte eines auf dem Tisch ab, das andere hielt er ihr hin.

„Für mich? Oh, Harry, das sieht dir ganz ähnlich. Ich wusste, dass du mir von deinen Reisen etwas mitbringen würdest."

Matt zuckte inzwischen nicht mehr mit der Wimper, wenn seine Tante eine ihrer Episoden durchlebte. Er reichte ihr einfach eines der Pakete. „Das ist für dich." Er gab ihr ein Küsschen auf die Wange. „Die Eisenbahn ist für India."

„Mich?" Ich blinzelte ihn an. „Warum?"

„Du hattest dich für ihre Funktionsweise interessiert. Ich dachte, du willst sie vielleicht auseinandernehmen und dir ansehen, wie sie funktioniert."

„Oh. Das ist sehr großzügig von dir." Ich nahm das Paket an und ließ mich schwer aufs Sofa fallen. Was erwartete er im Gegenzug dafür?

„Schau nicht so besorgt drein", sagte er mit einem schelmischen Grinsen. „Nimm es im Sinne meiner verlorenen Wette an. Du hast den ganzen Tag lang nicht auf die Uhr geschaut."

„Ich schätze nicht."

„Ein Zoetrop!", rief Miss Glass mit einem mädchenhaften Kichern, während sie es auspackte. „Die mag ich so sehr. Was sieht man darin?" Sie drehte die Trommel und spähte durch die Schlitze auf die wirbelnden Bilder. „Was für ein herrliches kleines Spielzeug. Danke, Matthew. Es ist Jahre her, dass mir jemand ein Kinderspielzeug geschenkt hat."

„Mit Vergnügen, Tante. Sind die anderen zurück?"

„Noch nicht." Sie stellte das Zoetrop ab. „Nun, ehe wir uns zum Dinner kleiden, wollte ich mit dir über das Haviland-Mädchen sprechen."

Matts Blick glitt zu mir. Ich zuckte unschuldig mit den Schultern. „Was ist mit ihr?", fragte er düster.

„Sie ist ein wunderbares Mädchen", sagte Miss Glass. „Sehr hübsch."

„Das hast du mir bereits erzählt. Und auch extrem kultiviert. Aber kann sie Konversation betreiben? Ist sie intelligent?"

Miss Glass presste die Lippen aufeinander und funkelte mich an. „Habt ihr beiden konspiriert?"

„Was meinst du?"

„Es ist gleich." Sie erhob sich. „Ich ziehe mich fürs Dinner an. Das solltest du ebenfalls tun."

„Es sind noch Stunden bis dahin", sagte er.

„Trotzdem." Sie ging, das Zoetrop fest im Arm.

Er warf sich mit einem lauten Seufzen auf einen Sessel. „Das wird ein langer Abend werden."

„Du solltest etwas ruhen, ehe du gehst", sagte ich. „Und deine Uhr verwenden."

„Da fällt mir doch noch etwas ein." Er holte meine Taschenuhr heraus und reichte sie mir zurück. „Glückwunsch. Du bist eine Frau, stur wie ein verdammtes Maultier, wie wir in meiner Heimat sagen."

„Mir gefällt der Ausdruck ‚mit eisernem Willen' besser."

Er lächelte. „Was hast du heute Abend vor? Poker spielen? Lesen?"

„Mit meiner Eisenbahn spielen."

* * *

DA MISS GLASS nicht anwesend war, machte ich mir nicht die Mühe, mich zum Abendessen zu kleiden. Duke, Cyclops und

Willie zogen sich nur um, wenn ihnen danach war, und heute Abend tat es niemand. Sie hatten es geschafft, Matt Bericht zu erstatten, ehe er mit seiner Tante zum Dinner bei den Rycrofts aufgebrochen war. Laut Willie und Duke war DuPont nicht zur Fabrik zurückgekehrt, und laut Cyclops waren weder Onslow noch der mysteriöse Gentleman im Gildensaal gewesen. Wir entließen Bristow, nachdem er das Abendessen aufgetragen hatte, und ich setzte sie über das in Kenntnis, was wir bei Daniels Freunden und dem Spielzeugmacher erfahren hatten.

„Was machen wir also nun?", fragte Willie, die ihre gestiefelten Füße auf den freien Stuhl neben sich legte.

„Wir sollten einen Archäologie-Experten aufsuchen", sagte ich, mein Weinglas locker in der Hand. „Nicht nur, um mehr über Münzen und Horte herauszufinden, sondern auch, um McArdle zu finden. Ich vermute, das Archäologie-Umfeld ist klein, und sie kennen einander alle."

„Es scheint, als wäre McArdle der Schlüssel", sagte Cyclops. „Ich frage mich, wie er von Magie erfahren hat, wenn er selbst nicht magisch ist."

„Und wie hat er insbesondere von Daniel erfahren?", fragte Duke.

Das war eine gute Frage. Die Vorstellung, dass Daniels Ruf so rasch Fahrt aufgenommen hatte, dass ein Mann wie McArdle ihn aufsuchen sollte, war ziemlich beunruhigend.

„Vielleicht ist Magie nicht so geheim, wie wir denken", sagte Willie. Sie zog ihre Pfeife aus der einen Westentasche und klopfte die andere ab, auf der Suche nach Streichhölzern.

„Nicht im Speisezimmer", grollte Duke.

Sie machte eine unhöfliche Geste in seine Richtung, steckte die Pfeife aber wieder ein.

„Willie hat vielleicht recht", sagte Cyclops. „Mir scheint, dass die meisten Magier es aus Familiengeschichten wissen. Wie viele Magier gibt es? Dutzende? Hunderte? Tausende?"

„Und dann sind da Leute wie McArdle", sagte ich, „die nicht magisch sind, aber nur zu gern dafür bezahlen."

„Vergiss nicht Würmer wie Abercrombie", sagte Willie. „Leute, die von Magie wissen, es aber nicht zugeben."

„An der Art, wie mich die meisten Mitglieder der Uhrmachergilde in den letzten Wochen furchtsam betrachtet haben, wissen sie wohl alle, dass ich ..." Ich musterte mein Glas, wirbelte den Inhalt in langsamen Kreisen herum. „Das ich im Besitz von ..."

„Magie bist, India", schloss Willie. „Du kannst es sagen. Es ist kein Schimpfwort."

„Aber in manchen Kreisen ist es ein verachtetes Wort."

„Verachtet oder gefürchtet?", fragte Cyclops.

„Ich wünschte, Matt würde Abercrombie wegen seiner Bemerkungen zu Mr. Mason zur Rede stellen", sagte ich. „Er scheint etwas über Daniel zu wissen, und wir sollten herausfinden, was es ist."

„Ja", sagte Cyclops.

„Matt ist zu vorsichtig. Das sieht ihm gar nicht ähnlich", stimmte Duke zu.

Cyclops zuckte mit den Schultern. „Er will India von Abercrombie fernhalten."

„Warum?", fragte Willie. „Was kann Abercrombie ihr noch antun, nun, da Matt ihn schon gewarnt hat? Er wird nicht noch einmal diesen Trick versuchen, sie festnehmen zu lassen. Außerdem wollen wir nur reden."

Willie und ich schauten einander an. Ich hob die Augenbrauen, und sie nickte. Wir lächelten beide und wandten uns an die Männer.

„Wir vier werden heute Abend Abercrombie aufsuchen", sagte ich und stellte mein Glas ab.

„Nein." Duke schüttelte den Kopf. „Matt wird das nicht gefallen."

„Matt ist nicht unser Meister", sagte Willie. „Cyclops? Kommst du mit?"

Der große Mann nickte. „Ihr beiden geht doch sowieso, und ich werde mich nicht vor Matt stellen und ihm sagen, dass ich euch allein ziehen ließ. Außerdem braucht ihr jemand Handfesten."

„Dann brauchen wir dich nicht, Duke", bemerkte Willie.

Duke stand auf und knöpfte sich die Weste zu. „Ich komme mit, um euch davon abzuhalten, etwas Törichtes anzustellen."

„Ich werde nichts Törichtes anstellen", sagte ich und erhob mich ebenfalls.

„Nicht du. Willie." Zu ihr sagte er: „Vielleicht solltest du dein Schießeisen nicht mitnehmen."

„Versuch doch, es mir abzunehmen." Sie schob den Stuhl zurück, ein Hauch Vorfreude in ihren Bewegungen. „Zumindest wird das interessanter als Poker, bei dem es um nichts geht."

* * *

CYCLOPS FUHR den Einspänner zum Gildensaal der Uhrmacher in der Warwick Lane, weil wir hofften, Abercrombie dort zu finden. Ich wusste, dass er weite Teile seiner Freizeit dort verbrachte, und nicht zu Hause. Mein Vater hatte einst gescherzt, dass Mr. Abercrombie alles in seiner Macht Stehende tat, um den beiden Mrs. Abercrombies aus dem Weg zu gehen, seiner Frau und seiner Mutter, die beide bei ihm wohnten. Vater sagte, die Frauen würden ständig streiten, und dass ihm der Mann beinahe leidtat.

Duke schaute zu dem Wappen auf und stieß einen Pfiff aus. „Das ist fast so groß wie die Tür. Was bedeutet der Schriftzug?"

„Die Zeit ist der Herrscher aller Dinge", sagte ich und blinzelte zu Väterchen Zeit und dem Kaiser auf. „Das ist Latein."

„Wahre Worte", murmelte Duke, der wahrscheinlich an Matts Problem dachte.

„Ja", sagte Cyclops ebenso düster.

Wir starrten alle zu dem Wappen auf, das von zwei Lampen links und rechts davon an der Wand hell erleuchtet wurde. Das Verstreichen der Zeit lastete auf uns allen, genauso wie die Sorge über unseren mangelnden Fortschritt bei der Suche nach Chronos.

„Auf dem Wappen der Kartenzeichnergilde gibt es auch einen alten Mann, der einen Globus hält", sagte Willie, die Hände in die Hüften gestemmt. „Warum die ganzen alten Männer? Warum haben sie keinen jungen, muskelbepackten Barbaren, der den Globus hält, oder mit dieser Schärpe hier um die Taille? Das wäre doch ein schönerer Anblick."

„Weil die Gilde von alten Männern beherrscht wird", sagte

ich und klopfte an die Tür. „Und alte Männer werden nicht gern daran erinnert, was sie einst besaßen, aber verloren haben."

„Muskeln?"

„Jugend."

Sie schnaubte. „Haare und Zähne auch. Glatte Haut."

„Eine Erinnerung", fügte Duke an, „daran, wie ihnen die Frauen zu Füßen fielen."

„Wir reden hier über das echte Leben, nicht über deine Fantasie", konterte Willie.

Die Tür wurde vom selben Diener geöffnet, der mich beim letzten Mal eingelassen hatte, als ich im Gildensaal vor Abercrombie getreten war. Ich schob mich an ihm vorbei, ehe er mich erkannte und mir die Tür vor der Nase zuschlug. Er legte stotternd Widerspruch ein, machte sich aber nicht die Mühe zu verhindern, dass ich oder die anderen eintraten.

„Sie!", stieß er hervor. „Sie sind hier nicht willkommen."

„Ist Mr. Abercrombie anwesend?"

„Hinaus!" Er zeigte auf die Tür.

Cyclops schloss sie und stellte sich mit leicht gespreizten Füßen und locker vor sich gefalteten Händen hin. Er wirkte wie ein Pirat, der sich auf eine Schlägerei freute.

„Ist Mr. Abercrombie anwesend?", wiederholte ich.

„Ich bin da."

Ich wirbelte herum und sah die hochgewachsene Gestalt von Abercrombie herannahen. Er hielt seinen Zwicker in einer Hand und einen Kerzenhalter in der anderen. „Guten Abend, Mr. Abercrombie", sagte ich. „Gibt es einen Ort, an dem wir uns ungestört unterhalten können?"

„Hier reicht aus." Er kam nicht näher als bis zum Ende der Eingangshalle, gute zwei Meter entfernt. „Ich kann mir nicht vorstellen, dass Sie etwas zu sagen haben, das ich hören will."

Der Diener marschierte zu seinem Herrn hinüber und flüsterte ihm etwas ins Ohr. Abercrombie nickte, und der Diener verschwand in den Schatten hinter ihm. Ich schätzte, dass uns nur ein paar Minuten blieben, ehe die Schutzmänner eintrafen.

„Sie haben vor mir nichts zu befürchten", sagte ich. „Niemand ist hier, der Ihnen schaden will."

„Warum liegt dann die Hand Ihrer Freundin auf einer

Pistole?"

Willie senkte die Hand, und ihre Jackenklappe bedeckte abermals den Colt, den sie sich in den Hosenbund gesteckt hatte. Ich wollte ihre Aufmerksamkeit auf mich ziehen, um sie zu ermahnen, dass sie die Pistole steckenlassen sollte, aber sie war zu sehr darauf konzentriert, Abercrombie anzufunkeln, um es zu bemerken.

„Was wollen Sie, Miss Steel?", fragte er. „Ich bin ein vielbeschäftigter Mann und habe keine Zeit für Ihre Spielchen."

„Was wissen Sie über Daniel Gibbons?"

Die Kerzenflamme flackerte, als scharf ausatmete. „Wen?"

„Halten Sie mich nicht zum Narren. Sie wissen vom Lehrling des Kartenzeichners. Sie wissen, dass er etwas … Besonderes ist."

„Ich habe diesen Namen noch nie gehört."

„Haben Sie etwas mit seinem Verschwinden zu tun?"

„Wie bitte? Machen Sie mir einen Vorwurf, Miss Steele?"

Ich ging langsam näher, Duke und Willie zu meinen Seiten. Abercrombie lief rückwärts. „Es ist eine einfache Frage, Mr. Abercrombie. Hatten Sie etwas mit Daniels Verschwinden zu tun?"

„Wie könnte ich das, wo ich ihn doch gar nicht kenne?"

„Das ist eine Lüge."

Er lief rückwärts in die lange Standuhr, wobei er das Pendel aus dem Rhythmus brachte. Sie läutete einmal. „Vorsicht, Miss Steele, oder ich hetze wegen Verleumdung meinen Anwalt auf Sie."

„Ihre Drohungen machen mir keine Angst."

Sein geölter Schnurrbart zuckte. „Sollten sie aber. Ich sehe, dass Ihr Arbeitgeber Mr. Glass nicht hier ist. Liegt das daran, dass Sie wissen, dass er Sie nicht immer retten können wird? Er mag ja im Augenblick Freunde mit Einfluss haben, aber das wird nicht immer so sein. Er ist nicht unfehlbar."

„Was soll das heißen?", fuhr ihn Willie an.

Ich streckte den Arm aus, um sie ruhig zu halten, falls sie beschloss, dass sie ihn nur mit einem Schuss zu einer Antwort bewegen konnte. „Wenn Sie etwas mit Daniels Gibbons' Verschwinden zu tun hatten, wird Ihnen Ihr Anwalt nicht helfen können", sagte ich. „Nicht im Angesicht des Zorns seines Vaters."

„Er hat doch gar keinen –" Er unterbrach sich.

Ich lächelte.

„Hier entlang." Der Diener kam mit sechs schlagkräftigen Rohlingen im Schlepptau zurück. Sie wirkten, als kämen sie direkt von den Hafenanlagen oder einer Spelunke im East End. Sie waren auf keinen Fall Schutzmänner.

Ich verfestigte meinen Griff um Willies Arm, als ich spürte, wie sie zuckte. Duke stellte sich vor uns, die Arme zu den Seiten ausgebreitet. Cyclops schloss sich ihm an.

„Feigling", geiferte Willie. „Scheißhaufen. Hurensohn."

Ich zog fest an ihrem Arm und trat den Rückzug zur Tür an.

„Lass mich meinen Colt benutzen", zischte sie und wollte sich losreißen.

Es blieb mir erspart, ihr den Rückzug zu befehlen, als Duke und Cyclops ebenfalls zurückwichen und uns zum Weitergehen zwangen. Ich öffnete die Tür und rannte nach draußen, Willie zog ich mit.

Cyclops löste rasch die Zügel vom Pfosten und warf sie Duke zu, der sich auf den Kutschersitz setzte. Cyclops schloss sich ihm an, während ich und Willie in die Kutsche stiegen. Sie klappte das Fenster auf und rief die wildesten Unflätigkeiten zum Gildensaal hinüber, während wir abfuhren, und hörte nicht einmal auf, nachdem wir schon um die Ecke gebogen waren.

„Willie! Es reicht!", rief ich und rieb mir die Schläfen.

Sie schlug das Fenster zu, machte ein unwilliges Geräusch und sank in der Ecke zusammen, die Arme vor der Brust verschränkt. Erst als wir fast zu Hause angekommen waren, hellte sich ihr finsteres Gesicht auf und sie fand wieder Worte. Ich war dankbar um die Stille, die mir beim Nachdenken half.

„Was hat er damit gemeint, dass Matt nicht unfehlbar ist?", fragte sie. „Weiß er von seiner Krankheit?"

„Ich weiß es nicht. Selbst wenn er sich der Anwesenheit von Magie im Klaren ist, woher sollte er wissen, dass man die Magie eines Uhrmachers und eines Arztes in Matts Uhr vereint hat, um ihn am Leben zu halten?"

Sie stieß mit dem Stiefel heftig gegen den Sitz neben mir. „Wovon hat er dann gesprochen?"

„Ich weiß es nicht", wiederholte ich, obwohl mir ein Gedanke gekommen war. Matt hatte Abercrombie dazu gebracht, seine Diebstahlsbezichtigung gegen mich fallen zu lassen, indem er ihm von seiner Verbindung zu Commissioner Munro erzählt hatte. Vielleicht bezog sich Abercrombie darauf, dass diese Verbindung nichtig werden konnte, falls Matt es nicht schaffte, seinen Sohn zu finden.

Nein, das konnte nicht stimmen. Abercrombie wusste nicht, wer Daniels Vater war.

Willie trat noch einmal gegen den Sitz. „Wir haben nichts erreicht", grollte sie.

„Unsinn. Haben wir schon. Wir wissen jetzt, dass Abercrombie Daniel kennt. Als ich den Zorn von Daniels Vater erwähnt habe, hätte er beinahe erwidert, dass Daniel doch gar keinen Vater hat."

„Das ist nicht genug."

„Hast du erwartet, dass Abercrombie einfach ausplaudert, dass er in Daniels Entführung verwickelt ist?"

„Er hätte es getan, wenn du mich hättest ziehen lassen."

„Und wenn nicht? Hättest du ihn dann erschossen? Nein, hättest du nicht, und wenn doch, wäre das ziemlich töricht gewesen, denn der Diener hat gesehen, wie wir hereinkamen. Man würde uns alle hängen."

„Ich habe nicht in Erwägung gezogen, ihn umzubringen, ich hätte ihm nur den kleinen Zeh oder was anderes weggeschossen, das er nicht wirklich braucht, aber höllisch wehtut."

Ich schloss die Augen und neigte den Kopf nach hinten. Matt hatte meinen äußersten Respekt dafür, wie er mit Willie umging. Wie er es geschafft hatte, sie bis jetzt aus dem Gefängnis herauszuhalten, war ein Wunder.

„Er wird uns umbringen, wenn er es rausfindet, das ist dir klar", sagte sie.

Ich öffnete die Augen. „Abercrombie?"

„Matt. Wenn er erfährt, dass wir die Gilde ohne ihn besucht haben."

„Dann sag es ihm nicht."

* * *

„Es war genau wie erwartet", sagte Matt beim Frühstück. „Qualvoll. Mein Onkel wollte mich eindeutig nicht dabei haben, und Tante Beatrice wollte nicht aufhören, über die Reize und Errungenschaften der Mädchen zu reden. Zweimal vergaß Tante Letitia, wo sie war, und wer ich war, und damit brachte sie Charity zum Lachen. Hope saß auf meiner linken Seite, und Patience auf der rechten, aber Tante Letitia funkelte mich jedes Mal an, wenn ich mich mit Hope unterhielt. Ich versuchte, mit Patience eine Unterhaltung anzufangen, aber sie ist so schüchtern, dass sie nicht von ihrem Teller aufschauen konnte. Ich habe den ganzen Abend damit verbracht, mit ihrem linken Ohr zu reden."

„Das muss Hope geärgert haben", sagte ich.

„Falls dem so war, war sie gnädig genug, es nicht zu erwähnen. Wir haben schließlich eine Konversation zustande gebracht, als sich die Gentlemen den Damen im Salon wieder anschlossen. Hope wollte wissen, warum Tante Letitia sie nicht so recht mochte. Mir wollte keine Antwort einfallen, darum mimte ich den Unwissenden. Jetzt hält sie mich für einen unachtsamen Trottel."

Willie schnaubte. „Wenn sie Männer kennt, dann hält sie dich für normal."

Weshalb spielte es für ihn eine Rolle, was Hope von ihm hielt?

„Was ist mit dem Essen?", fragte Cyclops. „Hast du gespeist wie ein Lord?"

„Du denkst immer nur an deinen Magen", sagte Willie mit einem Kopfschütteln.

Cyclops schaufelte sich zwei Speckscheiben komplett in den Mund und nickte.

„Das Essen war gut, doch Mrs. Potter kocht besser", sagte Matt.

„Dann bin ich froh, dass wir nicht eingeladen waren", sagte Duke vom Büffet aus, von dem er sich Würstchen holte. „Wir hatten hier einen ruhigen Abend, haben Poker gespielt und sind früh ins Bett gegangen. Oder nicht?", sagte er und drehte sich mit seinem vollen Teller um.

Willie funkelte ihn über ihre Teetasse hinweg an. Cyclops konzentrierte sich auf das Frühstück und schaufelte weiter Speck in sich hinein. Matt runzelte die Stirn.

„Haben du und Hope lange gesprochen?", fragte ich rasch und stürzte mich auf das erste Thema, das mir in den Sinn kam. Ich wünschte, ich hätte es nicht getan. Ich war nicht daran interessiert, mehr über die hübsche und gnädige Hope zu hören.

„Eine gute halbe Stunde. Tante Letitia hat uns ein paar Mal unterbrochen, aber Tante Beatrice hat sie immer weggelockt, damit ich mit Hope allein sein und ,sie besser kennenlernen' konnte", ahmte er seine Tante nach. „Hope und ich haben darüber gelacht."

Ich nippte an meinem Tee und warf ihm über den Rand der Tasse einen Blick zu, nur um zu sehen, wie er mich bereits mit einem nicht interpretierbaren Stirnrunzeln musterte.

Willie stellte ihre Tasse mit einem Klirren auf der Untertasse ab, womit sie alle Aufmerksamkeit auf sich zog. „Vergiss sie", sagte sie. „Letty sagt, das Mädchen ist gerissen, und ich glaube ihr."

„Du hast sie nie getroffen", sagte Matt.

„Ich traue Lettys Urteil. Sie kennt ihre Nichten schon ihr ganzes Leben lang."

„Sie glaubt auch, dass sie einst ein Ritter vor einem Drachen gerettet hat."

„Hope wird nicht in die Staaten ziehen wollen, Matt."

„Geht es also darum? Du glaubst, ich würde um einer Frau willen hierbleiben?"

„Ich kann nicht behaupten, dass mir das nicht schon in den Sinn gekommen wäre." Willie riss eine Ecke vom Toast ab. „Haben wir doch schon alle gedacht, oder nicht?"

Duke und Cyclops schauten nicht von ihren Tellern auf.

„Feiglinge", murmelte Willie.

Matt legte Messer und Gabel ab und ließ die Handflächen auf den Tisch sinken. „Lasst mich all eure Gedanken beruhigen. Ich ziehe nicht Erwägung, Hope zu heiraten, oder eine ihrer Schwestern. Ich ziehe das Haviland-Mädchen nicht in Erwägung, oder sonst jemanden, den meine Tanten hervorzerren. Ich heirate nicht. Nicht, bis ich eine Zukunft habe. Ist das klar?"

Alle drei nickten. Ich fühlte mich wie ein Eindringling, der einer Unterhaltung lauschte, die nicht für meine Ohren bestimmt war. Bis Matt den Blick direkt auf mich richtete.

„India?", fragte er etwas sanfter.

Ich nickte rasch.

Er nahm Messer und Gabel wieder auf. „Gut. Also, was haben wir heute vor?"

Alle stießen die angehaltene Luft aus. Matt war nicht oft wütend auf seine Freunde, aber an den unsicheren Blicken, die sie wechselten, erkannte ich, dass sie sich nicht sicher waren, wie sie reagieren sollten.

„Wir müssen jemanden finden, der sich für Archäologie interessiert", sagte ich. „Das Problem ist, ich weiß nicht, wie. Es ist Sonntag. Alle archäologischen Gesellschaften haben sicher geschlossen."

„Wir werden in die Kirche gehen", verkündete Matt.

„Du willst Gott bitten, uns einen Archäologen zu schicken?", fragte Willie.

„Ich werde die Bekannten meiner Tante fragen. Archäologie ist ein Gentleman-Hobby. Einer ihrer Freunde kennt vielleicht jemanden, mit dem wir uns unterhalten können."

* * *

Es GAB eine ganze Reihe neuer Gesichter in der Kirche, von denen sich uns die meisten zuwandten, als wir eintraten. Oder sich, genauer gesagt, Matt widmeten. Sie verfolgten ihn, wie er zu seinem Platz ging, und steckten dann die Köpfe zusammen, um zu flüstern. Für mich kam das alles gar nicht überraschend, vor allem, als mir auffiel, dass jedes kleine Grüppchen ein Mädchen im heiratsfähigen Alter dabei hatte.

„Was zum Teufel geht hier vor?", murmelte Matt. „Warum starren sie alle?"

„Es scheint, als wärst du die neueste Sensation."

„Ich bin schon fast drei Wochen hier. Warum jetzt?"

„Deine Tante hat angefangen, die frohe Kunde zu verbreiten. Genießt du die Aufmerksamkeit nicht?", neckte ich.

„Ich fühle mich wie ein Tiger im Käfig."

„Zieh deine Klauen eine Weile ein und lächle, um deiner Tante willen."

Sein Gesicht wurde noch finsterer. „Das macht dir Spaß."

Machte es mir Spaß, dass jede Frau in der Kirche sein ansehnliches Gesicht bewunderte und abschätzte, ober er einen guten Ehemann abgeben würde? Machte es mir Spaß, dass ich neben ihm saß, und nicht eine seiner Bewunderinnen auch nur merkte, dass ich da war? Nein, machte es nicht. Mir wurde klar, dass ich rasch als die Begleiterin abgetan wurde, die man bereits als alte Jungfer abgestempelt hatte, eine Unsichtbare, die niemand als Bedrohung wahrnahm. Das hinterließ einen bitteren Geschmack in meinem Mund und ein dumpfes Ziehen in meiner Brust.

„Die Havilands sind hier", flüsterte Miss Glass. „Da drüben. Das ist Oriel Haviland in Blau und Weiß. Sie ist eine hervorragende Sängerin, Künstlerin, Harfnerin, Reiterin –"

„Donaudampfschiffahrtskapitänin", knurrte er. „Ja, das hast du mir bereits mitgeteilt. Mehrmals."

„Schau dir ihre Augen an", sagte Miss Glass kein bisschen entmutigt. „Darin glitzern Klugheit und Witz, oder nicht, India? Schau, Matthew."

„Ich schaue", zischte er und folgte dem Blick seiner Tante.

Mrs. Und Miss Haviland nickten und lächelten. Der Gentleman auf der anderen Seite des Mädchens, vermutlich ihr Vater, nickte Matt ebenfalls zu. Mrs. Haviland winkte, und Miss Glass winkte zurück. Das Mädchen errötete und schaute sittsam auf ihr Gebetbuch hinab.

„Was für ein wunderbares, liebreizendes Mädchen", fuhr Miss Glass fort. „Ihre Familie ist sehr respektabel. Mütterlicherseits ist sie mit den Earls von Quinley verwandt."

„Gott sei's gedankt", murmelte Matt.

Das hielt ich für eine seltsame Erwiderung auf Miss Glass' Beschreibung der Haviland-Familie, bis ich den Vikar eintreten sah.

Nach der Kirche machte Matt seine Tante glücklich, indem er darum bat, Mr. Haviland vorgestellt zu werden.

„Ich wusste, dass du dich in dem Augenblick in Oriel verlieben würdest, indem dein Blick auf sie fällt." Sie nickte und lächelte, während Bekannte vorbeigingen, aber sie fing keine

Unterhaltungen an. Mehr als nur eine Mutter schien darüber verärgert, und ebenso ihre Töchter.

„Ich habe mich nicht in sie verliebt", flüsterte Matt, während er gleichzeitig höflich zwei jungen Damen zulächelte, die ihm im Vorübergehen zunickten. Sie eilten weiter und kicherten in ihre Fächer.

„Das wirst du", flötete seine Tante. Sie erspähte die Havilands und winkte.

Mrs. Haviland winkte zurück und schob ihre Tochter auf uns zu. Das Mädchen stolperte ein wenig, ehe sie ihr Gleichgewicht wiederfand. Sie setzte ein Lächeln auf und machte einen raschen Knicks vor Matt. Miss Glass stellte sie vor.

„Es ist sehr schön, Sie kennenzulernen", sagte Matt, der Mr. Haviland die Hand schüttelte. „Ich habe Sie bisher noch nicht hier gesehen."

„Wir gehen normalerweise zur Messe in der Christ Church", sagte Mrs. Haviland. „Aber heute war uns nach einem Spaziergang. Es ist so ein schöner Tag."

Matt warf einen Blick auf den Himmel. Er war grau, und es drohte zu regnen. Mr. Haviland lachte leise. „Meine Frau wollte *Sie* sehen", sagte er mit einem wissenden Lächeln. „Um Sie einzuschätzen."

„Mr. Haviland!", rief seine Frau. „Was das wieder für eine Übertreibung ist! Überhaupt nicht. Doch bin ich froh, dass wir uns begegnet sind, Mr. Glass. Sie sind alles, was Ihre Tante uns beschrieben hat, und noch mehr."

„Ehrlich?", sagte Matt gemächlich und setzte einen starken Akzent auf.

„Meine Frau kann den Charakter sehr schnell einschätzen", sagte Mr. Haviland mit einem herzlichen Lachen. Er richtete sein Lächeln auf mich und streckte eine Hand aus. „Und Sie sind?"

„Miss Steele", sagte Matt mit einem tadelnden Blick zu seiner Tante, die mich hätte vorstellen sollen, da die Havilands ihre Bekannten waren.

„Erfreut", sagte Mr. Haviland. „Sind Sie mit Mr. und Miss Glass verwandt?"

„Sie ist die Gesellschafterin", sagte Mrs. Haviland, ohne mich auch nur eines Blickes zu würdigen. Sie stieß ihre Tochter an.

Das Mädchen wurde lebendig wie ein Automat, den man aufgezogen hatte. Sie richtete den Rücken auf und lächelte. „Was für eine wunderbare Messe. Finden Sie nicht, Mr. Glass?"

Miss Glass schob ihren Arm in meinen. „India, würdest du vielleicht etwas mit mir spazieren gehen?"

Sie steuerte mich zur Seite, während Matt Miss Haviland eine höfliche Antwort gab und dann ihren Vater in eine Konversation verwickelte. Zweifelsohne würde er bald die Information erhalten, die er über Archäologen brauchte.

„Wir müssen ihn allein lassen, damit er sich bei den jungen Damen so charmant geben kann wie üblich." Miss Glass' Hand spannte sich an. Sie blieb stehen und zwang mich dazu, sie anzuschauen. Ich erwartete, in ihrem Blick eine Warnung zu sehen, aber was ich erblickte, schmerzte mehr. Mitleid. Diese Frau, die ihr ganzes Leben lang eine Jungfer gewesen war, wusste, dass es für mich genauso unwahrscheinlich war, einen Mann zu finden, wie für sie. „Du verstehst das doch, oder, India?", fragte sie sanft.

Ich nickte. O ja, ich verstand, dass ich mich in gesellschaftlichen Situationen von Matt fernhalten musste, damit die Leute nicht die falschen Schlüsse zogen. Meine ständige Anwesenheit musste wie ein Stock in Miss Glass' Speichen sein. Es grenzte an ein Wunder, dass sie überhaupt gestattet hatte, dass ich mitkam und mich zu ihr und Matt setzte.

Dieser Gedanke war gemein von mir. Ich wusste, dass sie mich mochte; ich sah es jetzt in ihrem Blick, und an der Art, wie sie zu mir war, wenn ihre Freunde nicht da waren. Aber sie war in ein System hineingeboren, das nicht zuließ, dass wir uns ebenbürtig waren, oder dass Matt und ich einander irgendetwas anderes bedeuteten als Angestellte und Arbeitgeber. Ich konnte es ihr kaum übelnehmen.

„Also?", fragte Willie, die mit Cyclops und Duke zu uns trat. „Fragt Matt diesen Mann nach Archäologen?"

„Warum sollte er das tun?", wollte Miss Glass wissen, die einen Blick über die Schulter warf. Sie seufzte, als sie sah, dass Matt wieder eine Unterhaltung mit Mr. Haviland angefangen hatte, und Mrs. und Miss Haviland beiderseits mit frustrierten Mienen danebenstanden.

„Das ist das Haviland-Mädchen", erklärte ich.

„Du meinst die, die so kultiviert ist, dass es an ein Wunder grenzt, dass sie noch nicht mit einem Prinzen verkuppelt ist?" Willies schneidende Bemerkung stieß auf taube Ohren. Miss Glass nahm sie nicht zur Kenntnis.

Matt löste sich von Mr. Haviland und marschierte mit entschlossenen Schritten und aufgebrachter Miene auf uns zu. Was zum Teufel war zwischen ihnen vorgefallen, dass er sich so aufregte?

„India." Cyclops trat näher an mich heran und legte mir eine Hand auf den Rücken. „Da ist Hardacre. Willst du, dass ich ihn verscheuche?"

„Eddie?" Ich spähte an Cyclops vorbei, und der Mut verließ mich. Mein ehemaliger Verlobter hatte mich bereits gesehen und stolzierte in unsere Richtung.

Matt erreichte uns zur selben Zeit wie Eddie. Zwischen ihm und Cyclops fühlte ich mich ziemlich sicher. Nicht, dass ich je eine Gefahr durch Eddie wahrgenommen hätte. Seine Grausamkeit war sprachlicher Natur, nicht körperlicher.

„Da bist du ja, India", sagte Eddie, ein zögerliches Lächeln auf dem Gesicht, während er nacheinander die Männer betrachtete, die mich flankierten. „Mr. Glass, was für eine angenehme Überraschung, Sie wiederzusehen."

„Ach ja?", sagte Matt mit einem scharfen Unterton.

„Was willst du, Eddie?", fragte ich.

„Dich treffen." Er versuchte sich an einem fröhlicheren Lächeln, aber es erreichte nicht seine Augen und ließ schnell nach, als er sah, dass ich es nicht erwiderte. „Du siehst gut aus. Das Kleid steht dir."

„Spar dir deine Komplimente für eine Frau, die darauf hereinfällt. Ich tue das nicht mehr."

Er räusperte sich. „Ja. Ich komme dann also zur Sache. Als wir uns getrennt haben, hast du erwähnt, du hättest dir Notizen zu ein paar der Uhren im Laden gemacht. Da du sie nicht brauchst, dachte ich, dass du sie mir vielleicht überlassen könntest."

„Hast du Schwierigkeiten, die eine oder andere zu reparieren?", fragte ich.

Willie kicherte. Sie und Duke schauten hinter Eddie zu. Zu fünft hatten wir es geschafft, ihn einzukreisen, und Eddie hatte es gerade erst bemerkt. Sein Gesicht wurde bleich, und er tastete an seiner Krawatte herum. Miss Glass war losgezogen, um mit Freunden zu reden, und darum war ich froh.

„Einige der Uhren deines Vaters sind einzigartig", sagte Eddie. „Seine Methoden waren nicht immer konventionell. Die Notizen, die du dir zu ihrer Reparatur gemacht hast, würden mir sehr helfen."

„Es sind *meine* Notizen, Eddie, und sie gehören nicht zur Erbmasse. Du bekommst sie nicht."

„Es ist schade, so schöne Stücke verschwendet zu sehen." Er seufzte. „Ich würde sie wegwerfen oder zu Schnäppchenpreisen verkaufen müssen, wenn ich es nicht schaffe, sie zum Funktionieren zu bringen. Schade."

„India hat ihre Position klargestellt", sagte Matt. „Sie gibt Ihnen die Notizen nicht."

Eddie rückte von Matt ab. „India?"

„Du verschwendest deine Zeit", sagte ich. „Guten Tag."

Ich wollte schon gehen, doch seine Hand schnellte vor und packte mich am Arm. Matt und Cyclops traten näher, und Eddie ließ mich los. Er schluckte. „Ich möchte dir außerdem eine Warnung zukommen lassen, India. Da wir eine gemeinsame Vergangenheit haben, finde ich es nur gerecht, wenn ich dir den Rat gebe, dich von Abercrombie fernzuhalten."

Aus dem Augenwinkel sah ich, wie Matt sich mir zuwandte. Ich konnte seine Miene nicht erkennen, aber ich wusste, dass er darauf wartete, dass ich es leugnete. „India hat ihm in letzter Zeit keinen Besuch abgestattet", sagte er.

„Sie war gestern Abend dort." Eddie klang, als würde er eine Siegesansprache halten, so selbstgerecht war er. „Das ist die Sache mit India, Mr. Glass. Man muss sie im Auge behalten, oder sie tut und sagt Dinge, die keine wohlerzogene Frau tun oder sagen sollte. Gott schütze uns vor Frauen mit eigenem Willen, hm?"

Das Kichern erstarb auf seinen Lippen, als Matt ihm seinen eisigen Blick zuwandte. „Verschwinden Sie."

Eddie tappte rückwärts, die Hände hoch erhoben. Willie und

Duke machten Platz, und er entschlüpfte durch die Lücke zwischen ihnen. Er drehte sich um und eilte die Straße entlang.

„India", knurrte Matt und packte mich fest am Arm. „Warum in Gottes Namen hast du Abercrombie ohne mich besucht?"

Ich riss mich los und baute mich vor ihm auf. Ich hatte es satt, dass Eddie mich herumkommandierte, und ich hatte es satt, dass auch Matt es tat.

„Wir sind mit ihr gegangen", versicherte ihm Cyclops.

„Und dadurch soll ich mich besser fühlen?"

„Nicht, Matt", sagte ich mit gesenkter Stimme. „Sag mir nicht, was ich tun soll. Ich kann meine eigenen Entscheidungen fällen, und ich habe beschlossen, dass mir von Abercrombie keine Gefahr droht. Wir mussten herausfinden, was er über Daniel weiß."

„Ich bin anderer Ansicht in Sachen Gefahr. Dieser Mann wollte dich einsperren lassen! Mach so etwas nie wieder ohne mich."

Ich marschierte weg. Ich war nicht in der Stimmung, auf ihn zu hören. Eddie hatte meine Nerven blankgelegt und mich rechtschaffen zornig über die Dummheit gemacht, dass ich gedacht hatte, er würde mich lieben. Matts herrschsüchtige Haltung fachte den Zorn nur noch weiter an.

Ich schob mich durch die Gemeindemitglieder, die noch auf dem Bürgersteig standen, nur um von einem Mann aufgehalten zu werden, der sich mir in den Weg stellte.

„Entschuldigen Sie", sagte ich.

Er rückte noch näher heran und packte mich an beiden Ellbogen, die er mir an die Seiten drückte. Ich keuchte und schaute nach oben, aber der Großteil seines Gesichts wurde von der Kapuze seines Umhangs verdeckt. Er roch nach Bier und Schweiß, und eine krumme weiße Narbe verlief durch die Stoppel auf seinem Kinn. Er war riesig, größer als Matt und breiter gebaut.

Ich erschauerte. „W…was wollen Sie?"

KAPITEL 9

„Lassen Sie mich los", fuhr ich ihn an und setzte mich zur Wehr.

Meine Bitte sorgte nur dafür, dass sich seine Finger noch fester in meine Arme bohrten und die Blutzirkulation in den Ellbogen abschnitten. „Geben Sie Ihre Suche nach Daniel Gibbons auf", zischte er, „oder Ihnen und jenen, die Ihnen nahestehen, wird Schlimmes widerfahren."

Er ließ mich los und rannte weg. Seine langen Schritte führten ihn um eine Ecke, und innerhalb von Sekunden war er außer Sicht. Ich verschränkte die Arme und berührte vorsichtig meine Ellbogen, wo er mich gehalten hatte. Dort würden sich bald blaue Flecken bilden. Ich hatte Glück, dass es bei blauen Flecken bleiben würde. Er hätte Schlimmeres anstellen können. Wenn man seiner Drohung Glauben schenkte, *würde* er Schlimmeres anstellen, falls wir unsere Ermittlungen nicht beendeten. Obwohl ich ihn zur Ruhe zwingen wollte, pochte mein donnernder Herzschlag durch meinen ganzen Körper.

„India? Was ist los?" Matt folgte meinem Blick die Straße entlang. „Hat dich dieser Mann belästigt?"

„Er ... er hat mich bedroht."

„Was?"

„Er befahl mir, die Suche nach Daniel einzustellen, oder ... oder jemandem würde Schlimmes widerfahren."

„Willie, bleib hier bei India. Duke, Cyclops, mit mir."

Er hatte kaum zu Ende gesprochen, da lief er schon los. Duke und Cyclops folgten ihm, konnten ihn aber nicht einholen.

„Was macht er nur?" Miss Glass schüttelte den Kopf und schnalzte mit der Zunge. „So ein Gerenne ist furchtbar vulgär. Alle sehen zu."

„Hat er dir weh getan?", fragte Willie leise, damit Miss Glass es nicht hörte.

Ich senkte die Arme. Sie taten an den Ellbogen weh, doch ich schüttelte den Kopf.

„Glaubst du, ihn hat auch Abercrombie geschickt?"

„Ich weiß es nicht", sagte ich. „Es ist jedoch ein ziemlicher Zufall. Erst Eddie und nun er."

„Vielleicht hat Matt recht. Vielleicht hätten wir gestern Abend nicht hingehen sollen."

„Du magst das ja glauben, Willie, aber ich nicht. Wir müssen alles uns Mögliche tun, um Daniel zu finden, selbst wenn wir uns einem Risiko aussetzen. Er ist nur ein Junge."

Sie starrte in die Ferne, in der Matt, Cyclops und Duke verschwunden waren. „Ich bin mir nicht sicher, ob Matt derselben Meinung ist. Gib dich keiner Täuschung hin, India, er ist so edel, wie man nur sein kann, wenn es um sein eigenes Leben geht. Aber wenn jene bedroht werden, um die er sich sorgt, tritt er den Rückzug an."

„Die Sache ist doch die – ich glaube, die Suche nach Daniel steht in Verbindung mit Magie, und Magie ist das, was Matt das Leben retten wird. Daniel zu finden hilft uns vielleicht, Chronos zu finden. Deshalb gebe ich nicht auf."

Sie fluchte tonlos. Einen Augenblick später fluchte sie erneut. „In Ordnung. Ich bin deiner Meinung, was den Zusammenhang angeht." Sie stellte ihre Füße etwas breitbeiniger auf. „Und außerdem ziehe ich mich nicht aus einem Kampf zurück. Ich gebe auch nicht auf."

Ich schlang meinen Arm in ihren. „In diesem Fall müssen wir vielleicht in einen Kampf ziehen, um Matt davon zu überzeugen, die Ermittlungen fortzuführen."

„Ich schätze mal, zusammen kriegen wir ihn schon rum."

„Entweder führt er die Suche fort, oder wir tun es ohne ihn", sagte ich. „Er hat die Wahl."

Sie schnaubte leise. „Er wird das nicht als Wahl begreifen. Ganz gleich, was er sagt, India, bleib stark. Hörst du mich? Wir müssen das tun, um seinetwillen."

Die Männer kehrten nach nur wenigen Minuten zurück, erhitzt und wütend, mit ihren Hüten in den Händen. An ihren Mienen ließ sich ablesen, dass sie den verhüllten Mann nicht erwischt hatten, darum fragten weder Willie noch ich nach. Wir gingen einfach still zusammen nach Hause. Nun ja, so still Miss Glass es zulassen wollte.

„Warum bist du so losgesaust, Matthew?", fragte sie. „Das war vielleicht ein Anblick. Zum Glück waren die meisten Leute schon gegangen, aber hätte jemand gesehen, wie du dich so anstrengst, was hätte ich da sagen sollen?"

„Ich dachte, ich hätte jemanden gesehen, den ich kenne", sagte er.

Nach ein paar Minuten angespannter Stille bemerkte sie: „Das hast du gut gemacht, ihren Vater anzusprechen."

„Was?" Matt klang abgelenkt und distanziert.

„Haviland. Du schienst dich gut mit ihm zu verstehen. Das war ein kluger Schachzug. Ohne ihn auf unserer Seite ist es sinnlos, um seine Tochter zu werben."

Matt machte sich nicht die Mühe, ihr zu antworten.

„Ich wünschte jedoch, du hättest etwas Zeit damit verbracht, andere Mädchen zu treffen. Nur für den Fall, dass du Oriel doch nicht magst. Es ist nichts Falsches daran, einen Ersatz hinter den Kulissen vorzuhalten."

„Tante ..." Er stieß einen langen Atemzug aus und schaute auf zum Himmel. Er beendete den Satz nicht.

Wir kamen zurück zum Haus, und Miss Glass bat Bristow, Tee in den Salon zu bringen. „Wir sollten Besucher erwarten", sagte sie und berührte Matt am Kinn. „Mach dich vorzeigbar und geselle dich dann zu mir."

Er neigte den Kopf zu einem Nicken, obwohl ich mir nicht ganz sicher war, ob er sie überhaupt gehört hatte. Er wirkte immer noch abwesend.

Ich wollte Miss Glass schon in den Salon folgen, doch da

nahm er mich am Arm an derselben Stelle, an der mich der Mann mit der Kapuze gepackt hatte. Ich schnappte zwischen zusammengebissenen Zähnen nach Luft und zuckte zusammen. Seine Finger öffneten sich ruckartig, und er runzelte die Stirn.

„India?"

„Es ist nichts", sagte ich und verschränkte wieder die Arme. Ich hatte beim Eintreten meine Jacke ausgezogen. Der Spitzenaufschlag der Ärmel meines Kleides ging ein Stück über den Ellbogen, und ich war mir nicht sicher, ob die blauen Flecken darunter zu sehen waren. Ich wollte nicht hinschauen und Matt darauf aufmerksam machen.

Es spielte keine Rolle. Er zog meine Arme sanft vom Körper weg und schob die Spitze nach oben, ehe ich die Gelegenheit hatte, mich zu wehren. Ein blauer Fleck verdunkelte die Innenseite eines jeden Ellbogens.

Seine Schultern sanken herab. Sein Blick wurde weicher. „India", murmelte er. Er umfasste meine Ellbogen und strich mit den Daumen sanft über die blauen Flecken. „Du hast mir erzählt, er hätte dir nicht wehgetan."

„Genau", sagte Willie, den Mund fest zusammengekniffen. „Das hast du gesagt."

Ich zog mich zurück und schob die Spitze nach unten. „Ich bekomme leicht blaue Flecken."

Matts Blick wurde pechschwarz. Ich mochte die Sanftheit lieber, doch sein Mitleid wollte ich nicht. „In mein Arbeitszimmer. Alle. Sofort."

Ich widersprach. „Haben wir nicht gerade besprochen, dass du mich nicht herumkommandieren sollst?"

„India", zischte Willie. „Das ist nicht der richtige Zeitpunkt."

Matt bedeutete mir, ich solle vorausgehen, vermutlich, damit er mich im Auge behalten und verhindern konnte, dass ich mich in den Salon zurückzog, wo er die Sache nicht vor seiner Tante ansprechen konnte. Ich schätzte, es war wohl nötig, darüber zu reden, aber es fühlte sich an, als würde ich an einem Trauermarsch teilnehmen.

Matts Arbeitszimmer war nicht groß, und zu fünft füllten wir es aus. Duke und Cyclops blieben stehen, während Matt sich hinter seinen Schreibtisch setzte und Willie und ich die anderen

Sessel beanspruchten. Ich stählte mich für den Ansturm seiner Fragen.

„Konntest du ihn sehen?", fragte Matt.

„Nicht richtig", sagte ich. „Er war groß, hatte sich nicht anständig rasiert, und eine kleine Narbe ging durch die Stoppel." Ich zeigte ihnen die Stelle. „Erkannt habe ich ihn nicht."

„Und er hat konkret Daniel und unsere Ermittlung angesprochen?"

Ich nickte.

„Mir scheint, als hätte Abercrombie ihn geschickt, nach eurem Besuch gestern Abend."

Duke scharrte mit dem Fuß. „Ich wollte nicht gehen", murmelte er.

„Hör auf", fuhr Willie ihn an. „Wir mussten gehen."

Matt wandte seinen eisigen Blick ihr zu. „Ich sehe das anders. Ist dir klar, dass Abercrombie nun weiß, dass wir wegen Daniels Verschwinden ermitteln, was er vorher nicht wusste?"

„Ja", sagte ich. „Spielt das eine Rolle?"

„Er könnte Duffield warnen."

„Vielleicht, aber er weiß nicht, dass wir falsche Namen benutzen. Wenn er behauptet, dass ein Mann namens Glass nach Daniel sucht, wird es Duffield nichts sagen." Ich drückte die Hände auf die Armlehnen und grub die Finger ins Leder. „Wenn wir ihn nicht zur Rede gestellt hätten, wüssten wir immer noch nicht, ob Abercrombie Daniel kannte oder nicht. Wir können nun sicher sein, dass dem so ist. Wir haben auch erfahren, dass er nichts dagegen hat, sich mit der Hilfe von Schlägertypen durchzusetzen. Dieser Mann heute wurde vielleicht von ihm bezahlt, oder er wurde von Daniels Entführer bezahlt. Ich glaube, Letzteres ist sogar wahrscheinlicher."

„Basierend auf welchen Beweisen?"

„Logik. Abercrombie hat bereits Eddie geschickt. Warum sollte er noch jemanden schicken?"

„Weil Eddie nicht erfolgreich ist oder aus eigenem Antrieb kam, nicht auf Abercrombies Drängen hin." Ein Muskel in Matts Kinn zuckte. „India, ich nehme Drohungen nicht auf die leichte Schulter. In meinem Metier folgen auf Drohungen üblicherweise

Taten. Ich kann das nicht riskieren und ich *werde* es nicht riskieren."

„Du hast keine Wahl, Matt. Willie und ich werden die Suche nach Daniel weiterführen, ob es dir gefällt oder nicht."

Er lehnte sich in seinem Sessel zurück und betrachtete mich gleichmütig, schätzte mich ab. Es war enervierend, aber ich schaute nicht weg. „Willie?", brach es aus ihm hervor.

„Diese Ermittlung könnte uns helfen, mehr über Magie herauszufinden", sagte sie. „Sie könnte uns sogar zu Chronos führen."

„Oder auch nicht."

Sie lief um den Schreibtisch und ging vor ihm in die Hocke. „Abercrombie weiß von Daniel." Diese stille Ernsthaftigkeit war völlig untypisch für sie. „Die beiden Gilden scheinen Informationen über Magie miteinander zu teilen. Wenn es eine Verbindung gibt, *müssen* wir sie verfolgen."

Er schüttelte den Kopf. Sein ganzer Körper schien angespannt, als würde er sich gerade davon abhalten, vorzuschnellen. Es erboste ihn wohl, dass er Gegenwind bekam, nicht nur durch den Mann im Umhang, sondern auch durch uns.

„Hilf uns, Matt", sagte ich. „Wir können das zusammen schaffen."

Er warf einen raschen Blick auf mich und schaute dann weg. Hinter dem brodelnden Zorn lauerte Müdigkeit. Die Anstrengung hatte ihn erschöpft.

„Ich stimme Willie und India zu", sagte Cyclops. „Wir müssen weitermachen."

Alle schauten zu Duke. Er seufzte schwer und nickte dann. „Du weißt, dass ich nicht leichtfertig dafür bin, gegen dich zu stimmen, Matt, aber diesmal haben sie recht. Wenn es eine Chance gibt, dass uns das zu Chronos führt ...

Matts Faust knallte auf den Tisch, sodass der Federhalter auf dem Ständer klirrte. Ich zuckte zusammen und schluckte mein Keuchen hinunter. Meine Nerven waren strapazierter, als mir klar war. „Gottverdammt sollt ihr alle sein", knurrte er. „Jeder einzelne von euch wird mich noch umbringen, ehe die Uhr den Geist aufgibt."

Ich stieß einen langen Atemzug aus. Willies Lippen zuckten zu einem Lächeln nach oben, und sie erhob sich.

„Was also nun?", fragte ich. „Hat Mr. Haviland einen Archäologen gekannt?"

Er neigte den Kopf. „Es gibt eine Gesellschaft. Der Präsident arbeitet im British Museum. Wir werden morgen hinfahren. In der Zwischenzeit bleiben alle zu Hause. Ich werde Bristow anweisen, niemanden einzulassen, außer Bekannte von Tante Letitia." Er erhob sich abrupt und wies mit dem Kinn zur Tür. „Jetzt geht alle, ehe ich noch etwas sage, das mir leidtut."

„Ruh dich etwas aus, Matt", sagte Cyclops. „Wir kommen eine gute Stunde lang ohne dich zurecht."

Matts Antwort war ein Funkeln durch zusammengekniffene Augen, das den großen Mann nicht im Geringsten beunruhigte.

Zu meinem Unglück war ich die Letzte, die ging. Matt nahm meine Hand und hielt mich zurück, nachdem die anderen weg waren. Mein Magen schlug Kapriolen. Es war unmöglich, in seinem finsteren Blick eine weichere Haltung zu erkennen. Er war noch immer so wütend wie vorhin.

Er neigte den Kopf zu meinem, und sein Atem strich durch die Haare an meiner Schläfe. Er war etwas unregelmäßig und flach. „Ich mag es nicht, in eine Ecke gedrängt zu werden, India. Besonders nicht von meinen Freunden."

Ich trat zurück, heraus aus seiner unmittelbaren Sphäre. Wenn zwischen uns etwas Abstand war, war seine machtvolle Wirkung nicht mehr ganz so extrem. „Und ich mag es nicht, wenn man mir sagt, was ich zu tun habe. Also stehen wir uns gegenüber und warten ab, wer als erster die Waffe zieht, um es mal amerikanisch auszudrücken."

Ich verließ das Bureau und schaute nicht zurück.

Später, während ich in meinen Räumen saß, brachte mir Miss Glass' Dienstmagd Polly ein Fläschchen Arnikatinktur. „Auf Mr. Glass' Bitte hin", sagte sie.

Ich war leicht erschüttert. „Oh. Danke, Polly." Ich setzte mich an meinen Ankleidetisch, tröpfelte ein wenig von der Tinktur auf mein Taschentuch und tupfte es dann auf die blauen Flecken. Es war nett von ihm, dass er an mich dachte. Ich hatte nicht erwartet, dass er die blauen Flecken noch im Sinn hatte; er hatte sich so aufgeregt. Die Flasche war ein Zeichen für einen Waffenstillstand, aber er kam nicht, um sich zu entschuldigen, weder persönlich noch mit einer Nachricht.

Es war mühsam. Diese Spannung zwischen uns gefiel mir nicht. Obwohl wir uns in unterschiedlichen Teilen des Hauses aufhielten, spürte ich sie deutlich. Ich wollte mich gerade Miss Glass anschließen, in der Hoffnung, auch Matt zu begegnen, als Besucher eintrafen. Vom Treppenabsatz aus erspähte ich Bristow, der die Eingangstür für eine Dame mit Zwillingstöchtern im Schlepptau öffnete. Mit einem Seufzen kehrte ich in mein Zimmer zurück.

Ich traf Matt beim Abendessen, aber wir unterhielten uns kaum. Niemand tat das. Miss Glass führte den Großteil der Konversation, kommentierte jeden Besucher mit großer Detailgenauigkeit und listete die Reize aller Mädchen auf, die zu Besuch gewesen waren. Ihre Favoritin war immer noch Oriel Haviland. Matt hatte alle Besuche mit schlechter Laune ertragen, wenn man nach dem Tadel seiner Tante ging. Er brachte diese schlechte Laune zum Essen mit, und nahm sie sofort danach wieder mit sich, als er sich früh zurückzog. Ich entschied mich dagegen, an seiner Tür zu klopfen und um eine Diskussion zu bitten, um zwischen uns wieder für reine Luft zu sorgen. Morgen, nachdem er die Gelegenheit gehabt hatte, sich zu beruhigen, würde es besser sein.

* * *

ER HATTE sich immer noch nicht beruhigt, als wir am nächsten Vormittag zum Museum fuhren. Er befahl zu Willies großem Ärger den anderen, im Haus zurückzubleiben. Da er seinen Befehl nicht an mich richtete, nahm ich an, dass ich mit ihm gehen sollte. Als ich mit meinem Hut und Handschuhen an der Tür erschien, bedeutete Matt mir einfach, ich solle ihm vorausgehen.

„Wie lange wirst du allen böse sein?", fragte ich, als wir abfuhren.

„Ich bin nicht böse", sagte er und schob seine Hand in den Handschuh. „Mir ist heute einfach nicht sonderlich nach reden."

Ich beugte mich vor und spähte ihm aus der Nähe ins Gesicht. Die winzigen Linien rund um seine Augen waren definitiv ausgeprägter als sonst um diese Tageszeit. „Du hast nicht gut geschlafen."

Er schaute aus dem Fenster.

„Matt, ich weiß, dass du dir Sorgen machst ..."

„Nicht, India, oder wir streiten uns bloß wieder."

Ich presste die Lippen fest aufeinander und schaute auf meine Taschenuhr. Sechs Minuten später schaute ich erneut darauf. „Das ist qualvoll. Ich glaube, ich würde lieber mit dir streiten, als still dazusitzen."

Er drehte sich langsam vom Fenster weg, um mich anzusehen. „Du ziehst gern am Schwanz des Drachen, das muss ich dir lassen."

„Du bist kein Drache."

„Bist du sicher?" Er schloss die Augen fest und kniff sich in den Nasenrücken.

Ich griff über die Lücke zwischen uns, um ihn am Knie zu berühren und ihm Unterstützung zu bieten, aber ich überlegte es mir noch einmal und zog die Hand zurück. „Ich bin mir sicher", sagte ich nur.

„Es tut mir leid, India." Er öffnete die Augen. „Ich will auch nicht mehr mit dir streiten. Es scheint, als würde keiner von uns von seiner Position abrücken, darum müssen wir mit unserer Meinungsverschiedenheit leben. Zumindest *ich* muss damit leben, mich in der Lage zu befinden, in die du mich gezwungen hast."

„Mit dieser Haltung wirst du eines Tages sicher ein wunderbarer Ehemann." Er zog eine wilde Grimasse, und ich hob die Hände. „Ein Witz."

„Ich bin froh, dass jemand meine missliche Lage erheiternd findet", grollte er, aber nicht mehr mit solcher Inbrunst. „Tante Letitia gibt es nicht auf, mich verheiraten zu wollen, und ich bringe es nicht übers Herz, ihr eine komplette Absage zu erteilen."

„Du bist ein guter Neffe. Es muss schrecklich sein, einem hübschen Mädchen nach dem anderen vorgeführt zu werden. Kein Mann würde sich wünschen, in deiner Lage zu sein, dazu gezwungen, endlose Tassen Tee mit Frauen zu trinken, die nicht anders können, als ihn anzustarren und zu glauben, dass jedes Wort von seinen Lippen eine Sensation ist."

Das entlockte ihm ein schiefes Grinsen. „Sie sind hübsch", sagte er mit einem theatralischen Seufzen. „Auch kultiviert, wohlerzogen, sanftmütig und langweilig wie Stroh."

„Vielleicht werden sie besser, wenn man sie länger kennt." Die Wahrheit dahinter tat ein wenig weh. Miss Glass hatte Matt Mädchen vorgestellt, keine Frauen; doch Mädchen wurden zu Frauen und entwickelten einen eigenen Verstand. Und sobald diese Mädchen von ihren Eltern getrennt waren, hatte ich keine Zweifel, dass sie sich selbst finden und zu Personen werden würden, die er besser kennenlernen wollte.

„Wir sind da", verkündete Matt.

Das massive Bauwerk des British Museum spendete mir stets Trost, wenn ich die Stufen hinaufstieg und zwischen den breiten Säulen des Vorbaus durchging. Da ich in meiner Jugend nur wenige Unterhaltungsmöglichkeiten gehabt hatte, war ich häufig in dem kostenlosen Museum gewesen. Es waren die mittelalterlichen Handschriften und die antiken Objekte, die mich am meisten faszinierten, nicht die Münzen.

Wir fragten nach Mr. Rosemont, dem Leiter der Abteilung für römische Antike, und erhielten eine Wegbeschreibung zu seinem Buereau. Wir fanden es versteckt hinter den Räumlichkeiten über Römer in Britannien. Der Gentleman mit dem schneeweißen Haar sah nicht von dem handtellergroßen Stein auf, den er durch ein Monokel betrachtete.

„Legen Sie es da drüben ab", befahl er mit einer Handbewegung zu einer Ecke des vollgestopften Raums.

Artefakte aller Formen und Größen bedeckten jeden Quadratzentimeter jeder Oberfläche, darunter auch einen Großteil des Bodens. Sehr wenige Frauen kamen wohl in Mr. Rosemonts Höhle, denn meine Röcke streiften Statuen, große Gefäße und Tischbeine. Ich musste die schlanke Statue eines nackten römischen Herrn auffangen, als meine Röcke beinahe dafür sorgten, dass sie umstürzte. Ich wurde rot, als mir auffiel, welchen Teil der Anatomie der Statue ich zu fassen bekommen hatte.

Mr. Rosemont hob den Kopf, als er Matts Kichern hörte. „Oh.

Entschuldigen Sie, ich dachte, Sie wären der Lieferjunge." Seine rotgesichtigen Wangen und die kirschrote Nase wurden noch röter, als er aufstand.

„Mein Name ist Matthew Glass", sagte Matt, „und das ist meine Assistentin Miss Steele. Sind Sie Mr. Rosemont?"

„Der bin ich." Mr. Rosemont schüttelte Matts Hand und dann meine, ein wenig schlaff. „Wie kann ich Ihnen behilflich sein?"

„Wir haben eine Münze, die wir Ihnen gern zur Beurteilung geben würden. Zumindest glauben wir, dass es eine Münze ist, obwohl sie als Knopf genutzt wurde."

Ich öffnete meinen Pompadour und fischte die Münze heraus. Ich ließ sie in Mr. Rosemonts staubige Handfläche fallen. Er stürzte sich darauf wie ein hungriger Hund auf einen Knochen. Er drehte sie um, schnalzte mit der Zunge, als er den Stift sah, und drehte sie erneut.

„Gütiger Gott."

„Was ist es?", fragten sowohl Matt als auch ich.

„Es ist eine Münze. Ein goldener Solidus, um genauer zu sein, aus dem späten vierten Jahrhundert." Er deutete mit dem Mittelfinger auf den Umriss der Abbildung. „Sie ist etwas abgenutzt, aber man erkennt gerade noch zwei sitzende Kaiser, die zwischen sich eine Sphäre halten. Hinter ihnen ist Victoria mit ausgebreiteten Flügeln. Die Rückseite würde den Kopf von Magnus Maximus zeigen, dem Heerführer von Britannien, der später als Kaiser des Westens ausgerufen wurde, aber der Stift bedeckt das Bild. Was für ein verdammter Frevel. Entschuldigen Sie, Miss Steele."

„Schon gut", sagte ich. „Ich verstehe Ihren Ärger. Danke, dass Sie uns aufklären." Ich streckte die Hand aus, um die Münze zurückzubekommen, aber er reichte sie mir nicht.

„Wissen Sie, was Sie hier haben?", fragte er.

„Sie haben es uns gerade gesagt", erwiderte Matt. „Einen goldenen Solidus aus der Herrschaftszeit von Magnus Maximus."

„Ah ja, aber diese Münze ist so viel mehr." Mr. Rosemonts Zunge schoss vor, leckte sich die Lippen.

Ich hielt die Luft an. Spürte auch er die Magie?

„Sie ist extrem selten. Sie wurde genau hier in London

geprägt, während der kurzen Zeit, als die Stadt als Augusta bekannt war. Maximus' kurze Herrschaft war von Schwierigkeiten gezeichnet. Die Prägestätte schloss kurz nach seinem Tod. Was für ein wunderbarer Fund."

„Ist sie wertvoll?", fragte Matt.

Rosemont seufzte. „Das wäre sie, wenn sie nicht so entstellt wäre. Sie ist vielleicht immer noch etwas wert, wenn man den Stift abnehmen kann, ohne die Münze zu beschädigen. Sie müssen mir sagen, wo Sie sie gefunden haben. Es könnte noch weitere geben."

„Ein Freund gab sie mir und bat mich darum, sie aufzubewahren, bis er Zeit hätte, sie sich wiederzuholen."

„Wissen Sie, wo er sie gefunden hat? Auf einem Feld? Unter den Grundmauern eines Gebäudes?"

„Ich weiß es nicht."

Rosemonts Gesicht wurde schlaff. „Wie schade. Könnten Sie Ihren Freund bitten, hierherzukommen und mit mir darüber zu reden? Ich bin sehr interessiert an ihrer Herkunft."

„Wenn ich ihn finde. Mein Freund McArdle wird derzeit vermisst. Ich konnte ihn nicht kontaktieren. Er ist vermutlich unterwegs auf der Suche nach einem Hort oder sowas. Er ist Archäologe."

„Ich kenne den Kerl, aber er gehört nicht zur London Archeological Society." Rosemont schürzte die Lippen. Er nahm sein Monokel ab und reichte mir die Münze zurück. „Ich würde ihn kaum als Archäologen oder Antikenforscher bezeichnen."

Er kannte ihn! Es war nicht leicht, das Lächeln aus meinem Gesicht fernzuhalten, darum war ich sehr darin vertieft, die Münze wieder in meinen Pompadour zu stecken.

„Ich will Sie nicht beleidigen, Sir", sagte Rosemont. „Er ist immerhin Ihr Freund."

„Eher ein Bekannter. Nur unter uns", sagte Matt, der sich dichter zu Rosemont vorbeugte, „McArdle ist ein Maulheld, wenn es um Archäologie geht. Ich versuche, solche Unterhaltungen mit ihm zu vermeiden."

„Ein Maulheld. Das ist eine passende Beschreibung für den Kerl, er ist ein Schatzjäger oder einfach ein Spinner. Den Mann kümmert wahre Archäologie nicht, die Suche nach Antworten auf Fragen zu unserer Geschichte. Er nimmt, was immer Wertvolles er bei einer Ausgrabung bekommt, und verkauft es dem Höchstbietenden. Dann ist da noch die andere Sache, je nachdem, wem man glaubt."

„Die andere Sache?"

„Nichts. Ich hätte es nicht erwähnen sollen. Manche, die McArdle begegnet sind, sagen, er wäre ziemlich verrückt. Darüber weiß ich nichts, aber er hat gewiss keine Moral. Er ist korrupt."

Er verstummte abrupt, als wäre er verlegen. Er zupfte an seiner Weste und hinterließ staubige Abdrücke auf der schwarzen Baumwolle. „Es tut mir leid, Mr. Glass. Jetzt habe ich Sie doch beleidigt."

„Nicht im Geringsten. Sagen Sie mir, wissen Sie, wo ich ihn finden kann? Ich würde den Knopf gern zurückgeben. Äh, die Münze. Er ist nicht in seiner Wohnung in Chelsea."

„Mir ist dazu nichts bekannt."

„Wissen Sie, wo er arbeitet?", fragte ich. „Ein Mann wie er ist immer auf der Suche nach dem nächsten Schatz."

Rosemont kehrte zu seinem Stuhl zurück und setzte sich das Monokel aufs Auge. „Es gibt eine Reihe von Schätzen, die er suchen könnte. Ich kenne ihn nicht gut genug, um zu erraten, wo er sein könnte."

„Was ist mit Münzhorten?", fragte Matt. „Gibt es hier in London welche, nach denen er suchen könnte?"

Rosemonts Monokel fiel ab. Es baumelte an der Silberkette, ehe es auf seiner Brust zum Ruhen kam. „Ein Hort hier in London? Unwahrscheinlich. Keiner wurde je in der Stadt gefunden."

„Was ist mit archäologischen Ausgrabungen? Werden derzeit welche von Mitgliedern Ihrer Gesellschaft durchgeführt?"

„Zwei, und über beide hat Mr. Young die Aufsicht, da sie beide in derselben Straße sind. Eine ist eigentlich abgeschlossen und wird gerade aufgefüllt, während wir hier sprechen. Die andere ist noch aktiv und beansprucht den Großteil von Mr. Youngs Aufmerksamkeit. Aber McArdle ist kein Mitglied der Gesellschaft und ist nicht involviert."

Unsere Möglichkeiten verflüchtigten sich. Wenn wir McArdle

nicht finden konnten, was sollten wir als nächstes tun? Wohin sollten wir gehen?

Aber Matt hatte noch nicht aufgegeben. „Trotzdem, vielleicht ist er in beobachtender Funktion bei einer der Ausgrabungen in Erscheinung getreten. Ihr Archäologe hat ihn vielleicht gesehen. Können Sie mir sagen, wo wir Mr. Youngs Stätten finden?"

„Wenn Sie darauf bestehen. Aber es könnte einfacher sein, wenn ich es Ihnen zeige." Rosemont blätterte durch einen Stapel Papiere auf einem der Schreibtische, bis er fand, was er suchte. „Diese Karte hier zeigt die Stätten."

Die Stelle, auf die er mit seinem Monokel tippte, bemerkte ich kaum. Es war die Karte selbst, die mich faszinierte. Sie deckte genau denselben Bereich der Stadt ab wie Daniels Karte. Ich schaute zu Matt. Ihm war es auch aufgefallen.

„Warum nur dieser Teil von London?", fragte Matt.

„Das ist die ursprüngliche römische Stadt, die von einer Mauer umgeben war, soweit wir es sagen können. Die ganze Mauer gibt es natürlich nicht mehr, aber wir haben Hinweise, die die Theorie ihres Standorts bestätigen. Es gab auch vor den Mauern Aktivitäten, doch dieser Bereich fasziniert uns am meisten. Es war das Herz des römischen Londinium."

„Danke", sagte Matt. „Wir werden die Ausgrabungen heute Nachmittag aufsuchen."

„Ich bezweifle, dass Sie McArdle dort finden, aber Ihnen steht der Besuch frei. Der Mosaikboden, der an der aktiven Stätte gefunden wurde, ist ziemlich schön. Nicht, dass McArdle das so sehen würde. Er ist sehr viel mehr an seiner eigenen Suche interessiert."

„Nach Schätzen?", fragte ich.

„Nicht nur Schätzen, Miss Steele. Nach Magie."

KAPITEL 10

„Magie?", flüsterte ich. Neben mir war Matt ganz reglos geworden.

Mr. Rosemont schüttelte den Kopf und setzte sich wieder an seine Werkbank. „Wie ich sagte, der Mann ist übergeschnappt. Er erzählte einmal einem bekannten Antikenforscher, dass er nach Hinweisen auf antike Magie in römischen Artefakten sucht, die unter Londons Straßen vergraben liegen. Das sorgte für ziemliches Gelächter, und er hat es nie wieder erwähnt." Das Auge hinter dem Monokel funkelte erheitert. „Achtung vor dieser Münze, Miss Steele. Sie könnte lebendig werden und ein Tänzchen aufführen."

Matt lachte, und ich tat es ihm nach. Bei ihm wirkte es ehrlich, aber ich klang in meinen Ohren hohl. „Ich hatte keine Ahnung, dass McArdle so einen Unsinn glaubt", sagte er mit einem Kopfschütteln.

Wir bedankten uns bei Rosemont und gingen. Ich drückte mir meinen Pompadour an die Brust, während wir an den Büsten toter Männer vorbeiliefen, die breiten Stufen zum weit-läufigen Eingang hinab und hinaus ins Sonnenlicht. Da es Montag war, war es ruhig im Museum, aber selbst jetzt prallte ich in einen Gentleman, der die Stufen heraufkam, während wir nach unten unterwegs waren.

Er entschuldigte sich, und ich lächelte, mir kaum bewusst,

dass ich es tat. Matts Hand in meinem Kreuz erinnerte mich daran, weiterzugehen. Er lotste mich in stetem Tempo weiter und rief unsere Kutsche.

„India?" Matts Gesicht erschien plötzlich vor meinem. Tiefe Sorgenfalten gruben sich in seine Stirn, und sein beunruhigter Blick lastete auf mir. „Du wirkst benommen."

„Mir geht es ganz gut."

Bryce hielt die Kutsche vor mir an, und Matt half mir beim Einsteigen. „Du siehst blass aus", sagte er. „Ich bringe dich direkt nach Hause."

„Fahren wir erst noch bei Worthey's vorbei."

„Also gut." Er rief Bryce Anweisungen zu, dann ließ er sich auf dem Platz neben mir nieder. Er tätschelte meine Hand. „India, bist du sicher, dass es dir gut geht?"

„Ja, natürlich." Ich fasste mir an die Schläfe. „Ich habe mich kurz etwas überwältigt gefühlt, als Rosemont sagte, dass McArdle über Magie Bescheid weiß. Glaubst du, er selbst ist doch magisch?"

„Es ist möglich."

„Meine Güte. Überall in London scheinen plötzlich Magier aufzutauchen. Nicht nur Daniel und sein Großvater, sondern jetzt auch noch McArdle."

„Wir können noch nicht sicher wissen, ob McArdle ein Magier ist, oder ob er einfach nur weiß, dass es so etwas gibt. Aber du hast recht." Matt nickte. „Tagelang gibt es nur dich und Chronos, und den verstorbenen Dr. Parsons. Nun ist da Daniel, sein Großvater und vielleicht McArdle. Es gibt nicht nur medizinische und Zeitmagie, sondern auch Karten- und Münzmagie."

„Und nur der Himmel weiß, was noch alles. Dein Dr. Parsons legte nahe, dass es noch so viel mehr gab, dass Magie in allem existierte." Ich zog meine Uhr aus meinem Pompadour und schloss meine Faust darum, wie es Matt mehrmals täglich mit seiner Uhr tat. Sie glühte nicht wie seine, aber sie erwärmte sich unter meiner Berührung.

Ich legte sie zurück und zog die Münze heraus. Sie wurde nicht ganz so warm wie die Uhr, aber ich spürte, wie ihre Magie trotzdem an meinen Fingerspitzen prickelte. „Ich wünschte, ich wüsste, was zu tun ist, um die Magie zu manipulieren und nützlich zu machen." Ich wünschte, ich wüsste, wie man Matts Uhr reparierte.

„Du wirst es lernen", sagte er. „Wir werden Chronos finden, und er wird es dir beibringen."

„Was ist mit einem anderen Magier, der mich unterrichtet? Vielleicht McArdle oder Mr. Gibbons?"

Seine Finger krallten sich auf seinen Knien zusammen. „Mir gefällt der Gedanke nicht, dass noch mehr Leute über dich Bescheid wissen. Es ist so schon gefährlich genug, da die Gilde es vermutet."

„Ein anderer Magier würde mir nicht schaden oder es ausplaudern. Mr. Gibbons kommt mir nicht wie eine Person vor, die überhaupt darüber redet."

„Ich glaube nicht, dass das klug ist, bis wir wissen, ob wir ihm vertrauen können." Er beäugte mich von der Seite. „Wird meine Warnung beherzigt oder in den Wind geschossen?"

Ich seufzte. „Beherzigt. Vorerst." Bis zu dem Zeitpunkt, an dem die Lage mit Matts Uhr so verzweifelt werden würde, dass ich nach Strohhalmen greifen musste. „Wenn du aber nicht willens bist, Mr. Gibbons zu vertrauen, was macht deiner Ansicht nach Chronos vertrauenswürdiger?"

„Immerhin ist Chronos ein Zeitmagier, der dir auf jeden Fall helfen kann. Bei Gibbons sind wir uns da nicht so sicher. Je weniger Leute es wissen, desto besser, bis wir die Welt der Magie verstehen."

Ich wusste, dass er recht hatte, aber das würde ich ihm nicht verraten. Er könnte es später gegen mich einsetzen, wenn ich es mir anders überlegte.

* * *

Pierre DuPont war nicht zu Wortheys Fabrik zurückgekehrt, darum machten wir uns zur Bucklersbury Street auf. Als wir von der geschäftigen Cheapside in die kurvenreiche Straße einbogen, fühlte es sich an, als wären wir in eine andere Welt gefahren, die kurz vor der Veränderung stand. Ihren schmalen, mittelalterlichen Proportionen konnte sie sich nicht entziehen, aber auf beiden Seiten wurden gerade neue Gebäude errichtet. Einige wurden eher von Gerüsten als von Ziegelsteinen aufrecht gehalten. Im Innern eines dieser halberrichteten Bauwerke fanden wir einen Gentleman, der am Rande einer flachen Grube im Erdboden stand. Zwei Arbeiter kauerten in der Grube und schabten mit Kellen vorsichtig Erdreich von den blauen, weißen und roten Mosaiksteinen auf dem Boden der Grube.

Der Gentleman schaute nicht auf, bis Matt sich räusperte. „Es ist sehr schön", sagte Matt. „Sie haben Glück, dass Sie für diese Ausgrabung zuständig sind." Er streckte die Hand aus. „Guten Morgen, Mr. Young. Ich bin Matthew Glass, und das ist meine Assistentin Miss Steele. Mr. Rosemont hat uns mitgeteilt, dass wir Sie hier finden würden."

Mr. Young schüttelte Matt rasch die Hand und würdigte mich kaum eines Blickes. „Sie müssen der Mann sein, der in Erwägung zieht, unsere Arbeiten zu finanzieren."

„Der bin ich." Matts Antwort kam so schnell und selbstsicher, dass niemand die Lüge hätte erkennen können.

Mr. Young lächelte und nahm Matt am Ellbogen. „Also gut, Sie werden unsere Arbeiten sehen wollen. Gestatten Sie mir, Sie Ihnen zu zeigen."

„Das Mosaik ist bunter, als ich erwartet hatte", sagte Matt, der sich von Mr. Young führen ließ. „Was meinen Sie, Miss Steele?"

Mir hatte man es überlassen, ihnen nachzueilen, da ich für Mr. Youngs Zwecke eindeutig nicht von Bedeutung war. „Es ist wunderbar", sagte ich. „Wie alt ist es?"

Dass Matt mich einbezog, sorgte dafür, dass Mr. Young eine Kursänderung vornahm. Er war plötzlich sehr daran interessiert, dass ich mir eine gute Meinung von ihm machte. „Mindestens fünfzehnhundert Jahre, aber das genaue Datum werden wir erst herausfinden, wenn wir es weiter untersuchen, und das können wir nicht machen, bis wir mehr aufdecken. Vorsichtig, Dyer", sagte er zu einem der Arbeiter. „Er stellt sich manchmal recht tölpelhaft an", flüsterte Young uns zu. „Stellen Sie sich nur vor, Sie sind unter den ersten Menschen, die seit tausend Jahren diesen Boden zu Gesicht bekommen."

„Erstaunlich", sagte Matt.

„Einst floss hier in der Nähe der Walbrook-Bach." Mr. Young

deutete hinaus auf die Straße. Wir glauben, es war ein Schlüssel-
bereich von Londinium, und als solcher hat der Boden womöglich zu einem Regierungsgebäude gehört, oder der Villa eines
wichtigen Mannes – vielleicht des Statthalters selbst. Es gibt
Hinweise auf römische Bauwerke überall hier unter den derzei-
tigen Gebäuden." Youngs Begeisterung für seine Arbeit war
unermüdlich, und ich stellte fest, dass sie durchaus ansteckend
war. „Leider bekommen wir sie womöglich nicht zu Gesicht. Die
Behörden kümmern sich kaum um die Ruinen. Sie und die
Bauherren sind sehr viel mehr am Fortschritt als an Geschichte
interessiert." Er seufzte. „Man stelle sich nur vor, dass all das
verloren sein könnte, falls wir nicht rasch ans Werk gehen und es
retten, ehe neue Gebäude errichtet werden. Wir haben nur ein
sehr kleines Zeitfenster, sehen Sie."

„Wie werden Sie den Boden retten?", fragte ich.

„Indem er ins Museum versetzt wird, Steinchen für
Steinchen."

„Was für eine aufwendige Arbeit."

„Äußerst. Wir arbeiten, so schnell wir können, aber wir sind
immer noch langsam. Weitere zwei oder drei Arbeiter wären uns
eine unermessliche Hilfe."

„Und dafür brauchen Sie eine Finanzierung", schloss Matt.

„So ist es." Mr. Young sprang in die Grube, etwa dreißig
Zentimeter tiefer gelegen als der Boden, und hielt mir die Hände
hin. „Kommen Sie hier herab und erleben Sie es selbst."

Ich gestattete ihm, mir nach unten zu helfen, und Matt folgte
uns. Mr. Young ließ uns Mosaiksteine mustern und wollte sogar,
dass Matt selbst eine Kelle zur Hand nahm, doch Matt lehnte
höflich ab. Wir stellten alle möglichen Fragen, für die sich ein
potentieller Investor interessieren könnte, und zeigten uns im
Allgemeinen umgänglich. Doch Matt brachte das Thema von
McArdle nicht zur Sprache. Ich versuchte, mit ihm Blickkontakt
aufzunehmen, aber er war in eine intensive Unterhaltung mit
Mr. Young verstrickt. Ich schaute sogar oft auf meine Taschenuhr, doch meine Winke blieben unbemerkt.

Erst als Mr. Young fragte, warum wir uns entschieden hatten,
in die Archäologie zu investieren, kam Matt darauf zu sprechen.
„Ich habe einen Bekannten, der sich gerne an der Schatzsuche

versucht. Es war sein Vorschlag, bei Rosemont vorbeizugehen und etwas über die Gesellschaft und aktuelle Ausgrabungen in Erfahrung zu bringen."

„Schatzsuche?" Mr. Young zog die Augenbrauen hoch. „Wie faszinierend. Wie heißt er? Vielleicht kenne ich ihn." Seine eifrige Antwort war ganz anders als die von Rosemont.

„McArdle."

Mr. Youngs Lippen öffneten sich, und sein Schnurrbart zuckte. „Ich verstehe."

„Sie kennen ihn?", fragte Matt behäbig.

Mr. Young wedelte mit der Hand. „Flüchtig." Er sagte den Männern in der Grube, sie sollten zehn Minuten lang Pause machen. Sie wechselten finstere Blicke, dann legten sie ihre Kellen ab und stiegen aus der Grube. Sobald sie außer Hörweite waren, drehte sich Mr. Young mit einem Lächeln zu Matt um. „Sagen Sie mir, wo arbeitet Ihr Freund inzwischen?"

„McArdle? Das hatte ich gehofft, hier herausfinden zu können. Rosemont sagte, Sie könnten es wissen. Haben Sie ihn kürzlich gesehen?"

Mr. Youngs Lächeln ließ nach. „Seit einiger Zeit nicht. Er kam rasch vorbei, schaute sich um und ging. Fast schien es, als würde ihn mein Mosaikboden nicht interessieren."

„Warum nicht?", fragte Matt.

„Ich schätze, er war nicht der Ansicht, dass hier irgendetwas von Wert für ihn sei. Ich habe die Hoffnung jedoch noch nicht aufgegeben. Wo es archäologische Bauten gibt, sind oft auch kleine Artefakte zu finden, manche von ihnen wertvoll."

„Meinen Sie mit wertvoll etwas, das die Lücken in unserem historischen Wissen zu füllen vermag?", fragte Matt.

Mr. Young strich sich mit Daumen und Zeigefinger über den Schnurrbart. „Kommen Sie, Mr. Glass, in meiner Gegenwart müssen Sie nicht um den heißen Brei reden. Mr. Rosemont mag ja so tun, als wären wir alle nur für das übergeordnete Wohl hier, und vielleicht ist *er* das, aber wir übrigen sind etwas pragmatischer. Obwohl ich gerne eine alte Mauer oder einen Boden entdecke, finde ich es sehr viel aufregender, wenn ein Münzhort oder ein Schmuckstück gefunden wird. Da Sie mit McArdle bekannt sind, vermute ich, dass Sie mich an dieser Stelle sehr gut verstehen."

„Ich verstehe Sie sehr gut, Mr. Young. Danke für Ihre Ehrlichkeit. Es scheint, als stünden Sie, McArdle und ich auf derselben Seite."

„Es ist schade, dass keiner von uns weiß, wo er derzeit gräbt. Seine Fähigkeit, seinen Aufenthaltsort geheim zu halten, versetzt mich stets aufs Neue in Erstaunen. Sie sind der erste, der kühn zu mir kam und mich fragte, ob ich ihn gesehen hätte."

Matts Mundwinkel hob sich etwas. Sein gerissenes Lächeln passte zu dem von Mr. Young. „Glauben Sie, er hat etwas Interessantes gefunden und hält sich deshalb versteckt?"

„Er hat ein unheimliches Talent dafür, Goldgegenstände zu finden, darum würde es mich nicht überraschen."

Gold! Sehr gut. Ich hielt meine Gesichtszüge unter Kontrolle, aber mein Herz machte einen Satz. Wenn McArdles Interesse auf Gold und Magie gründete, war er vielleicht eher ein magischer Goldschmied als ein Antikenforscher.

„Vielleicht steht er zu Gold in Verbindung, das mit Magie getränkt ist." Matts Worte fielen schwer wie Blei. Er hätte keine dramatischere Aussage treffen können. Mr. Young wurde ganz reglos, bis auf die Ader, die über seinem Kragen pochte. „Vielleicht hilft ihm die Magie irgendwie, das Gold zu finden."

Ich hielt die Luft an und wartete ab, ob Matts Plan aufging.

„Ich sehe, Sie und McArdle haben sogar noch mehr gemeinsam." Mr. Youngs herablassender Unterton sagte mir genau, was er von Matts Theorie hielt.

„Ich bin unentschlossen", erwiderte Matt. „McArdle kann zwar sehr überzeugend sein, aber ich habe noch keinen Beweis gesehen. Und Sie, Mr. Young? Was glauben Sie?"

„Ich glaube an das hier." Mr. Young breitete die Hände aus, um den Mosaikboden um uns herum einzuschließen, die Werkzeuge und die Erdhaufen. „Ich glaube an das, was ich aus dem Boden ausgraben kann, ob es Mosaiksteine oder Münzen sind. McArdles Glück beim Entdecken alter Schätze ist einfach nur das – Glück. Nicht mehr. Ich rate Ihnen, nicht zu viel hineinzuinterpretieren."

„Ich werde mir Ihren Rat zu Herzen nehmen", sagte Matt,

der wieder in die Rolle des freundlichen Gentlemans schlüpfte. „Danke für Ihre Zeit, aber wir müssen los."

„Was ist mit Ihrer finanziellen Unterstützung?", fragte Mr. Young, während er aus der Grube stieg.

Er hielt mir erneut die Hand hin, aber ehe ich sie nehmen konnte, fasste mich Matt an der Taille und hob mich hoch. Ich schluckte meinen überraschten Schrei und murmelte stattdessen einen Dank, der allerdings so leise war, dass ich bezweifelte, dass Matt ihn hörte.

„Ihre Arbeit hier ist erstaunlich", sagte er und stellte sich neben mich. „Wir haben zu Hause nichts Vergleichbares. Es wäre eine Schande zu sehen, dass all das überbaut und zerstört würde."

„Bedauerlich."

Wir verabschiedeten uns, und Matt versprach, eine Investition in die Ausgrabung in Erwägung zu ziehen. „Miss Steele wird sich melden."

Oh? Also war ich in dieser Sache eine normale Assistentin? Oder gehörte das alles zur Rolle?

Matt nahm meine Hand und half mir, einen Weg an der Ausrüstung vorbei und über den unebenen Boden zur wartenden Kutsche zu finden. Ich brauchte seine Hilfe nicht, aber ich hielt es für angebracht, die List aufrechtzuerhalten, bis wir sicher in der Kutsche waren.

„Du bist sehr gut", sagte ich und richtete beim Hinsetzen meine Röcke.

„Bei etwas Bestimmtem oder einfach bei allem?"

Ich lachte. „Man muss nicht gleich anmaßend werden. Darin, eine Rolle zu spielen und dich und die Geschichte anzupassen, wie es nötig ist."

„Es ist wie Bluffen beim Poker", sagte er mit einem Schulterzucken.

„Das ist wohl der Grund, warum ich nicht gut darin bin. Ich verliere jedes Mal beim Poker."

„Du braucht einfach mehr Übung."

„Oder vielleicht bin ich zu ehrlich."

„Das ist nicht so schlimm." Er runzelte die Stirn. „Hast du gerade impliziert, dass ich tückisch bin?"

Mein Gesicht wurde heiß. „Ich, äh …“

Er grinste, und ich wünschte, ich hätte etwas Härteres als meinen Pompadour, um es nach ihm zu werfen.

„Dieses ganze Herumgelaufe muss doch ermüdend für dich sein“, sagte ich, um von meinem heißen Gesicht abzulenken.

„Etwas“, gestand er ein. „Ich wünschte, wir hätten für unsere Anstrengungen auch mehr vorzuweisen.“

„Wir haben viel vorzuweisen. Wir wissen, dass Daniels Verschwinden mit einem Münzhort zusammenhängt, und mit McArdle und der Karte, die er für ihn angefertigt hat.“

Er musterte mich herzlich. So herzlich, dass es nicht gerade half, die Röte in meinem Gesicht zurückgehen zu lassen. „Danke, India.“

„Wofür?“

„Dafür, dass du optimistisch bist. Du hast eine Art, die meine Laune hebt. Und Gott weiß, ich kann dieser Tage melancholisch sein.“

Er hatte auch guten Grund dafür. Es war erstaunlich, dass er mit der dunklen Wolke seiner leidenden Gesundheit über dem Kopf überhaupt lächeln konnte. „Wir *werden* Chronos finden“, sagte ich. „Dessen bin ich mir sicher. Mirth wird uns am Mittwoch zu ihm führen, nachdem wir mit ihm gesprochen haben. Ich habe ein gutes Gefühl dabei.“

„Ich ebenso, India. Ich ebenso.“

Wir kamen zu Hause an und stellten fest, dass Miss Glass im Salon Besuch in Form eines Gentlemans empfing. Bristows Mundwinkel hingen herab, als er das kundtat, und ich vermutete, dass ihm der Gedanke missfiel, dass eine Lady, sogar eine in Miss Glass' Alter, mit einem Mann alleine war.

„Wer kann das sein, frage ich mich“, sagte Matt mit zuckenden Mundwinkeln. „Ein langjähriger Bewunderer, der jetzt plötzlich ans Tageslicht kommt, da sie aus den Fängen ihres Bruders befreit ist?“

„Ein Amerikaner, Sir, sein Name ist Payne. Sheriff Payne.“

KAPITEL 11

att ließ den Hut fallen, den er Bristow gerade hatte reichen wollen, und rannte die Stufen hinauf, immer zwei auf einmal nehmend. Ich eilte ihm nach, hob meine Röcke ein gutes Stück über die Knöchel. Ich lag allerdings weit zurück und kam gerade rechtzeitig im Salon an, um zu sehen, wie sich Matt vor dem Fremden aufbaute und seine Fäuste im Hemdkragen des Mannes vergrub. Das war also der korrupte Gesetzeshüter, der Matt aus Amerika gefolgt war, der ihm in mehreren Staaten schreckliche Verbrechen zur Last gelegt hatte und ihn wegsperren wollte – oder tot sehen.

Und er trank in aller Ruhe Tee und aß Kuchen mit Matts Tante in ihrem Haus, und lächelte Matt dabei an wie eine Katze, die sich die Sahne geholt hatte. Ich nahm es Matt nicht übel, dass er ihn erwürgen wollte.

„Matthew!" Miss Glass' entsetzter Schrei gellte durch die Luft, aber das hielt Matt nicht davon ab, den Kerl anzuschreien, dessen Hemd unter seinem Griff litt.

Er schüttelte Payne heftig. „Wie können Sie es wagen, hierher zu kommen!"

Payne hielt die Hände schlicht erhoben. Ein leidendes Lächeln verbarg sich unter seinem Schnauzbart, und in seinen haselnussbraunen Augen glitzerte Erheiterung. Er war jünger, als ich erwartet hatte, vielleicht ein Mitdreißiger; er war hochgewachsen und hager, mit schmalem Gesicht und hoher Stirn. Sein geglättetes Haar und sein maßgeschneiderter Anzug wiesen ihn als modischen Gentleman aus der Stadt aus, nicht als Sheriff aus dem Wilden Westen, aber der Anzug wirkte neu, also hatte er ihn vielleicht bestellt, sobald er in London eingetroffen war.

„Kommen Sie schon, Glass, das ist ein freies Land, oder nicht?", nuschelte Payne mit starkem amerikanischem Akzent. „Kann man nicht mit einer hübschen Dame Tee trinken?" Er wandte sein öliges Lächeln zu Miss Glass und dann zu mir. Keine Frau, die bei Sinnen war, würde diesen Kerl charmant finden, trotz seiner Worte. Nicht einmal Miss Glass wirkte geschmeichelt. Sie wirkte bis zu ihren vornehmen Zehen hinab entsetzt.

Matt schubste ihn zur Tür. „Raus mit Ihnen! Sie sind hier nicht willkommen."

„Matthew!" Miss Glass presste sich die Finger auf die Lippen.

Ich legte ihr einen Arm um die Schultern, und sie drückte sich an mich.

„India", flüsterte sie. „Was tut er da? Warum tut Matt diesem Kerl weh?"

„Er ist kein guter Mensch", sagte ich zu ihr. „Matt wird ihn hinausbringen, dann erklären wir es."

Payne grinste selbstgefällig. „Hast du deine kleine Nachtschwalbe dazu gebracht, deine Märchen zu glauben, Glass?"

Matts Faust schlug Payne das Grinsen aus dem Gesicht.

Miss Glass schrie auf und hob die Hände vor die Augen.

„Halt, Matt!", rief ich. „Du machst deiner Tante Angst."

Mit einem Knurren schubste Matt Payne durch die Tür, halb schob er ihn und halb drängte er ihn. Ihre verklingenden Schritte übertönten Paynes leises Kichern nicht ganz. Er hatte Matt auf dem falschen Fuß erwischt, und er wusste es. Er genoss es, blühte in diesem Wissen womöglich sogar auf. Ich kannte den Mann gerade mal eine Minute lang, und ich konnte ihn bereits jetzt nicht leiden.

„Miss Glass", sagte ich, „geht es Ihnen gut?"

„Ich denke schon." Sie tupfte sich die Augen und tätschelte

ihre Haare. „Warum hat sich Matt so aufgeführt? Dieser Kerl behauptete, einer seiner Freunde aus Amerika zu sein."

„Er ist kein Freund", sagte ich nur. Es war nicht an mir, es ihr zu erklären, und ich hielt es auch nicht für klug, ihr alles zu erzählen. „Wenn er wieder herkommt, lassen Sie ihn von Bristow hinauswerfen."

Die Eingangstür schlug zu, und einen Augenblick später kehrte Matt zurück. Er glättete die abstehenden Strähnen seines Haars und zerrte an seinen Manschetten. „Tante, das war ein Mann, der sich Payne nennt. Er … mag mich nicht." Er warf mir einen warnenden Blick zu.

Ich nahm ihn mit einem dezenten Nicken zur Kenntnis.

„Ich habe Bristow ermahnt, dass er ihn nicht mehr einlassen soll, falls er noch einmal auftaucht", sagte Matt. „Aber ich vermute, das tut er sowieso nicht mehr."

Miss Glass rieb sich über die Arme. „Wenn ich gewusst hätte, dass dieser Mann nichts taugt, hätte ich nicht mit ihm Tee getrunken. Wenn er nicht dein Freund ist, Matthew, ist er auch nicht meiner." Sie klang trotzig, aber ich konnte immer noch ihr Beben spüren.

Matt seufzte schwer. „Es ist nicht deine Schuld, Tante. Es tut mir leid, dass ich dich erschreckt habe."

Polly traf ein und nahm sich ihrer Herrin an. Matt hatte sie wohl gebeten, seine Tante abzuholen und sich in ihren Räumlichkeiten um sie zu kümmern. Es war nett von ihm, dass er auch an ihr Wohlergehen dachte, während er einen Eindringling hinausbugsierte.

„Geht es dir gut?", fragte ich Matt, sobald Polly und Miss Glass außer Hörweite waren.

„Das sollte ich dich fragen", sagte er, während er seine Hosenbeine anhob und sich hinsetzte.

„Ich bin aus härterem Holz geschnitzt als deine Tante, und ich bin nicht diejenige, die Payne ins Gefängnis bringen will."

Er beugte sich vor, die Ellbogen auf den Knien, und fuhr sich mit der Hand durchs Haar, wodurch es wieder völlig zerzaust wurde. Ich erhob mich halb, ehe ich mir meiner wieder gewahr wurde und mich erneut hinsetzte.

Nein, ich sollte aufstehen. Matt war mein Freund, und er brauchte Trost, zum Teufel mit dem Anstand.

Ich stellte mich neben seinen Sessel, unsicher, wohin ich meine Hand legen sollte. Obwohl ich eigentlich seinen Kopf berühren und ihm den Nacken massieren wollte, legte ich sie ihm auf die Schulter, an der die Berührung nicht so intim war. Das dachte ich zumindest. Es erwies sich, dass das überhaupt keine sichere Stelle war.

Er schaute zu mir auf, seine Augen umwölkt. Aller Zorn war aus ihnen gewichen, doch standen Anspannung und Erschöpfung darin. Er brauchte seine Uhr. Ohne mir meiner Handlungen bewusst zu sein, öffnete ich seinen Jackenknopf und ließ die Hand hineingleiten. Durch seine Körperwärme wurde mir warm, und sein exotisch würziger Duft füllte meine Nase. Es war ein Nervenkitzel, ihm so nahe zu sein, doch meine Reaktion ängstigte mich auch. Ich fühlte mich so fremd in mir. Mein Kopf war von einer Art Nebel verhangen, in dem ich unmöglich klar denken konnte, und mein Herz tanzte wild in meiner Brust.

Er starrte mich unter gesenkten Lidern an. Seine Kehle bewegte sich, als er schluckte. „India", flüsterte er, sein Atem strich über meine Lippen.

Meine Finger fanden die Kette an seiner Weste. Ich zog die Uhr aus der Tasche und drückte sie ihm in die Hand. Das magische Leuchten kroch seine Finger entlang, über seine Hand und hinauf unter seine Manschette. Es erschien kurz danach an seiner Kehle, verteilte sich schließlich über sein Gesicht und verschwand in seinem Haar. Er schloss die Augen und holte tief Luft.

Ich kehrte zum Sofa zurück und sah zu, ebenso fasziniert wie verängstigt. Ich ängstigte mich *um* ihn. Was, wenn die Magie eines Tages nicht mehr funktionierte?

Einen Augenblick später öffnete er die Augen und steckte die Uhr ein. Keiner von uns sagte etwas, beinahe eine ganze Minute lang, und er sah mir auch nicht in die Augen. Ich konnte die Richtung, die seine Gedanken einschlugen, nicht einmal ansatzweise erkennen. Am wahrscheinlichsten gingen sie in Richtung Payne, nicht zu mir, was nur das Richtige war für einen Mann mit so vielen Verantwortlichkeiten und auch Problemen.

„Er kam her, um dich aufzurütteln", sagte ich schließlich. „Ich glaube, er will, dass dir klar ist, dass er weiß, wo du wohnst."

„Ich glaube, du hast recht. Genau solche Dinge entsprechen seinem Vorgehen. Er ist zu schlau, um den Versuch zu wagen, mich in einer unbekannten Stadt festnehmen zu lassen, in der ich eine einflussreiche Familie habe."

„Du sagst schlau, ich sage feige."

„Er kam her, direkt vor meine Nase, in dem Wissen, dass ich früher oder später auftauchen würde. Er ist kein Feigling, India. Er ist so verwegen, wie es nur geht."

„Vielleicht."

Er warf mir einen Seitenblick zu. „Danke, dass du mich vorhin aufgehalten hast. Wenn du nicht gewesen wärst …"

„Es war der Einfluss deiner Tante, nicht meiner. Ich hätte dich den Mann womöglich erwürgen lassen, wenn sie nicht dabei gewesen wäre."

Er lächelte mich halbherzig an. „Du kennst ihn noch nicht einmal."

„Du hast das Bild eines grausamen, korrupten Menschen gezeichnet. Das reicht mir."

„Wenn man bedenkt, dass du mich kaum kennst, bist du überraschend loyal."

Ich fühlte mich ein wenig verstimmt. Ich dachte, dass ich ihn kannte – sogar recht gut zufälligerweise. „Du bist mein Arbeitgeber", sagte ich schnippisch.

Er blinzelte, als hätte die Spitze ihn getroffen. „Freunde", verbesserte er. „Wir sind Freunde, India."

„Obwohl ich dich kaum kenne?"

Sein Lächeln wurde aufrichtig. „Der Tadel ist angekommen." Er nickte fest, dann unterdrückte er ein Gähnen.

„Ruh dich aus, Matt. Du hast es nötig." Auf seinen Widerspruch hin fügte ich an: „Payne kommt nicht wieder, nicht heute. Das hast du selbst gesagt. Er hat seine Sache klargemacht. Hör auf, dich zu sorgen, und ruh dich aus."

„Ja, Ma'am."

„Oh, und noch etwas", sagte ich, als er sich erhob. „Was ist eine Nachtschwalbe?"

„Bitte?"

„Payne hat mich Nachtschwalbe genannt. Zumindest denke ich, dass das auf mich bezogen war."

Sein Blick wanderte von meinem Gesicht zu meiner Schulter. „Es ist eine Vogelart."

„Ja, aber ist das denn alles?"

„Soweit ich mir bewusst bin." Er gähnte und streckte sich. „Ich muss mich jetzt wirklich ausruhen."

Ich sah ihm nach, jetzt ganz sicher, dass Nachtschwalbe noch etwas anderes bedeutete als ein Vogelname.

* * *

CYCLOPS, Duke und Willie kehrten zum Abendessen zurück ins Haus. Miss Glass speiste in ihren Gemächern, und Matt entließ Bristow, nachdem er die Speisen ins Esszimmer gebracht hatte. Ich stählte mich für ihre Reaktionen, als er ihnen erzählte, dass Payne zu Besuch gekommen war.

„Was!", brach es aus Willie heraus, die so ruckartig aufstand, dass das Besteck klirrte. „Dieser gemeine Dreckskerl. Wo wohnt er? Ich werde ihn ausweiden wie das dreckige Schwein, das er ist."

„Willie", fuhr Duke sie an. „Setz dich. Du bist keine Hilfe."

„Ich weiß nicht, wo er ist", versicherte ihr Matt. „Und wenn ich es wüsste, würde es auch nichts helfen. Es gibt nichts, das wir tun können, bis er nicht ein Verbrechen begeht."

„Er hat Verbrechen begangen!"

„Keine, auf die wir ihn festnageln können."

Sie fluchte frei von der Leber weg und trat nach ihrem Stuhl, dann trat sie erneut danach, bis er nach hinten kippte. Ohne auch nur eine Atempause setzte sie ihre farbige Tirade fort, während sie von einem Ende des Esszimmers zum anderen stapfte.

„Willie!", rief Matt. „Wenn du nicht willst, dass meine Tante voller Panik hier erscheint, schlage ich vor, dass du dich beruhigst."

Sie hielt vor dem Büffet inne, die Fäuste in die Seiten gestemmt, ihr Körper bebte unter schweren Atemzügen. „Ich hasse ihn", fauchte sie.

„Das tun wir alle", sagte Duke. „Aber wir können nicht ..."

Matt hob eine Hand und schüttelte den Kopf. Duke ließ seinen Satz pflichtergeben unvollendet. „Wir können nur wachsam bleiben", erklärte ihr Matt. „Er wird früher oder später sein Blatt zeigen."

Sie wirbelte herum, ihr Gesicht wieder uns zugewandt. „Dann wird es zu spät sein. Wir sollten nicht hier sitzen und darauf warten, dass er den ersten Zug macht. Es wird zu spät sein, wenn er uns wissen lässt, was er vorhat. Denk an meine Worte, Matt, du wirst es bereuen, nichts getan zu haben."

Matt senkte den Blick auf den Tisch. Es war Cyclops, dessen beruhigende, dröhnende Stimme sich vernehmen ließ. „Wir sind sowieso zu dünn aufgestellt. In zwei Tagen muss Matt an der Bank sein, um zu sehen, ob er Mirth erkennt. In der Zwischenzeit beobachten du und Duke Wortheys Fabrik und Matt, India und ich suchen nach Daniel."

„Vergesst Daniel", murmelte sie, der Wind war ihr völlig aus den Segeln genommen. Sie hob ihren Stuhl auf und ließ sich schwer auf ihn fallen. „Ich glaube ja doch nicht, dass es uns zu Chronos führen wird, wenn wir ihn finden."

„Wir können ihn nicht vergessen", sagte Matt. „Schlag das nicht noch einmal vor. Verstanden?"

Sie spießte mit der Gabel eine Scheibe Roastbeef auf und schob es sich in den Mund. Sie nickte, setzte sich aber mit einem trotzigen Blick zur Wehr.

„Habt ihr heute irgendwas erfahren?", fragte Cyclops Matt.

Wir erzählten ihnen von unseren Besuchen beim Museum und der Ausgrabung in Bucklersbury, und von unserer neuen Theorie, dass McArdle womöglich ein Goldschmiede-Magier war, der nach einem römischen Münzschatz suchte. „Der Knopf, den er in seinen gemieteten Räumen zurückgelassen hat, ist eigentlich eine Münze", sagte Matt. „Sie enthält etwas Magie."

„Wir glauben, dass er Daniel beauftragt hat, eine Karte von einem römischen Münzhort anzufertigen, der irgendwo in London versteckt ist", sagte ich.

„Aber wenn Daniel eine Karte angefertigt hat, die den Fundort basierend auf McArdles Informationen zeigt, bedeutet das nicht, dass McArdle schon weiß, wo der Hort ist?", fragte Duke.

„Wir sind nicht sicher, weshalb er die Karte in Auftrag gab."

„Ich frage mich, ob alle Münzen des Horts magisch sind", sagte Cyclops. „Oder nur diese eine."

„Was *macht* ein magischer Goldschmied?", fragte Willie. Sie schien sich wieder beruhigt zu haben, Gott sei es gedankt. „Was für einen Sinn hätte denn magisches Gold, außer, wenn es sich selbst vervielfacht? *Das* wäre es doch mal wert, jemanden zu entführen." Als tadelnde Blicke aus allen Richtungen kamen, zuckte sie nur mit der Schulter. „Es war ein Witz."

„Wir werden es nicht erfahren, bis wir mit McArdle sprechen", sagte ich. „Oder Daniel."

„Das Problem ist, was tun wir als nächstes?", fragte Matt an niemanden speziell gerichtet. „Wir scheinen in einer Sackgasse zu stecken."

„Ich habe Neuigkeiten über Onslow, die eine Antwort darauf geben könnten", verkündete Cyclops und nahm sich noch mehr Roastbeef.

„War er irgendwohin unterwegs?", fragte Willie. „Irgendwohin, wo er vielleicht Daniel festhält?"

Cyclops schüttelte den Kopf. „Onslow war nirgends, wo ich ihn nicht erwartet hätte. Wenn er Daniel versteckt, dann wird er von jemand anderem versorgt. Onslow war zu Hause, in seinem Laden, im Gildensaal, aber das war es auch schon."

„Hast du dich im Haus und dem Laden umgesehen?", fragte Matt.

„Wie sollte er denn hineinkommen?", fragte ich. Als niemand antwortete, schaute ich zu Cyclops. „Na?"

Cyclops rutschte auf seinem Platz herum. „Die Haushälterin hat mich eingelassen, weil sie dachte, ich sei der Gasinspektor."

„Es gibt keine Gasinspektoren."

„Wie gut, dass nicht alle so schlau sind wie du, India, andernfalls würden wir nie etwas erreichen."

Matt kicherte. „Und? Was hast du gesehen?"

„Nichts", sagte Cyclops. „Keine verborgenen Türen, falschen Wände, nichts. Falls Onslow Daniel entführt hat, hat er ihn nicht in seinem Haus oder dem Laden untergebracht."

„Also hast du heute nichts erfahren", sagte Willie, die ihren Teller wegschob und die Arme verschränkte.

„Ich bin noch nicht fertig", erklärte ihr Cyclops. „Ich habe herausgefunden, dass Onslow sich morgen wieder mit dem geheimnistuerischen Kerl in der Gilde trifft. Sein Name ist Hallam, und er ist der Bevollmächtigte von jemandem. Ich weiß nicht, von wem", fügte er hinzu, als Willie den Mund öffnete. „Soll ich bei ihrem Treffen lauschen?"

„Ich mache das", sagte Matt. „Ich habe im Augenblick nichts Besseres zu tun."

„Wie?", fragte ich. „Onslow kennt dich als Prescott."

„Dann werde ich Prescott sein, ein etwas tollpatschiger Narr, der zufällig in das Gespräch von Onslow und Hallam platzt."

„Und dann?"

„Und dann lasse ich mir etwas einfallen."

Ich sah ihn durch zusammengekniffene Augen an. „In deinem Plan sind ein paar Schwächen."

Matt stand auf und nahm den Deckel von der silbernen Platte in der Tischmitte. Sein Blick hellte sich auf. „Flammeri! Eines meiner liebsten englischen Desserts."

„Du wechselst vorsätzlich das Thema."

Er schaufelte mit einem Löffel etwas Flammeri in eine Schüssel, die er mir reichte. „Sehr scharfsinnig, India. Noch jemand Flammeri?"

Cyclops hielt eine leere Schüssel hin. „Duffield war heute auch im Saal. Ich habe nicht mit ihm gesprochen, aber sein neuer Lehrling war gesprächig."

„Ronald Hogarth?" Matt löffelte eine großzügige Menge gelben Flammeri in die Schale. „Hat er etwas Wichtiges gesagt?"

„Nicht wirklich. Er hat uns Bediensteten erzählt, dass er froh ist, nun für Duffield zu arbeiten. Er mochte Onslow, aber der Mann entwickelte sich nicht, und Hogarth wollte einen Arbeitgeber, der ihm beibringen würde, wie man eines Tages Gildemeister wird."

„Das ist durchaus eiskalt von ihm", sagte ich, „wenn man bedenkt, dass erst Daniel verschwinden musste, damit die Stelle frei wurde. Hat er Daniel überhaupt erwähnt?"

„Ja. Er nannte ihn frühreif und habgierig."

„Große Worte für einen Lehrling", sagte Duke.

„Für dich auch", fauchte Willie.

„Hogarth ist blitzgescheit", sagte Cyclops. „Ich wette, er schafft es eines Tages zum Gildemeister."

„Also mag er Daniel nicht", sagte Matt nachdenklich und schob den Flammeri mit dem Löffel in seiner Schale herum. „Vielleicht wollte er, dass er verschwindet, damit er seinen Platz als Duffields Lehrling einnehmen kann."

„Vielleicht", sagte Cyclops. „Aber er ist nicht der Einzige, der Daniel nicht mochte. Keiner der Diener hielt viel von ihm. Er hat sie herablassend behandelt und sagte, er wäre etwas Besonderes."

„War er auch", sagte Matt. „Ist er. Er ist ein Magier."

„Das ist kein Grund, sich für etwas Besseres zu halten als alle anderen", sagte Duke. „India ist nicht so."

„Vielleicht wäre ich es aber, wenn ich ein neunzehnjähriger Junge wäre, der weiß, wie man Magie einsetzt", sagte ich. „Etwas, das er definitiv wusste, wenn McArdle eine Karte bei ihm in Auftrag gab. Und doch hat Daniels Familie es ihm nicht beigebracht."

Cyclops aß seinen Flammeri auf und musterte den Rest auf der Platte. „Laut einem der Gildendiener verstand sich Daniel mit niemandem, auch nicht mit seinem Meister. Er hat Duffield stets gesagt, er wäre ein Narr, und behauptete, ein besserer Kartenzeichner zu sein als er und alle übrigen."

„Das kam bestimmt nicht gut an", schloss Duke. „Auch kein kluger Schachzug, wenn man bedenkt, dass Magier gefürchtet werden."

„Er hat vermutlich die Konsequenzen seiner Prahlerei nicht erfasst", sagte ich mit einem Kopfschütteln. „Wenn nur sein Großvater ihm die Gefahren erklärt hätte, die drohen, wenn man offen mit Magie umgeht. Stattdessen ist es jemand wie McArdle, der Daniel diese Nachricht eröffnet und ihn dann ausnutzt, um eine magische Karte zu erstellen, ohne ihn vor den Folgen zu warnen."

Cyclops schüttelte den Kopf, während er seine zweite Ladung Dessert verspeiste. „Daniels Prahlereien kamen schon, *bevor* er McArdle traf. Er prahlte vom Anfang seiner Lehrzeit an, aber McArdle ist er erst vor ein paar Wochen begegnet."

„Also ist er ein kleiner Scheißhaufen", sagte Willie mit einem Seufzen. „Wollen wir ihn wirklich ..." Nach einem finsteren Blick von Matt klappte sie den Mund zu.

„Hat Hogarth noch etwas anderes Wichtiges von sich gegeben?", fragte ich.

„Nicht viel", sagte Cyclops. „Ich habe ihn gefragt, was er tun wird, wenn Daniel zurückkommt. Er meinte, er würde abwarten und sehen. Vielleicht würde Daniel nicht wieder Lehrling bei Duffield, sagte er."

Wir aßen zu Ende und zogen uns ins Wohnzimmer zurück, den kleineren und gemütlicheren der beiden Empfangsräume. Matt ließ Polly kommen und erkundigte sich nach seiner Tante. Polly sagte, dass sie im Bett saß, zu müde, um sich uns anzuschließen, aber noch nicht schlief.

„Ich gehe ein paar Minuten zu ihr." Er nahm zwei Kartenspiele aus der Schublade im Kartentisch und warf eines Duke zu, während er das andere bei sich behielt.

Nachdem er gegangen war, setzte ich mich mit Duke und Cyclops an den Kartentisch. Willie weigerte sich, sich uns anzuschließen, und schloss im Sessel vor dem Feuer die Augen.

„Du schläfst lieber, als mit uns zu spielen?", fragte Duke sie, während er die Karten mischte.

„Ich spiele nicht um Streichhölzer", schoss sie zurück, ohne die Augen zu öffnen. „Ich habe meine Würde."

Duke gab, und ich schaute auf meine Karten. Ich hatte zwei Bildkarten, aber nichts, das ein gutes Pokerblatt ergeben hätte. Ich warf meine Karten hin.

„Du fällst schon um?", fragte Cyclops.

„Ich habe eine Frage", sagte ich und beäugte die Tür. „Was ist eine Nachtschwalbe?"

„Ein Vogel", sagte Cyclops.

„Hat das in Amerika noch eine andere Bedeutung?"

Auf ihrem Sessel kicherte Willie leise. „Mach schon. Sag's ihr."

Cyclops musterte intensiv seine Karten. „Ich weiß es gerade nicht."

Ich schaute zu Duke, aber auch er war sehr an seinen Karten interessiert.

„Willie?", fragte ich. „Ich weiß, dass du es mir sagst."

Sie öffnete die Augen und nahm sich das Glas Kognak vom Tisch nebenan. „Warum willst du das wissen?"

„Sheriff Payne nannte mich Matts Nachtschwalbe."

Dukes Gesicht wurde flammend rot, aber er schaute nicht von seinen Karten auf.

„Du bringst es nicht selbst raus?", fragte Willie und nahm einen Schluck.

Ich hielt ihren Blick fest. „Payne denkt, ich sei Matts Mätresse, oder?"

„Das ist das taktvolle Wort. Wenn man die untaktvolleren Worte verwendet, würde eine prüde Engländerin wie du rot werden."

„Taktloseren", verbesserte Duke.

„Ich bin nicht prüde", sagte ich und spürte, wie sich mein Rückgrat versteifte, obwohl ich es nicht wollte.

Willies Grinsen wurde breiter. „Du bist so stachelbewehrt wie die Tochter eines Wanderpredigers."

„Wo wir von Payne sprechen", fiel uns Duke ins Wort, ehe ich mir eine kluge Erwiderung ausdenken konnte. „Willie, unternimm seinetwegen nichts."

Ihr Gesicht wurde hart, und zwischen ihren Augenbrauen stand eine Falte. Sie sah aus, als wollte sie ihr Glas auf ihn schleudern. „Das heißt?"

„Matt hat genug Sorgen, ohne dass du Payne nachflitzt."

„Ich bin mir der Probleme von Matt bewusst, also kannst du deine große Klappe halten, Duke."

Matt kam hereinmarschiert und ging direkt zum Büffet. „Ich bin nur einen Augenblick weg, und schon keift ihr euch an." Er warf das Kartenspiel hin und schenkte sich einen Kognak ein. „Tante Letitia schläft, und ich bin noch nicht bereit, mich zurückzuziehen. Wer ist an einer Runde Poker interessiert? Oder wollt ihr beiden euch lieber küssen und wieder vertragen?"

Willie wandte sich ab und leerte ihr Glas. Duke hielt seine Karten gesenkt, fast schon unter dem Tisch. Durch diesen Winkel musste er das Kinn an die Brust drücken, um sie zu sehen. Weder Willie noch Duke konnten verbergen, wie rot sie wurden.

* * *

MATT WOLLTE, dass ich mit ihm zum Gildensaal der Kartenzeichner kam, um Onslows und Hallams Treffen auszuspionieren. Ich hielt das anfangs für merkwürdig. War ich dabei nicht nur im Weg? Aber er erklärte, dass zwei Leute, die eine Rolle spielten, glaubwürdiger erschienen, besonders, wenn eine Frau mit von der Partie war.

„Gentlemen glauben Damen", sagte er. „Sie gehen nicht davon aus, dass sie ihnen ins Gesicht lügen. Manche Männer sind leichtgläubig, wenn es um wohlerzogene Damen geht. Sie glauben, sie sind alle rein und unschuldig."

„Bist du leichtgläubig in Bezug auf wohlerzogene Damen?", fragte ich, während ich in der Eingangshalle meine Handschuhe anzog.

„Sehr", sagte er mit jenem schiefen Grinsen, das mir so ausnehmend gut gefiel. „Es ist meine größte Schwäche."

„Ich möchte wetten, es ist dein größter Trumpf; zumindest, was die Damen angeht."

Sein Grinsen wurde teuflisch.

Bristow öffnete die Eingangstür, als gerade ein Mann auf dem Bürgersteig näherkam. Er hielt an, einen Fuß auf der untersten Stufe. Er war gekleidet wie ein Gentleman, allerdings ohne Hut, wies zudem einen ungepflegten Bart und zottelige Haare auf.

„Guten Morgen, Sir, Madam", sagte er.

„Guten Morgen", sagte Matt. „Darf ich Ihnen behilflich sein?"

„Das kommt darauf an." Der Mann schaute zur Straße, auf der Bryce mit dem Einspänner wartete, dann zu Bristow, der hinter uns im Eingang stand. Schließlich richtete sich sein Blick auf mich. Oder vielmehr meinen Pompadour. Er lächelte. Ich traute dem Ganzen nicht.

Matt zog mich hinter sich. „Nennen Sie Ihren Namen und Ihr Anliegen."

„Ich weiß nicht, ob Sie Mr. Glass und Miss Steele sind oder Mr. und Mrs. Prescott, und es ist mir auch egal. Ich will nur, was mir gehört.“

„Ich habe nichts, was Ihnen gehört.“

„Doch, Sir, haben Sie. Mrs. Dawson erzählte mir, sie habe meinen Knopf Mr. und Mrs. Prescott übergeben, und Rosemont sagte, zwei Leute mit den Namen Glass und Steele hätten einen Knopf zu ihm gebracht, der aus einer römischen Münze hergestellt war.“

Ich keuchte.

„McArdle.“ Matt klang ebenso betäubt, wie ich mich fühlte. „Wir haben nach Ihnen gesucht.“

KAPITEL 12

„Meine Münze, bitte", sagte McArdle.

Matt stieg die erste Stufe hinab, doch McArdle hob eine Hand, damit er anhielt. Hinter ihm bewegte sich das Pferd, sodass die Zügel klirrten und die Kutsche schaukelte. Bryce schaute neugierig zu.

„Kommen Sie nicht näher." McArdle deutete auf mich. „Ich will, dass sie sie mir übergibt. Langsam."

„Sie haben vor uns nichts zu befürchten", sagte Matt. „Wir geben Ihnen Ihre Münze zurück, aber wir brauchen erst ein paar Antworten."

Ich trat vor und öffnete das Zugband meines Pompadours, nahm die Münze jedoch nicht heraus. Jetzt, da ich näher war, fielen mir die Falten in McArdles Kleidung und sein ranziger Geruch auf. Sein fettiges blondes Haar hing in Strähnen herab, und sein schlaffer Kragen starrte vor Schmutz. Er hatte womöglich im Freien übernachtet, aber warum?

„Ich beantworte Ihre Fragen nicht", sagte er.

„Warum nicht?", fragte Matt ehrlich gekränkt. „Wir suchen einfach nur nach Daniel Gibbons."

McArdle zeigte sich nicht überrascht. „Was wollen Sie von ihm?"

„Seine Familie hat mich gebeten, ihn zu finden. Sie machen sich große Sorgen um ihn. Sie wissen nicht, wo er ist?"

„Nein."

Matt rückte vor, aber McArdle hob erneut die Hand. „Nicht weiter. Nur sie."

Matt holte verärgert Luft. „Wenn wir zusammenarbeiten, können wir ihn finden. Ich weiß es. Erzählen Sie uns von der Karte, die Daniel für Sie angefertigt hat."

„Es ist nur eine Karte", sagte McArdle, der Matt sorgsam beobachtete. „Ich habe dafür bezahlt, und sie gehört mir. Wissen Sie, wo sie ist?"

„Nein", log Matt. Er warf einen Blick über die Schulter. „Das ist dann alles, Bristow."

„Sehr gut, Sir." Der Butler zog sich zusammen mit dem Diener zurück und schloss die Tür.

„Reichen Sie mir meine verdammte Münze", fauchte McArdle. „Stellen Sie mich nicht auf die Probe. Es waren ein paar anstrengende Tage auf der Suche nach Ihnen beiden, und meine Geduld ist überstrapaziert. Wenn ich nicht aufgegeben und beschlossen hätte, etwas Zeit im römischen Raum im Museum zu verbringen, hätte ich nicht mit Rosemont gesprochen und erfahren, dass ich nach einem Amerikaner namens Glass suchen sollte, nicht nach einem Amerikaner namens Prescott."

„Ich verstehe Ihren Ärger." Matts eigener Zorn schien verflogen zu sein, einem ruhigen, tröstlichen Tonfall gewichen, wie ich ihn bei Cyclops gehört hatte, wenn er sich um die Pferde kümmerte. „Und es tut uns leid, dass wir Ihnen Probleme verursacht haben, aber ich muss darauf bestehen, dass wir mit Ihnen über Daniel sprechen, ehe wir die Münze zurückgeben. Er ist erst neunzehn. Wir müssen ihn finden."

„Haben Sie kein Mitleid mit dem kleinen Nichtsnutz. Er mag ja erst neunzehn sein, aber er ist so verschlagen wie ein doppelt so alter Betrüger. Er hat mir eine Karte angefertigt, die er mir nicht übergeben wollte. Ich habe Jahre damit verbracht, nach jemandem zu suchen, der diese Karte fertigen kann. Jahre! Und als ich ihn endlich finde, weigert er sich, mir die Karte zu überlassen, und verschwindet. Wenn ich ihn finde, bringe ich ihn um." Zwei farbige Flecken erschienen auf seinen Wangen, und seine Augen funkelten.

„Sie wollen ihn genauso sehr finden wie wir", sagte Matt. „Wenn wir zusammenarbeiten ..."

„Ich arbeite allein."

„Wir wollen Ihren Münzhort nicht, McArdle", sagte ich.

Er blinzelte mich an. War er überrascht, dass ich so viel wusste?

„Wir wollen einfach nur Daniel finden."

„Ich ebenfalls", knurrte er. „Aber ich werde ihn allein finden. Ich teile mit niemandem. Jetzt geben Sie mir die Münze, oder ich hole sie mir."

Matt streckte ergeben die Hände aus. „Wir wissen, dass es eine magische Karte ist", sagte er und ging langsam einen Schritt nach unten.

McArdles Blick huschte die fünf Stufen zwischen ihnen hinauf. Er leckte sich über die Oberlippe. „Ich weiß nicht, was Sie meinen", sagte er und klang kein bisschen überzeugend.

„Zeigt sie den Fundort des magischen Münzhorts?"

McArdles Nasenflügel blähten sich.

Matt ging langsam noch einen Schritt hinab. Er war hoffentlich auf einen Kampf vorbereitet, denn McArdle wich nicht zurück. Er wirkte entschlossen, seine Münze zu bekommen. „Wir wissen, dass Daniel ein magischer Kartenzeichner ist", fuhr Matt fort, als er keine Antwort erhielt, „genauso wie wir wissen, dass Sie ein Goldschmiede-Magier sind ..."

McArdle schlug seine Jacke zurück und zog eine kleine Pistole aus dem Hosenbund. „Ich habe Sie gewarnt. Geben Sie mir die Münze. *Jetzt!*" Mit seiner Jacke verdeckte er die Pistole, die er auf mich gerichtet hielt.

„Schießen Sie nicht." Matt hob eine Hand, um Bryce mindestens so sehr wie McArdle zurückzuhalten. Der Kutscher hatte sich aus seinem Sitz erhoben. „India wird sie Ihnen geben."

Ich griff in meinen Pompadour und angelte nach der Münze. Ich hielt sie McArdle hin, aber er musste sich nähern, um sie zu nehmen.

„Bringen Sie sie mir, Miss Steele", sagte er.

„Nein." Matt streckte die Hand aus. „Ich bringe Sie Ihnen."

„Sie macht es."

Die Muskeln in Matts Kinn zuckten. Ich ging an ihm vorbei

und reichte McArdle die Münze. Er wich zurück zur untersten Stufe.

Ich ging zurück zu Matt. Seine Hand schloss sich um meine, um mich seitlich leicht hinter sich zu fixieren. „Verdammt, Mann", knurrte er der zurückweichenden Gestalt zu. „Wir können Daniel gemeinsam finden, wenn Sie mir sagen, was Sie wissen."

„Ich weiß gar nichts, das ist das ganze verdammte Problem. Und ich wette, Sie auch nicht." Er hielt die Münze hoch. Das Gold glitzerte in der Sonne. „Zumindest kann ich jetzt neu anfangen." Er steckte die Münze ein und ließ die Waffe wieder in seinem Hosenbund verschwinden. Dann drehte er sich um und lief weg.

Einen Augenblick später umrundete er die Ecke und verschwand außer Sicht. Matt ging die Stufen hinab, schüttelte den Kopf und kehrte dann zu mir zurück.

„Geht es dir gut, India?"

Ich fühlte mich erstaunlich ruhig, wenn man bedachte, dass gerade jemand eine Schusswaffe auf mich gerichtet hatte. Vielleicht lag das daran, dass ich McArdle nicht für einen Mörder hielt. Gierig, das ja, aber kein Mörder.

Matt jedoch wirkte wütend. Es musste ihn maßlos ärgern, dass er nicht hatte verhindern können, dass McArdle seine Waffe zog. Oder vielleicht verabscheute er es, die Münze verloren zu haben.

„Mir geht es gut, Matt. Wirklich. Du musst dir keine Sorgen machen."

Er ließ mich los und bedeutete mir mit einem Nicken, zur Eingangstür zu gehen. „Möchtest du gern zurück nach drinnen?"

„Auf keinen Fall. So ein bisschen Gefahr führt wohl kaum zu meinem Zusammenbruch."

„Ein bisschen würde ich das nicht nennen. Aber wenn du darauf bestehst ..."

„Tue ich."

„Dann fahren wir weiter zur Gilde, gleich nachdem ich Bristow gesagt habe, dass er McArdle nicht ins Haus lassen soll."

„Unsere Bannliste wächst rapide an."

Kurz danach gesellte er sich in der Kutsche wieder zu mir und wirkte, als würde er es bedauern, McArdle keinen Hieb verpasst zu haben, als er die Gelegenheit gehabt hatte. „Zumindest haben wir die Karte noch", sagte ich in dem Versuch, ihn zu beruhigen.

„Vielleicht war es nicht das Richtige, sie ihm vorzuenthalten. Wir können Sie nicht einsetzen, aber er vielleicht schon."

„Aber würde er sie einsetzen, um Daniel zu finden? Wahrscheinlicher ist, dass er damit verschwunden wäre, wie er es mit der Münze getan hat, sodass uns gar nichts geblieben wäre."

Sein Gesicht hob sich ein wenig. „Du weißt immer genau, was zu sagen ist."

„Nicht immer. Zum Beispiel wirst du dich nicht besser fühlen, wenn ich dir sage, dass McArdle auch nicht zu wissen scheint, wo Daniel ist."

„Damit fühle ich mich auch nicht schlechter." Er seufzte. „Wenn McArdle es nicht weiß, setzt uns das wieder zurück an den Anfang, mit einem Verdächtigen weniger natürlich."

„Wo wir bei Anfängen sind, was, glaubst du, meinte McArdle, als er sagte, er könne jetzt neu anfangen?"

Er zuckte mit den Schultern. „Vielleicht kann er sich eine weitere Karte anfertigen lassen."

„Mit Hilfe der Münze?"

„Sehr wahrscheinlich. Es würde erklären, warum er sie so dringend zurückhaben wollte. Die Münze selbst hat vielleicht einigen Wert, wenn er den Stift entfernen kann, aber wenn sie ihn zum Rest des Horts führt, wäre sie unbezahlbar."

* * *

DER GILDENDIENER TEILTE UNS MIT, dass Mr. Onslow in einer Besprechung war, wie wir es schon vorher gewusst hatten. Womit wir nicht gerechnet hatten, war die Anwesenheit von Mr. Duffield und Ronald Hogarth, seinem Lehrling.

„Mr. Prescott", sagte Mr. Duffield, der Matt die Hand schüttelte. „Und auch Mrs. Prescott. Wie faszinierend, Sie beide hier anzutreffen."

Matt zögerte bei der Begrüßung kein bisschen, und er ließ

auch in keiner Weise durchblicken, dass Duffields Anwesenheit seine Pläne zunichtemachte. Doch ich wusste, dass jetzt alles anders werden musste. Herumschleichen war keine Option, so lange Duffield hier war.

„Wie schön, Sie hier zu sehen", sagte Matt. „Und ganz unerwartet. Sind Sie auf dem Weg nach draußen?"

„Bald. Das ist mein neuer Lehrling, Hogarth."

Der Junge trat vor. „Wir sind uns bereits begegnet. Schön, Sie wiederzutreffen, Sir, Ma'am. Sind Sie wegen Mr. Onslow hier?"

„Ja, aber er ist offensichtlich in einer Besprechung."

„Gibt es etwas, womit ich behilflich sein kann?", fragte Mr. Duffield. „Hat es etwas mit der Gilde zu tun, oder mit Karten?"

„Mr. Duffield ist ein hervorragender Kartenzeichner", sagte Hogarth, dem die Brust schwoll. „Sehr viel besser als Mr. Onslow."

„Vielen Dank, Ronald", erwiderte Mr. Duffield knapp. „Vielleicht könntest du mir voraus in den Laden zurückkehren. Ich werde mit Mr. Prescott reden und bald nachkommen."

„Es ist schon in Ordnung, wenn Sie gehen müssen", sagte Matt. „Ich werde Ihren hervorragenden Globus bewundern, während ich auf Onslow warte." Er deutete auf den beeindruckenden Bronzeglobus, der von der Statue des alten Mannes gehalten wurde.

„Vielleicht wäre es im Warteraum behaglicher. Ich werde mich zu Ihnen gesellen, bis Mr. Onslow Zeit hat."

„Das ist schon in Ordnung."

„Ich bestehe darauf. Ronald, bitte auf dem Weg nach draußen jemanden darum, Tee zu bringen."

Der Lehrling wirkte, als wolle er widersprechen, überlegte es sich aber anders. Er nickte uns knapp zu und verschwand.

Duffield atmete hörbar aus und wies auf die Tür, die zum Warteraum führte. „Hier entlang. Bald kommen Erfrischungen."

Er wollte eindeutig nicht, dass wir allein warteten. Gewiss argwöhnte er nicht den wahren Grund, aus dem wir hier waren? Soweit er wusste, waren wir Mr. und Mrs. Prescott, Abenteurer auf dem Weg nach Indien. Hoffte ich.

„Jetzt erzählen Sie", sagte er, als wir saßen. „Wollen Sie eine weitere Karte? Von Onslow?"

Matt nickte. „Wir wussten nicht, wo sein Laden ist, darum sind wir stattdessen hierhergekommen."

„Nun gut." Duffield warf einen Blick zur Tür und beugte sich dann zu uns. „Ich will nicht schlecht von meinem Kollegen reden, aber *meine* Karten haben Preise gewonnen." Er wies auf die Wände, an denen gerahmte Karten aller Formen und Farben die freien Plätze füllten. „Viele davon sind von mir. Wenige von ihm."

„Ich bin mit Ihrer Arbeit vertraut", sagte Matt mit einem zugewandten Lächeln. „Ich bin einfach neugierig auf die eines anderen. Wissen Sie, wie lange Onslow beschäftigt sein wird?"

„Es könnte ewig dauern."

„Warum? Trifft er sich mit dem Spion der Königin?" Matt lachte.

Duffield lachte ebenfalls. „Niemand wie er, da bin ich mir sicher. Jemand so wichtigen würde ich erkennen."

Also wusste er nicht, mit wem Onslow sich traf, und er wirkte auch nicht, als würde er bald verschwinden. Ich versuchte, Matts Aufmerksamkeit zu erringen, aber er schaute mich nicht an.

„Mr. Duffield", sagte ich, „können Sie mir zeigen, wo es zur Toilette für Damen geht?"

Matt wandte sich mir langsam zu. Er funkelte mich aus zusammengekniffenen Augen an. Er ahnte, was ich tun wollte, und es gefiel ihm nicht.

„Äh, ähm, ja, natürlich. Es ist einen Stock höher und dann rechts."

Ich eilte aus dem Warteraum, ehe ich es mir anders überlegen oder Matt vorschlagen konnte, dass wir aufbrachen. Ich wollte nicht gehen. Ich wollte Antworten, und dass wir nach unserem Besuch auch etwas vorzuweisen hatten. Wie Matt sagte, glaubten Gentlemen Damen meistens. Falls jemand über mich stolperte, würde ich so tun, als hätte ich mich verirrt.

Ich überquerte den Gang im ersten Stock, lauschte an verschlossenen Türen nach Stimmen. Da ich überall von Stille empfangen wurde, kehrte ich zum Treppenhaus zurück. Schritte näherten sich, als würde jemand zwei Treppen auf einmal nehmen. Ich hielt die Luft an, glättete meine Röcke und bereitete eine Ausrede vor.

Ich stieß die angehaltene Luft auf, als ich Cyclops sah, der in seine Dienerlivree gekleidet war.

„Da bist du ja", flüsterte er und klang so erleichtert, wie ich mich fühlte. „Ich habe Tee aufgetragen und sah, dass du nicht bei Matt warst. Er hat mir bedeutet, ich solle dir helfen."

„Wie hat er das gemacht?"

„Er hat mit der Augenbraue gewackelt. Komm mit. Ich weiß, wo Onslow ist."

Wir begaben uns ins nächste Stockwerk und schlichen uns an eine geschlossene Tür. Er legte ein Ohr daran, und ich tat es ihm gleich. Ich hörte männliche Stimmen, aber nicht, was sie sagten. Ich musste näher ran.

Ich griff nach dem Türknauf, doch Cyclops fing meine Hand ab. Er schüttelte den Kopf. Ich nickte und löste seine Hand von meiner. Er drückte die Lippen aufeinander und trat zurück.

Ich öffnete die Tür so leise wie möglich und hörte, wie Onslow sagte: „Ich kann mehr besorgen."

„Wie?", fragte der andere Mann, der Hallam sein musste. „Kennen Sie den Hersteller?"

Onslow antwortete nicht. „Ist da jemand?"

Ich öffnete die Tür ganz und keuchte. „Oh, es tut mir leid. Bitte vergeben Sie mir, Gentlemen, ich war auf der Suche nach …" Ich berührte meine Wange und wünschte mir, ich könnte bei Bedarf erröten. „Ich bin schon wieder weg."

„Mrs. Prescott, oder nicht?" Onslow ging um den Tisch und starrte mich an, als würde er seinen Augen nicht trauen. „Was machen Sie hier?"

„Mein Mann und ich kamen, um Sie zu treffen, aber Mr. Duffield sagte, Sie wären in einer Besprechung. Ich fühlte mich etwas schwindlig und machte mich auf die Suche nach der Toilette. Es scheint, als hätte ich sie nicht gefunden."

„Sie ist ein Stockwerk tiefer."

„Danke. Es tut mir sehr leid, dass ich Sie unterbrochen habe." Ich berührte meine Schläfe und zuckte zusammen.

„Geht es Ihnen gut?"

„Ich glaube, ich muss mich hinsetzen. Aber ich will nicht stören."

Hallam stand auf und knöpfte sich die Jacke zu. „Ich wollte ohnehin gerade aufbrechen. Unsere Angelegenheit ist abgeschlossen." Der schmale, bebrillte Mann nickte Onslow zu.

Onslow nickte zurück, dann nahm er mich am Arm und geleitete mich zu dem Stuhl, den Hallam geräumt hatte. Der blaue Aktenordner, den er üblicherweise an die Brust gedrückt hielt, lag offen auf dem Schreibtisch. „Wasser, Mrs. Prescott?"

„Ja, danke."

Er schenkte mir ein Glas Wasser aus der Karaffe auf dem Bücherregal ein. Ich nahm sie, aber mein Zittern sorgte dafür, dass etwas Wasser verschüttet wurde. Es war nicht nur gespielt. Allein mit einem Verdächtigen fühlte ich mich ziemlich nervös. Cyclops war verschwunden.

„Sagten Sie, Duffield wäre bei Ihrem Mann?", fragte Onslow.

„Ja", erwiderte ich schwach. „Sie sind im Warteraum. Mr. Duffield will Mr. Prescott davon überzeugen, dass er der bessere Kartenzeichner ist."

Der innere Winkel von Onslows Hängelid zuckte. „Ich werde Ihnen Ihren Mann holen, Madam. Ruhen Sie sich in der Zwischenzeit hier aus." Er schob den Ordner auf eine Seite des Schreibtischs.

In meiner besten Darbietung eines Schwächeanfalls wimmerte ich laut und sank auf dem Sessel zusammen.

„Mrs. Prescott!" Er nahm meine Hand und tätschelte sie. „Alles in Ordnung?"

„Beeilen Sie sich", flüsterte ich.

Er lief aus dem Bureau. Sobald er weg war, ging ich um den Schreibtisch und musterte die aufgeschlagene Seite des Aktenordners. Es war ein Rechnungsbuch, voller Zahlen, dir mir nichts sagten. Verdammt. Bestimmt stand darin irgendetwas Nützliches. Ich blätterte durch die Seiten, aber es schien nur eine Liste von Ausgaben und Quittungen zu sein. Keine der Ausgaben wirkte ungewöhnlich für eine Gilde, und alle Quittungen schienen als Beiträge mit einem Mitgliedsnamen daneben aufgelistet zu sein.

„Was gefunden?"

Ich fuhr fast aus der Haut, obwohl ich Cyclops' Stimme erkannte. Er streckte den Kopf zur Tür herein. Sein heiles Auge funkelte. Er genoss dieses Abenteuer.

„Noch nicht."

„Ich klopfe an die Wand, falls jemand kommt." Er verschwand wieder.

Ich fuhr mit dem Finger über die Namensliste in der Quittungsspalte, den letzten verschmierte ich dabei. Die Tinte war frisch. Lord Coyle stand dort als Name, nicht Mr. Hallam. Der Betrag von fünfzehn Pfund, der neben dem Namen eingetragen war, war ebenfalls frisch. Ich musterte die Einträge, ging durch den Ordner zurück. Es gab zwei weitere mit Lord Coyles Namen, einen über zwanzig Pfund, den anderen über eine weitere Zahlung von fünfzehn. Könnte Hallam der Bevollmächtigte von Lord Coyle sein?

Ich legte den Ordner an genau die Stelle auf dem Schreibtisch zurück, an der ich ihn gefunden hatte, und ging rasch den Stapel Papiere durch. Nichts. Ich öffnete die erste Schublade und lächelte. Ein Bündel Banknoten lag oben, die mit einer Schnur zusammengebunden waren. Ich zählte fünfzehn Pfund ab. Onslow hatte noch nicht die Gelegenheit gehabt, sie an einen sichereren Ort zu bringen.

Ich legte das Geld zurück in die Schublade, als Cyclops gerade an die Wand klopfte. Ich hatte genug Zeit, zu meinem Stuhl zurückzukehren und wieder in der Rolle des kollabierenden Frauenzimmers aufzugehen.

„Meine Liebe", sagte Matt, als er eintrat. „Geht es dir gut? Mr. Onslow sagte, du seist kränklich." Er ging neben meinem Stuhl in die Hocke und nahm meine Hände in seine. Sein Blick war völlig arglos und von tiefer Besorgnis erfüllt.

„Ich … ich fühle mich ziemlich erschlagen", sagte ich schwach.

„Ich habe den Diener geschickt, um ein kühles Tuch zu holen", sagte Mr. Duffield, der sich hinter Matt stellte.

Mr. Onslow glitt an den beiden vorbei und öffnete seine oberste Schublade. Er griff hinein und schloss die Schublade einen Augenblick später wieder. Er lächelte vor Erleichterung.

Offenbar hatte er seinen hastigen Aufbruch bedauert, bei dem er mich mit seinem Geld zurückgelassen hatte.

„Danke", sagte ich, „aber ich fühle mich etwas besser. Mr. Prescott, wäre es in Ordnung, wenn wir jetzt gehen?"

„Natürlich, meine Liebe. Unsere Geschäfte können warten."

„Oh", entwich es Mr. Duffield und Mr. Onslow, und ihre Enttäuschung war nicht zu überhören.

„Es war nicht dringend", erklärte ihnen Matt. „Ich werde ein andermal zurückkommen."

„Um mich zu treffen", sagte Mr. Onslow.

Mr. Duffield begab sich zwischen Matt und Mr. Onslow. „Oder mich." Er streckte die Hand aus, und Matt schüttelte sie. Er warf Onslow einen triumphierenden Blick zu.

Mit zusammengekniffenen Lippen kam Onslow auf mich zu. Er half mir beim Aufstehen. „Liebe Mrs. Prescott, ich hoffe sehr, Sie fühlen sich bald besser. Sie haben mich ziemlich erschreckt."

„Ja", knurrte Matt. „Das haben Sie." Er nahm mich am Ellbogen und lotste mich mit der anderen Hand auf dem Rücken die Stufen hinab.

Er ließ mich nicht gehen, bis ich im Einspänner saß, und auch sein Stirnrunzeln ließ nicht nach. „Handle nie wieder unseren Plänen zuwider."

Ich tat seine Sorge ab. „Sie waren nicht in Stein gemeißelt."

„Trotzdem ..."

„Trotzdem hatte ich einen gewissen Erfolg, darum kannst du mich nicht zurechtweisen."

Sein Gesicht wurde noch finsterer.

Ich räusperte mich. „Ich erzähle dir, was ich herausgefunden habe, soll ich?" Als er nicht antwortete, preschte ich weiter vor. „Ich glaube, Hallam arbeitet für Lord Coyle."

„Wer ist das?"

„Ich weiß es nicht. Es gab drei Einträge auf seinen Namen in Onslows Ordner." Ich erzählte ihm von den gezahlten Summen und dem Fund von fünfzehn Pfund in Banknoten in der Schublade. „Hallam hat Onslow soeben erst auf Coyles Geheiß hin bezahlt."

„Wofür?"

„Der Eintrag ist einfach als Beitrag gelistet, aber der gezahlte

Betrag war deutlich höher als bei allen anderen Beitragszahlungen. Ich habe belauscht, wie Onslow Hallam sagte, er könne mehr besorgen. Mehr Karten vielleicht. Dann fragte Hallam, wie. Er sagte im Wortlaut: ‚Kennen Sie den Hersteller?' Das waren *exakt* seine Worte, Matt. Ich glaube, das bedeutet den Kartenhersteller, und ich habe mich gefragt, ob er sich auf magische Karten und vielleicht einen magischen Kartenzeichner beziehen könnte. Wenn ja, hat Onslow Daniel bestimmt entführt. Er nutzt ihn, um auf Befehl magische Karten anzufertigen, die er dann an exklusive Kunden verkauft."

Matts Stirn blieb gerunzelt. Er schien meine Theorie nicht in Betracht zu ziehen. Glaubte er nicht, dass ich gehört hatte, was ich gehört hatte? Glaubte er nur, was er selbst hörte und sah?

„Willst du mir nicht gratulieren?", fragte ich, inzwischen mit abgehacktem Unterton. „Mir danken?"

„Du kannst von Glück sagen, wenn ich dich noch einmal mitnehme."

Guter Gott, er machte sich immer noch Sorgen, dass ich mich in Schwierigkeiten hätte bringen können. „Ich habe es hervorragend gemacht, und das weißt du auch. Du bist nur neidisch, dass ich den ganzen Spaß hatte, während du beim langweiligen Teil des Plans festsaßest."

„Nichts davon gehörte zu meinem Plan", knurrte er. „Und das betrachtest du als Spaß?"

„Nein, eigentlich nicht." Ich zeigte ihm meine Hände in den Handschuhen. Sie bebten immer noch. „Meine Nerven waren dabei ziemlich am Ende, eine Weile zumindest. Sie sind immer noch etwas angespannt, aber jetzt, da es vorüber ist, fühle ich mich frisch belebt."

Er drehte die Augen zur Decke der Kutsche. „Was habe ich nur geschaffen?"

Ich lächelte. „Keine Sorge, ich werde es mir nicht zur Gewohnheit machen."

„Da wäre ich dir sehr verbunden."

„Außer, es ist notwendig."

Er seufzte.

„Das Problem ist, Cyclops fand Onslows Bewegungen nicht verdächtig, und genauso wenig hat er einen verborgenen Raum gefunden, in dem Daniel festgehalten werden könnte", sagte ich. „Unsere Theorie ist noch immer etwas löchrig."

„Ist sie. Cyclops wird ihm weiter folgen, aber vielleicht sollten wir nachsehen, ob Onslow tatsächlich magische Karten verkauft, oder ob es etwas ganz anderes ist."

„Wir könnten die Verbindung zu Lord Coyle ermitteln. Vielleicht möchte er uns verraten, was er von Onslow gekauft hat. Ich frage mich, ob deine Tante ihn kennt."

* * *

Miss Glass kannte ihn tatsächlich, obwohl sie ihm nie begegnet war. „O ja", sagte sie, während sie eine Tasse Tee annahm, die ich ihr nach dem Mittagessen reichte. Matt war nach unserer Rückkehr zum Ruhen auf sein Zimmer gegangen, darum hatte ich gewartet, bis er sich im Salon wieder zu uns gesellt hatte, um nach Coyle zu fragen. „Faszinierender Bursche nach allem, was man hört", erklärte sie mir.

„Wo wohnt er?", fragte Matt.

„Sein Anwesen ist in Oxfordshire. Warum?"

„Ich habe Geschäfte mit ihm zu führen."

Sie hielt inne, die Teetasse an den Lippen. „Nichts Hinterlistiges, hoffe ich?"

Die Mienen von Matt und mir verfinsterten sich beide. „Wie kommst du denn darauf?", fragte er. „Meine Angelegenheiten sind alle legal."

„Ich weiß, dass das auf *deine* zutrifft, Matthew. Lord Coyle allerdings …" Sie stellte die Teetasse auf die Untertasse, ohne zu trinken. „Ich dachte, du hast dich womöglich in etwas verwickeln lassen, aus dem du nicht mehr herauskommst. Ich freue mich, dass ich mich irre."

„In was für Dinge ist Coyle denn verwickelt?"

„Es ist alles nur Geschwätz, und das will ich nicht verbreiten. Gemeine Dinge." Sie hob die Tasse erneut und nippte.

„Tante", presste Matt durch zusammengebissene Zähne hervor.

„Sie würden doch nicht wollen, dass Matt diesem Lord Coyle

vertraut, wenn Sie hätten verhindern können, dass er einen Fehler macht, oder?", fragte ich.

„Wenn man es so formuliert." Miss Glass reichte mir ihre Teetasse und die Untertasse, und ich stellte sie auf den Tisch. „Ich bin ihm nicht begegnet. Er verkehrt nicht in meinen Kreisen, oder denen deines Onkels Richard. Er ist nur etwas jünger als ich, so reich wie Krösus, und er ist kein Geringerer als ein Earl. Doch ist er unverheiratet."

Matt und ich schauten einander an. „Ist das sein Verbrechen?", fragte Matt.

„Guter Gott, nein. Es ist zwar merkwürdig, aber es ist nicht illegal, leider, wie ich sagen möchte. Ich habe dir nur ein wenig über ihn erzählt, damit du weißt, mit was für einem Menschen du es zu tun hast. Man muss den Feind verstehen, um ihn zu schlagen."

„Er ist nicht mein Feind, und ich habe auch nicht vor, ihn in irgendwas zu schlagen."

„Aber wir wissen die zusätzlichen Details zu schätzen", fügte ich mit einem ermutigenden Lächeln an.

Matt tippte sich mit den Fingern aufs Knie. „Ja, das tun wir. Fahr fort, Tante."

„Lord Coyle ist ein Sammler, und man munkelt, dass einige der Gegenstände in seiner Sammlung gestohlen sind", sagte sie.

„Gestohlen!", keuchte ich. „Von wem?"

„Von den ursprünglichen Besitzern, nehme ich an. Er hat eine weitreichende Sammlung, wie ich gehört habe, und er hält sie versteckt."

„Was ist denn dann der Sinn des Sammelns von Dingen, die niemand sieht?", wollte ich wissen.

„Offenbar gestattet er gewissen wichtigen Leuten, sie zu sehen."

„Welche Art Dinge sammelt er denn?", fragte Matt.

„Ich bin mir nicht sicher. Einige sagen Kunst, andere denken, es sind seltene Bücher, und noch andere sagen, er sammelt alles, was sein Interesse erregt."

Magische Gegenstände vielleicht.

Matt lehnte sich in seinen Ohrensessel zurück und streckte die Beine aus, die er an den Knöcheln überkreuzte. Es war eine

Haltung, die er einnahm, wenn seine Gedanken abschweiften; er war sich dessen gar nicht bewusst. „Vielen Dank, Tante. Aber bist du sicher, dass er sie stiehlt, und nicht kauft?"

Sie verschränkte die Hände im Schoß und hob das Kinn. „Ich kann mir nicht völlig sicher sein, nein. Wie ich sagte, es ist Geschwätz, und Geschwätz kann man nicht völlig trauen. Trotzdem bin ich froh, dass ich dich gewarnt habe." Sie bedeutete mir, ich solle den Biskuitkuchen anschneiden. „Nun kannst du Lord Coyle aus dem Weg gehen."

Matt schüttelte den Kopf. „Ich will trotzdem noch mit ihm sprechen. Wie weit ist es nach Oxfordshire?"

„Schon ein gutes Stück. Weshalb versuchst du es nicht erst in seiner Londoner Residenz, um zu sehen, ob er in der Stadt ist?"

„Er hat eine Londoner Residenz?"

„Mein lieber Junge, das haben die besten Familien doch alle."

Ich reichte Matt ein Stück Kuchen. „Wenn er derzeit Geschäfte in der Stadt führt, fällt ihm das womöglich leichter, falls er dazu auch hier anwesend ist."

Er nickte langsam, während er den Teller annahm. „Das könnte durchaus stimmen. Tante, kennst du seine Adresse in London?"

Sie stutzte. „Natürlich nicht."

„Wie ist es mit Richard oder Beatrice?"

„Ich bezweifle es. Warum versuchst du es nicht bei deinem Anwalt? Falls er sie nicht kennt, kann er sie für dich ermitteln. Schreibe ihm heute, und du wirst bis morgen eine Antwort haben."

Matt lächelte. „Ein hervorragender Gedanke."

Miss Glass stellte ihren Teller ab, ihr Kuchen war beinahe unberührt. Sie aß wie ein Vogel und war auch ebenso zerbrechlich. Ich musste sie drängen, mehr zu essen. Vielleicht konnte Polly Mrs. Potter ein paar der Lieblingsspeisen von Miss Glass kochen lassen.

„Ich bin froh, dass du zu Hause bist", sagte sie zu Matt. „Wir haben heute Nachmittag Besucher. Mrs. Mortimer und ihre Tochter."

Matts Kauen wurde langsamer. „Ich muss noch einmal ausgehen."

Ich kniff die Augen zusammen und schaute in seine Richtung. Das war unfreundlich.

„Bist du heute Abend beschäftigt?", fragte seine Tante unbeeindruckt.

„Haben wir Gäste zum Abendessen?"

„Nein."

„Wir werden hier sein", sagte er. „Es wäre schön, etwas Zeit mit dir zu verbringen. Ich fühle mich, als hätte ich dich in letzter Zeit vernachlässigt."

„Das hast du, aber heute Abend macht das alles wett. Wir gehen in die Oper."

Ich kniff die Lippen zusammen, da ich mein Lächeln nicht unterdrücken konnte. Matt rang nur selten um Worte, aber sein Mund öffnete und schloss sich, ohne dass etwas herauskam.

„Wird das nicht wunderbar", sagte ich.

„Ich mag die Oper nicht", murmelte er.

Seine Tante wedelte mit der Hand. „Niemand geht zur Oper, um die Vorstellung zu sehen. Man geht zur Oper, um *gesehen* zu werden, und um Freunde zu treffen. Ich habe ein paar Nachforschungen angestellt, und heute Abend gehen einige interessante Leute hin. Ich werde dich vorstellen."

„Ich möchte wetten, sie haben in Frage kommende Töchter", sagte er.

„Natürlich. Es würde sich nicht lohnen, dort hinzugehen, wenn du nicht ein paar Mädchen treffen könntest. Es wird ein großer Spaß, und du wirst dich vergnügen, wenn du es nur zulässt. India, du kommst auch mit, als meine Gesellschafterin."

„Das wäre wunderbar", sagte ich. „Danke, Miss Glass. Ich war noch nie in der Oper."

„Wenn du heute Nachmittag nicht mit Matthew ausgehen musst, solltest du bleiben und meine Gäste treffen."

„Oh", sagte ich. „Äh, Danke, aber ich bin mir sicher, Matt braucht mich." Ich war mir nicht sicher, was er vorhatte, oder wohin er wollte, aber selbst wenn wir nur in der Stadt herumfuhren, wäre das besser, als höfliche Konversation mit Fremden zu betreiben und zu hören, wie Miss Glass ihre Qualitäten auflistete.

„Überlege es dir, India. Sie stehen ein wenig unter uns Glasses, aber sie sind eine nette Familie und würden sich über deine Gesellschaft freuen."

„Unter uns?" Matt stellte seinen Teller mit gerunzelter Stirn auf den Tisch, wandte sich an seine Tante und sagte: „Es lag gar nicht in deiner Absicht, dass ich die Mortimers treffe, oder?"

Sie griff nach ihrem Teller und stach mit der Gabel in ihren Kuchen. „Mrs. Potters Biskuit mag ich sehr."

Ein leises schnaubendes Lachen entwischte mir durch die Nase. Matt warf mir einen vernichtenden Blick zu. „Zu Indias Glück brauche ich heute Nachmittag ihre Dienste nicht, also wird sie bereitstehen, um deine Gäste zu treffen." Er lächelte mich triumphierend an.

Grausamer Mann.

* * *

MRS. MORTIMER und ihre Tochter waren tatsächlich wunderbare Menschen, und ich war froh, dass ich geblieben war. Sie waren gebildet, interessant und machten sich nichts aus Geschwätz. Sie schmeichelten Miss Glass auch nicht, die gesellschaftlich über ihnen stand. Tatsächlich schien sie ihre Gesellschaft fast genauso zu genießen wie ich, wenn ihr unbefangenes Lachen ein Richtwert war.

Ich verabschiedete sie oben auf den Außentreppen, als es Zeit für sie war, zu gehen, und sah ihnen auf der Straße nach. Zugegeben, ich hielt auch Ausschau nach Matts Kutsche. Davon gab es keine Spur, und ich wollte gerade nach drinnen zurückkehren, als ich einen Mann erspähte, der ein paar Häuser entfernt an einem Eisenzaun lehnte. Sein Kopf war gesenkt, darum konnte ich sein Gesicht nicht erkennen, aber der charakteristische hochgewachsene, schmale Körperbau verriet mir seine Identität.

Sheriff Payne.

Mich überkam das Verlangen, zu ihm hinzumarschieren und ihm zu sagen, er solle verschwinden, aber ich hielt mich zurück. Ich würde nichts erreichen – außerdem würde er dadurch nur merken, dass er mich aufgerüttelt hatte. Ich würde jedoch Matt warnen, sobald er nach Hause zurückkehrte.

„Lassen Sie mich wissen, wenn Mr. Glass zurückkehrt", sagte

ich zu Bristow. „Ehe er aus der Kutsche steigt, wenn möglich."

„Natürlich, Madam."

Ich kam jedoch nicht zur Ruhe. Ich schaute alle paar Minuten aus dem Fenster, nur um zu sehen, dass Payne immer noch dort stand. Er schaute auf jede vorüberfahrende Kutsche, genau wie ich, aber keine von ihnen brachte Matt nach Hause.

Es wurde spät. Das Sonnenlicht ließ nach, während die Dämmerung anbrach und der Laternenanzünder seine Stange zur ersten Lampe am Ende der Straße hob. Matt war nur zum Gildensaal der Goldschmiede gefahren, um nach McArdle zu fragen, warum also war er noch nicht zurückgekehrt? Er würde sich ausruhen und seine Uhr benutzen müssen. Er hatte sie bei sich, aber trotzdem wartete er gewöhnlich, bis er zu Hause war, um sie zu nutzen.

Schließlich hielt das Rumpeln von Rädern vor dem Haus an. Bristow kam an meinen Sitzplatz im Wohnzimmer, um Matts Rückkehr zu verkünden, aber ich fegte an ihm vorbei und öffnete die Eingangstür, ehe er etwas sagen konnte. Die Kutschentür öffnete sich, bevor ich sie erreichte. Willie stieg aus, gefolgt von Duke. Matt war wohl zu Wortheys Fabrik gefahren, um sie abzuholen. Sie begrüßten mich, und ich antwortete ihnen heiser, über alle Maßen erleichtert, dass Payne sich ferngehalten hatte.

Hinter ihnen leuchtete das Innere der Kutsche schwach violett. Matt saß mit geschlossenen Augen da, die Uhr fest in der Faust, seine Adern leuchteten. Es war ein übernatürlich schöner Anblick im nachlassenden Licht und raubte mir den Atem.

Aus dem Augenwinkel sah ich eine Bewegung. Payne!

„Matt!", rief ich. „Halt!"

Seine Augen öffneten sich, und er ließ die Uhr fallen. Sie fiel klappernd zu Boden, und das Licht erlosch. „Was ist los?"

„Payne ist hier." Ich warf einen Blick die Straße entlang. Die Gestalt wandte sich um und lief weg.

„Hat er gesehen, wie ich die Uhr benutze?"

Aus dem Winkel, in dem er gestanden hatte? „Das ist schwer zu sagen."

„Wir sind mit offenen Vorhängen direkt an ihm vorbeigefahren", sagte Matt, der die Uhr aufhob. „Er hat es gesehen."

KAPITEL 13

Es gab überhaupt nichts, was man wegen Payne tun konnte. Es war wahrscheinlich, dass er das violette Glühen in der Kutsche bemerkt hatte, vielleicht sogar auf Matts Haut, aber es war unwahrscheinlich, dass er wusste, was es bedeutete. Hoffentlich würde er es als Täuschung des schwindenden Tageslichts abtun.

„Geht es dir gut?", fragte ich, als er aus der Kutsche stieg.

„Ja", knurrte er. „Mir geht's immer gut, India, egal, wie oft du fragst."

Ich verschränkte die Hände vor mir und wrang die Finger. „Du warst nur so lange weg ..."

Er neigte den Kopf, und seine Schultern sanken herab. „Es tut mir leid." Er berührte meine Hände, bis ich sie voneinander löste, dann nahm er meine Finger in seine. Keiner von uns trug Handschuhe, und die Intimität von Haut, die Haut berührte, ließ mein Herz rasen. „Ich hätte dich nicht so anfahren sollen. Vergibst du mir?"

Wie hätte ich das nicht tun können, wenn er mich mit seinen langen, dicken Wimpern anblinzelte und mir dieses zögerliche Lächeln schenkte, als würde er sich Sorgen darum machen, ich könne ihm *nicht* vergeben? „Es gibt nichts zu vergeben. Es muss strapazierend sein, dass alle ständig nach deiner Gesundheit fragen. Ich werde mein Bestes tun, mich in Zukunft zurückzuhalten."

„Es macht mir nichts aus, dass du dich manchmal um mich sorgst." Sein Lächeln wurde selbstbewusster, aber nicht weniger schief. Dann, als würde er sich erinnern, wo wir waren und was gerade geschehen war, ließ er mich los und schaute die Straße entlang. „Hat Payne dich belästigt?"

„Nein. Er hat einige Zeit dort draußen gestanden. Ich dachte, er würde dich behelligen wollen, und darum wollte ich dich warnen."

„Sieht so aus, als hätte er etwas anderes im Sinn gehabt."

„Ja, aber was? Warum einfach dort herumstehen und auf dich warten, dann aber doch nicht näherkommen?"

„Vielleicht will er etwas über meine Bewegungsmuster erfahren." Er bedeutete mir, vor ihm die Stufen emporzusteigen.

Ich hob meine Röcke wenige Zentimeter, um Platz für meine Schuhe zu haben. „Hast du bei der Goldschmiedegilde etwas erfahren?"

„Der Diener sagte mir, wo ich das Geschäft des Gildemeisters finde, also habe ich ihn dort aufgesucht. Von ihm erfuhr ich, dass McArdle kein Mitglied mehr ist. Er hat seine Beiträge nicht mehr bezahlt, als er vor ein paar Jahren sein Geschäft schloss und ins Ausland verschwand. Der Gildemeister sagte, er hätte gehört, McArdle sei besessen von der Jagd nach alten Schätzen."

„Das passt zu dem, was wir über ihn wissen."

„Der Meister wusste nicht, dass McArdle nach London zurückgekehrt war, und wirkte etwas besorgt, als ich es ihm erzählte. Als ich ihn fragte, was los sei, hat er meine Fragen abgetan und mir erzählt, McArdle sei ein Irrer, dem man nichts glauben dürfe."

Ich hielt auf der obersten Stufe inne und wartete darauf, dass Matt sich mir anschloss. „Glaubst du, er hat sich auf McArdles Behauptungen zur Magie bezogen?", flüsterte ich, da Bristow sich in der Nähe aufhielt.

„Vielleicht."

„Hast du ihn direkt nach Magie gefragt?"

„Nein!"

„Warum bist du so entgeistert? Seine Reaktion hätte durchaus entlarvend sein können."

„Ich bin entgeistert, dass du vorschlägst, dass wir Aufmerksamkeit auf uns – auf *dich* – lenken, indem wir vor völlig Fremden Magie erwähnen. Vor einem Gildemeister noch dazu." Er nahm mich am Arm und geleitete mich nach drinnen, wo Bristows Anwesenheit dem Magiegespräch ein Ende bereitete.

„Die sind heute Nachmittag für Sie eingetroffen, Sir." Der Butler reichte Matt zwei Briefe.

„Danke, Bristow. Wie lange noch bis zum Abendessen?"

„Etwa dreißig Minuten, Sir. Es ist heute Abend früh und nicht formell, wegen der Oper."

Ich warf einen Blick auf die Uhr aus Ebenholz und Messing auf dem Tisch in der Eingangshalle. „Mrs. Bristow sagte, Mrs. Potter wird das Abendessen heute um sechs Uhr dreißig fertig haben, bis dahin sind es nur noch vierundzwanzig Minuten." Auf Matts selbstgefälliges Lächeln hin fügte ich an: „Oder so ungefähr."

„Wenn mich jemand braucht, ich bin bis dahin in meinem Bureau", sagte er. „India, wirst du dich zu mir gesellen, nachdem ich mit meiner Tante gesprochen habe?" Er wedelte mit den Briefen. „Wir haben Arbeit."

Er begrüßte seine Tante im Salon und lauschte pflichtschuldig ihrem Geplauder über ihren Nachmittag mit den Mortimers. „Waren sie wirklich so nett?", fragte er mich, als wir neun Minuten später sein Bureau betraten.

„Waren sie. Ich habe ihre Gesellschaft genossen."

„Gut." Er bedeutete mir, dass ich mich hinsetzen solle, und reichte mir einen Block und einen Stift. „Ich bin froh, dass es nicht langweilig ist, hier zu wohnen."

„Nichts ist langweilig daran, hier zu wohnen. Ganz im Gegenteil. Willst du, dass ich die Briefe öffne? Machen das Assistentinnen?"

„Ich weiß es nicht. Ich hatte noch nie eine." Er reichte mir einen der Briefe. „Der ist von Munro."

„Und der andere?"

Er drehte den Brief um. Es stand nichts darauf. „Ich weiß es nicht." Er öffnete ihn, während ich den von Munro öffnete und las.

„Er will, dass wir schneller arbeiten", las ich vor, ohne aufzuschauen. „Er sagt, auch wenn er versteht, dass Ermittlungen Zeit brauchen, versteht Daniels Familie es nicht. Daniels Großvater Mr. Gibbons verlangt Antworten." Ich faltete das Blatt. „Was steht im anderen?"

Matt war ziemlich blass geworden. Ich wollte ihn schon fragen, ob es ihm gut ging, biss mir aber auf die Zunge. Als er nichts sagte, ging ich und stellte mich hinter ihn, um ihm über die Schulter zu schauen und zu lesen.

ICH HABE DEN UHRMACHER, den Sie suchen. Kommen Sie um sechs Uhr früh mit tausend Pfund zum Lemon Court in Bethnal Green.

ICH KEUCHTE. „Matt …"

„Ich weiß." Er strich sich gedankenverloren über die Unterlippe.

Meine Knie fühlten sich schwach an, und ich musste mich erneut setzen. Ich drückte mir die Hand auf mein rasch pochendes Herz. „Das ist …"

„Ich weiß."

„Großartig!"

Er hob ruckartig den Blick. „Du glaubst, das ist aufrichtig?"

Mein Rückgrat gab nach. Ich fühlte mich, als würde mein ganzer Körper in sich zusammenfallen. „Du nicht?"

„Es ist eine Falle."

„Von Payne gestellt?"

„Vielleicht. Ein Court ist eine Sackgasse, oder nicht?"

„Normalerweise."

„Und Bethnal Green ist ein gefährlicher Ort?"

Ich rümpfte die Nase. „Bethnal Green hat einen furchtbaren Ruf. Die Ripper-Verbrechen wurden vor zwei Jahren dort begangen. Laut der Zeitungen wird man es abreißen und neu bauen, aber ich bezweifle, dass etwas die Erinnerung an die Gewalt auslöschen könnte, die dort verübt wurde. Falls du gehst, musst du Munro um eine polizeiliche Eskorte bitten."

„Das wäre nicht klug. Der Erpresser wird seine Seite des Handels nicht einhalten, falls er Hinweise auf die Polizei entdeckt. Das ist jedoch ohnehin hinfällig", fügte er an. „Ich gehe nicht."

„Oh. Matt, wenn du Geld brauchst, nimm die vierhundert Pfund, die ich erhalten habe, weil ich den Dark Rider geschnappt habe."

Er lächelte humorlos. „Danke, aber Geld hält mich nicht davon ab. Es ist eine Falle, India. Es wäre Wahnsinn, hinzugehen."

„Aber was, wenn es keine Falle ist?"

„Ist es."

„Das weißt du nicht."

Die Tür öffnete sich, und Willie und Duke kamen herein. „Worüber streitet ihr beiden?", fragte Duke.

„Wir streiten nicht, wir haben eine Diskussion", sagte Matt.

„Worüber?", fragte Willie.

„Nichts."

„Darüber." Ich schnappte mir den Brief aus Matts Händen und drückte ihn ihr in die Hand. Er warf mir einen finsteren Blick zu. Ich verschränkte die Arme und schaute finster zurück. Ich wollte eine weitere Meinung hören.

Duke las die Nachricht über Willies Schulter hinweg. Da er ihr am nächsten stand, kam er in den Genuss der vollen Wucht ihrer Umarmung und wurde von ihrem Jubelruf fast betäubt.

„Gott sei gelobt!", rief sie. „Es ist ein Wunder."

„Aber sicher", sagte Duke, der die Umarmung erwiderte, eine Hand in ihren Haaren vergraben.

Matt nahm ihr den Brief ab, zerriss ihn und ließ die Schnipsel auf seinen Schreibtisch rieseln. „Es reicht! Von euch allen. Ich rieche eine Falle."

Willie schob Duke mit einem heftigen Schubs von sich. Er stolperte zurück in den Ohrensessel, beschwerte sich aber nicht. Er kam einfach wieder zu uns, als würde das jeden Tag passieren.

„Sagst du uns etwa, dass du nicht hingehst?", fragte Willie. „Hast du Stroh im Kopf? Wolle zwischen den Ohren?"

„Willie", tadelte Duke sie. „Vielleicht hat Matt recht. Vielleicht ist es eine Falle."

„Und? Geh hin, sei aber auf einen Hinterhalt vorbereitet."

„Ich stimme zu", sagte ich.

Matt trommelte mit den Fingern auf den Schreibtisch und drückte die Lippen aufeinander. „Wenn derjenige, der diesen Brief geschrieben hat, wirklich wüsste, wo Chronos steckt, würde er zu mir kommen. Weshalb seine Identität geheim halten? Er hat nichts falsch gemacht. Der einzige Grund, warum er mich in einer heruntergekommenen Sackgasse treffen will, ist ein Angriff auf mich. Wenn ihr alle kurz innehalten und darüber nachdenken würdet, würdet ihr erkennen, dass ich recht habe."

Duke setzte sich auf den Rand des Schreibtischs, den Kopf gesenkt. „Es ist wahrscheinlich eine Falle."

An dem, was Matt sagte, war etwas dran. Ein wenig widerstrebend stimmte ich zu.

„Willie?", fragte Matt seine Cousine.

Sie hob eine Schulter. „Es scheint, als wäre ich in der Unterzahl", murmelte sie.

Der Essensgong ertönte. Ehe ich das Bureau verließ, warf ich einen Blick auf die zerrissenen Papierfetzen auf dem Schreibtisch. Matt starrte sie auch an. Ganz gleich, was er sagte, er fühlte sich bestimmt ein wenig benötigt, zum Lemon Court zu gehen, um zu sehen, wer den Brief geschickt hatte. Bei mir war es auf jeden Fall so.

* * *

DIE OPER am Covent Garden war nicht, was ich erwartet hatte. Zum einen schien ich die Einzige zu sein, die sich auf die Bühne konzentrierte. Viele im Publikum flüsterten hinter Handfächern miteinander – auch wenn nicht alle so diskret waren – oder beobachteten die anderen Opernbesucher, als würden sie auf einem Bankett entscheiden, was sie verspeisen wollten. Es war recht beunruhigend, da sich die meisten Blicke letztlich auf uns richteten.

Nicht weniger als vier Gesellschaften besuchten uns in unserer Loge im dritten Rang. Alle Damen begrüßten Lady Rycroft, ihre Töchter und Miss Glass überschwänglich, dann richteten sie ihre ganze Aufmerksamkeit auf Matt, sobald er vorgestellt wurde. Entweder er oder Miss Glass stellten auch mich vor, aber man nickte mir nur beiläufig zu, ehe ich ignoriert wurde. Miss Glass' Bruder, der Baron von Rycroft, hatte die Loge für diese Saison gemietet. Dass wir uns ihre Nutzung einen Abend lang gesichert hatten, hieß auch, die Gesellschaft seiner Frau und seiner drei Töchter ertragen zu müssen, aber nicht die von Rycroft selbst. Matt war der einzige Mann, umringt von Frauen. Sogar die Besucher waren alle weiblich.

Als ich beobachtete, wie er Hof hielt, mühelos lachte und plauderte, wurde offensichtlich, weshalb sie alle lautstark forderten, ihn mit Einladungen zu überhäufen. Am Ende des Abends hatte er sich die Taschen mit Karten vollgestopft, die nach Rosen, Lavendel und einem Dutzend weiterer Gerüche dufteten, die sich vereinten und mich zum Niesen brachten, wann immer ich Matt zu nahe kam.

„Er ist ziemlich charmant", flüsterte mir Hope Glass ins Ohr, als sie beobachtete, wie Matt über etwas lächelte, das das Mädchen neben ihm gesagt hatte. „Und außerordentlich gutaussehend."

Ich wandte mich ab. „Ist er."

„Wir sollten verletzt sein, dass er uns ignoriert." Sie seufzte theatralisch. „Aber es ist so schwer, ihm böse zu sein. Meinen Sie nicht?"

„Ich bin ihm oft böse. Im Augenblick jedoch nicht." Ich versuchte, mich auf die Sopranistin auf der Bühne zu konzentrieren, die gerade einen besonders hohen Ton traf, aber nicht einmal das konnte mich von Hope oder Matt ablenken.

„Sie haben großes Glück." Die kühle Geschmeidigkeit ihrer Stimme versetzte mich in Rage. Alles an Hope Glass reizte mich, von ihren perfekt drapierten Locken über ihre zum Kussmund geformten rosa Lippen bis hin zu ihren scharfsinnigen Augen.

„Warum?" Ich erwartete, dass sie sagte, ich hätte Glück, jeden Tag Matts gutes Aussehen vor Augen haben zu dürfen, aber ihre Antwort überraschte mich.

„Dass Tante Letitia Sie aufgenommen hat und so hübsche Kleider für Sie kauft." Sie zupfte an meinem Ballkleid aus elfenbeinfarbener und salbeigrüner Seide. „Sie hat erstaunlichen Geschmack für jemanden in ihrem Alter."

„Oh. Das hat sie nicht gekauft. Ich habe es selbst gekauft." Ihr Gesicht fiel in sich zusammen, und ich muss zugeben, dass ich es genoss zu sehen, wie in ihrem Blick Entsetzen funkelte, nicht Verschlagenheit. „Ich habe den Stoff ausgesucht, und Madam Lisle hat es geschneidert." Es war früh am Nachmittag angekommen, und ich hatte den ausstehenden Betrag bezahlt. Der exorbitante Preis hatte mich innehalten lassen – es kostet so viel wie die Mahagoni-Standuhr mit Silberziffernblatt im Laden meines Vaters –, aber Miss Glass hatte mich überzeugt, dass ich es nicht bereuen würde, das Geld ausgegeben zu haben. Außerdem war es zu spät gewesen, es mir noch einmal anders zu überlegen, und mir stand ohnehin das Belohnungsgeld zur Verfügung. Als ich mich in Hopes Entsetzen sonnte, bedauerte ich die Ausgabe kein winziges Bisschen mehr.

Hope sprach den restlichen Abend lang nicht mehr mit mir, und ich schaffte es, die übrige Oper zu genießen, nachdem ich Matts Blick zu meinem Ausschnitt wandern sah, der nur dürftig vom dünnen Chiffon bedeckt wurde, der am Mieder meines Kleides angebracht war. Das Kleid hatte sich tatsächlich als hervorragender Kauf erwiesen. Ich fühlte mich darin ziemlich elegant. Nur jene, die mich kannten, hätten geahnt, dass ich bloß die Tochter eines Uhrmachers war – und all jene, denen sie es mitteilten. Ich ging davon aus, dass Lady Rycroft und ihre Töchter eine ganze Menge ihrer Freunde, die unsere Loge betraten, davon in Kenntnis setzten.

Nach der Vorstellung holten Miss Glass und ich unsere Mäntel ab und gesellten uns im Foyer unter dem glitzernden Kronleuchter in der Mitte zu Matt. Wir hatten uns bereits von Lady Rycroft und den drei Miss Glass verabschiedet, und ich wollte unbedingt verschwinden, ehe wir eine weitere Bekanntschaft trafen. Wir hatten bereits für ganze drei Gesellschaften im Foyer Halt gemacht.

Matt bot mir einen Arm und seiner Tante den anderen, und

wir suchten im Fluss der Gefährte, der langsam am Theatereingang vorbeiströmte, nach unserer Kutsche.

„Hat es dir gefallen?", fragte mich Matt, als seine Tante in ein Gespräch mit einer weiteren Bekanntschaft einstieg, einer Frau im fortgeschrittenen Alter, die eine Tiara trug. Vor diesem Abend hatte ich gedacht, nur Königinnen und Prinzessinnen trügen Tiaras, aber es schien, dass die Hälfte der Damen, die zur Oper gingen, es für angemessen hielten, eine solche auszuführen. Sie ließen die Schnur mit schimmernden Kunstperlen, die in meine Haare geflochten war, im Vergleich recht einfach wirken. Nicht, dass es mir etwas ausgemacht hätte; ich hatte ein wunderbares Kleid.

„Hat es", sagte ich zu meiner eigenen Überraschung. „Ja, hat es. Wie ich sehe, hattest auch du eine vergnügliche Zeit." Wenn auch aus anderen Gründen. Er hatte kaum auf die Bühne geschaut.

Er lachte leise. „Nicht sonderlich."

„Unsinn. Du hast doch jeden Augenblick der Aufmerksamkeit genossen."

„Welcher Aufmerksamkeit?"

Ich verdrehte die Augen. „Spiel mir doch nichts vor, Matt. Ich durchschaue dein Theater ganz genau."

„Ich spiele nicht, wenn ich bei dir bin, India." Er neigte den Kopf dichter an meinen. Ich nieste. „Gesundheit. Ich hielt das auch niemals für nötig."

„Oh? Also war all das alberne Lachen und das Flattern mit den Wimpern gespielt?"

Er reichte mir ein Taschentuch, aber es stank nach all den Parfums, die auf den Visitenkarten zum Einsatz gekommen waren, und ich nieste erneut.

„Gesundheit. Ich bin nicht albern, und ich flattere auch nicht mit den Wimpern. Ich habe jedoch um meiner Tante Willen ein Schauspiel veranstaltet. Sie will, dass ich zu ihren Freunden höflich bin, deshalb bin ich auch höflich." Er wandte den Kopf halb seiner Tante zu und grüßte ihre Freundin. Die Frau lächelte und neigte kurz den Kopf, als würde sie ein Erröten verbergen. Falls sie errötete, war es zu dunkel, um das zu erkennen, trotz der Straßenlaternen in der Nähe. „Ich glaube, es funktioniert", flüsterte mir Matt weiter zu. „Ihre Freunde sind heute Abend alle erschienen. Sogar Beatrice schien neidisch auf die Freunde zu sein, die zuerst Tante Letitia begrüßten."

Nun kam ich mir dumm vor, dass ich gedacht hatte, er würde sich in der Aufmerksamkeit suhlen. Er war um seiner Tante willen umgänglich gewesen, nicht, weil es ihm gefiel, der Gegenstand starrender Blicke, Tuscheleien und albernen Lachens zu sein. Bis wir zu Hause waren, kam es mir noch schlimmer vor, dass ich so schlecht von ihm gedacht hatte. Die winzigen Fältchen an seinen Augenwinkeln hatten sich beim plötzlichen Einsetzen der Erschöpfung vervielfältigt. Es tat ihm nicht gut, so lange auszugehen.

Wir kamen am Haus an, und er berührte seine Brust, wo er in seiner Tasche seine Uhr aufbewahrte. Er erwischte mich dabei, wie ich ihn beobachtete, und ließ die Hand sinken.

Bristow begrüßte uns und setzte Miss Glass davon in Kenntnis, dass Polly in ihren Gemächern auf sie wartete, um ihr behilflich zu sein. „Mr. Duke, Mr. Cyclops und Miss Johnson sind an diesem Abend alle ausgegangen, Sir."

Matt hielt inne. „Sagten sie, wohin?"

„Nein, Sir."

Matt machte sich wohl Sorgen, dass Willie wieder spielte. Ich wollte ihm versichern, dass die anderen beiden sie in Schach halten würden, sah aber in Anwesenheit von Bristow davon ab.

„Ich begleite dich in deine Räumlichkeiten, Tante", sagte Matt, der einen Leuchter von Bristow entgegennahm.

„Danke, Matthew." Miss Glass nahm seinen Arm. „Meine Güte, was bin ich müde."

Bristow reichte mir einen weiteren Leuchter. „Mrs. Bristow hat ihre Dienste als Leibdienerin angeboten, Miss Steele."

„Das ist sehr freundlich von ihr, aber ich schaffe das. Ich hoffe, sie und die anderen haben sich bereits zurückgezogen." Ich warf einen Blick auf die Uhr. „Es ist beinahe Mitternacht."

„Sie haben sich vor einiger Zeit zurückgezogen, aber Mrs. Bristow hat ihre Dienste beflissen angeboten."

„Bitte danken Sie ihr von mir."

Er neigte den Kopf. „Ich werde abschließen, Sir. Mr. Cyclops hat einen Schlüssel für die Personaltür mitgenommen, weil er einen langen Abend erwartete."

Matt führte seine Tante nach oben, und ich folgte ihnen mit meinem Kerzenleuchter, bis sie sich zu Miss Glass' Räumen begaben, und ich zu meinem.

Ich öffnete die Tür zu meinem Schlafzimmer und hielt abrupt an, keuchte auf. Jemand wühlte sich durch die Schubladen meiner Kommode. Er wirbelte herum, aber die Kapuze seines Mantels bedeckte die obere Hälfte seines Gesichts.

Ich öffnete den Mund, um zu schreien, doch er war zu schnell. Er schlug mir die Hand so fest über den Mund, dass ich durch die Wucht wankte. Der Ledergeruch seines Handschuhs füllte meine Nase. Ich schob mich von ihm weg, aber er war zu stark gebaut.

„Wo ist sie, Miss Steele?" Ich erkannte die Stimme, aber sie war viel harscher, viel verzweifelter. Verzweifelte Menschen taten manchmal verzweifelte Dinge, um zu bekommen, was sie wollten. Gefährliche Dinge. „Wo ist die Karte?"

KAPITEL 14

Ich setzte mich noch einmal zur Wehr, aber Mr. Gibbons gab nicht nach. Ich fühlte mich schwach, armselig, verletzlich.

„Wenn ich Sie loslasse", sagte Daniels Großvater, „schreien Sie dann?"

Meine Uhr läutete. Das war in ihrem Bauplan nicht vorgesehen, aber die Magie erkannte wohl, dass ich in Gefahr war. Meine Magie. Ich wollte meinen Pompadour nehmen, der an einem Band an meinem Handgelenk hing, aber Mr. Gibbons war mir zu nah, und ich konnte die Hände nicht bewegen. Meine Uhr läutete erneut, diesmal lauter.

Ich schüttelte den Kopf, so gut ich konnte.

Langsam, ganz langsam, ließ Mr. Gibbons mich los. „Ich werde Ihnen nicht wehtun", sagte er. „Nicht, wenn Sie mir verraten, wo Daniels Karte ist."

„Welche Karte?"

„Spielen Sie keine Spielchen, Miss Steele. Munro hat mir erzählt, er hätte Sie Ihrem Arbeitgeber überlassen. Ich habe Glass' Räume durchsucht, und dort ist sie nicht."

„Ich habe sie nicht." Das stimmte. Matt hatte sie bei sich. Er trug sie gewöhnlich im Inneren seiner Jackentasche, zusammen mit seiner Uhr, aber ich war mir nicht sicher, ob er sie heute Abend zur Oper mitgenommen hatte.

„Sie wissen doch bestimmt, wo sie ist."

„Wenn Sie die Karte sehen wollen, hätten Sie Mr. Glass nur fragen müssen. Es gab keinen Grund, hier herumzuschleichen und mich vor Schreck um den Verstand zu bringen. Wie sind Sie überhaupt an den Bediensteten vorbeigekommen?"

Er sank auf das Bett und schob seine Kapuze zurück, der Kampfgeist hatte ihn verlassen. Er wirkte wie ein harmloser alter Mann. „Der Personaleingang war offen, und es war nur eine Frau in der Küche, die mit dem Rücken zum Gang stand. Sie hat mich nicht gesehen."

„Und Bristow war irgendwo anders, vermute ich." Ich zupfte an den Fingerspitzen meines langen Handschuhs und zog ihn aus. Meine Hände bebten ein wenig, aber nicht sehr. Ich legte meine Handschuhe auf die Kommode und wurde rot, als mir auffiel, dass Mr. Gibbons sich durch meine Leibwäsche gewühlt hatte.

„Ich entschuldige mich", murmelte er und klang keineswegs nach Reue. „Ich habe nichts genommen."

„Trotzdem."

„Ja. Trotzdem." Er räusperte sich. „Es scheint, als befänden wir uns in einer Sackgasse, Miss Steele. Ich will die Karte, und Sie scheinen sie nicht zu haben."

„Weshalb wollen Sie sie?"

Die Tür flog krachend bis zum Anschlag auf und ließ meine Nerven erneut durchgehen. Matt rauschte herein. „India!" Er blieb abrupt stehen, als er mich an der Kommode sah. Sein Blick schoss von mir zu Mr. Gibbons. Aus der Sorge in seinem Blick wurde Wut. „Was machen Sie hier?"

Mr. Gibbons erhob sich, doch Matt stellte sich direkt vor ihn und zwang ihn, sich wieder zu setzen. Obwohl Mr. Gibbons nicht gerade klein war, war Matt größer, breiter gebaut und jünger. Alle Zeichen der Erschöpfung auf seinem Gesicht hatten sich verflüchtigt, oder vielleicht war das Licht aus Mr. Gibbons Laterne nicht stark genug, um sie sichtbar zu machen. Der alte Mann schluckte schwer. Er tat mir leid. Beinahe. Immerhin hatte er mich gerade eben fast in Schockstarre versetzt.

„I...ich will die Karte meines Enkelsohns", stammelte Mr. Gibbons. „Munro sagte, er hätte Sie Ihnen gegeben."

„Sie sind um einer Karte willen in mein Haus eingebrochen –
und dann auch noch in das Zimmer einer Freundin! Ich sollte Sie
verprügeln."

Mr. Gibbons' Augen wurden groß, und er schreckte zurück,
obwohl Matt die Hand nicht erhob. Er verschränkte die Arme,
umklammerte sie so fest, dass seine Knöchel weiß wurden.
Versuchte er womöglich, sich zu beherrschen?

„Mr. Gibbons hat mir nichts angetan", sagte ich, um die knis-
ternde Spannung im Raum zu mildern.

„Darum geht es nicht." Matt senkte die Arme und trat an
meine Seite. „Bist du sicher, dass es dir gut geht, India?"

„Jetzt schon. Es war jedoch durchaus schockierend, einen
Mann in meinem Zimmer vorzufinden."

Matt warf Mr. Gibbons einen tintenschwarzen Blick zu. „Das
kann ich mir vorstellen. Ich komme gerade aus meinem Bureau,
wo ein paar Papiere auf meinem Schreibtisch durcheinander
waren. Bristow weiß, dass er dort nichts anfassen soll. Ich habe
mir Sorgen gemacht, dass der Eindringling noch hier sein
könnte, darum bin ich gleich hergekommen ..." Er schnappte
nach Luft und stieß sie langsam wieder aus.

„Ich hätte niemandem wehgetan", grollte Mr. Gibbons.

„Versuchen Sie nicht, die Schwere des Vergehens zu schmä-
lern, das Sie begangen haben", knurrte Matt.

„Mr. Gibbons wollte mir gerade erzählen, warum er die Karte
unbedingt haben will", erklärte ich rasch. „Fahren Sie fort, Mr.
Gibbons." Matt und ich lehnten uns an die Kommode, um uns
die Geschichte anzuhören.

„Ich hoffte, sie würde mich zu Daniel führen", sagte Mr.
Gibbons.

„Wie?", fragte Matt.

„Durch Magie?", schlug ich vor.

Mr. Gibbons wischte sich mit dem Handrücken über Mund
und Kinn. „Ich habe die Theorie, dass Daniel sich in dem
Bereich, den die Karte zeigt, versteckt hält."

„Versteckt hält?", fragte Matt, dessen aufkeimende Neugier
seine Wut verdrängte. „Nicht versteckt gehalten wird?"

„Versteckt hält, aus Angst, sich zu zeigen. Nachdem er seine
Magie enthüllt hat, ist er wohl zu der Erkenntnis gelangt, dass er

in Gefahr ist, darum hat er sich versteckt. Er hält sich innerhalb der Grenzen der Karte auf, um einen Anhaltspunkt zu liefern."

„Ich kann nicht folgen", sagte ich und schaute zu Matt. Er schüttelte den Kopf.

„Daniel vermutete etwas, das ich inzwischen auch argwöhne", sagte Mr. Gibbons. „Dass ein anderer Kartenmagier Daniels Karte nutzen kann, um seinen Aufenthaltsort zu finden. Die Magie enthüllt, wo er ist."

„Ist das nur eine Theorie?", drängte Matt.

Mr. Gibbons zuckte mit den Schultern. „Ich habe im Lauf der Jahre meine Magie nicht groß eingesetzt. Ich habe damit nie auf diese Weise experimentiert."

Für mich klang das nach einer wilden Theorie, wie sie sich ein schrecklich besorgter Großvater ausdachte. „Wenn er wollte, dass Sie ihn schützen", sagte ich, „warum ist der dann nicht gleich zu Ihnen gekommen? Warum versteckt er sich vor Ihnen und seiner Mutter?"

Mr. Gibbons schüttelte traurig den Kopf. Ich setzte mich neben ihn und legte ihm eine Hand auf die Schulter.

„Es gibt eine weitere Lücke in Ihrer Theorie", sagte Matt. „Daniel gab die Karte seinem Vater, Munro, um sie sicher zu verwahren. Munro hat keine Magie. Er könnte die Karte gar nicht nutzen, um Daniel zu finden."

Mr. Gibbons erhob sich plötzlich. „Ich muss es versuchen."

„Hast du sie?", fragte ich Matt.

Einen kurzen Moment lang sah es aus, als wolle Matt widersprechen, dann griff er in seine Jackentasche. Er reichte die gefaltete Karte Gibbons, der sie auf dem Bett ausbreitete. Matt holte die Laterne näher heran.

„Wenn Sie Ihre Magie nicht groß eingesetzt haben", sagte ich, „woher wissen Sie dann, was zu tun ist?"

Mr. Gibbons nahm seine Handschuhe ab und strich mit den Händen über die Karte. „Ich kann ihre Wärme spüren, ihre Magie. Vielleicht wird mir etwas enthüllt."

Ich saß immer noch auf dem Bett, dicht neben der Karte. Ich beobachtete, wie Mr. Gibbons' Hände von einer Ecke zur anderen strichen. Er fuhr Straßen mit den Fingern nach, berührte die erhabenen Gebäude und Straßennamen. Er murmelte Worte, die ich noch nie zuvor gehört hatte. Ich schaute zu Matt, um zu sehen, ob er die Sprache erkannte, doch seine Aufmerksamkeit war auf die Karte gerichtet.

Und dann spürte auch ich es. Wärme. Keine sengende Hitze, aber auf jeden Fall etwas. Es war wie eine Laterne, bei der man das Gas hochdrehte. Es ging von der Karte aus und wärmte meine rechte Seite.

Dann pulsierte es.

Mr. Gibbons zog die Hände zurück und stolperte rückwärts. Ich lehnte mich ein Stück zur Seite. Matt hob die Karte auf und musterte sie.

„Nichts", sagte er nach einem Augenblick. „Können Sie etwas erkennen, Gibbons? India?" Er legte sie wieder auf das Bett, und ich musterte sie.

„Nein", sagte ich. „Für mich sieht sie genau gleich aus. Mr. Gibbons?"

Aber Daniels Großvaters schaute nicht auf die Karte. Seine aufgerissenen Augen starrten mich an. „Sie … Sie sind … magisch."

„Nein", sagte Matt rasch. „Ist sie nicht. Sie irren sich." Er schnappte sich die Karte und faltete sie. „Es wird Zeit, dass Sie gehen."

„Miss Steele? Ich habe gespürt, wie sich eine weitere Magie mit meiner verbindet. Starke Magie." Seine Atmung beschleunigte sich, seine Augen leuchten. „Sie muss stark sein … Sie haben keine Worte gesprochen. Sie brauchten das nicht. Meine Magie … sie nährte sich einfach von Ihrer Anwesenheit. Vielleicht. Ich weiß es nicht … aber …"

„Ich habe Ihnen gesagt, sie ist nicht magisch." Matt packte Gibbons am Arm und lotste ihn zur Tür.

Ich sprang auf. „Matt, hör auf. Lass ihn los." Ich musste mit Gibbons reden, ich brauchte Antworten auf die Fragen, die in meinem Kopf umherwirbelten.

„Nein, India", warnte mich Matt.

Ich achtete nicht auf ihn. Ich wusste, dass er sich Sorgen machte, aber ich konnte seine Ängste nicht eindämmen. Die Aufregung, dass ich endlich etwas über mich herausfand, trieb mich an. Die Antworten waren so nahe, ich konnte keinen

Augenblick mehr an etwas anderes verschwenden. „Was haben Sie damit gemeint, dass Sie meine Magie *gespürt* haben?"

Mr. Gibbons schüttelte seinen Arm frei, oder Matt ließ ihn einfach los. „Einfach nur das. Es war, als würde ein Pulsieren von Ihnen ausgehen. Eine unsichtbare Woge, wenn Sie so wollen, die so schnell anstieg, wie sie wieder abflaute. Sie hat meine eigene Magie gestärkt, oder …" Er musterte mein Gesicht, als könne er darin das richtige Wort finden. „Oder sich an meine gekoppelt." Er breitete die Finger beider Hände aus und verschränkte sie ineinander. „Wie haben Sie das gemacht, ohne Worte zu sprechen?"

„Ich weiß es nicht. Ich weiß nichts über meine Magie. Das ist alles ganz neu für mich."

Matt fuhr sich mit den Händen durchs Haar und ballte die Faust um ein paar Strähnen, ehe er losließ.

„Was für eine Art Magier sind Sie?", fragte Mr. Gibbons.

„Uhren."

„Und niemand hat Ihnen Ihre Magie erklärt? Ihre Familie?"

„Nein. Ich glaube nicht, dass meine Eltern magisch waren."

„Schade."

„Ja", knurrte Matt. „Die eigene Verwandtschaft sollte einem die Magie erklären, wenn sie es kann. Woher sollte eine junge Magierin oder ein Magier sonst von den Gefahren wissen, die es mit sich bringt, sich zu exponieren?"

Mr. Gibbons schien unter Matts Vorwürfen zu schrumpfen. „Ich dachte, ich würde das Richtige für Daniel tun. Ich weiß jetzt, dass das falsch war, und ich bedaure mein Schweigen."

„Was können Sie mir über meine Magie sagen, Mr. Gibbons?", fragte ich. „Gelten die Worte, die Sie sprechen, um Karten mit Magie anzureichern, auch für mich und Uhren? Könnte ich Sie von Ihnen lernen? Könnte ich wohl die Uhr eines anderen Magiers reparieren, oder muss er sie selbst reparieren?"

Er hob eine herabgesunkene Schulter. „Ich fürchte, ich kann Ihnen nicht helfen, Miss Steele. Alle magischen Disziplinen haben sich getrennt voneinander entwickelt, und damit nutzen sie unterschiedliche Zauber. Es sind völlig andere Worte, glaube ich, auch wenn ich niemals gehört habe, wie eine andere Art von Magie gesprochen wurde."

Zauber. Es klang so kindisch und lächerlich, dass ich beinahe kicherte. „Wissen Sie von irgendwelchen Uhrenmagiern?"

„Ich fürchte nicht. Ich wünschte, ich könnte Ihnen helfen. Ich wünschte, wir könnten einander helfen." Er warf einen so bedauernden Blick auf die Karte in Matts Hand, dass ich sie ihm am liebsten als sentimentale Erinnerung an Daniel überlassen hätte. „Es scheint, als könnten wir das nicht."

„Nein", sagte ich bedrückt.

„Kommen Sie mit mir." Matt reichte Mr. Gibbons die Laterne und die Handschuhe und steckte die Karte wieder in seine Tasche. „Ich werde sie vorerst behalten. Falls Sie wieder hier einbrechen, haben Sie zwei Wahlmöglichkeiten. Erstens, ich verprügle Sie, oder zweitens, ich überstelle Sie an die Polizei. Ihre Verbindung zu Munro mag Sie vor einer Festnahme bewahren, oder auch nicht."

„Matt", tadelte ich, schluckte aber den Rest des Satzes hinunter. Ich hatte ihm sagen wollen, dass seine Drohungen plump waren, aber der Ausdruck auf seinem Gesicht hielt mich ab. Er war immer noch besorgt und wütend, dass überhaupt jemand ins Haus gelangt war. Diese beiden Gefühle wurden jedoch von der Erschöpfung überlagert, die ihn fest in den Klauen hielt.

Ich nahm die Perlenschnur aus meinen Haaren und löste die Nadeln aus den Strähnen, während ich darauf wartete, dass Matt zurückkehrte. Ich wusste, dass er wiederkommen würde, auch wenn er es mir nicht versprochen hatte. Das leise Klopfen ertönte lediglich drei Minuten später.

Ich öffnete die Tür und sah ihn an der gegenüberliegenden Wand lehnen, den Kopf zurückgelegt und die Augen geschlossen. Er hatte seinen Frack und die Handschuhe ausgezogen. „Du musst ins Bett", erklärte ich.

Er öffnete die Augen. „Ich muss mit dir reden. Darf ich?"

Ich schaute den Gang entlang in beide Richtungen, ehe ich ihm den Eintritt gestattete. Ein Gentleman in meinem Schlafzimmer war ein ausgemachter Skandal, und ich wollte nicht, dass die Bediensteten es sahen und darüber tratschten. Wenn sie Dienern aus anderen Haushalten erzählten, dass Matt nachts mein Schlafzimmer aufsuchte, wäre unser Ruf ruiniert. In meinem Alter war mein Ruf nicht mehr wichtig, aber Matt hatte es nicht verdient, als Schürzenjäger bekannt zu sein, der den Frauen in seinem Haushalt nachstellte.

Er schloss die Tür hinter sich. „Geht es dir gut?"

„Ja, danke. Ich bekam es mit der Angst zu tun, als ich Gibbons hier fand, aber er hat mir nichts getan."

Er bedeutete mir, mich auf den Sessel am Ankleidetisch zu setzen. Das tat ich, und er schaute sich nach einer weiteren Sitzgelegenheit um. Da er keine fand, setzte er sich aufs Bett. Er saß linkisch dort, als wisse er, dass er fehl am Platz war und wirklich gehen sollte, doch er wollte seine Meinung kundtun.

Ich kam ihm zuvor. „Sprich bitte nicht für mich."

Er reagierte gereizt. „Ich wollte nicht, dass er von deiner Magie erfährt."

„Ich weiß, warum du es getan hast, aber ich bitte dich, es nicht noch einmal zu tun. Ich kann die Konsequenzen meiner Antworten selbst überblicken und entscheiden, wie viel ich von mir preisgeben will."

Er rutschte auf dem Bett nach oben und lehnte sich an die Kissen, die Füße baumelten über der Kante. Er hob das Kinn und lockerte seine Krawatte. „Ich weiß, dass du das kannst, und es tut mir leid. Es war nur, dass ..." Er seufzte. „Es gibt keine Rechtfertigung dafür. Vergibst du mir?"

„Natürlich."

Er legte die Krawatte auf den Nachttisch und öffnete den obersten Knopf seines Hemdes. „Wärst du jemand anders, wäre ich davon ausgegangen, du hättest ihm geantwortet, weil du wütend auf mich bist und das genaue Gegenteil von dem tust, was ich will. Aber so bist du nicht."

Ich wandte mich ab, weil er aussah, als wäre er in meinem Bett zuhause, begehrenswert mit den von seinen Fingern zerwühlten Haaren und der halb abgelegten Abendgarderobe. Meine Nerven hatten sich noch nicht vom Treffen mit Mr. Gibbons erholt, und sie brauchten nicht noch weiter strapaziert zu werden. „Ich bin froh, dass du das verstehst."

„Natürlich verstehe ich es. Eigentlich hätte ich es besser wissen müssen. Wenn ich für Willie geantwortet hätte, hätte sie mir eins auf die Löffel gegeben." Aus seinem Satz wurde ein

Gähnen. „Zum Glück bist du ein Kätzchen und kein Luchs wie sie."

Ich musterte mein Spiegelbild, nicht sicher, ob ich dort ein Kätzchen sah, aber ganz bestimmt sah ich keinen Luchs. „Der arme Mr. Gibbons. Er will nur Daniel finden."

„Hmmm."

„Mir hat die Theorie gefallen, ihn mit Hilfe von Daniels Karte zu finden. Es ist schade, dass es nicht funktioniert hat." Ich zupfte Nadeln aus meinen Haaren. „Ich frage mich, ob das daran liegt, dass Mr. Gibbons nicht die richtigen magischen Worte kannte – den Zauber –, oder ob sich Daniel nicht im Bereich der Karte aufhält." Wenn Mr. Gibbons den richtigen Zauber nicht kannte, wer dann? Das führte zu der Frage – wenn Magier Angst hatten, sich zu zeigen und auch nur untereinander über ihre Magie zu sprechen, würden die Zauber dann aussterben? Würden sie in Vergessenheit geraten? Und würde die Magie selbst in Vergessenheit geraten und zu bloßen Geschichten werden, die Eltern ihren Kindern erzählten? „Es ist merkwürdig, das Wort ‚Zauber' zu nutzen. Damit fühlt es sich so viel … fantastischer an. Meinst du nicht?" Als er mir nicht antwortete, drehte ich mich um.

Er lag auf dem Bett, die Augen geschlossen. Seine Brust hob und senkte sich in tiefen, gleichmäßigen Atemzügen. Er war eingeschlafen.

Ich legte die letzte Haarnadel ab und trat ans Bett. Ich wollte mich auf die Bettkante setzen und die Falten der Erschöpfung wegstreicheln, doch ich blieb stehen und behielt meine Hände bei mir. Eine vernünftige Frau würde ihn wecken und ihn bitten, in sein eigenes Zimmer zurückzukehren.

Aber mir war nicht nach Vernunft. Vielleicht war es die bleibende Wirkung vom Glanz der Oper, oder der Wahnsinn, dass ich Mr. Gibbons in meinem Zimmer vorgefunden hatte, oder dass ich erfahren hatte, dass ich eine starke Magierin war, aber ich wollte nicht, dass Matt irgendwo anders war als genau dort, wo er sich befand. Ich beobachtete ihn noch ein paar Minuten lang, betrachtete die Art, wie sein Mund sich im Schlaf krümmte, und staunte, dass die Sorgenfalten völlig verschwunden waren. Rote Spinnennetzlinien zogen sich über seine Augenlider, aber eine gute Nachtruhe sollte auch die vertreiben. Ich bezweckte, ihm eine hervorragende Nachtruhe zu verschaffen.

Ich deckte ihn mit der Bettdecke zu und hielt die Luft an, als er den Rand fasste und sich fester darin einwickelte. Aber er wachte nicht auf. Ich zog eine Decke aus der Truhe am Fenster, ließ mich im Sessel nieder und blies die Kerze aus.

* * *

DAS RASCHELN der Bettdecke weckte mich. Ich streckte die Beine, Zehen, Arme und Finger aus, aber die Verspannung in meinem Nacken blieb. Ich war stundenlang wach gewesen. Zum Teil, weil der Sessel unbequem war, und zum Teil, weil ich nicht aufhören konnte, an das zu denken, was Mr. Gibbons gesagt hatte. Aber vor allem, weil ich mir des Mannes sehr bewusst war, der in meinem Bett schlief.

„India?", murmelte Matt. „Wie spät ist es?"

Ich warf einen Blick auf die Uhr, aber es war zu dunkel. Blasses Licht rahmte die Vorhänge, aber es reichte nicht, um richtig zu sehen. „Ich bin mir nicht sicher. Morgendämmerung, glaube ich."

„Himmel." Ich konnte gerade noch seine Umrisse erkennen, wie er die Bettdecke von sich schleuderte und aufstand.

„Was ist los?"

„Was los ist?" Er klang verstimmt. „Die Diener werden bald auf sein, wenn sie es nicht schon sind. Falls sie mich hier drin sehen, ist dein Ruf ruiniert. Ich fasse es nicht, dass ich so schwach war, dass ich eingeschlafen bin. Auf deinem Bett noch dazu."

Ich konnte ein Lachen nicht verhindern, da ich in gewisser Weise erleichtert war, dass er wütend auf sich selbst war, nicht auf mich. „Ist schon gut, Matt. Mein Ruf ist es nicht wert, dass man sich darum sorgt."

Er stutzte. „Sag das nicht."

„Es stimmt." Ich war nicht nur über das Alter hinaus, in dem Gerüchte um meine Liebeleien einen Mann davon abhalten würden, um mich zu werben, es gab ja noch nicht einmal einen Mann, der daran interessiert war, um mich zu werben. „Aber ich weiß deine Sorge zu schätzen. Ein wahrer Gentleman."

„Das hat ja wohl kaum etwas mit Gentleman zu tun. Ein Gentleman verliert seine Krawatte nicht auf dem Bett seiner Assistentin, und er sollte ganz gewiss nicht darin schlafen."

„Deine Krawatte ist auf dem Tisch."

Er wandte seine Aufmerksamkeit dem Tisch zu, nur um die Photographie meiner Eltern an ihrem Hochzeitstag umzustoßen. Er fluchte tonlos, fing sie aber, bevor sie zu Boden fiel.

Warum war er so durch den Wind? Der sonst so unerschütterliche Matthew Glass schien unter größerer Spannung zu stehen als eine Uhrfeder. Vielleicht war er um seinen Ruf besorgt. Das ergab schon mehr Sinn; darum machte ich mir auch Sorgen. „Matt? Stimmt was nicht?"

„Ich muss gehen."

„Hast du deine Krawatte gefunden?"

Seine Silhouette hielt ein Stück Stoff hoch. „Ich glaube schon."

„Ich werde bei Tageslicht noch einmal nachsehen, nur für den Fall", sagte ich.

„Ehe die Magd hereinkommt. Gott, stell dir vor, sie fände sie und erzählt es den anderen Dienern, und diese erzählen es Dienern aus anderen Haushalten … ich würde mir nie verzeihen, wenn unsere neuen Freunde dächten, du wärst … du weißt schon."

Er war wirklich besorgt um meinen Ruf und nicht um seinen. „Ehe die Magd hereinkommt", wiederholte ich und konnte ein Lächeln nicht unterdrücken.

Er hatte es wohl in meiner Stimme gehört, denn er sagte: „Das ist nicht witzig, India."

Ein wenig witzig war es aber schon, doch war er eindeutig nicht in der Stimmung, den Humor zu sehen. „Gute Nacht, Matt." Ich hielt die Tür auf. „Oder ist es guten Morgen?"

„Es gibt überhaupt nur sehr wenig Gutes an dieser Situation. Wenn mich jemand gehen sieht, werden sie denken, ich habe dich ausgenutzt."

„Oder ich hätte dich ausgenutzt."

„Noch einmal, das ist nicht witzig, India."

Er spähte aus der Tür, warf einen Blick nach links, dann nach rechts, und ging auf Zehenspitzen hinaus. Ich sah ihm den ganzen Weg zu seiner Tür nach, an der er innehielt, sich umdrehte, und eine Hand zum Winken hob. Zumindest glaubte ich, dass es ein Winken war. Es könnte auch eine Geste gewesen sein, um mich zu verscheuchen.

* * *

DAS FRÜHSTÜCK WAR UNGEWÖHNLICH STILL. Willie und Duke schliefen aus und versäumten es. Cyclops war bereits aufgebrochen, um Onslow nachzuspionieren, und Miss Glass hatte sich ein Tablett auf ihr Zimmer schicken lassen. Es waren nur wir beide, und Matt war ungewöhnlich nachdenklich.

„Denkst du an letzten Abend?", fragte ich, da wir allein waren. Bristow war aufgebrochen, um die Teekanne neu aufzufüllen.

„An die Oper, ja", sagte er mit einem harschen Unterton und einem Blick zur Tür. „Und an heute Nachmittag."

„Natürlich. Die Bank." Heute war der Tag, an dem Mirth Geld von seinem Bankkonto abhob. Heute würden wir herausfinden, ob Mirth Chronos war. „Willst du, dass ich mit dir komme?"

„Es ist nicht nötig, aber ich würde mich über deine Gesellschaft freuen. Wenn du aber lieber bei Tante Letitia zu Hause bleiben möchtest …"

„Ich komme mit."

Bristow trat mit dem Teekessel in der Hand wieder ein.

„Noch keine Briefe?", fragte ihn Matt.

„Nichts, Sir."

„Verdammt", murmelte Matt. „Es gibt heute Vormittag nichts zu tun, India. Ich hatte gehofft, wir würden wegen Lord Coyle von meinem Anwalt hören, aber das scheint warten zu müssen."

Matt war nicht sonderlich gut im Warten. Er ging in seinem Bureau auf und ab, dem Salon, dem Wohnzimmer, der Eingangshalle, und das alles schon in der ersten Stunde nach dem Frühstück. Ich gab es auf, ihn beruhigen zu wollen, und zog mich mit einem Buch ins Wohnzimmer zurück.

Duke gesellte sich zu mir. Da er nichts Besseres zu tun hatte, hatte er beschlossen, zusammen mit Willie Wortheys Fabrik zu beobachten, obwohl unsere Hoffnung, dass DuPont noch einmal an seinem Arbeitsplatz auftauchen würde, beinahe völlig erloschen war. Willie jedoch war bis zehn Uhr noch nicht aufgewacht, darum brach er ohne sie auf. Um elf machte ich mir allmählich Sorgen und klopfte an ihre Tür. Keine Antwort.

Laut Duke hatte Willie in der Kneipe durchaus ein paar Whiskeys getrunken, darum war es keine Überraschung, dass sie lange schlief. Aber was, wenn sie krank war? Ich hatte schon gesehen, wie Willie ein Glas Whiskey nach dem anderen leerte und außer der Tatsache, dass sie zu nuscheln anfing, hatte sie am nächsten Tag unter keinen Nachwirkungen gelitten, und sie hatte gewiss niemals so lange geschlafen.

Ich öffnete die Tür und wusste sofort, dass das Zimmer leer war, ohne darauf warten zu müssen, dass sich meine Augen an das trübe Licht anpassten. Trotzdem prüfte ich das Bett. Es hatte jemand darin geschlafen, doch war es kalt.

„Willie?" Es war dämlich, ihren Namen zu rufen, denn es gab keinen Ankleideraum, der an dieses Schlafzimmer anschloss. „Willie?", rief ich lauter.

Keine Antwort. Mir wurde plötzlich klar, wohin sie gegangen war.

Ich lief aus dem Zimmer und die Treppe hinab, meine Füße in den Hausschuhen trampelten laut. Es gab keine Spur von Bristow oder einem der anderen Diener, und ich wollte sie nicht mit der Glocke rufen. Das würde zu lange dauern. Ich lief zum hinteren Teil des Hauses und die Personaltreppe hinab.

Ich begegnete Mrs. Bristow, die aus der Küche kam. Sie keuchte auf, als sie mich sah, aber ob sie mein Auftauchen im Personalbereich schockiert hatte oder der wilde Glanz meiner Augen, wusste ich nicht.

„Mrs. Bristow, haben Sie Willie heute Vormittag gesehen?"

„Sie ist früh aufgebrochen, Madam, nicht lange, nachdem ich selbst aufgestanden bin."

„Danke", rief ich über die Schulter, während ich wieder weglief.

Meine Beine trugen mich ganz allein zurück bis vor Matts

Bureau. Ich hämmerte an die Tür und platzte hinein, ohne darauf zu warten, dass er öffnete.

Er schob sich vom Sessel an seinem Schreibtisch hoch. „India? Was ...“

„Willie ist weg“, stieß ich keuchend hervor. „Sie ist ganz früh aufgebrochen. Ich glaube, sie ist los, um den Verfasser dieser Erpressernachricht zu treffen.“

Sein Gesicht wurde bleich. „Und sie ist nicht zurückgekehrt.“ Es war keine Frage. Er betastete seine Westentasche und ging an mir vorbei. „Bristow!“, rief er aus dem Gang. „Bristow, lassen Sie *sofort* die Kutsche nach vorne bringen!“

Ich drückte mir eine Hand auf mein hämmerndes Herz und eilte ihm nach. „Ist es klug, ihr zu folgen? Was, wenn ich mich irre? Was, wenn sie früher als Duke zu Worthey's gegangen ist?“

„Du irrst dich nicht.“ Er rannte nicht, doch seine langen, entschlossenen Schritte sorgten dafür, dass ich mich teuflisch anstrengen musste, um mit ihm mitzuhalten, obwohl ich trabte. „Bristow!“, brüllte er wieder. „Die Kutsche.“

„Ja, Sir“, rief der Butler von unten herauf.

Miss Glass kam aus ihrem Zimmer, während ich daran vorbeihastete. „Matthew? Was soll der Lärm?“

„Ich muss ausgehen“, erklärte er ihr, ohne innezuhalten. „India wird bei dir bleiben, bis ich zurückkehre.“

Das schien sie zufriedenzustellen, und sie zog sich in ihr Zimmer zurück.

„Matt“, sagte ich einige Schritte hinter ihm. „Was, wenn es eine Falle ist? Was, wenn ...?“

„Ich muss gehen“, erwiderte er nur. „Du weißt, dass ich muss.“

Verdammt sollte Willie sein. Verdammt sollte ihr Ungestüm sein. „Du musst auch bald zur Bank. Ich kann nicht an deiner Stelle gehen. Ich weiß nicht, wie Chronos aussieht.“

„Ich fahre zur Lemon Street und dann direkt zur Bank.“

„Und was, wenn man dich aufhält? Was, wenn du sie nicht findest?“

Er erreichte den Fuß der Treppe und zog seinen Hut vom Hutständer. „Kommt Zeit, kommt Rat.“

Oder noch wahrscheinlicher kam es dazu, dass er Mirth

verpasste. Wir wussten beide, dass er die Lemon Street nicht verlassen würde, bis er einen Hinweis zu Willies Aufenthaltsort fand. Ich betete, dass sie noch da war, und wartete oder zu Worthey's weitergezogen war, wenn der Erpresser sich ihr nicht gezeigt hatte.

Ich wartete eine Stunde auf Nachricht von Matt, aber es kam keine. Alle Uhren im Haus peinigten mich, besonders jene, die läuteten. Ich hätte schwören können, dass ich jedes Ticken und Tacken einer jeden Uhr hörte, und in der Park Street Nummer 16 gab es mehr als ein Dutzend Uhren. Es war eine qualvolle Stunde. Mittags fühlte sich alles in mir so angespannt an, so voller Sorgen, dass ich nicht mehr dasitzen und nichts tun konnte.

„Ich gehe aus", erklärte ich Miss Glass, die in der Sonne am Fenster saß. „Ich muss zur Bank." Das sollte Matt als Hinweis reichen, falls er zurückkehrte.

Aber ich glaubte nicht, dass er zurückkehren würde. Wenn er Willie gefunden hätte, entweder in der Lemon Street oder bei Worthey's, dann hätte er mir Nachricht zukommen lassen, ehe er zur Bank fuhr. Und das hatte er nicht. Panik nistete sich tief in mir ein.

Es war bereits Mittag. Obwohl ich nur zu gern Duke oder Cyclops abgeholt hätte, da sie Chronos gesehen hatten und wussten, wie er aussah, wollte ich keine Zeit damit verschwenden, sie zu suchen. Ich nahm mir die zehn Pfund, die ich für Notfälle im Haus aufbewahrte, und bat Bristow darum, mir ein Hansom Cab zu rufen. Seine vertraute Form und Wärme halfen mir, mein rasendes Herz zu beruhigen und meine Gedanken zu sammeln.

Aber ein Gedanke überstrahlte alle anderen. Was, wenn Matt dem Erpresser in die Falle gegangen war? Was, wenn ich wertvolle Zeit damit vergeudete, zur Bank zu fahren, in der man ihn hätte retten können?

Und was, wenn er gar nicht gerettet werden konnte?

KAPITEL 15

Meine übervorsichtige Art hatte dazu geführt, dass ich einen breitkrempigen Hut mit einem Halbschleier trug und den Fahrer bat, in der Princes Street anzuhalten. Die Bank of England war um die Ecke. Trotzdem schlug mir das Herz bis zum Hals, als ich Abercrombie an einer der Eingangssäulen stehen sah. Meine Schritte wankten, und ich blieb am Eisenzaun stehen. Wenn Abercrombie hier herumlungerte, wartete er wahrscheinlich auch auf Mirth – vielleicht sogar auf Matt.

Abercrombie hatte mir gesagt, dass Mirth wöchentlich seine Pension bei der Bank of England abholte. War ihm aufgefallen, dass er damit einen entscheidenden Hinweis geliefert hatte, mit dem wir Mirth finden konnten? Vielleicht war das der Grund, warum er jetzt wie eine Raubkatze unter dem ausladenden Schatten der Bank wartete.

Er stand zur Mitte der Stufen gewandt, und es gab keine Möglichkeit, ihm aus dem Weg zu gehen. Sein Blick schweifte über die Umgebung, ständig in Bewegung, bemerkte jeden, der die Stufen hinaufkam. Mein Schleier und mein Hut würden nicht reichen, um mich vollständig zu verbergen.

Sollte ich zulassen, dass er mich sah? Er konnte mich nicht am Hineingehen hindern, aber er könnte mich davon abhalten, den Bankangestellten zu bestechen. Ich musste an ihm vorbei, ohne dass er mich bemerkte. Was ich brauchte, war eine Ablenkung in der anderen Richtung, etwas, das seine Aufmerksamkeit von mir abzog.

Und dann sah ich, wie ein Gentleman über die Straße kam, und hatte eine bessere Idee. „Entschuldigen Sie, Sir", sagte ich zu dem riesigen Mann, der zur Bank unterwegs war. Seine gemächlichen Schritte zeigten, dass er es nicht eilig hatte.

Er hielt inne und blickte über die Schulter, als wäre er überrascht, dass ich mich tatsächlich an ihn richtete, dann lächelte er mir zu. „Ja, Ma'am? Kann ich Ihnen helfen?" Er war nicht sonderlich hochgewachsen, aber seine Statur war so ausladend, dass meine Röcke am Saum ungefähr genauso breit waren wie seine Mitte.

„Ich fühle mich ein wenig schwach, aber ich bin entschlossen, es in die Bank zu schaffen. Würde es Ihnen etwas ausmachen, mich zu begleiten?"

Wieder warf er einen Blick über die Schulter, als wäre er überrascht, dass ich mich an ihn wandte. Als er bemerkte, dass dem wirklich so war, wurde sein Lächeln scheu, und seine Wangen, die bereits recht gerötet waren, flammten auf. „Natürlich. Man kann doch eine Dame nicht hier draußen umkippen lassen, oder, was meinen Sie?" Er streckte den rechten Arm aus, was mich auf die Seite bringen würde, die Abercrombie am nächsten war.

Ich ging um ihn herum, und mit einem nervösen Kichern bot er mir den anderen Arm. „Danke, das ist sehr freundlich."

„Überhaupt nicht", sagte er, während wir stetig, aber langsam auf die Bankstufen und Abercrombie zugingen. „Ich hoffe doch, es ist nichts Ernstes."

„Ich muss nur für ein paar Minuten aus der Sonne kommen." Ich stellte mich vor, und wir unterhielten uns leise. Mit dem Schleier über den Augen war mein Gesicht nicht sofort erkennbar, aber wenn Abercrombie hinschaute, würde es ihm auffallen.

Noch schaute er nicht. Nicht richtig. Er erkannte den Mann nicht, dessen Arm mich stützte, und er prüfte die Frau hinter dem Schleier nicht. Meine List hatte gewirkt.

„Ich bin sicher, von hier an schaffe ich es", sagte ich, sobald wir in der Bank waren.

„Möchten Sie sich setzen? Brauchen Sie Wasser?"

„Sie sind sehr galant, Sir, aber ich fühle mich bereits besser. Danke für Ihre Hilfe."

Er tippte sich an die Hutkrempe. „Es war mir ein Vergnügen."

Keiner der Bankangestellten war der Kerl von letzter Woche, darum ging ich vor zum ersten, der frei wurde, einem jungen Mann mit freundlichem Gesicht. „Ich bin Miss Jane Markham", sagte ich und nahm damit die Identität an, die ich in der vorherigen Woche benutzt hatte. „Ich bin die Enkeltochter von Mr. Oliver Warwick Mirth. Er kommt jeden Mittwochnachmittag, um seine Pension abzuholen. Wissen Sie, ob er heute schon da war?"

Der junge Mann lächelte mich entschuldigend an. „Es tut mir leid, Miss Markham, aber das ist eine vertrauliche Information."

Ich zog einen Sovereign aus meinem Pompadour. „Es ist wichtig, dass ich das herausfinde. Mein Großvater ist ein wenig wirr im Kopf, und uns ist bewusst geworden, dass wir ihn im Auge behalten müssen."

Der Angestellte schob sich die Brille die Nase hinauf. Sie ließ seine Augen noch runder wirken. „Ich … äh …" Er warf einen Blick auf den Kassierer links von ihm, einen älteren Mann mit spitzem Kinn und spitzer Nase.

Ich zog einen weiteren Sovereign heraus und legte die Hand über beide Münzen, um sie zu verbergen. Ich ließ sie nur den jungen Angestellten sehen. Er nickte rasch, und ich ließ die Münzen über den polierten Holztresen gleiten.

„Warten Sie einen Augenblick hier." Er schrieb einige Anweisungen auf einen Zettel und schob ihn einem weiteren Jungen hin, der sich hinten herumgedrückt hatte. Der Junge ging durch eine Tür und kam nur wenige Augenblicke später mit einer Akte zurück.

„Laut dieser Unterlagen", sagte der Angestellte, der mit dem Finger auf die letzte Seite des Ordners tippte, „war Ihr Großvater noch nicht da." Er ließ die Akte zuklappen und reichte sie wieder dem Jungen, der sofort erneut im Archiv verschwand. Der Angestellte blickte noch einmal zu dem Mann nebenan und bedeutete mir dann mit einem Kopfnicken, dass ich gehen sollte.

Ich dankte ihm und setzte mich auf einen der Sessel, die an einer langen Wand aufgestellt waren. Andere Damen warteten darauf, dass ihre Ehemänner ihre Geschäfte vollzogen, ehe sie gemeinsam aufbrachen. Ich hielt meinen Blick auf den Eingang gerichtet, nicht sicher, warum ich wartete. Ich wusste nicht, wie Mirth oder Chronos aussahen, doch ich wartete trotzdem, nur für den Fall, dass Matt auftauchte.

Eine Stunde verging, und ich unterdrückte gerade ein Gähnen, als Abercrombie hereinmarschierte. Ich berührte meine Hutkrempe, um mein Gesicht zu verbergen, aber Abercrombie schaute nicht in meine Richtung. Er war auf einen gebückten Mann mit weißen Haaren und einem Humpeln konzentriert, der einen Augenblick vor ihm eingetreten war. Der Mann humpelte zu einem Angestellten, während Abercrombie zurückblieb. Ein paar Minuten später kippte der Mann seine neuen Münzen in die Tasche und hinkte weg. Er kam an Abercrombie vorbei, ohne dass einer den anderen zur Kenntnis genommen hätte. Tatsächlich wandte Abercrombie ihm sofort den Rücken zu. Er wollte nicht, dass der Kerl ihn sah.

Es musste Mirth sein.

Mirth ging hinaus in den Sonnenschein, und Abercrombie folgte ihm. Ich wiederum folgte Abercrombie. Das Klicken meiner Absätze auf dem Fliesenboden hätte meine Ankunft auch gleich der ganzen Welt kundtun können, aber Abercrombie drehte sich nicht um. Er hatte wohl entschieden, dass keiner von Matts Freunden an ihm vorbeigekommen war, während er draußen gewartet hatte, darum war es ein Ding der Unmöglichkeit, dass sich einer im Inneren der Bank befand.

Ich hatte keine Ahnung, was ich als nächstes tun sollte. Ich konnte den alten Mann nicht ansprechen, ohne dass mich Abercrombie bemerkte. Ich wusste nur, dass ich den richtigen Augenblick abpassen musste; ich musste mein Möglichstes tun, um Matt zu helfen. Also folgte ich ihnen einfach die Stufen zum Bürgersteig hinab. Mirth hinkte nach rechts davon, sein Gang war endlos langsam, sein Kopf gesenkt, als würde er auf dem Pflaster nach fallengelassenen Münzen suchen.

Eine Kutsche ratterte vorbei, und Mirth schaute auf. Plötzlich ganz lebhaft winkte er einem Omnibus, der in halsbrecherischer

Geschwindigkeit heranrauschte. Der Fahrgast auf dem offenen Oberdeck packte das Eisengeländer mit beiden Händen, als der Omnibus zur Bordsteinkante abdrehte. Der Schaffner half Mirth den Tritt hinauf und nach drinnen.

Verflixt! Ich würde ihn verlieren.

Wenn ich auch in den Bus steigen wollte, musste ich rufen, um dem Fahrer einen Hinweis zu geben, dass er auf mich warten sollte, während ich aufholte. Mein Schrei würde auch Abercrombie auf den Plan rufen, der auf dem Bürgersteig wartete und beobachtete.

Der Omnibus fuhr ab, und mir wurde das Herz schwer. Zumindest konnte ich Matt eine gute Beschreibung des Mannes liefern. Hoffentlich war das genug.

Abercrombie eilte über die Straße, seine Aufmerksamkeit lag nicht mehr auf dem Omnibus – dem Omnibus, der noch nicht ganz außer Sicht war.

Ein Hansom Cab fuhr an mir vorbei und wurde langsamer. Es fuhr gleich vor mir heran und setzte einen Gentleman am Eingang der Bank ab. Ich raffte meine Röcke und rannte. Der Gentleman bemerkte es und bat den Fahrer zu warten.

Ich dankte ihm, während er mir in den Sitz half und die Tür schloss. „Sehen Sie den Omnibus, der um diese Ecke dort biegt?", fragte ich den Fahrer durch die Luke im Dach. „Folgen Sie ihm. Rasch doch, Mann." Ich reichte ihm Geld und hoffte, es würde genug für die Fahrt sein. „Wenn er anhält, möchte ich gerne dort zusteigen."

Der Fahrer schaffte es irgendwie, sein Vehikel im Verkehr zu wenden, wodurch er ein paar erhobene Fäuste und wütende Rufe von anderen Fahrern auf sich zog. Das Pferd raste weiter, so schnell es konnte, umrundete die langsamer fahrenden Kutschen. Die hüfthohe Tür schützte meine Röcke vor dem schlimmsten Schmutz, den die Hufe aufwirbelten, aber ein wenig landete auf meiner Jacke. Ich wagte es nicht, es abzustrei-fen; ich wollte den Omnibus weiter vorne nicht aus den Augen verlieren. Wir hatten aufgeholt, und sobald er an den Bordstein fuhr, um einen Fahrgast aufzunehmen, hielt mein Hansom Cab direkt dahinter an.

„Warten sie auf diese Lady", rief mein Fahrer, während ich ausstieg.

Der Schaffner hielt mir die Hand hin, als ich näherkam. „Guten Tag, Miss."

„Danke, und guten Tag", sagte ich und musterte die Gesichter der Gentlemen im Omnibus. Mirth saß fast in der Mitte. „Entschuldigen Sie, darf ich mich hierhin setzen?", bat ich den Kerl neben ihm. Der Omnibus fuhr ruckelnd an, und er musste mich stützen, während er zur Seite rutschte, um Platz zu machen.

Ich ließ mich neben Mirth fallen, außer Atem wegen der Anstrengung und der abgestandenen Luft im Inneren des Omnibusses. Aber auch aufgrund meiner gespannten Vorfreude. Ich konnte nicht glauben, dass ich gleich mit dem Mann sprechen würde, der vielleicht Matts Uhr reparieren konnte.

Mirth jedoch fiel meine Aufregung nicht auf. Er war eingenickt, sein Kinn ruhte auf der Brust, seine Hände waren über dem Bauch gefaltet. Ich räusperte mich, und als das nicht funktionierte, stieß ich ihn mit dem Ellbogen fest an.

Er erwachte und nahm seine Umgebung mit trübem Blick zur Kenntnis.

„Guten Nachmittag, Mr. Mirth", sagte ich.

Er blinzelte mich an. „Kenne ich Sie?"

„Mein Name ist India Steele. Ich bin die Tochter von Elliot Steele, einem Uhrmacher in der St. Martin's Lane."

„Elliot Steele? Ich kenne ihn. Guter Mann. Es tat mir sehr leid zu hören, dass er gestorben ist." Er berührte seine Hutkrempe. „Es freut mich, Ihre Bekanntschaft zu machen, Miss Steele. Erstaunlich, dass Sie mich erkennen. Sind wir uns jemals begegnet?"

„Jetzt sind wir es." Ich grinste. Ich konnte gar nicht anders. Ich fühlte mich so beschwingt. „Ich habe gehört, sie wären in einem Hospiz", sagte ich. „Wohnen Sie dort noch?"

Die Falten seiner Stirn bildeten einen Pfeil in Richtung Nasenrücken, als er die Stirn runzelte. Ich hatte in der Bank eine Stunde gehabt, um mir zu überlegen, was ich sagen würde, wenn ich mit Mirth redete, aber ich hatte nicht daran gedacht, wie merkwürdig meine Fragen klingen würden. „Nein", sagte er vorsichtig. „Ich bin umgezogen. Warum?"

Was, wenn er mir nicht antworten wollte? Was, wenn er ewig anonym bleiben wollte? Die Wahrscheinlichkeit war hoch, aber ich musste ein Risiko eingehen und ihm verraten, was ich wirklich wissen musste. Die Zeit war nicht auf meiner Seite, und ausweichende Fragen würden mir nur ausweichende Antworten einbringen.

Der Kerl neben mir stieg aus, so dass nur noch Mirth und ich als Fahrgäste auf der rechten Seite des Omnibusses blieben. Trotzdem neigte ich noch den Kopf zu seinem Ohr und dankte dem Himmel, dass er nicht taub war. „Mr. Mirth, ich habe einen Freund, der eine magische Taschenuhr besitzt, die er vor fünf Jahren von einem älteren Gentleman mit dem Namen Chronos in Amerika erhielt."

Mirths Lippen öffneten sich zu einem leisen Keuchen. Er warf einen Blick auf die anderen Fahrgäste und hob eine Hand, um die Aufmerksamkeit des Schaffners zu erringen. „Halt", sagte er.

„Wir haben gerade gehalten", grummelte der Schaffner, während er an das Kabinendach klopfte.

„Mr. Mirth, *bitte*", bettelte ich, während der Omnibus schlingerte. „Ich brauche Ihre Hilfe."

„Psst, Miss Steele. Wir machen einen ruhigen Spaziergang."

Oh. Richtig. Ich half ihm hinab zum Bürgersteig. Wir befanden uns auf der Cheapside und waren dank des Verkehrsstroms, durch den der Omnibus sich inzwischen zu wühlen versuchte, nicht sonderlich weit gekommen. Ich warf einen Blick zurück in die Richtung, aus der wir gekommen waren, halb aus Furcht, Abercrombie zu sehen. Aber er war in eine andere Richtung aufgebrochen. Außerdem, da so viele Leute unterwegs waren, sollten wir sicher sein.

Mr. Mirth ging los. Durch sein Humpeln kamen wir nur langsam voran. Ich spazierte neben ihm her. Jeder würde uns für Vater und Tochter halten, die beim Einkaufen waren. Er war ein kleiner Mann mit wettergegerbtem Gesicht und müden, aber klaren Augen, die nun sogar noch klarer schienen, da er wach war.

„Halten Sie nach Abercrombie Ausschau?", fragte ich.

„Sie haben ihn gesehen?"

Ich nickte. „Er wollte verhindern, dass ich mit Ihnen spreche."

„Ist das so? Ich glaube, Sie müssen von Anfang an erzählen."

Ich erzählte ihm von Matts Uhr, von ihren Ausfällen und seiner Not, den Uhrmacher namens Chronos zu finden. Die Erwähnung von Magie ließ ihn nicht einmal mit der Wimper zucken – bis ich davon sprach, die Magie eines Arztes und eines Uhrmachers zu verbinden, um Matt am Leben zu halten.

„Und das hat funktioniert?", fragte er mit einem ehrfürchtigen Flüstern.

Ich nickte. „Da Sie bekanntermaßen zur selben Zeit wie Chronos im Ausland waren, lag der Verdacht nahe, dass wir Sie aufsuchen. Nun?", drängte ich, weil ich nicht länger warten konnte. „Haben Sie zusammen mit Dr. Parsons einen Zauber auf Matts Uhr gelegt?"

Er schüttelte den Kopf, und mein Herz sank mir bis hinab in die Zehenspitzen. Tränen brannten in meinen Augen. Die ganze Anstrengung, das ganze Warten … alles umsonst.

„Ich war nie in Amerika, Miss Steele. Ich bin nicht der Chronos Ihres Arbeitgebers."

„Warum haben Sie das nicht im Omnibus gesagt?" Ärger ließ meine Stimme hart werden, aber ich entschuldigte mich nicht. Mir tat das Herz zu sehr weh, um mich schuldig zu fühlen. „Ich habe meine Zeit verschwendet."

„Zwar bin ich nicht Chronos, aber ich weiß vielleicht, wer er ist."

Die Luft wich komplett aus meiner Lunge. „Fahren Sie fort."

„Ehe Sie sich Hoffnungen machen, lassen Sie mich zunächst einmal sagen, dass ich kein Magier bin. Ich bin nur ein einfacher Uhrmacher, der schon lange von Magiern weiß und ihre Arbeit bewundert. Wissen Sie, dass Magier einzigartige und exquisite Stücke schaffen? Dass ihre Arbeit zu den besten der Welt zählt, unerreicht von jenen, die keine Magie besitzen?"

Ich nickte.

„Dann wissen Sie auch, dass man sie sehr leicht erkennen kann, wenn man weiß, wonach man sucht, und der Magier nicht sehr begabt darin ist, sich zu verstecken. Manche Magier sind sich ihrer Exzellenz nicht bewusst, bevor es zu spät ist – bevor sie etwas so Wunderbares erschaffen, dass die Welt bereits aufhorcht und es bemerkt. Zumindest in der Welt der Uhren ist das so. Es gibt hier in London einen Uhrmacher, der wundervolle Stücke fertigt. Ich glaube, er könnte ein Magier sein. Vielleicht ist er der Mann, nach dem Sie suchen."

„Er lebt jetzt hier in London?"

„Das tat er gewiss, als ich ihm zuletzt begegnet bin. Seine Arbeit habe ich zum ersten Mal vor vielen Jahren gesehen, und dann erst kürzlich wieder. Niemand außer ein Magier könnte etwas so Schönes schaffen, etwas so *Genaues*. Bei jenem ersten Mal wusste ich so wenig über Magier und brachte das Thema nie vor ihm zur Sprache. Beim zweiten Mal schaffte ich es, ihn in dem Verkaufsraum, in dem er arbeitete, in die Ecke zu drängen, aber nur ein paar Minuten lang, ehe er entwischte. Er war munter für sein Alter, und dieses verdammte lahme Bein ist ein Hindernis", fügte er an und tippte sich auf den Oberschenkel.

„Wo kann ich ihn finden? Wie heißt er?"

„DuPont. Er versteckt sich draußen in Clerkenwell, in einer recht unbedeutenden kleinen Fabrik."

Ich seufzte schwer. „Von ihm weiß ich bereits. Wir haben nicht mit ihm gesprochen, weil er weglief, als er uns sah. Er will nicht mit uns reden."

„Oh. Wie schade."

Wir marschierten weiter, mein Gang passte sich seinen langsamen Schritten an. Ich fühlte mich, als hätte man mir einen Hieb in die Magengrube verpasst. Mein Inneres war hohl, mein Kopf taub. All das Warten und die Mühen für nichts.

„Darum wollte wohl Abercrombie verhindern, dass Sie mich sprechen", sagte Mr. Mirth.

„Entschuldigen Sie?"

„Abercrombie wollte nicht, dass wir uns treffen, weil ich vermute, dass DuPont ein Magier ist, und er wusste, dass ich Ihnen die Richtung zu ihm weisen konnte."

„Ich schätze, so ist es."

„Miss Steele, Sie verstehen nicht ganz. Ich bin der *Einzige*, der Ihnen geholfen hätte. *Darum* wollte er, dass ich das Hospiz verlasse und irgendwo privat unterkomme", fügte er an, ehe ich ihn drängen konnte. „Er kam eines Tages, um mich abzuholen und zu einer neuen Bleibe zu bringen. Kein Wort der Erklärung. Es war sehr seltsam. Niemand hat mich seit dem Umzug mehr besucht, und jetzt weiß ich, warum. Abercrombie hat meinen neuen Aufenthaltsort geheim gehalten."

„Wirklich sehr seltsam. Ich schätze, Sie haben recht." Wir kamen an einem Uhrengeschäft vorüber, darum zog ich am Schleier, um sicherzustellen, dass er saß. „Was meinen Sie damit, dass Sie der Einzige sind, der mir helfen würde?"

„Ich fürchte mich nicht vor Magiern wie die anderen", sagte Mirth. „Ich bin sehr geneigt, über sie und ihre Arbeit zu sprechen. Wie ich sagte, ich habe erst kürzlich mit DuPont gesprochen."

„Haben Sie ihn gefragt, ob er ein Magier ist?"

„Das habe ich, aber er hat es nicht zugegeben – vielleicht aus Angst vor Anschuldigungen. Aber ich wusste es." Er stieß ein leises Lachen aus. „DuPont."

„Wie bitte?"

„Ich glaube nicht, dass das sein echter Name ist, und ich glaube auch überhaupt nicht, dass er Franzose ist."

Ich fuhr zu ihm herum. „Was meinen Sie?" Dass wir nicht davon ausgingen, dass DuPont Chronos war, lag vor allem daran, dass Chronos Engländer war, kein Franzose, und Worthey hatte gesagt, DuPont käme aus Frankreich.

„Sein Akzent stimmte nicht ganz. Ich bin nach Frankreich gereist, Miss Steele, und DuPonts Vokale sind zu gerundet, wie bei einem englischen Gentleman. Was für eine Nationalität er auch hat, französisch ist sie nicht."

„Könnte er Engländer sein?"

„Es ist möglich."

Mirth wurde still, offenbar in Gedanken versunken. Ich jedoch war mir meiner Umgebung mehr bewusst denn je. Ich sprach mit einem Fremden über Magie, etwas, das Matt Sorgen bereitet hätte, wenn er hier gewesen wäre. Ich blieb wegen Abercrombie auf der Hut, entdeckte unter den Einkaufenden auf der Cheapside und den Lehrlingen der Geschäfte, die ihre „hervorragenden" Waren in den Eingängen anpriesen, jedoch keine

Spur von ihm. Ich nahm Mirth am Arm und lotste ihn um einen Straßenhändler herum, dessen Karren den Großteil des Bürgersteigs blockierte.

„Es ist nicht nur, dass ich der Einzige bin, der Ihnen hätte sagen können, dass DuPont ein Magier und kein Franzose ist, Miss Steele", sagte er, und seine Aufregung ließ seine Worte verschwimmen. „Ich bin der Einzige, der Ihnen helfen *würde*. Darum hat Abercrombie versucht, unser Treffen zu verhindern."

„Warum sind Sie so sehr dazu gewillt? Niemand sonst aus der Gilde ist das."

„Von allen Uhrmachern, die noch in der Stadt sind und etwas über Magie wissen, möchte ich wetten, dass ich der Einzige bin, der nichts zu befürchten hat. Ich habe nichts zu befürchten, weil ich nichts zu verlieren habe. Ich habe keinen Laden und keinen Beruf mehr. Auch keine Familie." Sein Blick richtete sich auf die Menge weiter vorne, und er nahm seinen langsamen, humpelnden Gang wieder auf. „Ich habe keine Angst vor Magie, weil ich darin etwas Wunderbares und Schönes sehe. Mich fasziniert Magie, womöglich macht sie mich auch etwas ehrfürchtig. Wäre ich vielleicht wie Abercrombie, müsste einen Ruf und ein Geschäft aufrechterhalten, so hätte ich auch Angst vor einem magischen Uhrmacher, der mir das wegnimmt. Die Kombination verschiedener Magiearten … das ist jedoch etwas, worüber ich bisher noch nie nachgedacht habe. Ich wusste nicht, dass das möglich ist."

„Es scheint, dass sehr wenige Magier damit experimentieren."

„Und das auch zurecht."

„Was meinen Sie damit?"

Er hielt bei einer Blumenhändlerin an, die rief: „Blühend und bunt, frisch und duftend!" Sie hielt uns ihren Korb hin, damit wir ihre Waren sehen konnten. „Ich habe Gänseblümchen, Veilchen, Nelken, alle in guter Qualität."

Er kaufte einen kleinen Strauß mit gemischten Blumen, bezahlte das Mädchen und reichte ihn mir. „Die Kombination von Magie klingt gefährlich, Miss Steele", sagte er, nachdem die Blumenhändlerin weitergezogen war. „Besonders wenn ein Mensch, der eigentlich tot sein sollte, wieder zum Leben erweckt wird. Keiner von uns hat das Recht, Gottes Willen ungeschehen zu machen. Nicht einmal ein Magier."

„Es ist auch nicht Gottes Wille, einen lebenden Menschen zu erschießen, Mr. Mirth. Es ist ein brutaler Akt, der von jemandem begangen wird, der sich nicht um Leben schert. Ich habe keine Bedenken, einen guten Menschen zurückzubringen, der es nicht verdient hatte zu sterben, weil er versuchte, die Welt besser zu machen. Überhaupt keine Bedenken."

„Ich sehe, ich habe Sie verstimmt. Es tut mir leid. Ich hoffe, wir können trotzdem noch Freunde sein."

Ich versuchte mich an einem Lächeln, aber es fühlte sich gekünstelt an. „Natürlich. Ich bin froh, dass wir uns unterhalten haben, Mr. Mirth. Kann ich Sie zu Ihrem neuen Wohnort geleiten?"

„Es ist nicht weit von hier, und ich muss erst noch auf dem Markt einkaufen." Er berührte seine Hutkrempe. „Ich wünsche Ihrem Freund Glück. Aber seien Sie vorsichtig, Miss Steele. Lassen Sie nicht durch das Unterfangen, das Leben Ihres Freundes zu retten, Ihr eigenes in Gefahr bringen."

Ich sah ihm nach, wie er weghumpelte, bis die Menge ihn verschluckte, dann nahm ich mir ein Hansom Cab zurück zur Park Street. Ich bat den Fahrer, auf mich zu warten, während ich mich bei Bristow erkundigte, ob Matt zurückgekehrt war. War er nicht, doch Bryce war allein heimgefahren, nachdem Matt nicht wieder aufgetaucht war. Mir wurde übel.

Er war dem Erpresser in die Falle gegangen. Sowohl er als auch Willie.

Matt war jedoch schlau und sich der Gefahr bewusst gewesen. Er wäre nicht einfach ohne Plan und vermutlich auch nicht ohne Waffe in die Lemon Street marschiert. Ebenso wenig Willie. Mit diesem Wissen fühlte ich mich kein bisschen besser.

Bryce fuhr mich nach Clerkenwell, und ich fand Duke, der an einer Mauer gegenüber von Wortheys Fabrik herumlungerte, die Hutkrempe herabgezogen. Als ich ihn von der Lage in Kenntnis setzte, wollte er seinen Posten schnellstens verlassen und mit mir kommen. Wir holten Cyclops am Gildensaal ab, obwohl die Polizei ihn beinahe nicht gehen lassen wollte. Anscheinend war über Nacht eingebrochen worden, und die Bediensteten wurden befragt.

„Was haben die Diebe mitgenommen?", fragte ich, als wir abfuhren.

„Nichts", sagte er.

„Warum ist dann überhaupt die Polizei dort?"

„Weil der Diener glaubt, dass merkwürdige Dinge vorgehen. Ein Fenster war zerbrochen. Er vermutet, die Diebe wären gestört worden und geflohen, aber ich sehe das anders. Das Glas war auf der Außenseite des Fensters, im Hof."

„Und?" Duke zuckte mit der Schulter.

„Und wenn es einen Einbruch gab, würde das Glas nach *innen* fallen."

„Stimmt schon."

„Sind sie sicher, dass nichts mitgenommen wurde?", fragte ich.

Cyclops hob eine Schulter. „Vielleicht finden sie später etwas."

Wir fuhren schweigend zur Lemon Street in Bethnal Green. Die Furcht, die ich den ganzen Tag mit mir herumgeschleppt hatte, quetschte inzwischen mein Herz zusammen; sie hatte wohl auch die Männer im Griff. Der Anblick der sperrigen vierrädrigen Kutsche in Bethnal Green zog die argwöhnischen Blicke der hohläugigen Anwohner auf sich. Obwohl er für den Abriss freigegeben war, wimmelte der Bereich noch vor Einwohnern, die sonst nirgends hinkonnten. Dürre, schuhlose Kinder in geflickten Kleidern versteckten sich hinter Vorhängen aus fettigem Haar, ihre Augen erfüllt von einer Mischung aus Argwohn und Staunen. Hoffnungslosigkeit hing auf den verdüsterten Veranden, auf denen Frauen mit grimmigen Gesichtern und gebeugtem Rücken uns geradezu aufforderten, die Sicherheit unseres Gefährts zu verlassen und in ihre Domäne einzutreten. Ich packte meinen Pompadour fester.

„Bleib hier drin", sagte Duke zu mir, als Bryce zum Stehen kam. „Ist das die Lemon Street?", rief er aus dem Fenster.

Ein Kind deutete auf einen roten Ziegelbogen, zu schmal, als dass die Kutsche hätte durchfahren können. Darüber hinaus konnte ich nur eine krumme Gasse erkennen, die an drei Seiten von zerfallenden Wohnblöcken umgeben war. Wäsche hing reglos an Leinen, die zwischen den oberen Fenstern aufgespannt waren. Keine Brise und kein Sonnenstrahl drangen bis auf die Straße vor, um auch nur das dünnste Leinen zu trocknen.

„Bereit?", fragte Duke Cyclops.

Cyclops nickte. „Hast du eine Waffe bei dir?"

Duke zeigte ein Messer, das an seinen Unterarm gebunden war, und ein weiteres an seinem Bein. „Du?"

Cyclops ballte die Fäuste. „Los jetzt."

Sie gingen unter dem Bogen durch, eine kleine Ansammlung von Kindern folgte ihnen, ehe eine Frau sie ankeifte, zurückzukommen. Ich reckte den Hals, konnte aber Duke und Cyclops nicht mehr sehen.

Die Pferde regten sich. „Wir sollten nicht lange hierbleiben", rief Bryce zu mir herab.

Ich schaute auf meine Uhr. Zwei Minuten vergingen. Drei. Das warme Silber pulsierte, oder vielleicht war es das Blut, das in meinen Adern pochte. Es schien wie eine unendlich lange Zeit, in der sie weg waren, aber ein weiterer Blick auf meine Uhr bewies, dass es nur fünf Minuten gewesen waren.

Schließlich kamen sie heraus. Allein. Mir drehte sich der Magen um, obwohl ich nicht wirklich erwartet hatte, Matt oder Willie bei ihnen zu sehen.

„Nun?", fragte ich, als sie näherkamen.

„Nichts", stieß Duke hervor. „Die kneifen ihr Maul alle fester zusammen als ein Priester seinen prüden A…" Er warf einen Blick auf mich. „Sie reden nicht."

„Wir hätten Geld mitbringen sollen", sagte Cyclops.

„Ich habe Geld." Warum hatte ich nicht früher daran gedacht? Ich hatte zehn Pfund mitgenommen, um den Bankangestellten zu bestechen, aber nur zwei gebraucht.

Cyclops steckte die Hand durchs Fenster, aber ich schüttelte den Kopf und öffnete die Tür. „Ich kann nicht wieder hier drin sitzen und warten."

Die Männer wechselten Blicke. „Matt würde das nicht gefallen", sagte Duke.

„Er ist nicht da", rief ich ihnen in Erinnerung. „Wenn wir

nicht in zehn Minuten zurück sind, holen Sie die Polizei", sagte ich zu Bryce.

Ich marschierte durch die Lemon Street, flankiert von Duke und Cyclops. Ihre Anwesenheit war ein Trost, bis mir die Gruppe von fünf Männern auffiel, die um einen Stapel aus Kisten und Fässern in der Nähe einer Tür herumlungerten, die vermutlich einst rot gewesen war, nun aber ein verblasstes, schmutziges Rosa zeigte. Die Männer beobachteten uns unter schweren Lidern, die sich ein klein wenig hoben, sobald sie mich erspähten. Zerrupfte, dreckige Bärte zuckten, als sie selbstgefällig grinsten. Einer ließ die Zunge hervorschnellen wie eine Eidechse und leckte sich über die Lippen.

Ich hatte zwei Wachen im Vergleich zu ihren fünf. Trotz meines Vertrauens in Duke und Cyclops war ich nicht ganz sicher, ob die Chancen gut für mich standen. „Sie sehen aus, als wüssten sie alles, was hier vorgeht", sagte ich.

„Sie sehen nach Ärger aus", sagte Duke. „Wir haben bereits mit ihnen geredet. Sie behaupteten, weder Willie noch Matt wären hier gewesen."

„Wir wissen, dass das falsch ist."

„Gib mir das Geld", sagte Cyclops. „Wollen wir sehen, was ein paar Münzen ihnen entlocken."

Um ein Haar hätte ich mich mit ihm angelegt, überlegte es mir aber anders. Es war nicht sinnvoll, ihn zu begleiten. Es könnte alles nur schlimmer machen. Er streckte beide Hände aus, und ich kippte alles, was ich hatte, hinein. So konnten die Schlägertypen sehen, dass nicht mehr da war.

Cyclops näherte sich den Männern allein. Duke klebte an mir wie Karamell an den Zähnen, seine Hände leicht vor sich verschränkt. In dieser Haltung konnte er rasch den Dolch in seinem Ärmel greifen, falls es nötig war. Cyclops sprach mit den Männern und verteilte das Geld. Die Münzen verschwanden so schnell in Taschen, dass ich es gar nicht mitbekam. Der Mann, der sich die Lippen geleckt hatte, gab Cyclops Antwort und schüttelte dann den Kopf. Sie alle schüttelten die Köpfe.

Cyclops stieß eine Hand vor und packte den Mann am Hemdkragen, hob ihn hoch, sodass seine Füße nicht mehr den Boden berührten. „Sag es mir!"

Seine Freunde kamen auf die Beine. Duke bewegte sich, ich blickte hinab und sah das Messer in seiner Hand. „Sei bereit, zurück zur Kutsche zu laufen", sagte er zu mir.

Ich raffte meine Röcke. „Cyclops!", rief ich. „Lass den Mann los."

„Er weiß es, India", rief er zurück. „Ich weiß, dass er es weiß. Sie wissen es alle."

Ja, aber eindeutig wollte keiner von ihnen reden, und wir konnten es nicht mit ihnen allen aufnehmen. „Komm mit, Cyclops."

„Wir brauchen ein Schießeisen", murmelte Duke. Zu Cyclops sagte er: „Wir kommen später zurück."

Cyclops ließ den Mann fallen, gab ihm noch einen zusätzlichen Schubs, sodass seine Freunde ihn fangen mussten, ehe er zurück in die Kisten stolperte. Unter Spott- und Drohrufen marschierte Cyclops einfach zu uns zurück, sein Gesicht starr wie Stein. Ich hatte ihn noch nie so furchterregend gesehen.

„Sie haben sie durchaus gesehen", sagte er, während er sich uns anschloss, ohne innezuhalten. Er ging weiter auf den Bogen zu. Ich raffte meine Röcke und folgte ihm mit Duke. „Sie sagten, sie sahen ein paar Männer, die sie einfingen und wegbrachten. Erst Willie, früh am Morgen, dann Matt, einige Zeit später."

„Sie einfingen?", wiederholte ich, als wir die Kutsche gerade rechtzeitig erreichten. Bryce wollte den Kindern, die sich an die Pferde anschlichen, schon einen Peitschenhieb verpassen. „Ohne Kampf?"

„Es gab schon einen Kampf." Cyclops öffnete die Kutschtür, und Duke half mir nach oben. Die Männer stiegen hinter mir ein, nachdem Cyclops Bryce Anweisung gegeben hatte, in die Park Street zurückzukehren.

„Und?", drängte ich. „Was ist passiert?"

„Sie wurden überwältigt und weggebracht."

„Von wem?"

„Von wie vielen?", fragte Duke düster.

„Fünf Männern", sagte Cyclops, als die Kutsche wegrollte.

„Fünf?", knurrte Duke. „Was für ein Zufall. Gerade jetzt waren fünf Männer in der Lemon Street."

Cyclops' Kinnmuskeln spannten sich an. „Ist mir

aufgefallen."

„Du glaubst, sie waren es?", fragte ich. „Du glaubst, diese Männer haben Willie und Matt überwältigt? Und was mit ihnen angestellt?"

„Sie wurden bezahlt", sagte Cyclops mit Gewissheit. „Angeheuerte Schlägertypen, um die Arbeit eines Feiglings zu verrichten. Sie wussten, wo Willie und Matt waren, wollten es aber nicht sagen. Es lohnt sich nicht für sie, es uns gegenüber auszuplaudern."

„Wir werden sie bei der Polizei melden", sagte ich. „Dann werden sie uns schon sagen ..."

„Nein", erwiderten sowohl Duke als auch Cyclops. „Werden sie nicht."

„Was dann?" Meine Stimme klang hoch und hysterisch. „Wir können nicht einfach wegfahren. Wir können nicht gehen, bis wir wissen, wo sie sind. Dreht um." Ich hob den Arm, um aufs Dach zu klopfen, aber Cyclops fing meine Hand ein.

„Es gibt eine andere Möglichkeit." Sein einäugiger Blick bohrte sich tief in mich hinein. Bei einem so sanften Mann beunruhigte mich diese Intensität. „Wir kehren mit Schusswaffen zurück."

Ich schluckte und sank in die Ecke. Er ließ mich los, aber sein Griff hatte auf meiner Haut Spuren hinterlassen. Ich drehte mich zum Fenster, doch trübte der Tränenschleier meine Sicht.

Wann würde das enden? Wie? Mit Blutvergießen und verlorenen Leben?

Sicher musste es einen anderen Weg geben. Sicher, wenn wir es durchdachten, konnten wir herausfinden, wer sie mitgenommen hatte und warum. Sicher konnten wir sie auf friedliche Art ausfindig machen.

Und dann kam es mir. Ich setzte mich aufrecht hin und klopfte an das Kutschdach. „Öffne das Fenster", wies ich Duke an und konnte die Aufregung nicht aus meiner Stimme fernhalten.

Er und Cyclops runzelten die Stirn in meine Richtung, taten aber, wie ihnen geheißen. „Was willst du dem Fahrer sagen?", fragte Duke, der seinen Hut festhielt, als der Luftzug hereinströmte. „Wo willst du hin?"

„ r. Gibbons, bitte, wir wissen nicht, wohin wir uns sonst wenden sollen." Ich verabscheute es zu betteln, aber es waren außergewöhnliche Umstände. Daniels Großvater war der Einzige, der vielleicht helfen konnte, Matt und Willie zu finden, obwohl meine wilde Theorie in der Praxis womöglich nicht funktionierte. In der Tat lag die Wahrscheinlichkeit eines Fehlschlags sehr hoch.

Aber ich musste es versuchen.

„Seien Sie nicht so albern." Mr. Gibbons' grobe Antwort entließ uns genauso deutlich wie seine Geste zur Tür. „Wenn Sie uns nichts über Daniel mitzuteilen haben, gehen Sie bitte. Sie bringen meine Tochter ganz durcheinander."

Miss Gibbons, Daniels Mutter, wirkte tatsächlich durcheinander, aber das könnte auch daran liegen, dass ich ihr gerade mitgeteilt hatte, dass es keine Neuigkeiten von Daniel gab und der Mann, der damit beauftragt war, ihn zu finden, verschwunden war.

„Sie sind uns das schuldig, nach dem Schrecken, den Sie mir gestern Abend eingejagt haben", sagte ich.

Miss Gibbons senkte ihr Taschentuch. „Gestern Abend?" Sie runzelte die Stirn in Richtung ihres Vaters. „Du hast mir gesagt, du wärst gestern Abend bei Freunden gewesen."

Mr. Gibbons plusterte die Brust auf und gab keine Erklärung ab. Seine Tochter drängte ihn nicht.

„Ich kann Daniel nicht allein finden", sagte ich mit dünner Stimme. Meine Nerven waren aufs äußerste strapaziert. Wir bekamen Gegenwind an jeder Ecke, und diesmal von jemandem, der eigentlich auf unsere Seite hätte stehen sollen. „Ich brauche Matt."

„Erklären Sie, warum Sie glauben, mein Vater könne Ihnen helfen, ihn zu finden", sagte Miss Gibbons. „Ich verstehe das nicht ganz."

„Gestern Abend ist Ihr Vater in unser Haus ... gekommen, auf der Suche nach einer von Daniels Karten."

„Die der verdammte Narr Munro ihnen überlassen hat", knurrte Mr. Gibbons mit einem anklagenden Blick zu seiner Tochter.

Sie senkte den Kopf und setzte sich duldsam hin, die Hände im Schoß verschränkt.

„Er dachte, er könne seine Magie und die Karte nutzen, um Daniel zu finden, da sie mit seiner Magie angereichert ist." Auf ihren hoffnungsvollen Blick hin fügte ich hinzu: „Es hat nicht funktioniert."

„Genau", sagte Mr. Gibbons. „Warum denken Sie also, es würde bei Ihnen und Ihrem Freund funktionieren?" Ich öffnete den Mund, um etwas zu sagen, als er erneut zur Tür wies. „Ich möchte, dass Sie gehen."

„Hören Sie ihr *zu*." Cyclops schloss die Lücke zwischen ihnen und sah aus, als würde er Gibbons gleich am Hemdkragen hochziehen, wie er es mit dem Grobian in der Lemon Street getan hatte. Aber zunächst ragte er einfach nur über Gibbons auf, ein Turm aus Muskeln und Zorn.

Mr. Gibbons sank in seinem Sessel zusammen und schluckte. „Ich höre", sagte er, ohne seine aufgerissenen Augen von Cyclops abzuwenden.

Cyclops kehrte zurück zu Duke. Beide standen an der Tür, die Arme vor der Brust verschränkt, und wirkten voll und ganz wie Krieger, die Wache hielten.

„Danke", sagte ich. „Was ich vorschlage, funktioniert vielleicht nicht, aber ich möchte es dennoch versuchen. Ich will versuchen, meine Magie an Ihre zu koppeln, um Matt zu finden."

Miss Gibbons keuchte auf. „Sie? Sie sind …?"

Ich nickte. „Ich bin … ungeschliffen. Ich kenne keine Zauber, aber jede Uhr, an der ich je gearbeitet habe, scheint auf mich zu reagieren. Ich habe an Matts Taschenuhr gearbeitet, und ich weiß, dass er sie bei sich hat." Ich schloss kurz die Augen und holte zur Stärkung Luft. Es war mir der Gedanke gekommen – uns allen dreien –, dass Matt die Uhr vielleicht in dem Handgemenge verloren hatte, oder dass die fünf Handlanger sie ihm gestohlen hatten. Er war vor viereinhalb Stunden zu Hause aufgebrochen. Die Zeit lief uns davon.

„Und Sie wollen, dass mein Vater seine Magie nutzt, um Ihnen eine Karte mit seinem Standort zu zeichnen", schloss Miss Gibbons. „Oder zumindest dem seiner Uhr."

Ich nickte.

„Es hat gestern Abend nicht funktioniert", sagte Mr. Gibbons bedrückt. „Und das wird auch nicht funktionieren. Es ist töricht."

„Trotzdem müssen Sie es versuchen", knurrte Duke.

„Warum glauben Sie, dass es diesmal funktionieren wird, Miss Steele?", fragte Miss Gibbons. „Warum sollte Ihre Magie etwas anderes sein, vor allem, wenn Sie keine Zauber kennen?"

„Weil meine Magie stark ist. Ihr Vater hat mir das gesagt. Und ich hoffe, dass die magische Uhr, die Matt bei sich hat, der bedeutende Unterschied ist." Und weil ich so eine Ahnung hatte. Ich konnte es nicht erklären, aber es *fühlte* sich richtig an.

Vater und Tochter beäugten einander. Miss Gibbons sagte: „Du musst helfen, Papa."

Er nickte. „Kommen Sie mit mir in meine Werkstatt." Mr. Gibbons führte uns durch einen trüb ausgeleuchteten Korridor zum hinteren Teil des Hauses und hinaus in einen kleinen Hof.

Hinter der angebauten Küche stand ein Schuppen, der wirkte, als würde er bei starkem Wind umfallen. Mr. Gibbons sperrte auf und schob die Vorhänge zur Seite. Licht strömte in die Werkstatt, die kaum genug Platz bot, um uns alle fünf, mitsamt Mr. Gibbons' geneigtem Schreibtisch und der kleinen Kommode mit Schubläden, zu beherbergen. Ungerahmte Karten waren an die Wände genagelt, einige davon ziemlich schön. Magische Karten? Ich berührte eine an der Ecke, und meine Hand wurde warm.

Miss Gibbons beobachtete mich.

„Stellen Sie sich hier hin, Miss Steele." Mr. Gibbons deutete an die Seite des Schreibtisches, wo er ein großes Blatt Papier auslegte. Seine Tochter suchte wortlos Stifte und Lineale aus den Schubladen heraus, und eine weitere Karte des Großraums von London.

„Die Uhr ist vielleicht nicht in London", sagte Mr. Gibbons, während seine Tochter die Karte auf dem Tisch ausbreitete.

„Ich weiß", sagte ich und nahm meine Handschuhe ab. „Aber wir müssen irgendwo anfangen."

Mr. Gibbons beugte sich über das große, leere Blatt und begann eine Skizze. Seine Hände bewegten sich rasch, genauso seine Lippen, während er seltsame, poetische Worte sang. Hätte man seine Worte zeichnen können, wären es Wirbel und Schleifen in fließendem Muster gewesen. Ich erkannte keines davon.

Er zeichnete eine Kopie der Karte von London, aber so viel besser. Sie war erfüllt von Details dicht an dicht, Straßennamen und erkennbaren Wahrzeichen. Dachziegel und Mauersteine ragten aus dem Blatt, als wären sie echt, nur in schwarz, weiß und grau, und zu meiner Verwunderung nahmen sogar Bauwerke Form an, die gerade entstanden, ihr Gerüst eine Skelettummantelung, die aus der Oberfläche aufzustreben schien. Seine neue Karte war im selben Maßstab wie die alte, obwohl Mr. Gibbons nichts abmaß.

„Wunderschön", hauchte Duke hinter mir. „Dort ist die Park Street", sagte er und deutete hin.

Mr. Gibbons schlug seine Hand weg, ohne den Gesang zu unterbrechen. Einen Augenblick später legte er den Bleistift ab.

Ich legte die Hand auf meine Ecke der Karte. Hitze wallte durch meine Finger, durch die Hand zu meinem Handgelenk hinauf, wo sie ausklang. Ich keuchte und zog sie zurück. Mr. Gibbons und seine Tochter wechselten einen Blick, und er nahm den Gesang erneut auf.

„India?", flüsterte Cyclops.

„Mir geht es gut." Ich legte die Hand zurück auf die Karte, diesmal bereit für die Hitze. Sie brannte heftig, war aber erträglich.

Ich fühlte mich ein wenig fehl am Platz, weil ich einfach dastand, während Mr. Gibbons die ganze Arbeit verrichtete. Ich sollte auch singen. Seine Worte flossen um mich herum, und die Wärme aus der Karte wallte über mein Handgelenk hinauf, meinen Arm empor zur Schulter. Ich schloss die Augen, um mich darauf zu konzentrieren, um sie in meinen Körper zu lassen, obwohl ich ihr nicht gestattete, mich zu übermannen. Ich konnte beinahe hören, wie Matt mich tadelte, vorsichtig zu sein, nichts zu tun, das mich in Gefahr bringen würde. Doch das fühlte sich natürlich an. Es fühlte sich *echt* an, als könne ich die Magie in Anspruch nehmen und nutzen. Darauf aufbauen.

Die Uhr in meinem Pompadour pulsierte. Ich wusste nicht, ob die anderen es spüren oder hören konnten, oder ob ich es überhaupt wahrnahm. Vielleicht ahnte ich es einfach.

„*Da!*", rief Duke.

Der Gesang endete.

„Das ist hier", knurrte Cyclops. „Das ist dieses Haus."

Mr. Gibbons fuhr mit seinem Gesang fort.

Ich öffnete langsam die Augen und starrte auf das leuchtend violette Glühen auf der Karte. Die Skizze war mit Bleistift angefertigt, nicht mit Farbe. Dieses Leuchten … das war ich. Meine Uhr, um genauer zu sein. Darum hatte sie pulsiert. Sie hatte meine Magie gespürt.

Ich drückte beide Handflächen auf die Karte. Die Hitze störte mich nicht mehr, obwohl sie sich heftiger anfühlte, stärker. Sie strömte durch mich hindurch, und ich fragte mich, ob meine Adern leuchteten wie die von Matt, wenn er seine Uhr benutzte.

Die Karte pulsierte, genau wie meine Uhr vorhin. Mr. Gibbons spürte es wohl auch, denn er hörte auf zu singen.

„Machen Sie weiter", drängte ich. *Denk wieder an Matts Uhr*, trug mir eine leise Stimme auf.

Ich stellte mir die Art vor, wie sie seine Adern glühen ließ, wie sie die Linien der Erschöpfung ausradierte, die Schatten der Müdigkeit. Ich stellte mir das Gehäuse der Uhr vor und erinnerte mich an jede einzelne Feder und jedes Zahnrad, das ich vor wenigen Wochen gereinigt und ersetzt hatte.

„Mein Gott", flüsterte Duke, der sich über meine Schulter beugte. „Cyclops?"

„Ich sehe es", hauchte er. „Eine krumme Straße in der Stadt. Ich kann die Schrift nicht ganz lesen. Es ist ein langer Name für eine schmale Straße."

Der Gesang hörte auf. Miss Gibbons schnappte ruckartig nach Luft. „Es hat funktioniert!"

„Bucklersbury Street", sagte ihr Vater.

„Bucklersbury!" Ich öffnete die Augen, und ein leuchtender Fleck war über dem Herzen der Stadt zu sehen. Über dem exakten Standort der römischen Mosaik-Ausgrabung, wenn ich mich nicht irrte. „Dort war ich erst vor Kurzem."

Ich richtete mich auf und nahm die Hände von der Karte. Das Glühen verschwand. Die Karte war ein Meisterwerk, das eine Kunstgalerie hätte schmücken können. Aber sie war jetzt nur noch eine Karte.

„India." Cyclops' Stimme erzwang meine Aufmerksamkeit. „Wir müssen los."

„Danke", sagte ich zu Mr. Gibbons. „Ihre Hilfe war unbezahlbar."

„Viel Glück", erwiderte Miss Gibbons mit einem zögerlichen Lächeln. „Ich hoffe, das bedeutet, dass Mr. Glass die Suche nach Daniel wieder aufnimmt."

„Sobald es ihm möglich ist, das versichere ich Ihnen." Zu Mr. Gibbons sagte ich: „Wir versuchen uns Bestes."

Er nickte, schien sich meiner aber kaum bewusst zu sein. Er starrte auf die Karte, auf meine Hände, dann auf seine. „Erstaunlich", murmelte er.

Das war es, aber ich hatte keine Zeit, darüber nachzudenken, oder über meinen Anteil an der Übung. Matt und Willie brauchten Rettung.

* * *

Zum ersten Mal war ich froh, dass Bryce gern schnell fuhr. Er schaffte es, die sperrige Kutsche rasant durch den Verkehr zu manövrieren, und wir erreichten die Bucklersbury Street rasch. Er hielt jedoch nicht vor dem eingerüsteten Gebäude an, in dem wir den Mosaikboden gesehen hatten, und ich wollte gerade zu ihm hinausrufen, als ich seinen Schrei hörte.

„Sir!"

Ich reckte den Kopf aus dem Fenster, und mein Herz machte einen Satz. Matt! Neben ihm stand Willie. Sie waren am Leben und in Freiheit. *Gottseidank. Gottseidank.*

„Matt!", rief ich, öffnete die Tür und sprang ohne Rücksicht auf meine Röcke aus der Kutsche. Sie wickelten sich um meine Beine und flatterten hinter mir her, während ich rannte.

Sowohl Duke als auch Cyclops überholten mich und erreichten sie zuerst. Duke umarmte Willie und sah aus, als würde er auch Matt in die Umarmung ziehen wollen. Cyclops schlug beiden auf die Schulter.

„Matt! Willie!" Ich war zu erfreut, sie zu sehen, um sie *nicht* einen nach dem anderen zu umarmen. Matt hielt ich am längsten fest. Seine Arme spannten sich an, ehe er mich losließ und auf eine Armeslänge Abstand schob.

Er wirkte müde, aber nicht erschöpft, und die blauen Flecken in seinem Gesicht und die aufgeplatzte Lippe erzählten ihren Teil davon, wie er gefangen worden war. Ich hob eine Hand, um ihn an der Wange zu berühren, überlegte es mir aber anders. Er würde mein Mitleid nicht wollen.

Duke, Cyclops und Willie redeten durcheinander. Matt und ich blieben still, unsere Blicke aufeinander gerichtet. Ich wusste, dass in meinem all die Erleichterung stand, die durch mich hindurch wirbelte. Ich konnte meine Freude, dass sie sicher waren, nicht zurückhalten, und ich nahm an, darum schenkte er mir ein leichtes Lächeln, obwohl er zornig wirkte.

„Ich bin halb verhungert", sagte Willie. „In der Nähe gibt es ein Speisehaus. Wie sieht's aus, holen wir uns ein Steak und sprechen dort über Vergeltung?"

„Wir müssten wissen, wer uns entführt hat, um Vergeltung zu üben", knurrte Matt. Aber er nickte. „Wir reden, während wir essen."

„Bist du sicher?", fragte ich. „Solltest du dich nicht ausruhen?"

„Ich habe mich den ganzen verdammten Tag lang ausgeruht. Ich hatte genug Ruhe."

Er marschierte von dannen. Ich beäugte Willie, und sie lächelte mich ausdruckslos an. „Es war ein langer Tag", sagte sie. „Und Matt mag es nicht, wie ein Hund angebunden zu werden."

„Wie seid ihr entkommen?" Ich warf einen Blick zurück auf das Gebäude ein Stück entfernt an der Straße. „Und warum verfolgt euch niemand?"

„Wir erzählen es dir, nachdem wir gegessen haben", erwiderte Willie. „Ich kann mit leerem Magen nicht reden."

Cyclops trottete zurück zur Kutsche, um Bryce von unseren Plänen in Kenntnis zu setzen, und wir marschierten zum Speisehaus. Es war zu früh fürs Abendessen und zu spät fürs Mittagessen, darum war es dort nicht voll. Wir glitten auf Bankplätze in der entferntesten Ecke, wo die Sonne nicht hinkam und auch das Lampenlicht kaum hinfiel. Das Porträt einer Frau, die an einem Tresen lehnte, starrte auf uns herab, ein erwartungsvolles Leuchten in den Augen. Ich fragte mich, ob ich genau so aussah, während ich darauf wartete, dass Matt und Willie ihre Geschichte erzählten.

Ein Kellner mit einer weißen Halsbinde nahm unsere Bestellung auf. Sobald er verschwunden war, beugte sich Duke vor, die Ellbogen auf dem Tisch, und sagte: „Nun?"

Matt warf einen Blick auf Willie. Er kniff die Augen zusammen. Sie schluckte und musterte ihre schmutzigen Fingernägel. „Nun", begann sie, „ich habe es vermasselt."

Als sie nicht fortfuhr, forderte Matt sie dazu auf. „Weiter. Sie verdienen, es zu wissen."

Willie räusperte sich. „Ich habe dir doch schon gesagt, dass es mir leidtut, Matt. Ich meine das ernst."

Er hob eine Hand. „Nichts mehr davon", sagte er sanfter. „Erzähl es ihnen."

„Ich kam um sechs in der Lemon Street an, lief aber fünf Männern in den Hinterhalt. Ich hatte keine Chance. Sie fesselten mich an allen vieren, knebelten mich und verfrachteten mich auf einen Karren."

„Haben sie dir wehgetan?", knurrte Duke.

Sie schreckte zusammen. „Nur blaue Flecken."

„Du bist ohne dein Schießeisen hin?"

„Ich hatte nicht die Gelegenheit, es einzusetzen." Sie berührte ihre Hüfte dort, wo normalerweise ihre Pistole hing, wenn sie sie dabei hatte. „Sie haben mich hierher gefahren, zu diesem Gebäude, in dem die Archäologen den Boden aufgraben. Er war leer. Sie brachten mich nach unten in den Keller und ließen mich dort, komplett gefesselt."

Duke schob ihre Manschette hoch, um ihre Handgelenke zu enthüllen, die von Seilen wundgescheuert waren. Er fluchte tonlos.

„Hat das niemand gesehen?", fragte Cyclops.

„Sie haben mir einen Umhang umgelegt und mich nach drinnen gedrängt", sagte Willie. „Aber es war sowieso niemand da."

„Und dann?"

„Und dann traf Matt ein paar Stunden später auf dieselbe Art und Weise ein. Sie ließen ihn bei mir im Keller."

Ich warf einen Blick auf Matt. Er wirkte, als würde er lieber jemandem den Kopf abreißen, als über das zu reden, was ihm widerfahren war.

Der Kellner stellte fünf schäumende Biere auf dem Tisch ab. Willie stürzte sich auf ihres und trank es in einem Zug halb aus. Matt trank seins ganz.

„Du wurdest auch in den Hinterhalt gelockt?", fragte ich ihn, während er den Zinnkrug abstellte. „Von der Bande in der Lemon Street?"

Er neigte den Kopf zu einem Nicken. „Sie warteten auf mich, fünf innerhalb des Bogens, wo ich sie nicht sehen konnte, und einer genau vorne als Köder. Ich konnte meine Waffe nicht einmal ziehen."

Aber er hatte sie garantiert bekämpft. Die Beweise für den Kampf waren auf seinem ganzen Gesicht. „Wo sind eure Waffen jetzt?", fragte ich.

„Gestohlen", stieß Willie hervor.

„Aber nicht deine Uhr?", fragte ich Matt.

Er schüttelte den Kopf. „Sie inspizierten sie, aber der Anführer sagte den anderen, dass das die Uhr war, die sie laut Befehl bei mir lassen sollten."

Ich lehnte mich zurück, sämtliche Luft wich aus meiner Lunge.

„Jemand wusste, dass sie wichtig für dich ist", sagte Cyclops, der sich sein stoppliges Kinn rieb. „Das bedeutet, derjenige, der die Kerle anheuerte, weiß, dass sie magisch ist und du sie brauchst."

„Es heißt, derjenige will nicht, dass ich tot bin", sagte Matt mit geneigtem Haupt.

„Nur aus dem Weg geräumt", murmelte ich. „Ich tippe auf Abercrombie, der dich vom Treffen mit Mirth abhalten wollte. Das bedeutet, dass er mehr weiß, als wir dachten – er weiß, dass in deiner Uhr zwei Magiearten kombiniert sind."

„Oder er weiß einfach, dass sie irgendwie wichtig für mich ist."

Willie wuchtete die Ellbogen auf den Tisch und vergrub die Hände in den Haaren. Sie waren aufgegangen und hingen in wilden Locken über ihren Schultern. „Du hast das Treffen mit Mirth verpasst", stöhnte sie.

„Ich habe ihn getroffen", erzählte ich ihnen.

Willie warf durch ihre Finger einen Blick auf mich. „Wirklich?"

„Und?", fragte Matt.

„Er ist nicht Chronos", sagte ich. Beide sackten zusammen. „Ich werde mehr erklären, nachdem ihr mir erzählt habt, wie ihr geflohen seid."

„Willie und ich waren im Keller eingesperrt", sagte Matt, „gefesselt, aber nicht geknebelt. Wir riefen, doch niemand kam. Willie schaffte es, meine Fesseln zu öffnen, und ich habe sie befreit, aber wir kamen nicht aus dem Keller heraus."

„Wir haben sogar versuchsweise gebuddelt", sagte Willie. „Wir fanden ein paar der archäologischen Werkzeuge, aber in der Dunkelheit war es hoffnungslos."

„Wo war Mr. Young?", fragte ich.

„Heute nicht bei der Arbeit, wie es scheint", sagte Matt. „Er bewahrt seine Werkzeuge im Keller auf, weggeschlossen und außer Sicht."

„Also haben wir gewartet." Willie warf einen Blick auf Matt. „Uns ausgeruht. Dann hörten wir plötzlich den Riegel zurückgleiten. Wir mussten uns im Dunkeln zur Tür vortasten. Bis wir dort ankamen und sie öffneten, war derjenige, der sie aufgesperrt hatte, schon weg. Wir durchsuchten das Gebäude, die ganze Straße von hinten bis vorne, aber wir sahen niemanden.“

„Und dann kamt ihr drei an“, sagte Matt. „Habt ihr jemanden weggehen sehen?“

Wir schüttelten die Köpfe. „Wir haben darauf nicht geachtet“, sagte ich.

„Das ergibt keinen Sinn“, sagte Duke mit einem Kopfschütteln. „Sie haben euch einfach gehen lassen?“

Matt nickte. „Ich konnte den ganzen Tag lang darüber nachdenken, und ich glaube, India hat recht. Jemand hat sich sehr bemüht, zu verhindern, dass ich heute zur Bank gehe. Jemand, der wusste, dass es in diesem Gebäude einen Keller gibt, und wusste, dass man nicht über uns stolpern würde. Jemand, der nicht unseren Tod, aber mich aus dem Weg haben wollte.“

Duke fluchte leise. „Das muss Abercrombie sein.“

„Aber ich, Willie und Duke wissen, wie Chronos aussieht“, sagte Cyclops. „Du warst nicht der Einzige, der bestätigen konnte, ob Mirth Chronos ist.“

„Mein Entführer wusste das nicht“, sagte Matt. „Er dachte, nur ich könne das.“

„Was bedeutet, dass es nicht Chronos selbst ist“, sagte Willie. „Außer, er hat vergessen, dass er uns damals begegnet ist.“

„Dich vergisst man nicht so leicht“, erklärte ihr Duke mit einem schiefen Grinsen.

Sie hob ihren Krug zum Salut. „Das habe ich schon öfter gehört.“

„Es scheint, als stecke Abercrombie dahinter“, sagte ich. „Ich weiß nicht, wie er von deiner Uhr erfahren konnte, oder dem Keller in dem verlassenen Gebäude, aber er wollte dich auf jeden Fall heute von der Bank fernhalten, Matt, und auch verhindern, dass jemand anders Mirth sieht.“

Ich erzählte ihnen, wie sich Abercrombie vor dem Eingang zur Bank herumgedrückt hatte, und wie ich an ihm vorbeigekommen war. Je länger ich sprach, desto mehr wechselte Matts Miene von düster und ernst zu hoffnungsvoll, wenn auch nicht weniger angestrengt. Mit seinem zerschlagenen Gesicht sah er genauso so beeindruckend aus wie der Wild-West-Bandit, für den ich ihn einst gehalten hatte.

Ich hielt inne, als unser Essen kam, und fuhr fort, sobald der Kellner weg war. Ich erzählte ihnen, dass Mirth argwöhnte, DuPont wäre Chronos; dass er nicht glaubte, dass DuPont Franzose war, und dass wir beide vermuteten, dass das der Grund war, warum Abercrombie sich solche Mühe machte, uns daran zu hindern, mit ihm zu sprechen.

„Er ahnt nicht, dass wir bereits von DuPont wissen", sagte Matt, der eine Salzkartoffel aufschnitt.

Willie hob ihr Kotelett mit den Fingern an und nagte den Knochen ab. „Willie!", zischte Duke. „Du bist nicht mehr im Keller. Nimm Messer und Gabel."

„Sieht doch niemand", erwiderte sie und wischte sich mit dem Handrücken Fett vom Kinn.

„Wenn also Abercrombie hinter den Entführungen steckt", sagte ich, „hat er eine Verbindung zur Mosaik-Ausgrabung in der Bucklersbury Street? Wenn ja, dann heißt das, dass er mit dem Archäologen Mr. Young verbunden ist, und vielleicht sogar mit McArdle selbst."

„Und mit Daniels Verschwinden." Cyclops' Worte fielen wie Bleigewichte in die Stille.

Willie hob die Hand, doch ihr Mund war zu voll zum Sprechen.

Matt füllte die Pause. „Ich kann nicht glauben, dass Abercrombie so töricht ist. Es wäre unklug, uns an den Ort zu bringen, der ihn mit Daniels Verschwinden in Verbindung bringen könnte, insbesondere, wenn er vorhatte, uns wieder gehen zu lassen."

Willie schluckte. „Diese Schweine unterhielten sich darüber, als sie mich zum Keller brachten. Einer erzählte den anderen, dass er jeden Tag durch die Bucklersbury läuft, und dass er sie für einen guten Ort hielt, um sich zu verstecken, da die Baustellen gerade pausieren und die Buddler nicht jeden Tag arbeiten."

„Mit Buddlern meint er wohl Archäologen", hakte ich nach.

„Na, was bist du aber schlau", sagte Willie, die sich den Knochen von Dukes Teller schnappte und auch daran nagte.

„Also haben wir doch keine Verbindung zwischen Abercrombie und Daniels Verschwinden." Ich seufzte. „Wir sind nicht näher daran, ihn zu finden als vorher."

„Wo wir gerade vom Finden reden, wie habt ihr uns gefunden?", fragte Matt. „Ich glaube nicht an Zufälle. Ihr seid doch sicher nicht die Bucklersbury Street entlang gefahren, weil ihr gehofft habt, dass wir dort sein könnten."

Duke grinste und deutete mit dem Messer auf Matt. „Warte erst, bis du das hörst. Los, India. Erzähl es ihnen."

Matt und Willie schenkten mir ihre ganze Aufmerksamkeit, obwohl Matts Stirn sich leicht in Falten legte. Ich beugte mich vor und senkte die Stimme. „Ich habe meine Magie an die von Mr. Gibbons gekoppelt."

„Gut gemacht, India." Willie nickte mir beeindruckt zu.

„Nicht gut gemacht." Matt schob seinen Teller zur Seite und beugte sich ebenfalls vor. „Was hast du dir dabei gedacht, deine Magie zu nutzen?"

„Ich habe mir dabei gedacht, dass ich euch finden will", fuhr ich ihn an. „Du hast einiges mitgemacht, Matt, und du bist müde und besorgt, darum streite ich jetzt nicht mit dir. Was getan wurde, wurde getan, und ich tue es wieder, wenn ich muss, ohne zu zögern. Jetzt sieh bitte davon ab, mir einen Vortrag zu halten. Ich will ihn nicht hören."

Zum ersten Mal an diesem Nachmittag blitzten seine Augen auf, als wäre die Müdigkeit plötzlich verschwunden. Es schien, als würde ihn der Streit mit mir beleben. Nicht, dass es ihm Spaß machte, sich von mir tadeln zu lassen. Ganz im Gegenteil, wenn man nach seinem finsteren Gesicht ging.

Duke war plötzlich sehr an seiner Bratensauce interessiert, die er mit einer Scheibe Brot auftunkte. Cyclops stürzte den Rest seines Biers hinunter. Willie jedoch schien Matts düstere Stimmung nichts auszumachen, und sie fragte, wie die Magie funktionierte, darum erzählte ich ihr, was in Mr. Gibbons Werkstatt geschehen war.

„Schade, dass Daniel nie eine Taschenuhr bei deinem Vater kaufte", sagte sie. „Eine, an der du gearbeitet hast. Wir hätten deine Methode nutzen können, um ihn zu finden."

Ich warf einen Blick auf Matt. Er beobachtete mich noch, und ich schwöre, ich spürte, wie sein Ärger in der Luft zwischen uns brodelte. Ich schenkte ihm ein Lächeln, doch er erwiderte es nicht.

Wir beendeten unsere Mahlzeit und verließen das Speisehaus. Willie holte tief Luft zwischen zusammengebissenen Zähnen und stieß sie langsam aus. „Hätte nie gedacht, dass ich Londons stinkende Luft mal zu schätzen weiß, aber jetzt ist das auf jeden Fall so. Die Luft in diesem Keller war abgestanden, schwül und stank nach Ratte."

„Willst du Abercrombie zur Rede stellen?", fragte Cyclops Matt.

„Wir wissen nicht sicher, ob er es war", sagte Matt. „Und bis wir das wissen, will ich ihn nicht herausfinden lassen, dass wir ahnen, was für ein Spiel er spielt."

„Das sehe ich anders", sagte ich, doch ich schloss den Mund, als Matt mir einen finsteren Blick zuwarf. Vielleicht war das nicht der richtige Zeitpunkt. Er war bestimmt müde und wollte unbedingt nach Hause.

Zuhause gab es jedoch keine Gelegenheit zur Ruhe. Matt musste sich der höflichen Konversation mit den Besuchern seiner Tante stellen, und ich blieb bei ihm, um meine Unterstützung zu demonstrieren. Nachdem die unbehaglichen Fragen zu seinem zerschlagenen Gesicht beantwortet waren – er sagte, er wäre auf dem unebenen Bürgersteig gestürzt –, saß er still da und trug kaum etwas zur Unterhaltung bei.

Sogar nachdem die Besucher weg waren, konnten wir nicht unter uns sprechen. Seine Tante kehrte zu ihm zurück, sobald sie weg waren. „Nun, sag mir die Wahrheit. Was ist mit deinem ansehnlichen Gesicht passiert?"

„Ich habe es dir doch erzählt. Ich bin gestürzt."

„Unsinn. Das glaubt keiner."

„Tante", sagte er mit einem Seufzen. „Nicht jetzt."

Sie saß still da, ihre Finger im Schoß verschränkt, ganze zehn Sekunden lang. „Wie kann ich dich meinen Freunden vorstellen, wenn du so aussiehst? Sie werden glauben, du seist ein Boxer."

Und sie hätten nicht ganz unrecht. „Wir wollten Sie nicht in Sorge versetzen", sagte ich. „Darum hat er sich die Geschichte ausgedacht, dass er hingefallen ist." Matt hob die Brauen, der

Hauch eines Lächelns umspielte seine Lippen. Er schien neugierig zu sein, wie ich mich da herausreden wollte. „In Wahrheit ist er in einen Kampf geraten."

Miss Glass drückte sich die Hand an die Kehle. „Matthew!"

Matt funkelte mich an, das Lächeln war verschwunden.

„Es war nicht seine Schuld", sagte ich rasch. „So ein obszöner Mann wollte Willie nicht in Ruhe lassen. Matt hat nur ihre Ehre verteidigt."

Das schien sie zufriedenzustellen, ein wenig zumindest. Anstelle von entsetzt wirkte sie nun nur noch erschüttert. „Mir war nicht bewusst, dass sie Ehre besitzt."

„Mir auch nicht", sagte Matt mit hartem Unterton.

„India, bitte Bristow darum, dass er Picket kommen lässt." Miss Glass fasste sich an die Stirn. „Es war ein langer Tag nach einer langen Nacht."

„Vielleicht kann Matt Sie in Ihr Zimmer begleiten", schlug ich vor. „Er sollte sich sowieso in diese Richtung aufmachen."

„Sollte ich nicht", sagte er, „aber ich bringe dich gerne hin, Tante." Er stand pflichtschuldig auf und half Miss Glass auf die Beine.

„So ein guter Bruder." Sie berührte Matts Wange mit dem blauen Fleck und schnalzte mit der Zunge. „Du Armer. Du solltest nicht so viele Drachen erschlagen."

Ich erwartete nicht, dass Matt sich bis zum Abendessen wieder zu uns gesellte, oder vielleicht sogar erst am nächsten Tag, aber ein paar Minuten später kehrte er bereits zurück. „Geht es ihr gut?", fragte ich.

„Sie plappert immer noch von Drachen."

„Du bist ihr weißer Ritter."

Er schenkte sich ein Glas Kognak am Büffet ein. „Ich bin niemandes verdammter Ritter. Ich kann nicht mal mich selbst retten."

„Matt." Ich hielt inne. Das verlangte nach mehr als mitfühlenden Worten. Ich stand auf und trat zu ihm ans Büffet. „Nicht einmal Ritter können fünf Männer abwehren, die sie überraschen."

„Ich hätte besser vorbereitet sein sollen. Ich hätte einen Hinterhalt erwarten sollen."

„Du hättest nicht allein gehen sollen."

Er drehte sich zu mir und lehnte die Hüfte an das Buffet. Es war eine lässige Haltung, doch an dem Zorn, der aus ihm hervor wogte, war nichts Lässiges. Ich hätte gedacht, er wäre wütend auf mich, weil ich meine Magie eingesetzt hatte, aber ich erkannte nun, dass das nicht der einzige Grund war.

„Sollst du nicht dafür sorgen, dass ich mich besser fühle?", fragte er.

„Ich dachte, das täte ich."

„Indem du mir sagst, ich war nicht gut genug vorbereitet?"

„Oh. So habe ich das gar nicht betrachtet."

Ich vermutete hinter seinem Knurren ein widerwilliges Lachen, als würde er seine üble Laune nur widerstrebend aufgeben. Er schenkte mir einen Kognak ein, ließ das Glas aber nicht los, als er es mir überreichte. „India", murmelte er, „ich habe dir noch nicht dafür gedankt, dass du uns gerettet hast."

„Wir haben euch nicht gerettet. Außerdem dachte ich, dir gefallen meine Methoden nicht."

„Tun sie auch nicht, aber ich verstehe, warum du es getan hast. Ich hätte dasselbe getan, wenn unsere Lage umgekehrt gewesen wäre."

„Danke, Matt. Ich weiß es zu schätzen, dass du das einsiehst."

Er ließ das Glas los, aber nicht ehe sein Daumen meinen gestreift hatte. „Ich weiß auch, wenn ich in einem Kampf auf verlorenem Posten bin. Du hast mich heute gerügt."

„Ja. Nun ja." Ich nippte. Der Kognak wärmte mir die Kehle und prickelte in meiner Nase, „Ich bin es nicht gewohnt, dass man mir sagt, was ich tun soll. Es ist einige Jahre her, dass Vater mir Vorträge gehalten hat. Es war wirklich kaum nötig, denn ich war immer pflichtbewusst."

„Insgesamt bist du auch hier pflichtbewusst."

„Außer wenn du etwas sagst, dem ich nicht zustimmen kann."

Sein Mund verzog sich zu einer Grimasse. „Du hast deine Stimme gefunden India, und du hast keine Angst, sie einzusetzen."

Ich war mir nicht sicher, ob er mich tadelte oder beglückwünschte. „Ich hoffe, es gibt nicht viele Gelegenheiten dazu. Ich mag es nicht, wenn wir uns streiten."

„Ich genauso wenig", sagte er mit leiser, bedrückter Stimme. „Ich genauso wenig." Seine Finger strichen über meine, eine leichte Berührung, die vorbei war, ehe ich reagieren konnte. Er trat zur Seite und stürzte den Rest seines Kognaks hinunter.

Die Luft im Salon fühlte sich drückend an, eng, das Atmen wurde schwer. Ich trank den Rest meines Kognaks mit einem Schluck. Da ich den feurigen Nachgeschmack nicht gewohnt war, hustete ich.

Matt lächelte. Es tat so gut, ihn fröhlicher zu sehen, dass ich es erwiderte. „Das war ein ziemlich anstrengender Tag", sagte ich.

„Ist das deine höfliche Art, mir zu sagen, ich soll auf mein Zimmer gehen und mich ausruhen?"

Ich hob die Hände. „Ich würde es nicht wagen, dir zu sagen, was du tun sollst."

„Hmmm."

Bristow trat ein und trug ein Serviertablett mit einem Umschlag darauf. „Für Sie kam ein Brief, Sir."

Matt schnitt den Umschlag auf und las. „Er ist von meinem Anwalt. Er hat Lord Coyle gefunden." Er faltete den Brief und entließ Bristow. „Es ist noch nicht zu spät. Ich denke, ich statte dem Earl jetzt einen Besuch ab. Willst du mitkommen, India?"

„Du willst mich dabei haben?"

„Wie soll ich sonst wissen, ob die Gegenstände in seiner Sammlung magisch sind oder nicht?"

KAPITEL 17

*L*ord Coyles Haus in Belgravia war hell erleuchtet. Licht strömte aus den Fenstern im Erdgeschoss, dem ersten und zweiten Stock, und die beiden Laternen an der Eingangstür zischten einladend. Der Butler benahm sich weniger einladend. Sein unprofessionelles Stirnrunzeln, als er uns auf der Schwelle sah, bescherte mir ein unbehagliches Gefühl. Matt schien es dagegen nicht zu kümmern.

„Mr. Glass und Miss Steele, um Lord Coyle zu besuchen", sagte er in seiner übertriebensten Stimme. „Sagen Sie ihm, dass es um den jüngsten Zugang zu seiner Sammlung geht."

Der Butler ließ uns warten, während er einen Diener schickte, der Coyle suchen sollte. Er schaute auf die Uhr und stellte dann den Minutenzeiger der Walnussholz-Standuhr, nur um ihn wieder zurückzusetzen. Sie zeigte meiner Schätzung nach die Zeit perfekt an, doch der Butler musste wohl unbedingt den Anschein erwecken, als würde er etwas tun und nicht ein Auge auf uns haben.

Ein korpulenter Mann mit einem schlaffen weißen Schnurrbart, der von seinem Kinn hing, stapfte die Stufen herab und entließ den Butler aus seiner Pflicht. „Wer sind Sie?", fuhr der Earl Matt an. „Meine Gäste treffen bald ein, und ich habe für das hier keine Zeit."

„Es tut uns leid, Sir. Wir werden nicht viel von Ihrer Zeit

beanspruchen", sagte Matt. „Mein Name ist Matthew Glass, und das ist ..."

„Sie sind mit Rycroft verwandt?" Coyle trat an Matt heran, dann sah er ihm mit zusammengekniffenen Augen ins Gesicht. Die Falten in seinen Augenwinkeln glätteten sich, während er blinzelte und die Augen aufriss. War es der Anblick der blauen Flecken, der ihn verstörte?

„Er ist mein Onkel", sagte Matt.

Coyles Schnurrbart hob sich, als sein Mund den Hauch eines Lächelns formte. „Sie sind der amerikanische Erbe. Sowas wie ein Boxer, hm?" Er kicherte. „Schätze, Rycroft ist nicht glücklich."

„Da Sie bald Gäste hier erwarten, kommen wir doch zur Sache. Ich habe von Ihrer Sammlung erfahren ..."

„Welcher Sammlung?" Coyles Nase, die bereits leicht gerötet war, wurde noch röter, ebenso seine Wangen.

„Stellen Sie sich nicht dumm, Sir. Ich bin nicht in der Stimmung für Spielchen."

Coyle stotterte einen halbherzigen Protest, bis Matt ihn unterbrach.

„Ein vielversprechender Kartenzeichner wird vermisst, und Ihr Bevollmächtigter hat mit Onslow gesprochen, dem Schatzmeister der Gilde der Kartenzeichner. Dieser Zufall ist höchst verdächtig."

Seine Augen wurden noch größer. Überrascht, dass wir so viel wussten? „Was hat mein Geschäft mit dem Vermissten zu tun?"

„Wir haben Grund zur Annahme, dass er eine ... besondere Karte anfertigte, die Onslow Ihnen für Ihre Sammlung verkauft hat."

„Wenn dem so ist, dann sollten Sie mit Onslow reden, nicht mit mir."

„Also leugnen Sie, dass Sie die Karte gekauft haben?"

„Ich habe von niemandem eine Karte gekauft", erwiderte Coyle selbstgerecht.

„Vielleicht einen Globus?", schlug ich vor.

Coyle schaute mich zum ersten Mal an. „Wer sind Sie?"

„Meine Assistentin, Miss Steele", sagte Matt. „Beantworten Sie ihre Frage."

„Sagen Sie mir nicht, was ich in meinem Haus zu tun habe!"

Der Butler, der sich die ganze Zeit in der Nähe aufgehalten hatte, trat aus dem Schatten. Matt spannte sich an.

„Mein Lord", sagte ich rasch, ehe wir hinausgeworfen wurden, „gibt es einen Ort, an dem wir das unter uns besprechen können? Was wir zu sagen haben, ist nicht für die Ohren anderer bestimmt."

„Ich denke nicht, dass mir Ihr Ton gefällt, Miss."

„Und ich denke nicht, dass mir Ihre Ausflüchte gefallen", knurrte Matt. „Nun gut, wenn es Ihnen nichts ausmacht, dass andere von Ihren Geschäften erfahren, dann hole ich Commissioner Munro, und Sie können ihm auf der Polizeiwache alles über Ihre Sammlung erzählen."

„Seien Sie kein Narr, Glass. Das ist England, wo man Leute wie mich mit Respekt behandelt. Es ist nicht das Kaff, aus dem Sie hervorgekrabbelt sind. Munro kann mir gar nichts."

„Er kann – und er wird –, wenn er glaubt, dass Sie etwas mit dem Verschwinden seines Sohnes zu tun haben."

Coyle schreckte zurück. Er fuhr sich mit einer breiten, wulstigen Hand übers Gesicht. „Kommen Sie mit mir."

Wir folgten ihm in ein kleines Zimmer mit Büchern, die zwei Wände säumten. Ein einzelner brauner Ledersessel stand schräg vor dem Kamin, und ein Landschaftsgemälde hing über dem Sims, das leuchtende Grün wogender Hügel war das Einzige, das Farbe in diesen maskulinen Raum brachte.

Matt schloss hinter uns die Tür. „Erzählen Sie uns von ihren Geschäften mit Onslow."

Coyle verschränkte die Hände hinter dem Rücken und stellte sich neben den kalten Kamin. „Ihre Assistentin hat recht. Onslow hat mir einen Globus verkauft. An der Transaktion ist nichts Ungehöriges, und sie hat nichts mit Ihrem verschollenen Kartenzeichner zu tun."

„Wie können Sie sich da sicher sein?", fragte Matt.

Coyles Adamsapfel hüpfte wild auf und ab. „Fragen Sie Onslow."

„Werden wir."

„Wer hat den Globus angefertigt?", fragte ich.

„Ich weiß es nicht, und es ist mir gleich", sagte Coyle.

„Dürfen wir ihn sehen?", fragte Matt.

„Gewiss nicht."

„Warum nicht?"

Coyles Mund öffnete und schloss sich wieder, und einige Augenblicke lang kam nichts heraus. „Weil meine Sammlung privat ist."

Matt ging zu Coyle hinüber, der vor ihm zurückwich, als würde er sich an den Kaminsims drücken wollen. Matts ausnehmend hochgewachsener Körperbau zusammen mit den blauen Flecken auf seinem Gesicht und seiner gepfefferten Laune waren eine beunruhigende Kombination. „Zeigen Sie uns den Globus *jetzt*, Sir, oder ich werde Ihnen demonstrieren, wie ich zu diesen blauen Flecken gekommen bin."

„Ist das eine Drohung?" Starke Worte, die mit so schwacher Stimme geäußert wurden.

„Ja."

Coyle schluckte. „Sie sind verrückt."

„Das ist typisch für meine Familie."

Coyle warf einen Blick zu mir, als könne ich ihn retten. Ich bot ihm lediglich ein Schulterzucken. „Nun gut, aber Sie müssen versprechen, die Artefakte in meiner Sammlung vor niemandem preiszugeben."

„Warum nicht?", fragte Matt.

„Weil sie Teil des Mysteriums sind. Meine Sammlung ist in gewissen Kreisen berühmt, wegen ihrer Einzigartigkeit, aber auch ihrer Exklusivität. Je weniger Leute wissen, was sie enthält, desto faszinierender ist sie."

Meinte er damit, dass sie an sich nicht interessant war?

„Zeigen Sie uns einfach die verdammte Sammlung", knurrte Matt.

Coyle strich mit der Hand an einer Reihe Bücher entlang, bis er eines mit dunkelrotem Einband erreichte. Er zog daran, und das ganze Wandpaneel mit den Bücherregalen glitt auf, um dahinter einen verborgenen Raum zu enthüllen. Ich holte Luft und bemerkte den abgestandenen Geruch nach Zigarren mit Holzrauch.

Coyle entzündete eine Laterne, die gleich im Eingang hing, und hielt sie hoch. „Hier entlang."

Ich warf einen Blick auf Matt, und er nickte, eindeutig mit demselben Gedanken wie ich – dass es eine Falle sein könnte, und einer von uns in der Bibliothek bleiben sollte. Da er stärker war, hielt ich es für am besten, wenn er blieb.

Letztlich spielte es keine Rolle. Der Geheimraum war nicht größer als ein Schrank, und Matt konnte den Inhalt vom Eingang aus sehen. Der Raum war gerammelt voll mit Gegenständen. Ich erspähte Skulpturen unterschiedlicher Größe und Beschaffenheit, etliche Bücher, Gemälde, Porzellanteller, ausgestopfte Tiere, Zierkästchen, Möbelstücke, Schmuck und sogar eine geschnitzte Messingkaminuhr mit einem fein geätzten Silberziffernblatt. Die Uhr hielt meine Aufmerksamkeit jedoch nicht lange fest. Genauso wenig der große Bronzeglobus, der auf den Schultern eines gebeugten alten Mannes ruhte.

Es war die Wärme, die aus dem Raum strömte, die mich überraschte. Nein, nicht aus dem Raum – aus den Gegenständen selbst. Magische Wärme. Ich erkannte inzwischen den Unterschied.

„Sie haben den *Globus* der Gilde gekauft?", fragte Matt, der die Bronzeskulptur anstarrte.

Coyle schniefte. „Onslow hat ihn mir verkauft. Das Geschäft war einwandfrei."

„Wann kam er in Ihren Besitz?", fragte ich.

„Letzte Nacht."

Ich schlüpfte in das Zimmer, sorgsam darauf bedacht, nicht die Schale voller Münzen zu meinen Füßen umzuwerfen. Die Wärme strömte um mich herum, hüllte mich ein wie ein Schleier. Ich holte Luft, um meine Nerven zu stählen. So viel Magie in einem so engen Raum. Meine Haut prickelte, und ich spürte Feuchte an unaussprechlichen Körperstellen. Da ich nicht widerstehen konnte, legte ich meine Hand auf die Uhr. Sie pulsierte. Reagierte sie auf mich, obwohl ich nicht daran herumgebastelt hatte?

„Fassen Sie das nicht an." Coyle schlug meine Hand weg. „Sie haben genug gesehen. Los, hinaus. Sie alle beide." Er scheuchte uns mit den Händen hinaus, aber weder Matt noch ich bewegten uns.

„Sind die römisch?", fragte Matt, der auf die Schale mit Münzen auf dem Boden wies.

Coyle baute sich vor der Schale auf. „Was ist damit?"

„Woher haben Sie sie?"

„Von einer archäologischen Ausgrabung im Norden."

„Wer hat sie Ihnen verkauft?"

„Das geht Sie nichts an."

„McArdle?", fragte Matt.

Coyles Kiefer arbeitete, aber es kam kein Wort heraus. Ich nahm das als Bestätigung.

Mit weit ausgebreiteten Armen scheuchte er uns aus dem Zimmer und schloss die Geheimtür. Nun, da ich wusste, dass sie da war, erkannte ich den Umriss der Tür an den Buchregalen und den leichten Kratzern auf dem Holzboden.

„Zufrieden?", fragte Coyle mit vorgeschobenem Kinn.

„Ich werde mit Onslow reden", sagte Matt. „Wenn er Ihre Geschichte nicht bestätigt ..."

„Wird er." Er sagte das mit solcher Sicherheit, dass ich wusste, Onslow würde seine Geschichte bekräftigen. Coyle log nicht.

„Warum diese Gegenstände?", fragte ich. „Es scheint zwischen ihnen keine Ähnlichkeit zu bestehen, nichts, was sie verbindet." Außer Magie.

„Sie gefielen mir", sagte er.

„Einige schienen nicht einmal sonderlich wertvoll", sagte Matt.

„Mir gefiel einfach, wie sie aussehen." Er deutete zur Tür, drängte uns zum Gehen.

„Aber es ist doch bestimmt etwas an ihnen, das Ihre Sammlung einzigartig macht", fuhr ich fort, weil ich unbedingt wollte, dass er zugab, dass es magische Gegenstände waren.

„Wenn es Ihnen nichts ausmacht, meine Dinner-Gäste erscheinen bald."

Matt legte eine Hand unter meinen Ellbogen und lotste mich aus dem Raum und aus der Eingangstür. „Vielen D..."

Coyle knallte uns die Tür vor der Nase zu. Matt berührte

seine Hutkrempe. „Ich glaube, er möchte, dass wir gehen." Er öffnete mir die Kutschtür und half mir beim Einsteigen. „Zur Gilde der Kartenzeichner in Ludgate Hill", befahl er Bryce.

Ich wartete, bis wir aus Belgravia hinausrollten, ehe ich Matt berichtete, was ich gespürt hatte. Er wirkte nicht überrascht.

„Ich habe so etwas schon erwartet", sagte er.

„Wieso?"

„Wegen des fehlenden Themas seiner Sammlung, des Mangels sowohl an Seltenheit als auch Wert. Auch aufgrund deiner Reaktion, als du die Uhr berührt hast."

„Ich habe mich Coyle nicht verraten, oder?"

„Ich glaube nicht, dass es ihm aufgefallen ist."

Ich glättete meine Röcke, denn ich fühlte mich ein wenig zurechtgestutzt. Wozu hatte Matt mich gebraucht, wenn er es auch ohne mich hätte herausfinden können?

„Ich frage mich, weshalb er das alles sammelt", überlegte Matt.

„Warum sammelt man überhaupt etwas? Um etwas zu besitzen, oder aus Gewohnheit vielleicht. Es scheint ihm in gewissen Kreisen einen Ruf eingebracht zu haben, wie er es beschrieb, also reicht das vielleicht schon als treibende Kraft."

„Ich frage mich, ob Daniel diesen Globus hergestellt hat."

Ich war davon ausgegangen, dass sich der Globus schon lange Zeit im Gildensaal befunden hatte, aber ich konnte mich irren. Jetzt, da ich darüber nachdachte, erinnerte ich mich, dass ich beim ersten Mal, als ich den Saal besucht hatte, gespürt hatte, wie Wärme davon ausging. Mir war nicht aufgefallen, dass die Wärme von Magie rührte.

Matt legte sich eine Hand an den Mund, um sein Gähnen zu verbergen, aber ich sah es. Ich biss mir auf die Zunge, um zu verhindern, dass ich ihn fragte, ob er eine Pause brauchte. Wir würden rasch mit Onslow reden und dann zur Park Street zurückkehren. So lange sollte das nicht dauern.

„Mr. Prescott!", rief Duffield, als der Diener uns hineinließ. Seine Lippen verzogen sich zu einem falschen Lächeln. „Was für eine Überraschung. Und auch Ihre entzückende Frau. Wie seltsam, sie beide zu dieser Stunde hier zu sehen."

„Geht es Ihnen besser, Mrs. Prescott?", fragte Mr. Onslow,

den Aktenordner unter verschränkten Armen an die Brust gedrückt.

„Um einiges, vielen Dank", sagte ich.

Matt inspizierte den Globus in der Mitte der Eingangshalle, eine genaue Replik desjenigen aus Coyles Sammlung. Er umrundete ihn und scharrte mit der Schuhspitze über die Fliesen, doch ich konnte dort keine Schrammen erkennen.

Duffield schaute ihn an, als wäre er ein Exzentriker, doch einer, den er für sein Geschäft hegen und pflegen musste. Onslow jedoch starrte geradewegs nach vorne, schaute niemanden und nichts Konkretes an.

„Gibt es etwas, das ich für Sie tun kann, Mr. Prescott?", fragte Duffield.

„Wir müssen mit Ihnen reden, Onslow", erwiderte Matt. „Sofort."

Onslows hängendes Lid zuckte. „Oh?"

„Es tut mir leid", sagte Duffield. „Aber wir wollten gerade ein außerordentliches Treffen beginnen. Es gab nämlich einen Einbruch, und wir versuchen abzuschätzen, ob etwas abhandengekommen ist."

Onslows Finger krampften sich um den Ordner. Er starrte zu Boden.

Ich hatte den Einbruch fast vergessen, der vermutlich kein wirklicher Einbruch gewesen war. Das Glas hatte man draußen gefunden, nicht drinnen.

Ich marschierte hinüber zu Matt. Der Bronzeglobus wirkte schwer. Es waren wohl drei oder vier Männer nötig, um ihn zu bewegen. Männer, die ihn vermutlich nur unter Schwierigkeiten hatten tragen können, die womöglich ihr Gleichgewicht verloren und ein Fenster zerbrochen hatten, ehe sie gegangen waren. Ich strich mit den Fingern über Europa. Warm, ganz wie der Globus in Coyles Geheimzimmer.

„Mr. Onslow", sagte Matt zum Schatzmeister. „Ich möchte vor dem Treffen mit Ihnen in Ihrem Bureau sprechen. Es geht um einen Auftrag für Lord Coyle."

Onslows Hängelid zuckte wie verrückt. Er bewegte sich nicht, nahm Matt überhaupt nicht zur Kenntnis.

„Es geht hier entlang, nicht?", fragte Matt, der sich zur Treppe aufmachte.

„Coyle?", fragte Duffield. „Sie kennen seine Lordschaft?"

„Wir sind Bekannte. Mr. Onslow? Jetzt, wenn es Ihnen recht ist."

Onslow eilte ihm nach, seine Schritte leicht und rasch, sein Blick gesenkt.

„Onslow?", rief ihm Duffield nach. „Das Treffen."

„Es dauert nicht lange." Onslow blinzelte Matt hoffnungsvoll an.

Wir drei begaben uns die Treppen hinauf zu Onslows Bureau. Sogar drinnen, nachdem die Tür geschlossen war, lockerte Onslow seinen Griff um den Ordner nicht. Er drückte ihn eher noch fester an die Brust.

„Was wollen Sie?", fragte er.

Matt hielt mir einen Stuhl hin, damit ich mich setzen konnte. Anschließend blieb er stehen, genau wie Onslow. „Wir wollen, dass Sie uns sagen, wie Sie den Globus angefertigt haben, den Sie Lord Coyle verkauft haben", sagte Matt.

Onslow sank auf den Sessel hinter seinem Schreibtisch. „Ich weiß nicht, was Sie meinen."

„Dann gestatten Sie mir, Ihnen zu erzählen, was wir wissen. Ich bin sicher, das wird Ihnen ein Denkanstoß sein. Wir wissen, dass Sie insgeheim den Bronzeglobus, der sich unten befunden hat, an Lord Coyle verkauften."

„Sie irren sich." Onslow lachte, ein nervöses Kichern. „Sie haben ihn gerade gesehen. Er ist noch da."

„Das ist eine Kopie, die Sie hergestellt haben. Der Austausch geschah gestern Nacht. Es gab keinen Einbruch. Die Glasscherben verursachten sicher Coyles Männer, die den Globus mitnahmen." Also hatte er das ebenfalls kombiniert.

Onslows Lächeln verblasste. „Bezichtigen Sie Lord Coyle des Diebstahls?"

„Ich bezichtige *Sie* des Diebstahls. Sie haben ihn Coyle ohne Erlaubnis der Gilde verkauft und haben den Erlös selbst behalten."

„Habe ich nicht!"

„Nicht für sich", sagte ich, als mir unser Fehler auffiel. „Sie überlassen das Geld der Gilde."

Matt drehte sich zu mir um, eine kleine Falte zwischen den Augenbrauen.

„Die Einträge im Ordner." Ich nickte zum Buch hin. „Die Beträge neben Coyles Namen waren hoch. Mr. Onslow würde sie doch gar nicht erst in das Buch eintragen, wenn er das Geld für sich behalten wollte."

„Sehr schlau." Matt klang mehr als nur etwas beeindruckt, aber ich war mir nicht sicher, ob er sich auf Onslows Plan bezog oder meine Offenlegung desselben.

„Uns ist egal, ob Sie den Globus zu Ihrem eigenen Gewinn oder dem der Gilde gestohlen haben, oder einfach nur, um Lord Coyle einen Gefallen zu tun", sagte ich. „Uns geht es nur darum, Daniel zu finden."

„Den Lehrling?" Onslow runzelte die Stirn. „Was hat das mit ihm zu tun?"

„Wer hat den Globus angefertigt, Mr. Onslow?", fragte Matt.

„Das war ich."

„Nein", sagte ich. „Seien Sie ehrlich."

„Bin ich! Dieser Globus ist mein Werk. Fragen sie doch jemanden. Ich habe das Original und die Kopie hergestellt, die Sie unten gesehen haben." Er hob das Kinn und zog die Schultern hoch. „Also durfte ich ihn auch verkaufen. Gewissermaßen."

Matt fluchte tonlos. Ich verstand seinen Ärger. Wenn Onslow uns narren wollte, würden wir ihm die Wahrheit sagen müssen.

„Der Kartenzeichner, der diesen Globus anfertigte, ist ein Magier", sagte ich.

„India", warnte Matt.

Ich schüttelte den Kopf in seine Richtung, und er klappte den Mund zu, obwohl ich wusste, dass er nicht erfreut darüber war, dass ich dazwischenredete.

Onslow starrte mich an. „Woher … woher wissen Sie von Magie?"

„Das geht Sie nichts an", sagte Matt. „Wir wissen, dass der Globus magisch war, darum können Sie ihn wohl nicht hergestellt haben, außer Sie sind ein Magier."

Weder nickte Onslow, noch schüttelte er den Kopf. Er saß völlig reglos, so leblos wie die Bronzestatue, die den Globus hielt.

Matt rieb sich mit der Hand übers Kinn. „Ah."

„Verraten Sie es niemandem", stieß Onslow hervor. Er zog den Ordner bis ans Kinn, als wolle er sich dahinter verstecken. „Sagen Sie es keiner Menschenseele. Niemand hier weiß es, und so muss es bleiben. Verstehen Sie?"

„Wir werden Ihr Geheimnis wahren", versicherte ich ihm. „Ich bin auch magisch."

Seine Augen wurden groß. Er blinzelte mich an, musterte mein Gesicht. „Karten?"

„Uhren."

Matt seufzte. Zumindest hatte er es aufgegeben, mich aufhalten zu wollen.

„Sie können sich unseres Schweigens gewiss sein", erklärte ich ihm noch einmal. „Vollkommen."

Onslow nickte schnell, aber der gequälte Blick wich nicht aus seinen Augen.

„Wissen Sie, dass Daniel Gibbons auch magisch war?", fragte Matt.

„Ich kannte den Jungen kaum." Er wirkte, als wollte er lügen, dann überlegte er es sich anders. „Er hat es mir erzählt, der Narr. Er hatte erst kürzlich von seiner Magie erfahren. Offenbar erkannte sie jemand in ihm und erklärte ihm, wie man Magie in Gegenständen identifiziert. Daniel wurde klar, dass mein Globus magische Eigenschaften hatte. Er fragte Duffield, wer ihn angefertigt hatte, und Duffield teilte ihm mit, dass er mein Werk war, vor vielen Jahren. Daniel kam zu mir und verlangte, dass ich ihm Zauber beibrachte. Wenn ich das nicht täte, würde er Duffield – allen – von meiner Magie erzählen."

„Er hat Sie erpresst", sagte Matt.

Das erklärte, wie Daniel die Zauber gelernt hatte, um seine magischen Karten anzufertigen. Es war wohl McArdle gewesen, der ihn davon in Kenntnis gesetzt hatte, dass er magisch war, nachdem er den begabten Kartenzeichner aufgesucht hatte, der schöne und ungewöhnliche Karten auf einem Karren in der Oxford Street verkaufte.

„Ich wollte Daniel warnen", fuhr Onslow fort. „Ich flehte ihn an, sein magisches Talent zu verbergen, einfachere Karten zu zeichnen, aber er wollte nicht hören. Er war ein frühreifer Prahlhans. Er dachte, er wäre der Beste, und er wollte, dass die Welt das auch erfuhr."

Ein Klopfen an der Tür erschreckte Onslow und sorgte dafür, dass sein hängendes Augenlid erneut zuckte.

„Ich komme!", rief er mit hoher Stimme. „Ich muss los, und Sie beide auch. Dass Sie hier sind, ist höchst verdächtig."

Er marschierte zur Tür, aber Matt erreichte sie vor ihm und blockierte den Ausgang. „Ich verstehe einfach nicht, warum Sie den Globus überhaupt erst angefertigt hatten, wenn Sie sich so sträuben, zuzugeben, dass sie ein Magier sind."

„Ich habe ihn angefertigt, bevor mir die ganze Gefahr der Enthüllung klar war. Mein Vater hat mich zu spät gewarnt – der Globus war bereits bei der jährlichen Auszeichnung der Gilde für den besten Globus eingereicht gewesen. Mein Vater musste den Preisrichtern sagen, ich hätte den Globus gefunden, nicht hergestellt, falls jemand argwöhnen sollte, dass er magisch war. Gottseidank tat das niemand, aber die Erfahrung machte mir Angst. Danach hielt ich mich zu meiner Magie bedeckt. Bis Coyle daherkam und den Globus kaufen wollte. Ich wollte niemals, dass er dort im Eingang ausgestellt wird, wo ihn jeder sehen kann. Ich hätte mich stärker dafür einsetzen sollen, dass er entfernt wird."

„Woher wusste Lord Coyle, dass er magisch war?", fragte ich.

Onslow zuckte mit den Schultern. „Das verriet er nicht. Als ich ihm erklärte, dass er nicht zum Verkauf stand, sagte er, er würde mich verraten. Ich konnte es nicht riskieren. Nachdem ich Geschichten gehört habe, was man Magiern in vergangenen Zeiten angetan hat ..." Er schauderte. „Halten Sie Ihre Identität geheim, Mrs. Prescott. Stellen Sie sicher, dass Ihre Frau das tut, Sir."

„Ja", sagte Matt düster. „Ich versuche es."

„Was ist mit Daniel?", fragte ich. „Glauben Sie, jemand bei der Gilde wusste, dass er ein Magier war?"

„Ich habe keinen Schimmer. Ich weiß nicht, wo er ist oder

was mit ihm passiert ist." Er spähte um Matt herum auf die Tür. „Ich muss gehen."

„Eine letzte Frage", sagte ich, während Matt zur Seite trat. „Was *macht* Ihr Globus? Er ist natürlich schön, aber macht die Magie irgendwas?"

„Er wurde angefertigt, um den Standort des Gildensaals anzuzeigen. Ein winziges goldenes Licht erschien früher genau auf dem Längen- und Breitengrad dieses Standorts. In meinem jugendlichen Leichtsinn dachte ich, das wäre ein schönes Detail, um mich bei den Preisrichtern gefällig zu machen." Er stieß ein leises, humorloses Lachen hervor.

„Früher?", hakte ich nach.

„Die Magie hielt nur ein paar Wochen. Sie wissen, wie es ist." Da ich ihn nur verständnislos anschaute, fuhr er fort: „Magie ist flüchtig. Sie lässt immer nach, manchmal nach ein paar Stunden oder Tagen, manchmal erst nach Wochen. Das muss Ihnen doch an Ihrer Magie auch aufgefallen sein."

„Ich vergaß", log ich. Onslow wusste wohl nichts von der Kombination der Uhrenmagie mit anderen Magiearten, um ihre Nützlichkeit auszuweiten. Es schien, dass das nur wenige wussten.

McArdle aber wusste um die Funktionsweise von Magie. Darum wollte er die Karte, die Daniel für ihn angefertigt hatte, so verzweifelt in die Finger bekommen. Die Magie könnte jeden Tag nachlassen, und dann bliebe ihm nur noch eine hübsche, aber nutzlose Karte.

Ein weiteres hektisches Klopfen hämmerte an die Tür. „Mr. Onslow!", ließ sich eine jugendliche Stimme vernehmen. „Sie wollen anfangen. Ich wurde geschickt, um Sie sofort zu holen."

Matt trat zur Seite, und Onslow murmelte ein Dankeschön. Er ging erst, als wir vor ihm hinausgetreten waren, dann klemmte er sich den Ordner unter den Arm und schloss die Tür hinter uns ab.

Sobald wir wieder im Eingangsfoyer ankamen, eilte er zum Versammlungsraum, wo Duffield an der Tür stand und mit dem Fuß auf die Fliesen tippte. Er nickte uns zu, als Onslow an ihm vorbeischlüpfte. Cyclops trat heraus, ein leeres Silbertablett auf dem Arm, sein Gesicht ausdruckslos. Er nahm uns nicht zur Kenntnis, während er sich dem Personalbereich zuwandte.

Der alte Diener ließ uns hinaus. „Nun", sagte ich blinzelnd, während meine Augen sich an die Dunkelheit anpassten. „Das war erhellend."

Matts Hand legte sich fest auf meinen Rücken. „Glaubst du, er sagt ... Wer da?", rief er in die Schatten hinter der Kutsche. „Zeigen Sie sich!"

Ich hatte die Schritte auch gehört, aber angenommen, dass es sich nur um einen Passanten handelte. Ich wollte es Matt gerade sagen, als ein Mann vor uns trat.

Ich keuchte auf. „McArdle!"

Matt schob mich hinter sich, während er einen Revolver aus dem Hosenbund zog. Er hatte die ganze Zeit eine Pistole dabei gehabt!

McArdle hob die Hände. „Nicht schießen! Ich will reden."

„Steigen Sie in die Kutsche", befahl Matt.

„Nein. Wir reden hier draußen, wo wir uns ebenbürtig sind. Stecken Sie die verdammte Waffe weg."

Matt festigte den Griff um seine Pistole. Weitere Schritte erklangen auf dem Bürgersteig, aber niemand tauchte aus dem dunklen Vorhang der Nacht auf. Matt steckte den Revolver zurück in den Hosenbund, dann wies er mit dem Kopf auf die Kutsche. „Andere Seite, außer Sicht." Er packte McArdle am Arm und marschierte mit ihm um die Kutsche. Ich folgte im Trab, um mitzuhalten. „India, einsteigen."

Ich wollte gerade schon Einspruch einlegen, als mir klar wurde, dass ich sie in der Kutsche bei geöffnetem Fenster bestens hören konnte. Ich stieg ein und klappte das Fenster rechtzeitig auf, um Matts Anweisung an Bryce zu vernehmen, die Kutschlampe abzudecken. Einen Augenblick später wurden wir in tiefe Finsternis getaucht. Weiter die Straße entlang erhellten Lampen die Düsternis, doch bei uns kam nur sehr wenig Licht an.

„Ich weiß nicht, warum Sie so argwöhnisch sind", sagte McArdle zu Matt. „Sie brauchen mich genauso sehr wie ich Sie."

„Wenn Sie wissen, dass Sie uns brauchen, warum sind Sie dann letztes Mal weggelaufen?", fragte Matt.

„Ich dachte immer noch, ich könne Daniel und meine Karte auf eigene Faust finden."

„Und Sie wollten Ihren Schatz nicht mit uns teilen."

„Wir wollen Ihren Münzhort nicht", erklärte ich ihm. „Wir wollen nur Daniel."

Der Umriss von McArdle nickte. „Dann haben Sie einen Partner für Ihre Suche. Die Zeit läuft ab. Wir *müssen* ihn finden."

Er meinte vermutlich, dass die Magie in der Karte ablief, aber ich hatte auch das Gefühl, dass für Daniel die Zeit ablief. Er wurde seit inzwischen einer Woche vermisst.

„Woher wussten Sie, dass wir hier sein würden?", fragte Matt.

„Wusste ich nicht. Ich ging zu Ihrem Haus, aber Sie waren nicht dort. Ich beschloss, hierher zu kommen und sie zu zwingen, mir Daniels Karte zu geben. Sie gehört *mir*", fauchte er. „Ich habe dafür bezahlt."

„Wen zwingen?"

„Die anderen Kartographen in der Gilde, und diesen Duffield insbesondere. Er weiß bestimmt, wo die Karte ist. Er war Daniels Arbeitgeber."

„Wenn er sie hätte, würde er Sie Ihnen nicht einfach aushändigen?"

„Nicht, wenn er wüsste, dass sie magisch ist. Er und andere Talentfreie wollen die Magie vergraben, sie geheim halten, um ihr talentfreies Geschäft profitabler zu halten."

„Talentfrei?", wiederholte ich.

„Mit diesem Wort hat mein Vater jene ohne Magie beschrieben. Es passt perfekt zu Männern wie Duffield. Dieser Scheißkerl wollte nicht zugeben, dass er die Karte hat. Wenn er sie vernichtet hat ..."

„Er hat sie nicht", sagte Matt. „Ich habe sie."

„Was!", entfuhr es McArdle. „Warum haben Sie mir das nicht schon eher gesagt?"

„Sie sind letztes Mal weggelaufen, ehe ich die Gelegenheit

dazu hatte." Matts Lüge ging ihm glatt über die Lippen. Wir hatten diese Information McArdle absichtlich vorenthalten, als wir uns zum letzten Mal begegnet waren, weil wir uns einfach nicht sicher sein konnten, dass er vertrauenswürdig war.

Wir wussten es immer noch nicht, aber falls es eine Möglichkeit gab, dass die Karte uns zu Daniel führen konnte, mussten wir sie ergreifen. Mr. Gibbons' Magie war es nicht möglich gewesen, sich mit der Karte zu verbinden, um ihn zu finden, aber die Karte war nicht mit seiner Magie angereichert, und sie war auch nicht für ihn angefertigt worden. Sie war für McArdle angefertigt worden. Vielleicht würde sie auf McArdle reagieren, wie es offenbar auch vorgesehen war.

Ich erklärte ihm alles. „Ich weiß, dass Sie kein Kartenmagier sind", sagte ich zu ihm, „aber Sie sind ein Magier, und diese Karte gehört im Grunde Ihnen. Sie wird den Standort des Horts nur für Sie oder Daniel anzeigen."

„Außer die Magie ist verflogen", grollte McArdle. „Und überhaupt, wie wird es Sie zu ihm führen, wenn der Standort des Münzhorts enthüllt wird?"

„Vielleicht geschieht das auch nicht, aber ich habe nachgedacht." Ich warf einen Blick auf Matt. Seine Augen schimmerten schwarz durch die Dunkelheit zu mir, aber seine Miene war unmöglich zu lesen. Er mochte mich am Sprechen hindern wollen, sobald ihm klar wurde, was ich sagen wollte. „Wir haben kürzlich herausgefunden, wie wir meine Magie mit Kartenmagie verbinden."

„Ihre?" McArdle stieß ein knurrendes Lachen aus. „Sieh mal einer an."

„Diese Verbindung ermöglichte es uns, Mr. Glass zu finden, als er vermisst wurde."

„Ist das so? Dann kommen Sie, versuchen wir es. Wo ist die Karte jetzt?"

„India, ich glaube nicht, dass das funktioniert", sagte Matt. „Das ist eine völlig andere Situation. Ich besitze eine Uhr, an der du gearbeitet hast. Darauf hat deine Magie *reagiert*."

„Versuchen Sie es verdammt nochmal einfach", keifte McArdle.

„Ich weiß, Matt", sagte ich. „Aber uns bleiben nicht mehr

viele andere Möglichkeiten. Da McArdle hier ist und wir die Karte haben, ist es einen Versuch wert."

„Sie haben die Karte *hier*?" McArdle stieß Matt am Arm an. „Worauf warten Sie dann noch, Mann? Raus damit."

Ich konnte Matts Gesicht zwar nicht sehen, aber ich wusste, dass er sich zügelte, um McArdle keinen Stoß zu versetzen. Er griff in seine innere Jackentasche und zog die Karte heraus.

McArdle stieß einen tiefen, erleichterten Seufzer aus. Matt drückte die Karte an die geschlossene Kutschtür unter dem Fenster, und McArdle legte beide Hände darauf. Ich nahm meine Handschuhe ab, griff durch das Fenster, und berührte sie ebenfalls.

Das Pergament wärmte mir die Finger, aber die Hitze wurde nicht stärker als ein sanftes prickelndes Gefühl. Sie fühlte sich überhaupt nicht an wie die Magie in Gibbons' Werkstatt. Hatte die Magie dieser Karte bereits nachgelassen, oder reagierte sie einfach nicht, weil weder ich noch McArdle sie hergestellt hatten?

„Irgendwas?", fragte Matt.

„Nein", sagte ich.

McArdle nahm eine Hand weg, und während die andere immer noch die Karte an der Kutschtür hielt, griff er in seine Tasche.

Matt packte ihn am Arm. „Was machen Sie?"

„Ich hole das hier." McArdle hielt etwas Kleines zwischen Daumen und Zeigefinger hoch. „Es ist die Münze – aus meinem Hort –, die Sie mir gestohlen haben. Sie wurde gerade wärmer. Sie hat auf die Magie aus der Karte reagiert." Er legte die Münze auf seinen Handteller und schaute darauf hinab, als würde er darauf warten, dass sie wegsprang.

„Wie merkwürdig", sagte ich. „Stammt sie aus genau dem Hort, den diese Karte enthüllen soll?" Ich musterte die Karte auf dem Kopf, aber sie zeigte keinen Hinweis auf einen Standort, weder durch Licht noch irgendein anderes Signal.

„Ich versuche, mich zu konzentrieren", knurrte McArdle.

„Antworten Sie ihr", knurrte Matt zurück.

McArdle seufzte. „Ich kaufte sie vor vielen Jahren bei einem Lumpensammler. Sie gehörten zu seiner Knopfsammlung. Sie reagierten auf mich, wurden bei meiner Berührung warm, darum wusste ich, dass sie magisch waren."

„Aber Magie hält doch nicht so lange an", sagte ich. „Nur Wochen oder Tage, nicht Jahre. Diese Münze ist antik."

„Die Magie selbst hält nicht an, aber ihre Überreste bleiben jahrhundertelang, vielleicht ewig. Das ist die Wärme, die wir spüren."

„Was macht Goldmagie?", fragte Matt.

„Magie macht das Eine, was man sich am meisten von einem Gegenstand wünscht. Eine Karte soll einen zu einer bestimmten Stelle führen. Bei einem Koffer Gold, was wünscht sich davon jeder?"

„Mehr", sagte ich mit gehauchter Stimme.

„Genau."

„Aber wenn Sie Gold vervielfältigen können, sollten Sie ein sehr reicher Mann sein, Mr. McArdle. Ich will Ihnen nicht zu nahe treten, aber darauf sehe ich keinen Hinweis."

Er seufzte. „Die Zauber, um Gold zu vervielfältigen, sind vor langer Zeit verschwunden. Soweit es mir bewusst ist, gibt es außer mir keine weiteren Goldmagier mehr auf der Welt. Ich kann nicht mehr Gold machen, ich kenne den Zauber dafür nicht. Ich spüre lediglich die Überreste der Magie, die von meinen Vorfahren, die den Zauber noch kannten, in Goldgegenstände eingebracht wurde." Er nahm die Münze wieder auf. „Die letzten Goldmagier sind in der Antike ausgestorben."

„Darum die Horte", flüsterte ich. „Wie ungewöhnlich."

„Wie frustrierend. Ich habe die Fähigkeit, weiß aber nicht, wie man sie einsetzt."

Ich verstand seinen Frust. „Also verdienen Sie Ihren Lebensunterhalt nun damit, magische Goldgegenstände an reiche Sammler zu verkaufen. Objekte, die sie mit Hilfe der Archäologie mit ein wenig Unterstützung durch Ihre magische Empfindsamkeit aufspüren."

„Das ist nicht verboten", jammerte McArdle. „Ich habe ein Recht darauf, mir einen Lebensunterhalt zu verdienen." Er musterte erneut die Münze.

„Sie sprachen in der Mehrzahl, als Sie die Münze erwähnten", sagte Matt. „Haben Sie bei diesem Lumpensammler mehr als eine gekauft?"

„Es gab zwei zusammenpassende, beide mit einem angebrachten Schaft. Die andere habe ich Daniel gegeben, damit er mit ihrer Hilfe die Karte zeichnen konnte."

Matt warf mir im gleichen Moment einen Blick zu, in dem ich ihn anschaute. „Mr. McArdle", sagte ich, „ist es möglich, dass Daniel diese Münze bei sich hatte, als er verschwand?"

„Das kann ich nicht wissen. Warum?"

„Ich konnte heute bereits Matt finden, indem ich meine Uhrenmagie mit der eines Kartenmagiers verband", sagte ich, die Worte sprudelten in meiner Aufregung aus mir heraus. „Ich konnte seine Uhr finden, weil ich sie schon in der Hand hatte. Ich habe in der Vergangenheit damit gearbeitet. Ihr Standort leuchtete auf der Karte auf. Wenn Daniel die Münze noch hat, und Ihre Münze auf den Hort reagiert, und wir eine Karte haben, die zeigt, wo dieser Hort ist ..."

„Wir könnten ihn auf diesem Weg finden", gab McArdle zu.

„Zwei Standorte sollten angezeigt werden", sagte Matt. „Einer für den Hort und einer für Daniels Münze."

Ich betete, dass Daniel die Münze bei sich hatte, und die Karte uns nicht zu seinem Haus oder der Gosse führte, in der er sie verloren hatte.

„Legen Sie Ihre Hand auf die Karte, Miss Steele", sagte McArdle rasch. „Sehen wir, ob wir das Experiment wiederholen können."

„Ich glaube nicht, dass es etwas mit mir zu tun hat", sagte ich. „Es sind keine Uhren involviert. Versuchen Sie es allein, während Sie die Münze halten, und konzentrieren Sie sich fest."

„Also gut." Er neigte den Kopf, seine Handfläche nagelte die Karte an die Tür, als wolle er die Kutsche umwerfen. Er holte zur Stärkung zweimal Luft und stieß sie langsam wieder aus. „Die Münze erwärmt sich wieder! Und schauen Sie auf die Karte!"

Ein kleiner Nadelstich aus Licht pulsierte, drang durch die umgebende Dunkelheit und erhellte den entsprechenden Bereich der Karte. Es war auf dem Kopf stehend, mit den dicht gepackten Straßen in jenem Teil Londons, schwer zu sehen, aber ich konnte gerade so eben den Straßennamen erkennen.

Bloß war es nur ein Licht, nicht zwei.

McArdle ließ seine Münze wieder in seine Tasche fallen, und das Licht erlosch, hüllte uns abermals in völlige Dunkelheit.

Papier knisterte, als McArdle die Karte wegnahm. Dann lief er fort.

Matt fluchte und schickte sich an, ihm zu folgen.

„Lass ihn gehen", sagte ich, als ich ihn am Ärmel erwischte. „Wir brauchen die Karte jetzt nicht mehr." Wir beobachteten, wie die tiefen Schatten auf der anderen Straßenseite die Gestalt von McArdle verschluckten.

„Du hast den Standort erkannt?", fragte Matt. „Ich konnte ihn nicht identifizieren."

„Habe ich, und ich glaube, ich weiß, warum die Karte nur ein Licht gezeigt hat."

„Warum?", fragte er und öffnete die Kutschtür.

„Daniel und der Hort sind zusammen. Bryce!" Mit einer Hand auf meinem Hut steckte ich den Kopf aus der Tür. „Bucklersbury Street, eiligst."

„Bucklersbury?", fragte Matt beim Einsteigen.

Bryce nahm die Lampenabdeckung ab und trieb die Pferde an.

„Es ergibt schon einen Sinn, dass sowohl Daniel als auch der Hort dort sind", sagte ich, als die Kutsche anfuhr. „Im Fall des Hortes liegt das daran, dass Bucklersbury ein wichtiger Teil des römischen Londiniums war. Darum gibt es in der Straße im Augenblick zwei Ausgrabungen, eine mit dem Mosaikboden, zu der du und Willie gebracht wurden, und die andere in der Nähe. Ob der Hort an einer der beiden Ausgrabungen oder irgendwo anders in der Straße ist, konnte ich auf der Karten nicht ganz erkennen."

„Aber warum sollte Daniel dort sein? Das ist ein zu großer Zufall, dass ihn jemand genau an den Ort bringen sollte, an dem sich der Münzhort befindet."

„Nicht unbedingt. Du und Willie wurdet zu einer Baustelle gebracht, an der die Baumaßnahmen angehalten wurden, um eine archäologische Ausgrabung durchzuführen. Während die Stätte nicht genutzt wurde, gab sie für euch ein perfektes Versteck ab. Niemand ist über euch gestolpert, und niemand konnte eure Rufe hören. Wer immer Daniel mitnahm, war vielleicht zu demselben Schluss gekommen und hält ihn an einem dieser Standorte fest."

„Oder es ist vielleicht jemand, der mit Abercrombie arbeitet, falls es Abercrombie war, der unsere Entführung organisiert hat."

„Das ist mit Sicherheit auch eine Möglichkeit", sagte ich.

Matt tippte mit den Fingern auf den Sitz neben sich und wackelte mit dem Knie, als könne er es nicht ertragen, stillzusitzen. Ich griff hinüber und berührte ihn am Knie, um die Bewegung anzuhalten, und nicht etwa aus einem intimeren Grund. Als ich bemerkte, wie das wohl wirkte, wollte ich mich zurückziehen, aber er legte seine Hand auf meine und hielt sie fest.

„Ich will nicht, dass es eine Verbindung zwischen Daniels Verschwinden und der Gilde der Uhrmacher gibt", sagte er bedrückt. „Das schafft eine Verbindung von deiner Situation mit der von Daniel. Es ist eine Sache, dass sie alle argwöhnisch dir gegenüber sind, aber etwas völlig anderes, wenn sie eine … Entführung in Erwägung ziehen."

Oder Mord. Es war ein Gedanke, der mir in letzter Zeit des Öfteren gekommen war; ein Gedanke, vor dessen genauerer Betrachtung ich zurückscheute. „Treffen wir keine Annahmen, bis wir es nicht sicher wissen."

Matt wandte sich ab und starrte in die pechschwarze Nacht hinaus. Sein Schweigen ließ zwischen uns eine Leere entstehen. Ich wollte mir etwas einfallen lassen, um sie zu füllen, aber in meinem Kopf klang alles aufgesetzt.

Erst, als ich mir in den Nasenrücken kniff, merkte ich, dass Müdigkeit der Grund für seine Stille sein könnte. Er mochte ja im Keller geschlafen haben, aber das war vor ein paar Stunden gewesen. Er hatte auch seit einiger Zeit seine Uhr nicht mehr benutzt.

Er öffnete die Jacke, und ich dachte, er würde danach greifen, aber stattdessen zog er den Revolver aus seinem Hosenbund. „Weißt du, wie man den benutzt?", fragte er.

„Nein!"

„Zieh den Abzugshahn zurück, ziele durch Kimme und Korn und drücke ab. Er ist mit sechs Patronen geladen."

„Warum sagt du mir das? Ich werde ihn nicht einsetzen."

„Nur für den Fall."

„Matt! Dir wird nichts geschehen. Oder mir. Es gibt doch gewiss keinen Grund für eine Schusswaffe."

„Nur für den Fall", wiederholte er und legte mir den Revolver in den Schoß.

Ich hob ihn zwischen Daumen und Zeigefinger auf und legte ihn auf den Sitz neben mir.

Er rieb sich die Stirn und senkte den Kopf.

„Geht es dir gut?", fragte ich.

Mit einem Seufzen zog er die Handschuhe aus und griff in seine Jackentasche. „Wird es." Er holte seine Uhr heraus, öffnete das Gehäuse und legte den Kopf zurück, während die Magie durch ihn hindurchströmte.

* * *

AUF NICHT EINER, sondern drei Baustellen ragten die knochigen Finger der Gerüste in den schwarzen Himmel über der Bucklersbury Street. Bryce hielt vor dem Gebäude mit dem Mosaikboden an, und Matt stieg aus. Eine Gestalt kauerte sich in einen zurückgesetzten Eingang, die Knie an die Brust gezogen, die bloßen Füße ragten aus den Hosenbeinen.

„McArdle war zu Fuß unterwegs", sagte Matt, dessen Blick über die Straße schweifte. „Wir sind vor ihm angekommen."

„Nicht unbedingt", erwiderte ich. „Wenn er die Gassen und Straßen dieses Teils von London kennt, ist er vielleicht schon hier. Wir sind auf der besser beleuchteten, breiteren Strecke gefahren, die auch länger ist."

„Bleib hier."

„Warum? Nur McArdle weiß, dass wir hier sind, und er stellt keine Bedrohung dar."

„Ich sehe überall Bedrohungen. Manchmal gibt es keine, und ich habe überreagiert, aber manchmal zahlt sich meine Vorsicht aus."

Ich gab ein verschnupftes Geräusch tief in der Kehle von mir. „Du handelst selten vorsichtig, Matt. Du preschst auch jetzt vor, nicht wahr? Ohne Schusswaffe und in ein dunkles Gebäude?"

„Bitte, India, bleib einfach hier."

Er klang so müde und genervt, dass ich nickte, um ihn zu beruhigen. „Wenn du in zehn Minuten nicht zurück bist, komme ich rein", erklärte ich.

„Fünfzehn. Bryce, eine Lampe."

Bryce hängte eine der Kutschlampen ab und reichte sie Matt nach unten.

„Falls es irgendwelche Schwierigkeiten gibt", erklärte ihm Matt, „fahren Sie so schnell weg, wie Sie können."

Er überquerte die Straße und verschwand in dem Gebäude mit dem Mosaikboden. Zumindest kannte ich diese Ausgrabung.

Ich öffnete das Fenster und legte die Hände auf das Fensterbrett, wobei ich dem Drang widerstand, alle fünf Sekunden auf die Uhr zu schauen. Meine Entschlossenheit hielt nicht lange vor. Ich hielt es nicht aus und öffnete das Gehäuse. Es waren noch nicht einmal fünf Minuten vergangen.

Eine Gestalt erschien am Ende der Straße. Der Landstreicher im zurückgesetzten Eingang hob den Kopf, dann ließ er ihn beinahe sofort wieder auf die Knie sinken, als wäre er zu schwer, um ihn oben zu halten. Die Gestalt trug eine Laterne, die beim Gehen hin und her schwang und einen Bogen aus Licht auf den Bürgersteig warf. Doch erst als er unter einer Straßenlaterne durchging, sah ich sein Gesicht.

McArdle. Er hatte wohl Halt gemacht, um eine Laterne zu holen. Ich war nicht sicher, ob ich ihn auf meine Anwesenheit oder die von Matt hinweisen sollte, und wollte mich gerade entscheiden, als er hinter das Gerüst und in eines der Gebäude abtauchte. Es war nicht das gleiche Gebäude, das Matt betreten hatte.

Ich wartete. Die nächsten fünf Minuten zogen sich hin, und ich überlegte mir, Matt trotzdem in das Gebäude zu folgen. Sicher reichte die Zeit bereits, um die Ausgrabung zu untersuchen.

Die Pferde regten sich, und der Landstreicher schaute erneut auf, als ein weiterer Mann die Straße entlang kam. Dieser trug keine Laterne, und ich konnte sein Gesicht nicht erkennen.

Er hielt am Ende der Straße an. Worauf wartete er? Einen

Augenblick später ging er weiter in dieselbe Baustelle wie McArdle. Aber warum? Und warum ohne Licht?

Wenn er nicht aus demselben Grund hier war wie wir – um Daniel oder den Hort zu finden. Hatte er uns womöglich am Gildensaal belauscht? Dort war auf jeden Fall jemand gewesen, als McArdle sich zu erkennen gegeben hatte, aber ich hatte angenommen, dass es ein Passant war, der einfach vorüberging. Vielleicht hatte ich mich geirrt.

Vielleicht war er Daniels Entführer und hatte alles gehört, was wir gesagt hatten.

Ich musste Matt warnen. Nicht nur hier sitzen und ihn in sein Verderben rennen lassen.

Ich griff nach der Pistole und meiner Uhr aus meinem Pompadour. Ich hängte mir die Kette um den Hals, und das Gehäuse schlug mir gegen die Brust. „Warten Sie hier", erklärte ich Bryce. „Ich bleibe nicht lang."

„Aber Miss Steele!", widersprach er. „Sie bleiben. Ich gehe."

„Und lassen mich hier mit den Pferden zurück, über die ich keine Kontrolle habe?"

Er murmelte etwas, das ich nicht ganz verstand. Aus dem Augenwinkel sah ich Matt zwischen den Gerüststützen herauskommen. Ich wollte ihm ein Zeichen geben, aber in der Dunkelheit sah er mich nicht, und ich wollte nicht rufen, damit niemand auf unsere Anwesenheit aufmerksam wurde.

Das Krachen eines Schusses zerriss die reglose Nachtluft.

Mir schlug das Herz bis zum Hals, und ich blieb abrupt mitten auf der Straße stehen. Alles andere wurde jedoch plötzlich lebendig. Die Pferde stiegen und gingen dann durch, obwohl Bryce ihnen Befehle zubrüllte. Er schaffte es, die Zügel in der Hand und die Kutsche aufrecht zu halten, obwohl eines der Räder in die Gosse geriet. Er konnte die Pferde jedoch nicht aufhalten, und das Gefährt rumpelte aus der Bucklersbury Street, die dadurch erneut in fast völlige Stille getaucht wurde. Der Landstreicher huschte weg, und winzige Ratten- oder Katzenkrallen kratzten über den Bürgersteig, aber ansonsten war kein Geräusch zu hören.

Matt hatte seine Lampe gelöscht und war in die Dunkelheit entschlüpft. Er hatte mich nicht gesehen.

Die Pistole fühlte sich schwer in meiner Hand an. Die Uhr auf meiner Brust erwärmte sich und pulsierte dann. Warnte sie mich? Drängte sie mich weiter?

Ich wusste nur, dass Matt keine Waffe hatte und losgezogen war, um sich einem Mann zu stellen, der eine besaß.

Ich schlich zu dem Gebäude hinüber, das McArdle und der Neuankömmling betreten hatten. Das Licht war in diesem Teil der Straße so düster, dass ich mich mit der Hand am Gerüst vorbeitasten musste. Ich stolperte über die erste Stufe. Mit der Pistole in der rechten Hand konnte ich mich nicht fangen und landete hart auf den Knien. Mit zusammengebissenen Zähnen schob ich mich hoch.

Der Abriss des Gebäudes war noch nicht vollendet. Die Fassade stand noch, wurde von einem Gerüst gehalten, doch die Innenmauern, Böden und Decken waren entfernt worden. Ein Treppenhaus führte ins Nichts, und drei Stockwerke mit glaslosen Fensterrahmen schauten wie geisterhafte Augen auf mich herab, während ich näherkam. Noch weiter oben enthüllte das offene Dach die sternenlose Londoner Nacht.

Wo waren die Männer? Ich kniff die Augen in der Finsternis zusammen und sah am ganz hinteren Ende des Gebäudes das goldene Glühen eines schwachen Lichts auf dem Boden. Ich schlich näher, aber es war noch ein gutes Stück entfernt, als ich eine Gestalt bemerkte, die in der Nähe des Lichts ausgestreckt auf dem Boden lag.

Ich wagte es nicht, Matts Namen zu rufen. Vielleicht war es nicht einmal er.

Ohne groß zu atmen, suchte ich mir meinen Weg über das Erdreich, wobei ich achtgab, nicht über liegengelassene Balken zu fallen oder in Schutthaufen zu stolpern. Ich hielt nach Gruben Ausschau, die von den archäologischen Ausgrabungen geblieben waren, sah aber keine.

Das Licht wurde heller, als ich näherkam, und ich bemerkte, dass es aus einem Keller kam, der unter dem Bodenniveau lag. Ich war fast schon auf Flüsterabstand zu der Gestalt, als sie sich rasch und leise in die Hocke aufrichtete. Ich erkannte Matts Körperbau und seine Schulterhaltung. Ehe ich seinen Namen flüstern konnte, legte er die Handflächen auf den Boden und tauchte dann in den Keller ab.

Ich eilte zu der Falltür und fiel auf Hände und Knie. Schmerz brannte in meinem aufgeschlagenen Knie. Ich biss mir auf die Lippen, bis er nachließ, und spähte durch die Falltür.

Abgeschliffene Steinstufen führten hinab in den Keller. Eine Lampe warf ein sanftes Glühen auf eine Grube, die etliche Fuß breit war und einen Fuß tiefer lag als der Kellerboden. Eine archäologische Ausgrabung, aber nicht von einem Mosaikboden. Die Grube enthielt einfach niedrige, zerbröckelnde Mauern und kleine Türmchen aus ordentlich aufgestapelten Steinen, jeder etwa kniehoch aufgeschichtet. Frische Erde füllte das andere Ende der Grube, und weitere Erde war auf der Seite angehäuft, um demnächst hineingeschaufelt zu werden. Das war wohl die abgeschlossene Ausgrabung, die Mr. Rosemont vom Museum erwähnt hatte.

Von meinem Blickwinkel aus konnte ich weder Matt noch sonst jemanden sehen, aber ich hörte ein Knurren. Jemand kam in Sicht, in der Hüfte gebeugt und ganz langsam im Rückwärtsgang. Er schleppte … einen Körper!

Galle brannte in meiner Kehle. Ein Frösteln lief mein Rückgrat hinauf. *Nicht Matt. Bitte sei nicht Matt.*

Ich durchsuchte den Raum und erspähte ihn in einer schattigen Ecke, wie er sich hinter eine Schubkarre kauerte. *Gottseidank.*

Matt beobachtete ebenfalls den Mann, der den Körper schleppte. Der Mann hatte seine Jacke ausgezogen, und seine Weste war hochgerutscht, sodass eine Pistole sichtbar wurde, die in seinem Hosenbund steckte. Es war unmöglich, die Identität des Opfers oder seines Mörders zu erkennen, aber einer von ihnen war sicher McArdle.

Opfer oder Mörder.

Die Worte bahnten sich einen Weg in mein Gehirn, ihre Konsequenzen so schrecklich, so unfassbar, dass ich nicht daran vorbeikam. Ich wusste nur, dass Matt dort unten in demselben Raum war wie ein Mann mit einer Schusswaffe, die er bereits zum Töten eingesetzt hatte.

Ich schaute auf den Revolver in meiner Hand, die auf dem

Boden ruhte. Lautlos wiederholte ich Matts Anweisungen – *Abzugshahn zurückziehen, zielen, abdrücken.* Das klang nicht allzu schwer.

Ich packte sie mit beiden Händen und richtete sie nach unten auf den Keller und den Mann, der den Leichnam schleppte. Und jetzt? Sollte ich Matt auf meine Anwesenheit aufmerksam machen? Aber wie, ohne den Mörder zu alarmieren?

Meine Uhr brannte heftig auf meiner Brust, dann pulsierte sie so stark, dass es bestimmt sichtbar war. Ich wagte es nicht, hinabzuschauen und nachzusehen. Zumindest blieb sie still.

Der Mörder näherte sich der Grube und rollte den Leichnam mit einem mächtigen Knurren in die Nähe des Erdhaufens. Der Körper lag mit dem Gesicht nach oben, eingekeilt von Steinhaufen, Arme und Beine in völlig schiefen Winkeln. Der Mörder richtete sich auf und wischte sich mit dem Handrücken die Stirn ab. Er sprang in die Grube und zerrte an dem Leichnam, bis er flach lag. Das Licht aus der Lampe erreichte den Grund der Grube nicht, und ich konnte das Gesicht des Opfers noch immer nicht erkennen.

Ich beobachtete, wie der Mörder Erdreich über den Körper schaufelte und ihn vergrub. Niemand würde ihn finden, sobald er ganz bedeckt war und das neue Gebäude mit einem Boden ausgestattet wurde. Der Mörder plante, das Opfer verschwinden zu lassen, sodass die Familie im Dunklen blieb und sich ewig fragen musste, was mit ihm passiert war. Wer würde etwas so Herzloses tun?

Matt zeigte sich immer noch nicht. Er wartete wohl darauf, dass der Mann näherkam.

Schweiß befeuchtete mir trotz der kühlen Luft die Stirn, aber ich wagte es nicht, die Pistole loszulassen und ihn abzuwischen. Ich wollte nicht riskieren, meinen Blick von der Szene unter mir abzuwenden. Wie Matt wartete ich darauf, dass der Mörder ging.

Er begrub den Leichnam ganz und warf die Schaufel weg. Mit schweren Atemzügen stemmte er sich aus der Grube und staubte sich die Hände ab. Er betrachtete sein Werk und nahm mit einem zufriedenen Nicken die Lampe auf, die ich vorhin in McArdles Händen gesehen hatte.

Er kam zu den Stufen und schaute plötzlich auf, direkt zu mir.

Ronald Hogarth!

Der Lehrling griff nach seiner Pistole. „Werfen Sie Ihre Waffe hier herab", rief er. „Ich weiß, dass Sie sie nicht einsetzen werden, also versuchen Sie gar nicht erst, übermütig zu werden."

Ich hatte keine Zeit, über meine Optionen nachzudenken. Matt stürzte sich vor, aber Hogarth hörte ihn näherkommen und trat im letzten Augenblick zu. Der Stiefel erwischte Matt mitten auf der Brust und stieß ihn zurück. Er hustete und japste, versuchte zu Atem zu kommen, aber die Wucht hatte ihm die Luft genommen. Er drückte sich eine Hand auf die Brust, wo er getroffen worden war, und wo seine Uhr steckte.

Was, wenn sie kaputtgegangen war? *O Gott.*

„Bewegen Sie sich nicht." Hogarth richtete seine Pistole auf Matt. „Keiner von Ihnen bewegt sich, oder ich töte ihn."

KAPITEL 19

Meine Taschenuhr pulsierte wild außen an meiner Brust, passend zu meinem Herzschlag im Inneren.

„Stellen Sie sich in die Grube!", befahl Hogarth Matt. „Sie", sagte er zu mir, „ich habe Ihnen befohlen, die Waffe runterzuwerfen, oder ich töte Ihren Mann."

Ich verbesserte ihn nicht. Er hielt uns wohl immer noch für Mr. und Mrs. Prescott. „Nein", sagte ich mit bebender Stimme. Jeder Teil von mir zitterte, von den Händen, die die Waffe hielten, bis hinab zu den Zehen. „Sie glauben, ich würde nicht auf Sie schießen, aber ich versichere Ihnen, das tue ich. Wenn Sie abdrücken, tue ich es auch."

„Sie werden vorbeischießen." Hogarth grinste selbstgefällig. „Sie zittern wie Espenlaub."

„Sie wetten wohl gerne, was?"

Hogarth schluckte. Sein Blick schoss zwischen mir und Matt hin und her, unsicher, wohin er sich wenden oder wohin er die Waffe richten sollte. In diesem Moment wirkte er so jung, so unschuldig und furchtsam. Doch hatte dieser Mann McArdle ermordet und vielleicht auch Daniel.

„Sie werden entweder sterben oder ins Gefängnis gehen, Mr. Hogarth. Sie haben die Wahl." Ich warf einen Blick auf Matt, weil ich hoffte, auf seinem Gesicht irgendeinen klugen Rat zu sehen. Aber er war noch immer nicht zu Atem gekommen. Er musste um jeden Atemzug ringen, holte schwer keuchend Luft, wobei sich aber doch kaum seine Brust hob.

Die Uhr ... sie war wohl unter der Wucht des Tritts zerbrochen. Das Ding, das ihn am Leben hielt, war stehengeblieben, und das bedeutete, dass auch Matts Herz stehengeblieben war. *Bitte, nein.*

„Matt?" Meine Stimme quiekte. Meine Hände zitterten noch mehr. Ich musste zu ihm. Und was tun? „Ich komme nach unten. Schießen Sie nicht. Unser Fahrer ist draußen, und wenn wir nicht zurückkommen, wird er die Polizei holen. Sie können nicht alle töten, Mr. Hogarth."

„Bleib dort, India", keuchte Matt. Dann beugte er sich vor, die Hände auf den Knien.

Ich trat durch die Falltür und ging die schmale Treppe hinab, die Waffe auf Hogarth gerichtet. Er drehte sich und richtete seine Waffe auf mich. Offenbar hielt er mich für die größere Bedrohung, da Matt Mühe mit dem Atmen hatte.

„Bewegen Sie sich nicht, Mrs. Prescott. Ich werde Sie töten. Die Welt muss sowieso von Leuten wie Ihnen bereinigt werden."

„Sie meinen Magier", sagte ich.

Hinter ihm keuchte Matt laut weiter, aber auch er richtete sich auf. Sein Gesicht wirkte normal. Müde, nicht blass. Tat er nur so, als wäre er außer Atem? Er machte eine kreisende Handbewegung, vielleicht um mir zu bedeuten, dass ich Hogarth weitersprechen lassen sollte.

„Sie haben unser Gespräch mit McArdle belauscht", sagte ich. „Haben Sie ihn darum getötet? Weil er ein Magier ist?"

„Ich hatte nicht vor, ihn zu erschießen. Das war ein Unfall. Ich kam auf der Suche nach Ihnen und ihm hier herein, aber er hat mich überrascht. Die Pistole ging los. Nicht, dass es eine Rolle spielt. Wie Sie sagen, ein Magier weniger." Er hob seine Pistole höher und zielte auf meinen Kopf.

Matt schlich weiter, seine Schritte lautlos.

„Was ist mit Daniel?", fragte ich, obwohl ich die Antwort bereits kannte.

„Der ist in der Grube dort drüben vergraben und wartet darauf, auf ewig unter dem neuen Boden versiegelt zu werden."

O nein. Armer Daniel. Arme Miss und Mr. Gibbons, und

Commissioner Munro. Sie hatten etwas verloren, das man als Elternteil nie verlieren sollte. Mir wurde um ihretwillen das Herz schwer. Wenn wir ihn eher gefunden hätten, hätten wir ihn retten können?

Das musste ich wissen. „Wann haben Sie ihn getötet?"

„Am Tag, nachdem er entführt und hierher gebracht wurde. Ich habe ihn erschossen." Er formte mit den Fingern der freien Hand eine Pistole und legte sie sich an die Schläfe. „Sie werden ihn niemals finden. Ein Glück, dass er weg ist."

Ich runzelte die Stirn. „*Sie* haben ihn nicht entführt?"

„Das war Duffield."

Mein Keuchen füllte die drückende Stille. „Duffield! Warum?"

„Weil Daniel eine Gefahr für uns darstellte. Er könnte jeden Kartenzeichner der Stadt in den Ruin treiben. Duffield hat das gesehen. Er wusste, was passieren würde, wenn Männer wie er die Gelegenheit bekamen, ein eigenes Geschäft zu eröffnen. Sie würden uns vernichten, bis auf das letzte rechtmäßige Gildenmitglied. Das konnte er nicht zulassen."

„Duffield hat Ihnen befohlen, ihn zu töten?"

„Nein, das habe ich getan, weil es Duffield nicht tun würde. Ich habe belauscht, wie er die Entführung zusammen mit einem weiteren Mann plante."

„Wem? Abercrombie?"

„Ich kenne den Namen des Mannes nicht. Ich habe sein Gesicht nie gesehen. Er drängte Duffield, Daniel zu entführen und zu versuchen, vernünftig mit ihm zu reden und ihn davon abzuhalten, seine Magie zu nutzen." Er schnaubte. „Man kann mit einem unvernünftigen Prahlhans nicht vernünftig reden. Darum bin ich Duffield gefolgt und habe Daniel umgebracht, weil er nicht das Rückgrat dazu hatte."

Ich packte die Pistole fester. Die Kälte, die in der Stimme des jungen Mannes lag, ließ mich umso mehr frösteln. Er hatte keine Bedenken, Daniel getötet zu haben, und würde auch keine Bedenken haben, wenn er Matt oder mich tötete.

„Daniel hat es verdient", fuhr Hogarth fort.

„Warum?" Ich wagte nicht, einen Blick auf Matt zu werfen,

obwohl ich wusste, dass er immer noch zu weit von Hogarth weg war, um ihn zu entwaffnen.

„Er war die schlimmste Art Magier. Eingebildet. Arrogant. Er dachte, er wäre besser als wir, aber das war er nicht. Wollen Sie wissen, warum?"

„Ja."

„Weil er niemals für sein Handwerk arbeiten musste. Ihm fiel es leicht, er wurde damit geboren. Ich und jeder andere hart arbeitende Kartograph investieren Zeit und Mühe in die Karten, die wir schaffen." Er schüttelte den Kopf und fletschte die Zähne. „Doch all der Ruhm, all das Geld wurden nur ihm zuteil. Er hatte noch nicht einmal einen Monat als Lehrling gearbeitet, da kamen die Aufträge zu ihm wie Kätzchen, die man zur Milch lockt. Er musste nichts tun, um sich seinen Ruf zu verdienen."

„Er musste wunderschöne Karten zeichnen."

„Sie nennen diese abstoßenden Dinger wunderschön? Sie sind böse. Magier sind böse, gottlose *Missgeburten*." Spucke fiel ihm aus dem Mund auf die Hüfte hinab. „Ihr seid gefährliche Menschen, unvorhersehbar."

„Es geht keine Gefahr von einem Kartenmagier aus, Mr. Hogarth. Wie kann eine Karte oder ein Globus Ihnen schaden?"

„Ich hörte Geschichten davon, wie Karten einst zum Leben erwachten. Wie Flüsse von den Rändern der Karte flossen und ganze Dörfer überfluteten. Wie die Tentakeln von Ungeheuern, die man in die Ozeane zeichnete, aus dem Papier heraufgriffen und echte Schiffe unter die Wellen zogen."

„Das sind nur Geschichten."

„Mein Vater erzählte sie mir, wie sein Vater sie ihm erzählte, und davor dessen Vater. Nicht alle Geschichten sind in den Nebeln der Zeit verloren, Mrs. Prescott. Was ist mit Ihrer Magie? Was macht die?"

„Weiß Mr. Duffield, was Sie getan haben?", fragte ich, weil ich es nicht wagte, den Weg zu beschreiten, den er nehmen wollte. Wenn ich ihn verärgerte oder ihm Angst machte, würde er die Welt auch von mir bereinigen wollen. Im Augenblick schien er ein wenig zögerlich. Weil ich eine Frau war? Oder lag es daran, dass ich kein Kartograph war?

„Nachdem ich es ihm erzählt habe, ja. Er wusste meine

Bemühungen zu seinem und zum Schutz der Gildenmitglieder nicht zu schätzen." Er zuckte mit den Schultern, als würde es keine Rolle spielen.

„Und doch hat er Sie als neuen Lehrling angenommen."

„Eine glückliche Fügung. Ich musste schwer arbeiten, um mir diese Stellung zu sichern, und ihn daran erinnern, dass er jede Menge Schwierigkeiten mit der Polizei bekommen würde, wenn ich mich dorthin wandte. Er hat ja immerhin Daniel entführt. Nun, haben Sie noch weitere hinauszögernde Fragen?" Seine Lippe hob sich zu einem fiesen Grinsen, bei dem er die Zähne bleckte.

Matt war nun so nahe bei ihm, dass ich erwartete, er würde die verbleibende Entfernung mit einem Sprung überwinden. Er japste weiterhin jämmerlich, keuchte und hustete, damit Hogarth ihn noch für unpässlich hielt.

„Nur noch eine", sagte ich. „Warum hier?"

„Duffield hat Daniel auf Drängen des anderen Kerls hierher gebracht. Offenbar hatte der von ein paar Grobianen aus dem East End gehört, dass das ein guter Ort ist, um Leute zu verstecken."

„Sie hatten nichts mit Matts – Mr. Prescotts – Entführung heute Vormittag zu tun?"

„Ach du meine Güte, was hatten Sie doch für einen randvollen Tag. Nein, das war nicht ich."

Ein weiterer Gedanke kam mir. „Haben Sie einen Schläger angeheuert, damit er mich letzten Sonntag außerhalb der Kirche warnt?"

„Woher sollte ich wissen, zu welcher Kirche Sie gehen? Nein, Mrs. Prescott, das war auch nicht ich. Sie scheinen eine Menge Feinde zu haben."

Also war auch das Abercrombie gewesen, nachdem wir ihn wegen seines Wissens um Daniels Verschwinden zur Rede gestellt hatten.

Hogarth warf einen Blick zu Matt, und, als er ihn so nahe sah, fluchte er und schwenkte die Waffe in seine Richtung. Matt duckte sich. Die Waffe ging los.

Mir blieb das Herz stehen.

Aber Matt war unverletzt. Er packte Hogarth, als ich gerade

abdrücken wollte. Ich senkte die Waffe, weil ich fürchtete, Matt zu treffen, wenn ich schoss. Ich sah, wie sie ringend im Dreck rollten. Hogarth klammerte die Beine um Matts Taille, aber Matt packte Hogarth am Handgelenk und zwang ihn, mit der Waffe in eine andere, harmlosere Richtung zu deuten.

Ich kletterte die restlichen Stufen hinab zum Kellerboden und richtete die Pistole auf Hogarths Kopf. „Geben Sie auf", befahl ich. „Und ich versichere Ihnen, ich fühle mich nach Ihrem Geständnis sehr viel geneigter, sie zu erschießen. Auf diese Entfernung werde ich Sie gewiss nicht verfehlen."

Er hörte auf, sich zu wehren, und ließ seine Waffe los.

„Tritt sie weg, India", sagte Matt.

Das tat ich und trat zurück, während Matt auf die Beine kam und Hogarth mit sich zog. Er zerrte Hogarths Hände auf den Rücken und bugsierte ihn nach oben, bis wir draußen standen.

Bryce war zum Glück zurückgekehrt. Er griff in die Kiste unter seinem Sitz und warf Matt ein Stück Seil zu, mit dem dieser Hogarths Handgelenke zusammenband. Matt zwang den Lehrling in die Kutsche, nahm eine der Pistolen und richtete sie auf ihn.

„Vine Street Polizeiwache", befahl er Bryce.

* * *

Wir blieben zu lange auf der Polizeiwache. Wir wurden ausführlich befragt, dann mussten wir auf den Kriminalinspektor warten, bis er nach Commissioner Munro schickte, und auf Munro, bis er mit Familie Gibbons im Schlepptau ankam. Bis dahin war auch Mr. Duffield festgenommen worden, und ein Schutzmann kehrte mit der Bestätigung dessen zurück, was wir bereits wussten – sie hatten Daniels Leichnam im Keller in der Bucklersbury Street gefunden.

Miss Gibbons verzweifeltes Wehklagen folgte mir aus dem Gebäude bis in die Kutsche hinein. „Arme Frau", murmelte ich zum tintenschwarzen Himmel hinauf. „Ihr einziges Kind."

„Zumindest unterstützt Munro sie", sagte Matt. „Mehr als ich erwartet hätte, um ehrlich zu sein."

„Daniel war auch sein Sohn. Und vielleicht hat er Miss Gibbons irgendwann einmal sogar geliebt."

„Vielleicht liebt er sie noch, doch die Umstände haben verhindert, dass er sie heiratete. Nicht jedes Paar kann zusammen sein, ganz gleich, wie sehr sie heiraten wollen."

„Wenn man bereits verheiratet ist, ist das ein gewisser Hinderungsgrund."

Er stützte den Ellbogen auf das Fensterbrett und rieb sich über die Schläfe. „India …" Er seufzte schwer.

„Ich weiß."

Er hielt inne und schaute mich düster an. „Wirklich?"

„Natürlich. Das Abenteuer dieses Abends hat mir bewiesen, dass du die ganze Zeit über richtig lagst. Ich hätte auf dich hören sollen."

Er senkte die Hand und schüttelte halb den Kopf. „Obschon ich gerne höre, dass du zugibst, ich hätte recht, glaube ich, dass wir aneinander vorbei reden. Womit *habe* ich denn recht?"

„Dass ich meine Magie geheim halten soll. Ich dachte, deine Warnungen gründeten einfach nur darauf, dass du übervorsichtig bist, aber nachdem ich die Anstrengungen gesehen habe, die Duffield und Hogarth anstellten, um ihr Geschäft und ihren Ruf zu schützen … stelle ich fest, dass ich eher geneigt bin, meine Magie in Zukunft für mich zu behalten."

„Das höre ich gern. Mir gefällt nicht, dass du diesen Teil deiner selbst unterdrücken musst, wo du ihn doch gerade erst entdeckt hast, aber so ist es das Beste." Er rieb sich über die Stirn, wo die Falten in der letzten Stunde tiefer geworden waren. „Leider ist es zu spät, um es vor Abercrombie und den anderen Mitgliedern der Uhrmachergilde geheim zu halten. Noch beunruhigender ist sogar seine offensichtliche Verbindung zu dieser elenden Geschichte."

„Hoffentlich kann Munro Duffield überzeugen, zu enthüllen, wer ihn gedrängt hat, Daniel zu entführen." Ich bebte beim Gedanken daran, dass Abercrombie sich genauso sehr ins Zeug legte wie Duffield und Hogarth es getan hatten. Würde er mir so etwas antun?

Matt nahm seine Jacke ab. „Dir ist kalt."

Ich beugte mich vor, und er legte mir die Jacke um die Schultern. Ich nahm seinen Geruch wahr, eine Mischung aus Gewürzen, die ich nicht benennen konnte, die aber einzigartig für ihn waren. Er hob den Kragen und strich mir mit dem Daumen in den Handschuhen an der Unterseite des Kinns entlang. Dann lehnte er sich zurück, und zwar ganz auf die andere Seite der Kabine.

Ich holte zur Stärkung Luft, aber meine Nerven blieben zerfasert. „Aneinander vorbei reden", murmelte ich. „Wovon hast du gesprochen?"

Er starrte auf seine Hände hinab und streckte die Finger aus. „Ich habe mich geirrt. Ich wollte durchaus mit dir über Magie sprechen." Er räusperte sich.

„Oh."

Er schaute auf. Die Schatten, die seine Augen rahmten, waren tiefer geworden, die Falten, die aus den Winkeln ausfächerten, hatten sich vervielfacht. Es war fast schon Mitternacht, und er war sicher erschöpft. „McArdle sagte, die Magie würde das liefern, was jeder sich am meisten von einem Gegenstand wünscht. Also vervielfacht sich Gold, ein Kartenzeichner will etwas finden, und ein Uhrmacher wünscht sich eine genaue Zeitmessung. Die Kombination aus zwei Arten von Magie bedeutet, dass zwei Dinge gewünscht werden."

„Einem das Leben zurückgeben, für eine längere Zeit", sagte ich leise. „Das ist nicht ganz das, was Uhrenmagie eigentlich tut."

„Und es erklärt auch nicht, wie deine Uhr dich vor dem Dark Rider gerettet hat."

Die Uhr hing mir immer noch um den Hals. Ich nahm sie ab und rieb mit dem Daumen über das silberne Gehäuse. Sie wurde wärmer. „Nein, tut es nicht."

„Es ist auch nicht einfach bloß deine Uhr – die Uhr in der Spielhölle in der Jermyn Street hat Dennison getroffen."

Ich ließ meine Uhr in meinen Pompadour fallen und zog das Zugband fest. „Es ergibt keinen Sinn."

„Ergibt es schon, wenn deine Magie stark ist, wie Mr. Gibbons nahegelegt hat. Stärker als jede andere, der wir bisher begegnet sind."

Ich machte ein schnaubendes Geräusch. „Wie kann das sein?

Ich wusste nicht, dass ich Magierin bin, bis vor ganz Kurzem. Wie kann ich siebenundzwanzig Jahre hinter mich gebracht haben, ohne mir dessen bewusst zu sein?"

Er zuckte mit den Schultern. „Du hast gerade erst begonnen, sie zu benutzen. Vielleicht wird sie durch den Einsatz stärker. Je mehr du deine Magie übst, desto stärker wird sie."

Es war eine interessante Theorie, aber ich glaubte nicht, dass ich meine Magie so sehr geübt hatte. Gewiss nicht mehr als Mr. Gibbons oder Mr. Onslow, und keiner von ihnen hatte erwähnt, dass ihre Karten sie jemals gerettet hatten. Ihre Karten machten genau eines – Standorte preisgeben.

Ich öffnete den Mund, um es Matt zu sagen, schloss ihn aber wieder. Er hatte die Augen geschlossen und den Kopf zurückgelehnt. Auch aus seinen Schultern war ein Teil der Anspannung gewichen, und sein Körper schaukelte mit den Bewegungen der Kutsche. Es war schön, zu sehen, dass er ein wenig dringend benötigte Ruhe bekam.

Ich schloss die Augen, nur um sie zu öffnen, als er murmelte: „Du warst heute Abend außergewöhnlich, India."

„Oh. Danke."

Er blinzelte mich schläfrig an. „Du bist die mutigste Frau, der ich je begegnet bin."

„Nun schmeichelst du mir. *Willie* ist eine mutige Frau. Sie hätte die Pistole ruhig gehalten, während sie in meiner Hand bebte wie ein Herbstblatt in einer starken Brise. Ich war durch und durch entsetzt." Ich wollte ihm sagen, dass ich Angst gehabt hatte, dass es mir nicht gelingen würde zu verhindern, dass Hogarth ihn erschoss, doch ich entschied mich dagegen. Ich fühlte mich bereits wund, bloßgestellt, und musste dem Feuer, das in mir brannte, nicht noch mehr Nahrung geben, indem ich das zugab.

„Und doch bist du nicht weggelaufen. Das macht dich mutig." Einer seiner Mundwinkel hob sich, und er schloss erneut die Augen. „Wir geben ein hervorragendes Gespann ab."

„Bedeutet das, dass du mir nicht mehr befehlen kannst, hinter dir zurückzubleiben, wenn du in die Gefahr preschst und dein Leben aufs Spiel setzt, wie du es heute Abend getan hast?"

Er knurrte. „Es bedeutet, dass ich dich nicht mehr als meine

Assistentin vorstellen sollte, sondern dich stattdessen ebenbürtige Partnerin nennen."

„Das wäre eine ziemliche Beförderung, aber niemand wird glauben, dass ich dir ebenbürtig bin."

Sein Lächeln wurde breiter, doch er hielt die Augen geschlossen. „Das werden sie, wenn sie dich kennenlernen."

* * *

MATT SCHLIEF AUS, das dachten zumindest Miss Glass und ich. Ihre ersten Besucher, Mrs. und Miss Haviland, kamen und gingen, zu ihrer großen Enttäuschung, ohne ihn zu Gesicht zu bekommen. Erst, als er mittags mit wütendem Gesicht, in dem auch Müdigkeit stand, hereinspazierte, fragte ich mich, ob er wirklich die ganze Zeit geschlafen hatte.

„Da bist du ja!", rief seine Tante. „Heute gehst du nicht aus dem Haus. Du gehörst ganz mir". Sie tätschelte seine Wange, während sie auf ihrem Weg aus dem Salon an ihm vorbeikam.

„Warum?", fragte er düster.

„Du hast neue Besucher heute Nachmittag, darunter Lady Abbington."

„Mit ihrer unverheirateten Tochter, nehme ich an. Oder sind es Töchter in der Mehrzahl?" Er warf sich in den Sessel und lockerte seine Krawatte.

Seine Tante schnalzte mit der Zunge. „Du siehst aus wie ein Vagabund."

„Tante ..." Er seufzte. „Vergiss es." Er streckte die Beine aus und überkreuzte sie an den Knöcheln.

„Lady Abbington hat keine Töchter, wie es der Zufall so will, und sie kommt allein."

„Warum willst du dann, dass ich sie treffe? Bin ich schon weg vom Heiratsmarkt? Oder gibt es Nichten?"

„Dieser Spott steht dir nicht gut, Matthew."

„Du hast recht. Es tut mir leid. Erzähl mir von Mrs. Abbington, und warum du willst, dass ich bei ihrem Besuch zugegen bin."

„Es ist *Lady* Abbington. Sie ist die Witwe von Lord Abbington ..."

„Aha. Also steht sie doch zur Auswahl.“

Willie, Duke und Cyclops traten ein. Sie hatten es aufgegeben, darauf zu warten, dass DuPont bei Wortheys Fabrik auftauchte. Ich hatte sie in der Früh von der Ermittlung zu Daniels Verschwinden in Kenntnis gesetzt, wusste aber nicht, wohin sie anschließend gegangen waren. Sie waren gewiss nicht im Haus geblieben, um Miss Glass’ Gäste zu begrüßen.

„Lady Abbington ist sechsundzwanzig und seit fast einem Jahr verwitwet“, sagte Miss Glass, die mit gerümpfter Nase auf ihren Neffen schaute. „Sie ist vernünftig, klug, hübsch und gar nicht wie die anderen Mädchen, denen ich dich vorgestellt habe. Ich nahm an, sie entspräche vielleicht eher deinem Typ …“ Sie senkte den Blick zu Boden. „Sie scheint die Sorte Frau zu sein, die dein Interesse wecken könnte.“

Er zog die Beine an und erhob sich. Sanft fasste er sie an den Ellbogen. „Tante Letitia, ich weiß, dass du es gut meinst“, sagte er milde, „aber ich habe dir bereits erklärt, dass ich nicht heiraten kann, und ich werde jeder einzelnen Frau, die du herholst, dasselbe sagen. Ich bin nicht auf dem Markt. Ich stehe nicht zur Verfügung. Ich werde nicht heiraten, ganz gleich, wie wunderbar die entsprechende Dame ist.“

„Nicht einmal, wenn du dich in eine von ihnen verliebst?“ Ihre Stimme schlug von dramatisch in dünn und zerbrechlich um. Sie blinzelte zu Matts Gesicht auf, das so weit über ihrem war.

„Besonders dann. Siehst du, Tante, ich war krank. Nichts, worüber du dir Sorgen machen musst, aber es führt dazu, dass ich sehr oft müde bin. Ich könnte keine Frau, die ich liebe, an einen Kranken binden.“

Sie berührte ihn an der Wange, wo die gräuliche Blässe die hageren Stellen stärker betonte. Ihr sehnsüchtiges, trauriges Lächeln brachte mein Herz ins Straucheln. „Wenn du geheilt bist also.“ Ich nahm an, sie hatte bereits vermutet, dass es ihm nicht gut ging.

Er küsste sie auf die Stirn. „Wenn ich geheilt bin.“

Sie drückte ihm die Handflächen auf die Brust, als wolle sie vom steten Schlag seines Herzens beruhigt werden. „Lass Bristow das Mittagessen in meine Räumlichkeiten schicken. Du solltest es genauso machen, Matthew. Du wirkst, als bräuchtest du Ruhe."

Das war wirklich so, aber ich würde es ihm nicht sagen, bis er mir erzählt hatte, wo er gewesen war. Ich fragte ihn, sobald seine Tante gegangen war.

Er verschränkte die Arme vor der Brust und stellte sich ans Feuer, die Beine ein wenig gespreizt. Diese abwehrende Haltung weckte meine Neugier, und ich zog die Augenbrauen hoch. „Wir haben Abercrombie einen Besuch abgestattet", erklärte er.

Mir klappte der Mund auf. Ich schaute auf die anderen, aber niemand begegnete meinem Blick. „Ihr seid ohne mich gegangen!"

„Du erinnerst dich an unser Gespräch, dass du dich nicht in Gefahr bringen sollst?"

„Ja, und ich erinnere mich auch an unser Gespräch, mich als ebenbürtige Partnerin zu behandeln."

„Abercrombie kann man nicht trauen."

„Was könnte er mir womöglich antun, während ihr alle um mich herum seid?"

Willie marschierte zu mir und versetzte mir einen Stoß gegen die Schulter. Ich blinzelte sie überrascht an. „Matt hat getan, was er für das Richtige hielt, also hör auf, mit ihm zu streiten."

Verdammt sei ihre Logik. Ich drückte die Lippen aufeinander, aber ich zahlte einen Preis dafür, dass ich ruhig blieb.

„Still, Willie", fuhr Duke sie an. „Das hat nichts mit dir zu tun."

„Natürlich hat es das", keifte Willie zurück, die Hände auf den Hüften. „Er ist mein Cousin."

„Ich kann meine eigenen Kämpfe austragen, danke, Willie." Matt nahm sie am Ellbogen und lotste sie zum Sofa. „Jetzt hört zu." Er hatte sich zwar an alle gerichtet, schaute aber direkt mich an.

Ich plusterte mich auf. „Ich sitze auf glühenden Kohlen, weil mir noch niemand erzählt hat, was ihr bei Abercrombie erfahren habt."

„Nichts", sagte er. „Das ist das Problem. Abercrombie leugnete, etwas mit Daniels Verschwinden zu tun zu haben, oder mit unserer Entführung."

„Nicht einmal, dass er Eddie geschickt hat, um mich vor weiteren Ermittlungen zu warnen? Und diesen anderen Kerl mit der Kapuze?"

„Er behauptet, Eddie hätte aus eigenem Antrieb mit dir gesprochen, und von dem anderen Mann wüsste er nichts. Laut ihm haben auch Duffield und Hogarth auf eigene Faust gehandelt. Während ich glaube, dass Hogarth Daniel getötet hat, ohne von jemandem dazu gedrängt worden zu sein, bin ich sicher, dass Abercrombie von der Entführung wusste, sie vielleicht sogar angestoßen hat. Duffield redet allerdings nicht."

„Aber ich glaube nicht, dass Abercrombie ein Mörder ist. Wenn er das wäre, hätte er bereits versucht, sich meiner zu entledigen. Dieser Kerl in Kapuze hätte mich niederstechen können." Der Gedanke ließ mich frösteln.

„Vielleicht", sagte er düster. „Aber du musst trotzdem noch vorsichtig sein."

„Was ist mit dem Umzug von Mirth in eine andere Einrichtung und der Tatsache, dass er ihn an der Bank beobachtet hat?", fragte ich. „Hat Abercrombie gesagt, warum er das getan hat?"

„Offenbar ist die neue Einrichtung besser", sagte Matt. „Was die Bank angeht, behauptet er, dass er einfach auch Bankgeschäfte zu erledigen hatte, und deshalb dort war."

„Das ist lächerlich. Er drückte sich ewig da draußen herum."

„Er hat es alles geleugnet", sagte Cyclops, der sich neben Willie setzte. „Er ist aalglatt. Wir konnten ihn auf nichts festnageln."

„Es gab keine handfesten Beweise", stimmte Matt zu. „Ohne wird die Polizei nicht handeln."

„*Wir* können ohne handeln", murmelte Willie, die sich Dreck unter den Fingernägeln herauspuhlte. „Wir wissen, dass er eine arglistige Schlange ist."

„Wir werden auch nicht ohne Beweise handeln", erklärte ich ihr. „Das soll nicht auf meinem Gewissen lasten."

„Dein Gewissen ist lahm. Es braucht ein paar Abenteuer."

„Ich habe gerade ein ziemliches Abenteuer hinter mir, danke aber auch. Ich würde im Augenblick lieber mit einem guten Buch hier sitzen. Wenn du das für lahm hältst, sagt das mehr über dich aus als über mich."

Willie schniefte einfach und wischte sich mit dem Handrücken die Nase ab. Sie grinste mich an, während sie den Schnodder betont an ihrem Hosenbein abstreifte.

Ich reichte ihr mein Taschentuch. „Du hast da ein bisschen was übersehen."

Sie schnappte sich das Taschentuch und tupfte sich die Nase.

„Wir müssen DuPont finden." Duke warf einen raschen Blick auf Matt. „Dringend."

„Wie?", fragte Cyclops. „Er ist verschwunden, und wir wissen nichts über ihn, oder wo wir ihn finden sollen."

„Wir wissen etwas von seinem Wesen", sagte Matt. „Wir wissen, was er will, was er mehr als alles andere begehrt. Das können wir nutzen, um ihn zu finden."

Wir warteten darauf, dass er das weiter ausführte, aber das tat er nicht. Er wechselte einfach das Thema. „Ich habe ein neues Hobby", verkündete er. Auf unsere verdutzten Blicke hin fügte er an: „Archäologie. Ich werde in Mr. Youngs Ausgrabung investieren."

„Du willst das Mosaik retten?", fragte ich. „Wie edel."

„Edel?", sagte Willie mit einem Kopfschütteln. „Du hast doch nicht mehr alle Tassen im Schrank, Matt."

„Ich habe alle Tassen im Schrank, und ich bin auch nicht sonderlich edel", sagte Matt. „Ich will einfach nur, dass all die verdammten Gruben in der Bucklersbury Street geschlossen werden."

Ich lachte. „Da stimme ich völlig zu. Je eher, desto besser."

„Was ist mit dem Hort?", fragte Cyclops. „Wirst du Young verraten, dass er irgendwo in der Nähe der Stelle vergraben ist, an der Daniels Leichnam gefunden wurde?"

„Ich denke, wir lassen ihn dort", sagte Matt. „Vielleicht findet ihn eine zukünftige Generation von Archäologen."

„Das Ding hat so schon genug Probleme verursacht", sagte ich. „Ich bin auch dafür, dass es vergraben bleibt. Ein Glück, dass wir es los sind."

Bristow trat ein. „Das Mittagessen ist im Speisezimmer aufgetischt, Sir."

„Danke, Bristow." Matt streckte mir die Hand hin. „Begleitest du mich, ebenbürtige Partnerin?"

„Nur, wenn du mir versprichst, nicht wieder ohne mich vorzupreschen. Nicht einmal, um Abercrombie zu treffen."

„Dieses Versprechen kann ich nicht geben." Er stand mit ausgestreckter Hand da, sein Lächeln verblasste. „India? Bist du mir böse?"

Ich nahm seine Hand. „Matt, du bist der verträglichste Mensch, dem ich je begegnet bin. Wenn man versucht, dir böse zu sein, ist es, als wolle man die Uhrzeiger rückwärts laufen lassen."

„Unmöglich?"

„Nein, es ist tatsächlich möglich, aber es ist sinnlos. Warum sollte man so etwas wollen?"

Er legte seine andere Hand über meine, was einen Schauer über meine Haut prickeln ließ. Aber er vermasselte den sanften Moment, indem er lachte. „Danke, India."

Ich wandte mein Gesicht nach oben, damit ich ihn besser sehen konnte. Unsere Nasen stießen beinahe aneinander. Sein Atem wärmte meine Lippen. „Wofür?", flüsterte ich.

„Dafür, dass du meine Laune erhellst, wenn sie sonst düster wäre." Das heitere Leuchten tief in seinen Augen legte nahe, dass jetzt einer dieser sonstigen Zeitpunkte war. „Und dafür, mir nicht lange böse zu sein. Das würde mir nämlich nicht gefallen. Das würde mir gar nicht gefallen."

ENDE

Um Matts und Indias Geschichte weiterzulesen, suchen Sie nach:
DAS GIFT DES DROGISTEN
Buch 3 der Reihe Glass & Steele von C.J. Archer

ABONNIEREN Sie den Newsletter von C.J., um über neue ins Deutsche übersetzte Bücher informiert zu werden.

EINE NACHRICHT DER AUTORIN

Ich hoffe, Ihnen hat DER LEHRLING DES KARTENZEICHNERS genauso viel Spaß gemacht wie mir beim Schreiben. Als Indie-Autorin ist es für den Erfolg des Buches entscheidend, es bekannt zu machen. Wenn Ihnen dieses Buch gefallen hat, sagen Sie es doch bitte weiter und schreiben Sie eine Rezension in dem Shop, in dem Sie es gekauft haben.